國家圖書館藏清代名家書札

白謙慎　薛龍春　主編

鳳凰出版社

王鐸　袁枚　黃易　等　卷

圖書在版編目（CIP）數據

國家圖書館藏清代名家書札．王鐸、袁枚、黃易等卷/
白謙慎，薛龍春主編．-- 南京：鳳凰出版社，2024.7
ISBN 978-7-5506-4204-1

Ⅰ．①國… Ⅱ．①白… ②薛… Ⅲ．①書信集－中國－清代
Ⅳ．①I264.9

中國國家版本館CIP數據覈字（2024）第101321號

書　　名	國家圖書館藏清代名家書札．王鐸、袁枚、黃易等卷
主　　編	白謙慎　薛龍春
責任編輯	王　劍　姜　嵩
書籍設計	姜　嵩
責任監製	程明嬌
出版發行	鳳凰出版社（原江蘇古籍出版社） 發行部電話025-83223462
出版社地址	江蘇省南京市中央路165號，郵編：210009
照　　排	南京新華豐製版有限公司
印　　刷	南京新世紀聯盟印務有限公司 南京市江寧經濟開發區誠信大道88號，郵編：211100
開　　本	720毫米×1010毫米　1/16
印　　張	20.75
版　　次	2024年7月第1版
印　　次	2024年7月第1次印刷
標準書號	ISBN 978-7-5506-4204-1
定　　價	438.00圓

（本書凡印裝錯誤可向承印廠調換，電話：025-84546219）

目錄

弁言

白謙慎　薛龍春

最早的一部書法總集《淳化閣帖》，所收錄的即漢、晉至唐名家的書法。這些今天被我們稱之爲經典『作品』的，其原始形態都是一封封書札。

隨著獨立的『作品』不斷出現——它們大多具有確定的形制，如卷册、立軸、扇面、對聯，且被認爲有明確創作意圖，信札不再被批評家認爲是重要的書法。然而，如果我們對『作品』蓄意的誇飾保持幾分警惕的話，這些書札體現出的書家最自然的書寫狀態，或許是我們重溫『書爲心畫』的重要媒介。

國家圖書館藏清人書札甚夥，除了像王鐸、阮元、翁方綱、鄧石如、伊秉綬、趙之謙、翁同龢、沈曾植、康有爲這些彪炳書史的大家手札，我們也選取了袁枚、梁同書、洪亮吉、錢坫、黄易、陳鴻壽、王芑孫、吴大澂、王懿榮、張之洞等人的部分手札，這些手札的藝術價值一直被嚴重低估了。

因爲『展廳文化』，今天的書家常常盲目追求『巨製』、追求所謂的『衝擊力』，但藝術語言的空洞與平庸却難以避免。這套《國家圖書館藏清代名家書札》的出版，不僅將給讀者帶來觀賞的享受，也必定促進人們重新思考尺牘這一樣式對於書寫活動的借鏡意義。

王鐸 許友書札

王鐸、許友書札

薛龍春

王鐸（一五九三—一六五二），字覺斯，一字覺四、覺之，號嵩樵，河南孟津人。明天啓二年（一六二二）進士，選庶吉士，散館授檢討，崇禎間官至禮部右侍郎，兼翰林院侍讀學士，後遷南京禮部尚書，以丁艱未赴。崇禎十七年（一六四四）國變前夕升禮部尚書，亦未赴任。弘光間任文淵閣大學士，清順治二年（一六四五）五月與錢謙益等於南京迎降清軍，仕清後任禮部侍郎管弘文院事。

國圖藏《擬山園書札不分卷》稿本一册，收王鐸書札二件，皆致楊嗇庵者。其一作於崇禎十四年（一六四一）十二月，另一無年月，亦當在此年。崇禎十三年冬至十五年九月，王鐸因孟津城破，渡河寓居懷州。時王鐸父母相繼下世，故自署『孤哀子』。嗇庵楊姓，懷州人，名無考，此際與王鐸過從甚密，王鐸致嗇庵書札，贈嗇庵詩作、書作，多有傳世。第一札自稱早起之後，『讀《漢書》數葉，觀張芝草書』，當爲王鐸寓居生活之寫照。札中又向楊氏借閲所藏古帖，並稱此道深微之極，必厚其精力，追躋古人，不然濡墨灑翰，無足存也。第二札向嗇庵介紹親眷馬天衢。天衢爲馬從龍孫，王鐸妻侄，有文名，入《孟津縣志·文苑傳》。此際來懷，或爲謀塾師一職以糊口，王鐸囑嗇庵代爲物色。

《擬山園詩稿不分卷》乃王鐸詩、札及所撰對聯稿本，當更名『擬山園手稿不分卷』。除崇禎十四年（一六四一）寓居懷州時所作外，亦有補天啓七年（一六二七）主福建鄉試途中詩若干，崇禎九年南掌院期間詩若干。懷州詩作，皆在崇禎十四年八月以後，從中可窺王鐸其時的交遊圈，如盧江王（朱載堉之孫）、楊之璋（荆岫）、楊之瑋（荆田）、楊之玠（荆坡）三兄弟，楊嗣修（景歐）、楊挺生（循如）父子，史應選（念沖）、史應聘（雲岫）兄弟，及同時寓居懷州之寧浮玉、郭世元等。其中書札稿本有致韓爌、史應選、楊嗇庵、太行蘇氏兄弟者。與韓爌一札，勸其出山；與史應選札，爲鑒定其所藏書畫；與蘇氏兄弟札，自稱壯心凋落，然於古人書、詩不能無望。知此際王鐸於詩文、書法極爲用心。手稿有王鐸爲史應選所撰十一字、十六字長聯各一，當日或曾書贈，此亦用於懸掛欣賞之對聯成熟於晚明之明證。手稿内容多不見於《擬山園選集》各刊本，頗具史料價值。

王鐸書法在當日享有盛名，同儕以家中廳堂無其一軸爲缺典，北方五省更是奉爲宗主。王鐸一生學書涵泳於《蘭亭》《聖教》與《淳化閣帖》之間，但對顔真卿與米芾亦極爲留意，故其高堂大軸既有寬博雍容之氣象，亦不乏欹側跳蕩之趣，在明末清初書家中最具視覺趣味。王鐸臨摹米字，以崇禎十三年避難懷州之後爲多，如本年爲楊挺生臨《群玉堂帖》《紹興米帖》所收米芾書札册，今藏香港藝術館。又有爲楊嗇庵臨《戲鴻堂法帖》所收米芾跋、贊歐陽詢《度尚》《庾亮帖》，屢見於拍賣會。本册所收書札二件，亦米芾風貌。值得注意的是，王鐸行款多不齊，有跌宕之意，而墨色輕重之變化，更強化了這種趣味。如果説米芾的主要特色是爽利，則王鐸更爲沉雄。至於手稿，主要是記錄功能，王鐸並無書法表現的意圖，但正因爲如此，它成爲我們觀看王鐸最自然書寫的最佳對象，我們甚至可以通過塗抹勾乙來重構王鐸構思屬辭的過程。

本册所收另一件作品與周亮工（一六一二—一六七二）有關。順治六年（一六四七）三月，周亮工父大壽，禮部儀制清吏司員外郎于明竇應閩縣知縣劉惠恒、署侯官知縣金光緒之請爲撰《大台柱如翁周太老先生大人榮壽序》，由許友草書成册。是册除『許友印』『甌香道士』外，又有『吉日良辰』『吉祥善事』諸吉語印。

周亮工字元亮，江南上元人，原籍祥符。明崇禎十三年（一六四〇）進士，順治四年（一六四七）任福建按察使，六年擢本省右布政，十年轉左布政，前後兩署督學，兼攝兵道海道，升都御史。十三年以詿誤赴閩省聽質。周氏自宋以來世居金陵，周亮工父親文煒，工制藝，遊南雍，謁選暨陽簿，能不卑其秩，數以事與令抗，德施於民，後左遷王府官，遂歸秦淮，閉門教子。周亮工爲文煒長子，生於萬曆四十年（一六一二），其父很可能生於萬曆十八年（一五九〇），順治六年當是他六十弧辰。

作序者于明竇字公安，江南金壇人，順治四年進士，七年以僉事任整飭臨洮道。劉惠恒字子迪，江南無錫人，與于明竇爲同年，閩縣知縣。巡按御史疏薦治行第一，後以抗直中忌罷歸。金光緒字九光，山東德州人。由拔貢署侯官縣篆，順治六年調寧德，九年謝事去。

許友（一六二〇—一六六三），字有介，號甌香，福建侯官人。父玉豸，崇禎四年進士，浙江提學副使。許友少師事會稽倪元璐，鼎革之後，以故家子弟自放於詩酒文章。有別墅在烏石山，擅園亭岩壑之勝，風俗華侈，孌童舞女、詩酒談燕無虛日。許友酷愛演劇，其《題張展伯諸劇》云：『予生平所最心癢而未能者，惟詞曲一道，謂夫詞曲一道與文事相通者也，彼其嘘已死之人而肖其聲音笑貌，既與文家銘贊紀傳同一鍵樞，而起諧音叶律，又復胎自詩歌騷賦，其首尾起伏，眼目照應，則又類於大序小跋，且冷話佳謔，可入志林；拍板門槌，時參禪悦。一劇而文事之工備者，惟詞曲獨焉。』許友去世之後，顧景星所作挽詩亦有『會醉君家米友堂，伎兒十五勝名倡』之句。

許友好任誕，善談謔，且多不巾襪，罷迎送，褦襶之客往往眙愕以去。復酷畏人，往往移牀遠客。自鋤一園，日課奴子縛帚以給灑掃事。草裀綠淨，不肯容人半唾辱之。他的性格既類顛者，又類潔者，與宋人米芾頗有相似之處，故以『米友』顏其堂。許友才氣過人，順治初，周亮工爲福建按察使，物色得之，奉爲上客，稱其『字畫詩酒，種種第一』。許友詩格孤曠高迥，善畫竹，枝葉不多，殊有逸致。周亮工被逮之後，許友因其累至京師，渡河而北，不復畫竹，放筆爲枯木寒鴉，蒼涼之態，不可把視。

許友書法有名於時，乃至『痂嗜者衆，因而爲累，幾成腕脱之勞』。許友認爲，間弄墨筆，本是戲場，但勉作應酬，遂同苦海，因作《索書啓事》，勒爲朋約：『願分諸公筦庫之餘，少佐小子饔瓢之費，蓋天下無倒賠之貨，似此雅事，寧不願爲？而朋友尚先施之風，若有高情，定當敬領評直，而細論貲便類長安估客，市名而高索價又同少室山人，僕無敢有貪也，亦聊存其意耳。豐約唯命，恐求益有賣菜之嫌，笑罵難辭，如見尤容，負荆以請。』許友的書法以行草名，今日傳世者多高頭大軸，風格與王鐸類似，蓋王鐸與其師倪元璐爲同年，而於周亮工亦爲密友，許友受其影響，在情理之中。惟較王書更爲率意，而沉酣有所不及。許友卒於康熙二年（一六六三），得年僅四十餘，順治六年書此壽序時剛剛三十歲。此際小行草雖植根《閣帖》與米芾，但頗有徐渭筆意，間架取勢與傅山亦異曲同工。

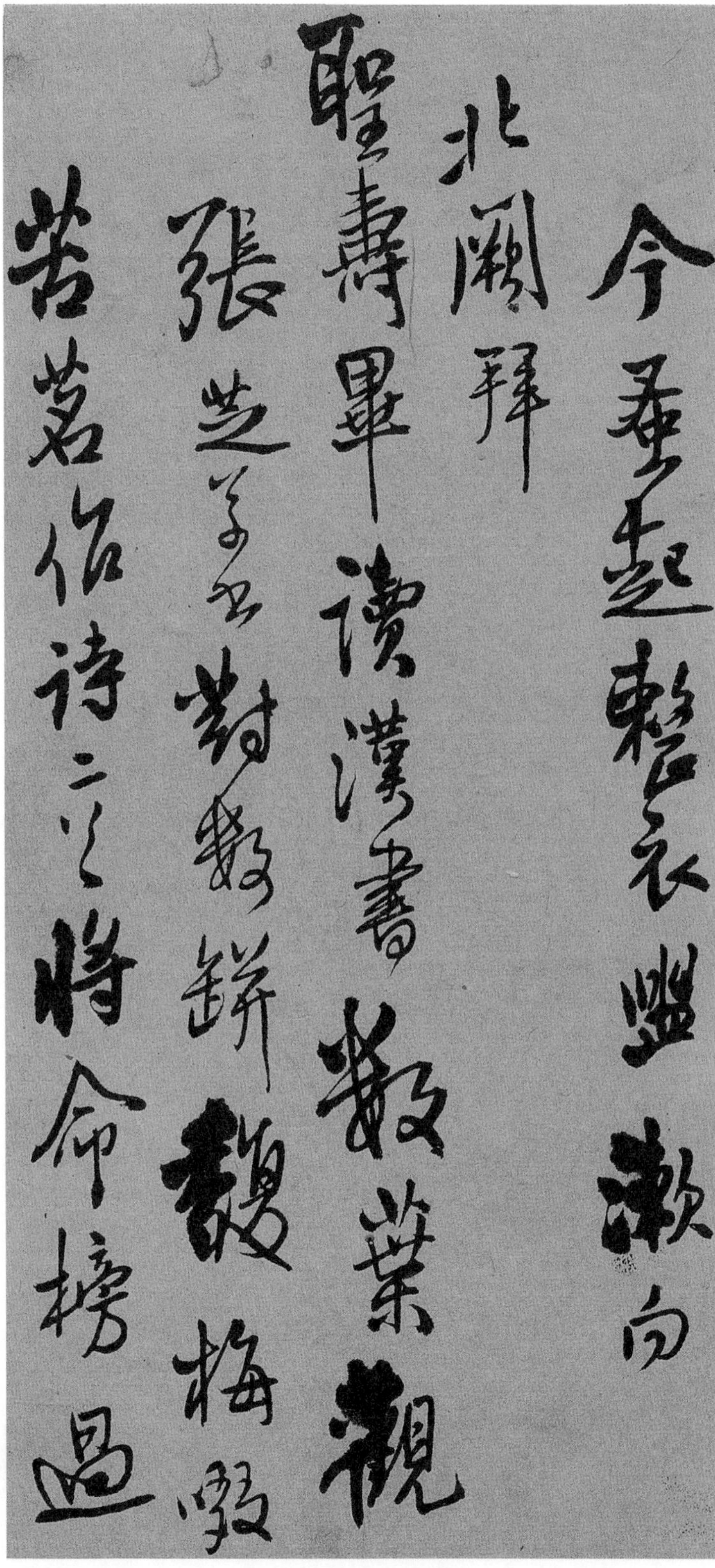

今晨起盥漱向
北闕拜
聖壽畢讀漢書數葉觀
張芝等書對數鉼臘梅啜
苦茗作詩二首將命榜過

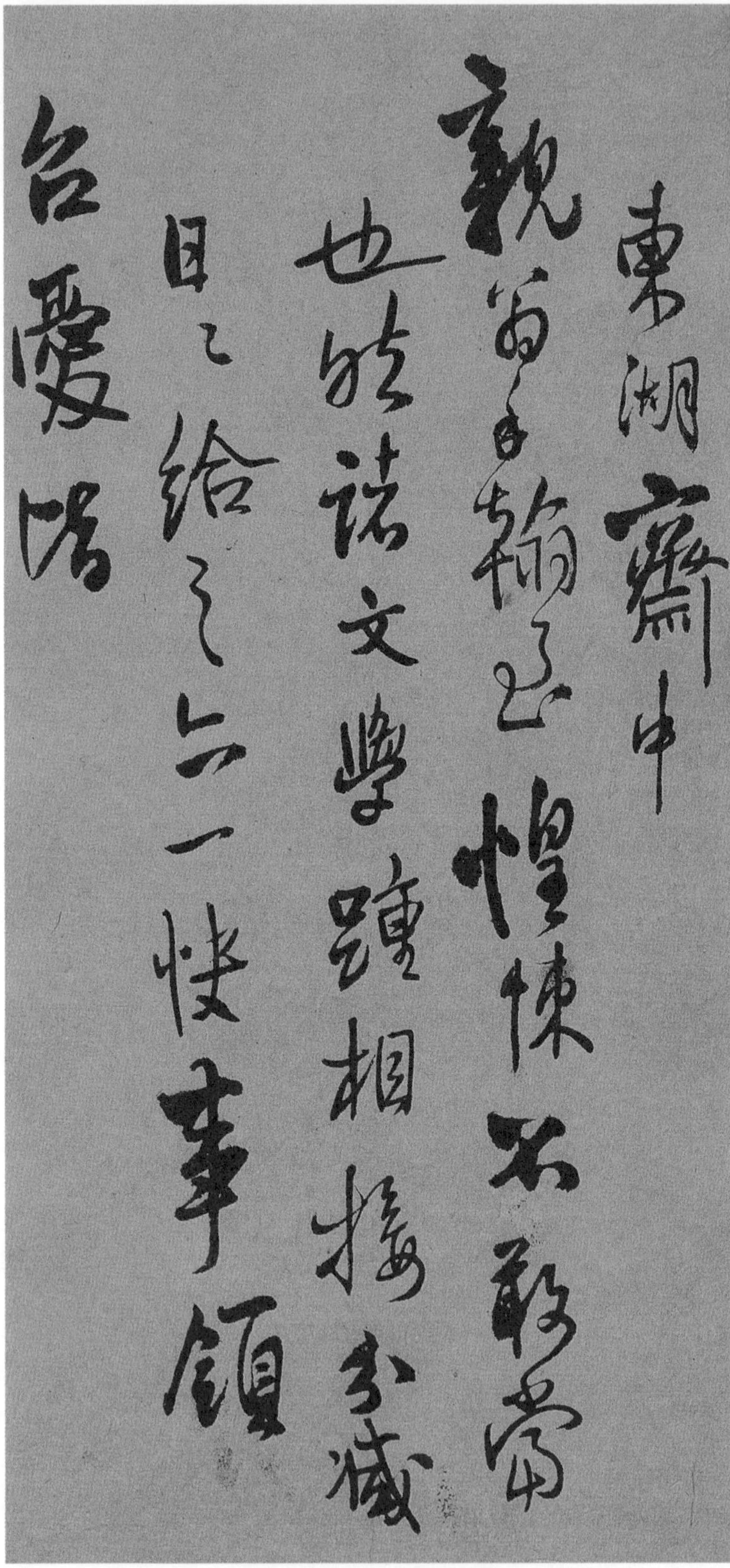

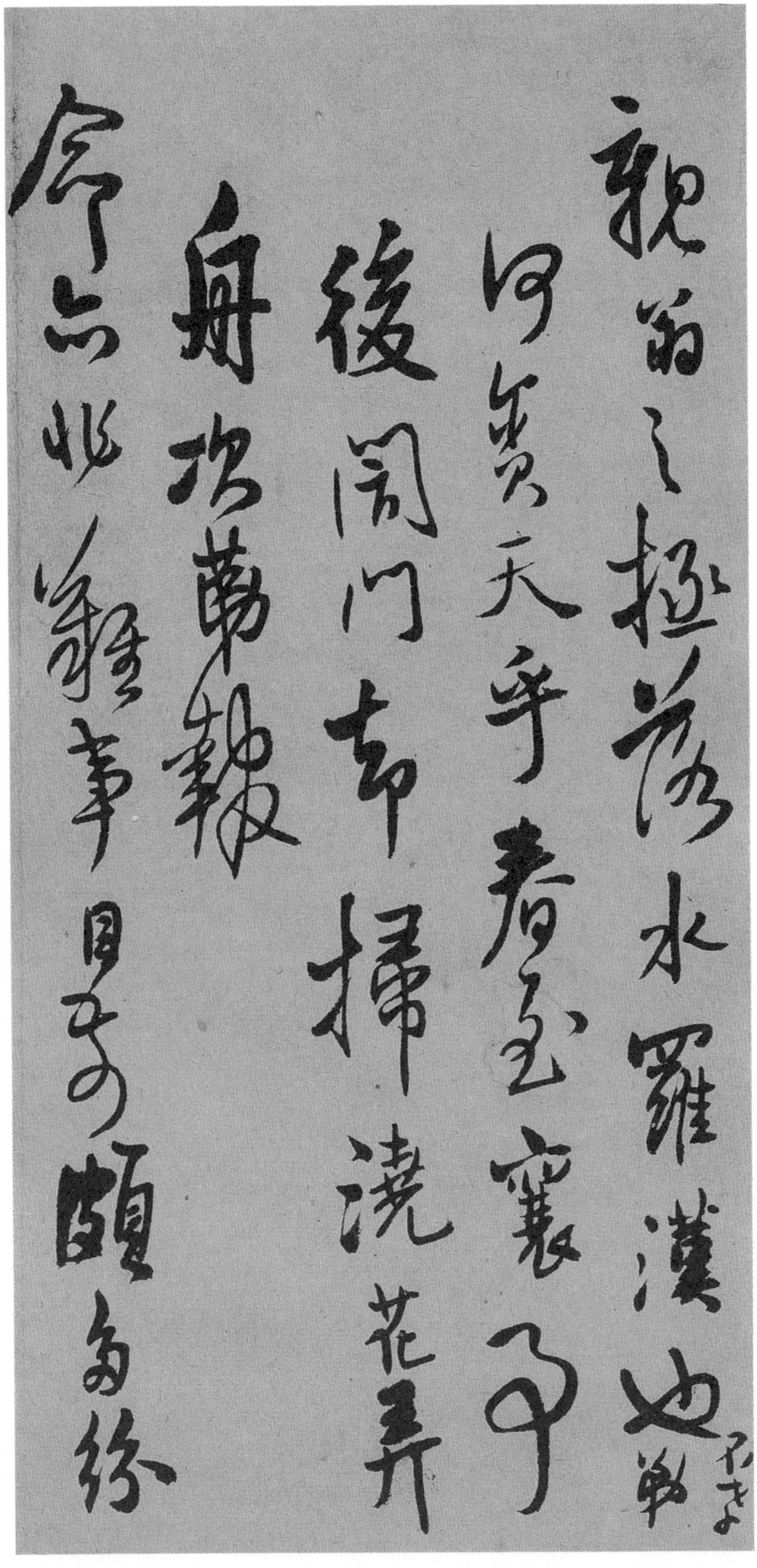

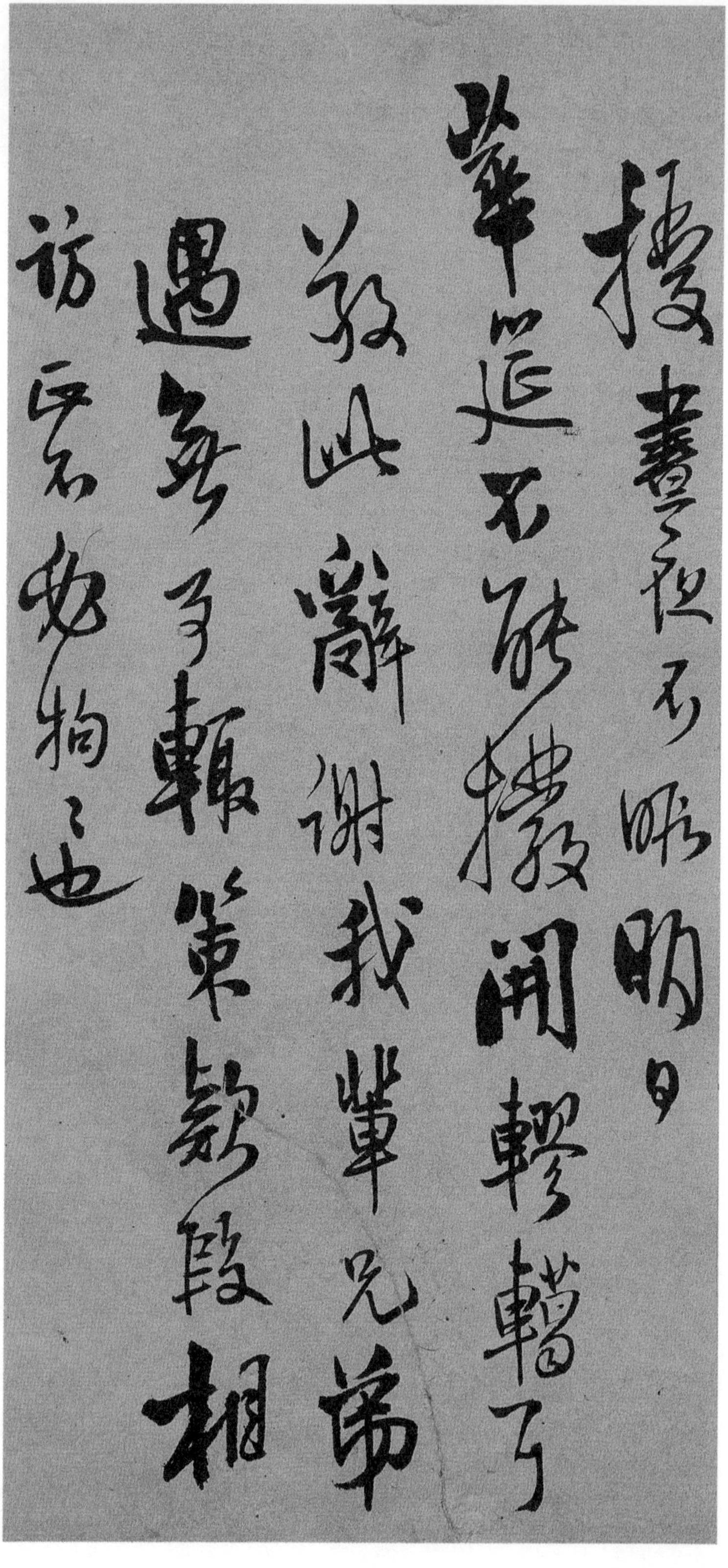

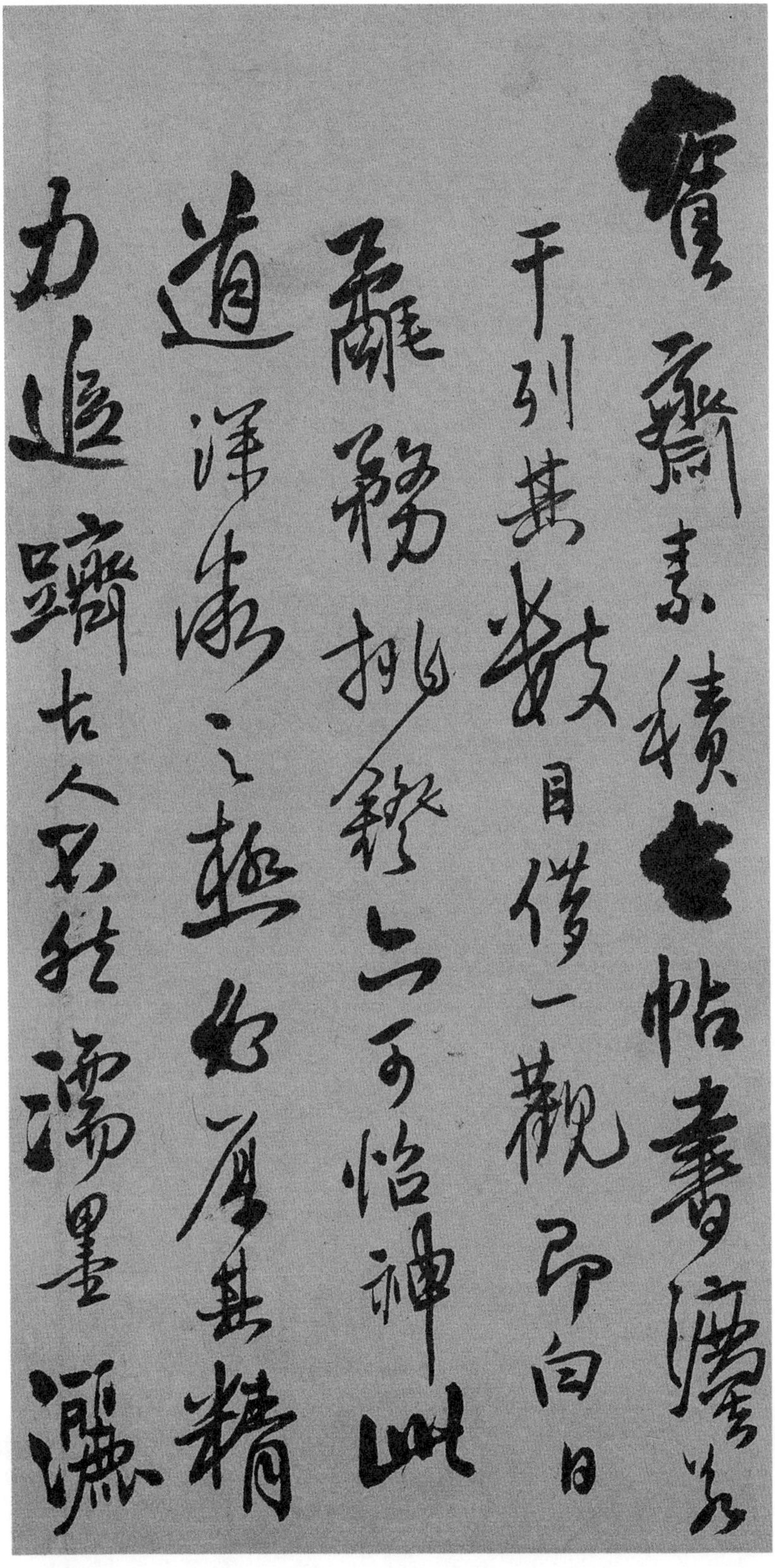

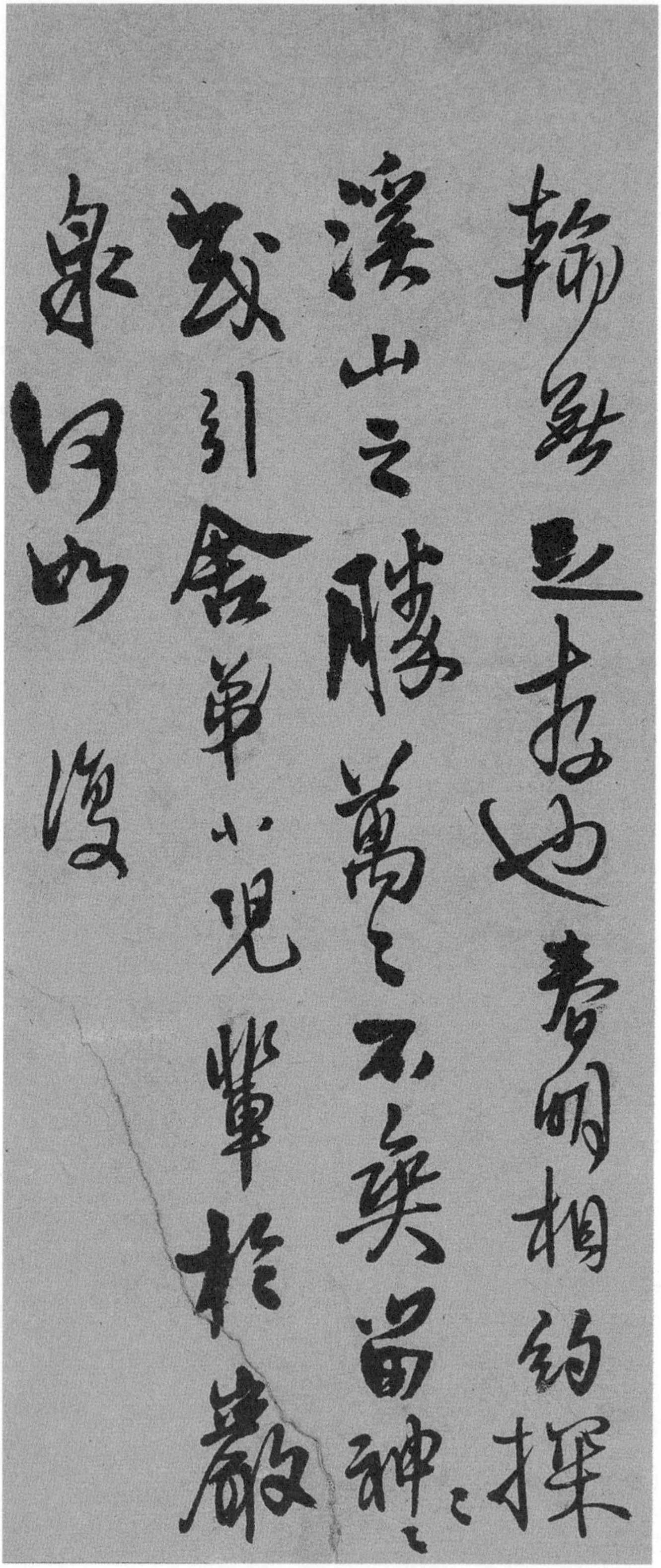

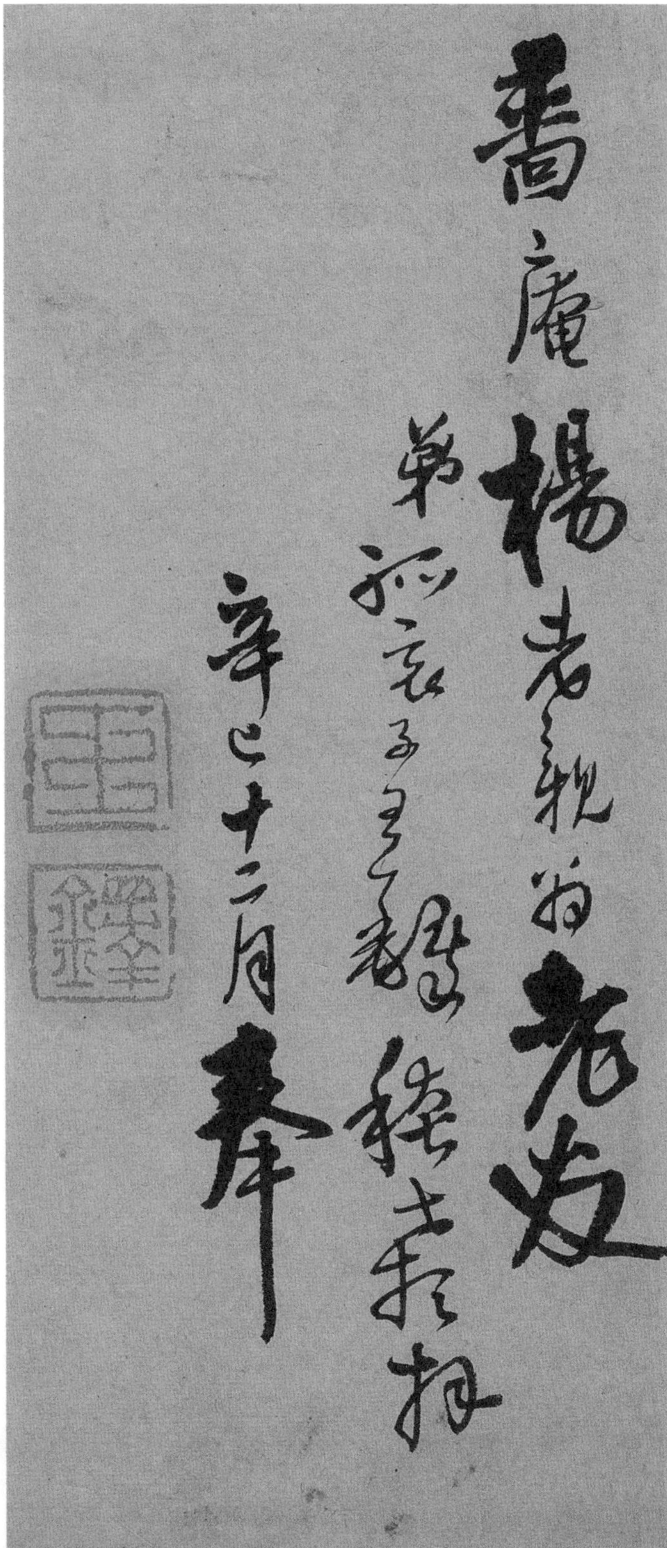

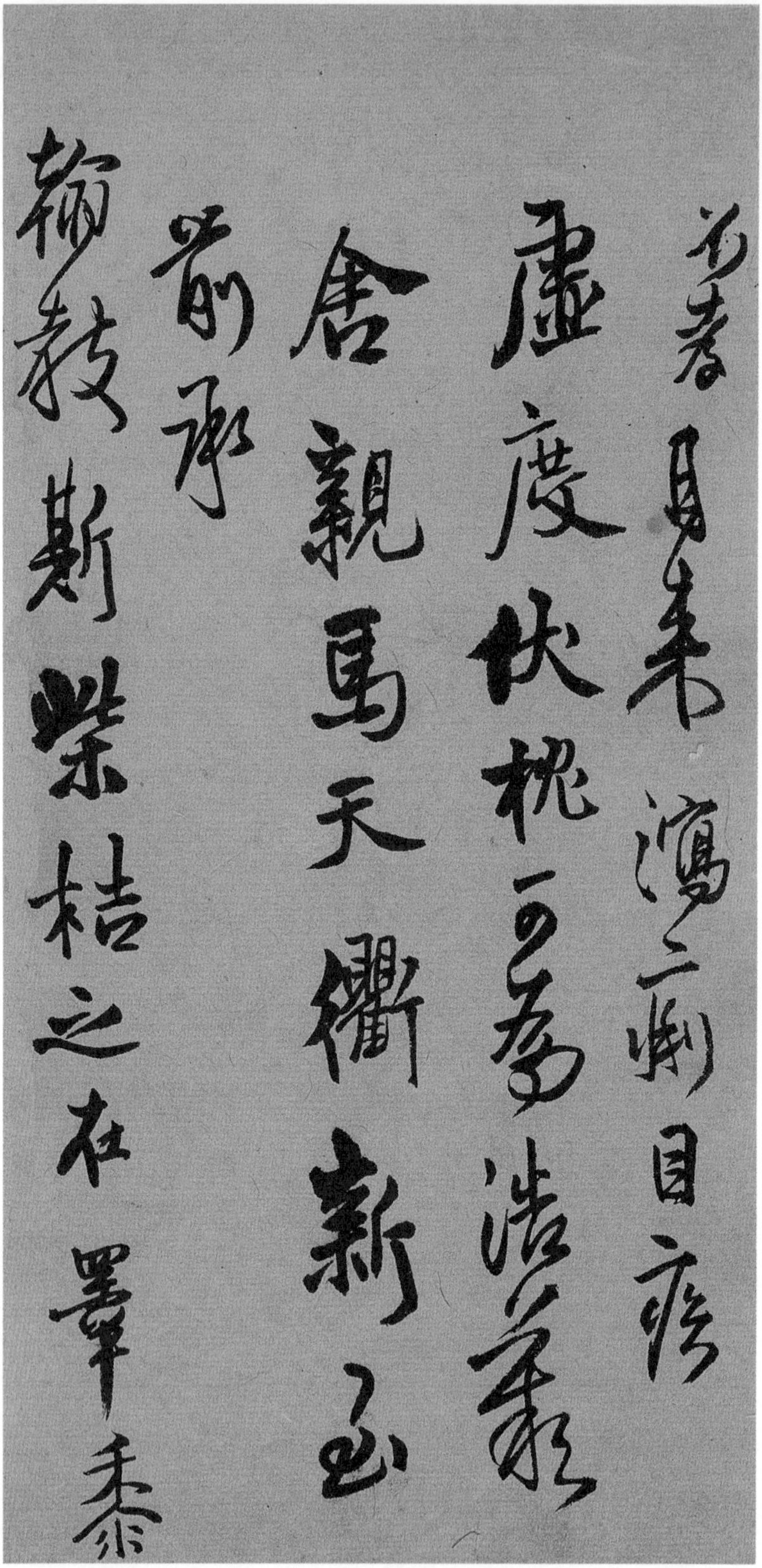

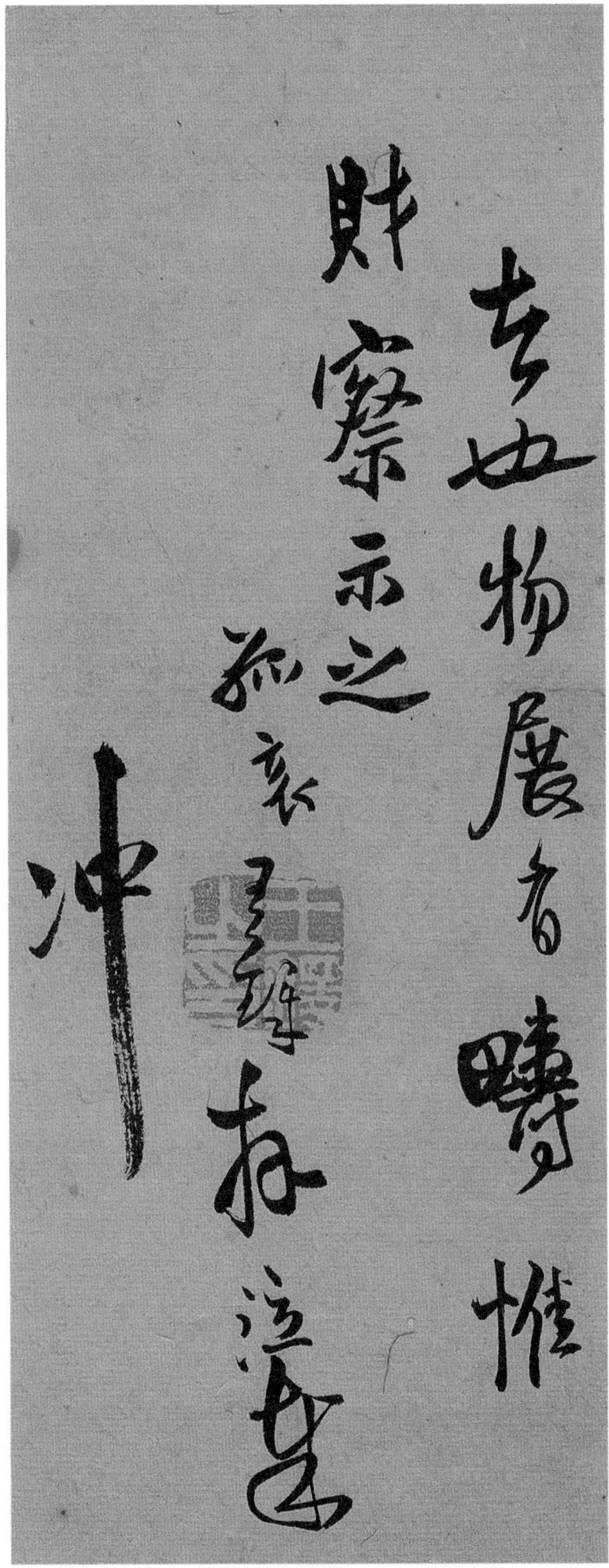

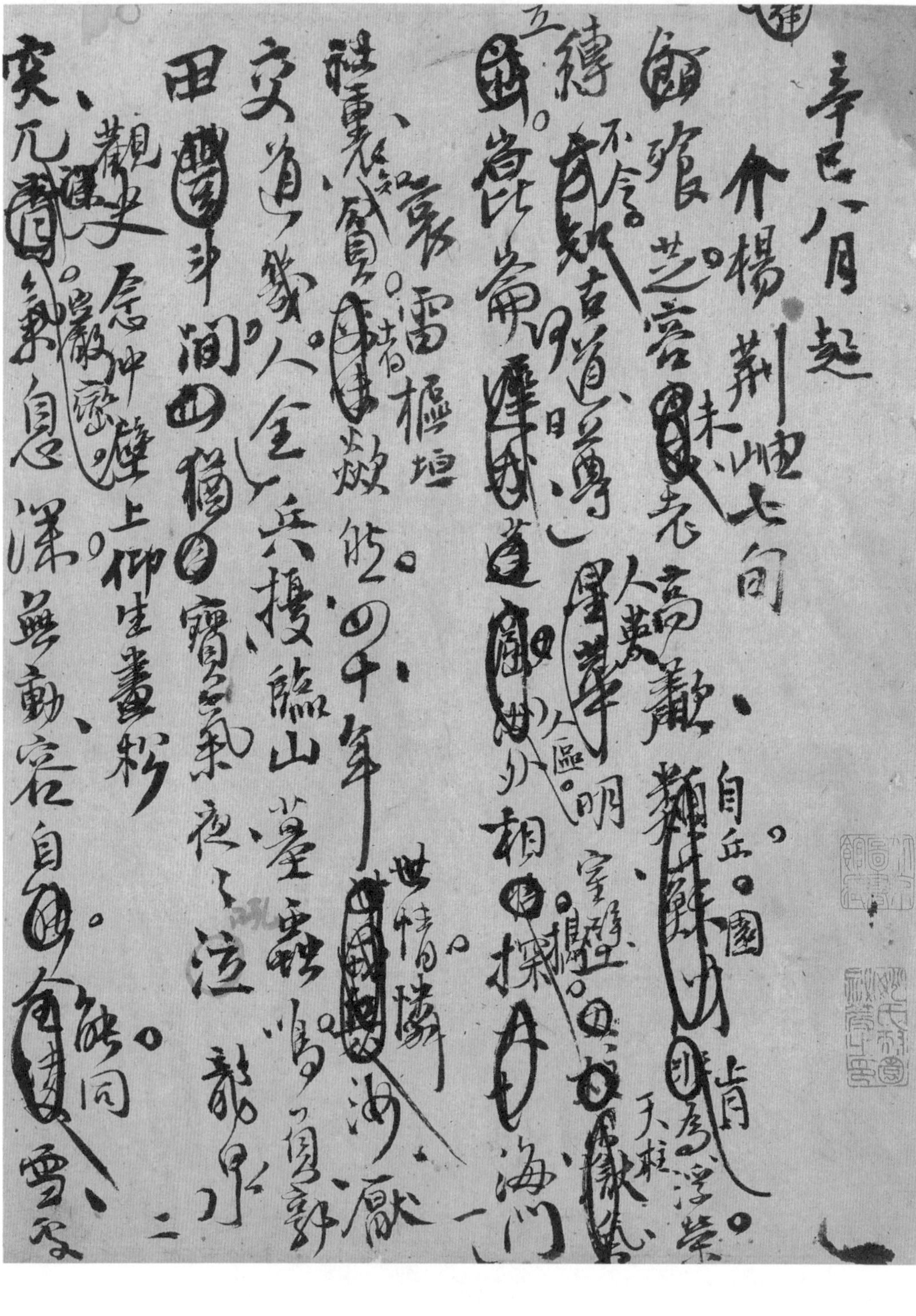

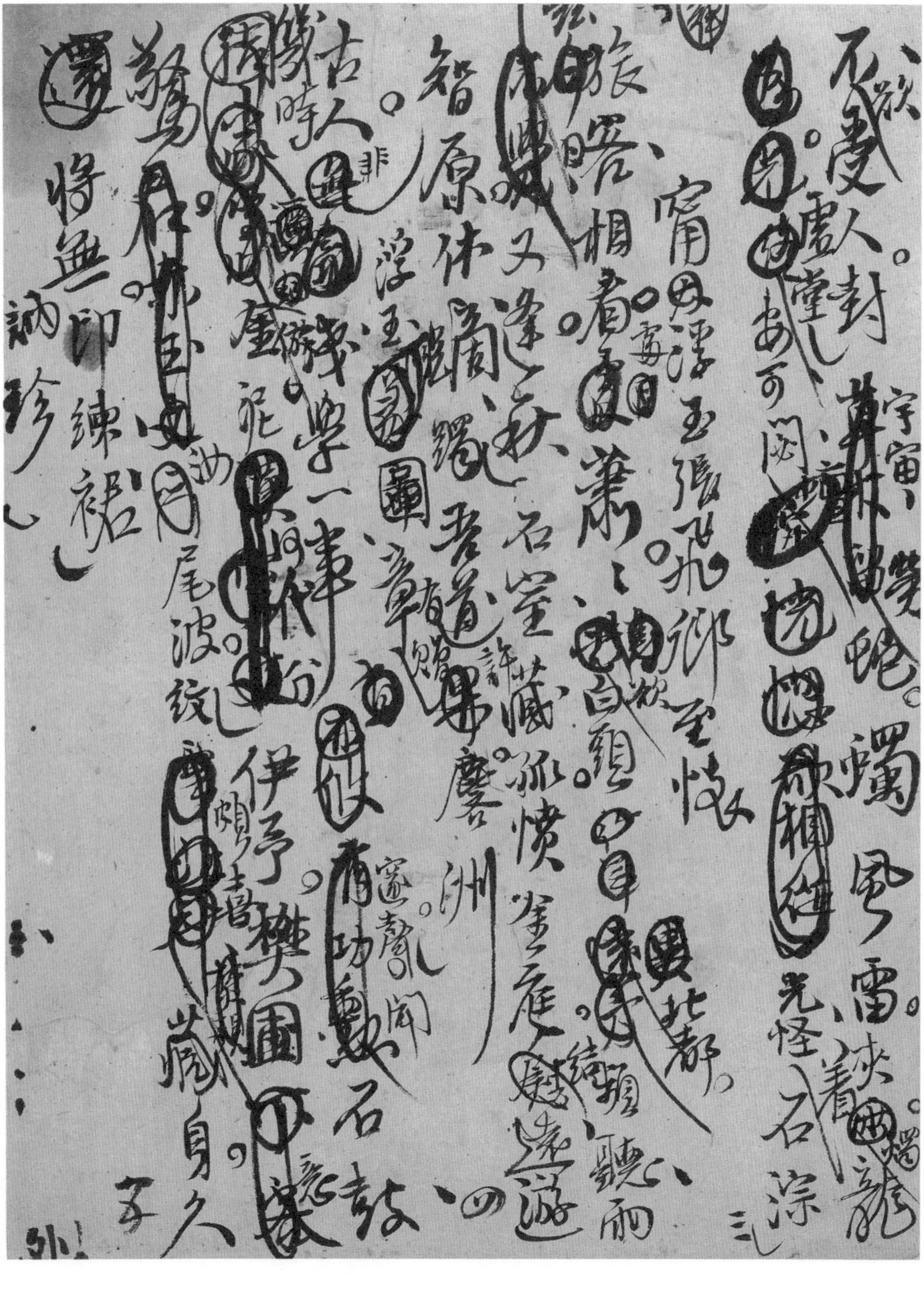

且欲移家去，渠溪曰羅逕，光生谷裏

相逢少間，花嘆句新，酒仙爐事

其中非寒不貴一犁閒　廿

和荊岫詠桂花

霜氣將數乍悲爲凡，升疑艱難初不辟

題默似渠知，狀韻陽和，挑孤聲化育道

明年還作萼幽賞，莫遲遲　廿一

湯體苔藓衡大翁之旁可騐方

僕歸懷州，未抵里門，即有先君之憫，不數月先母及予

繼之，聲欲竭，面欲黧，幾卒，焚腸天降之厄

二親欲養不逮，摧剝楚毒，何忍復爲，故人道也

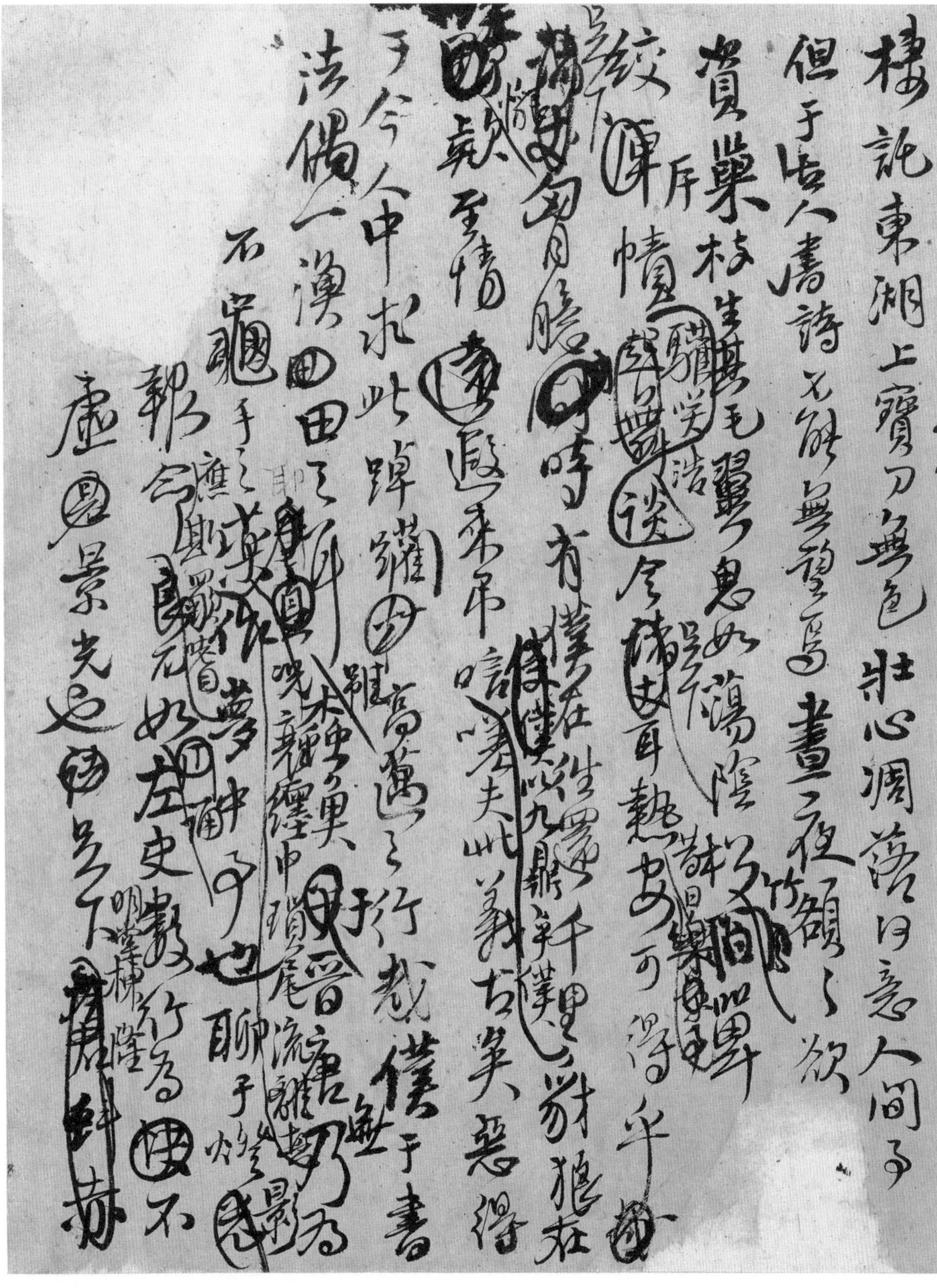

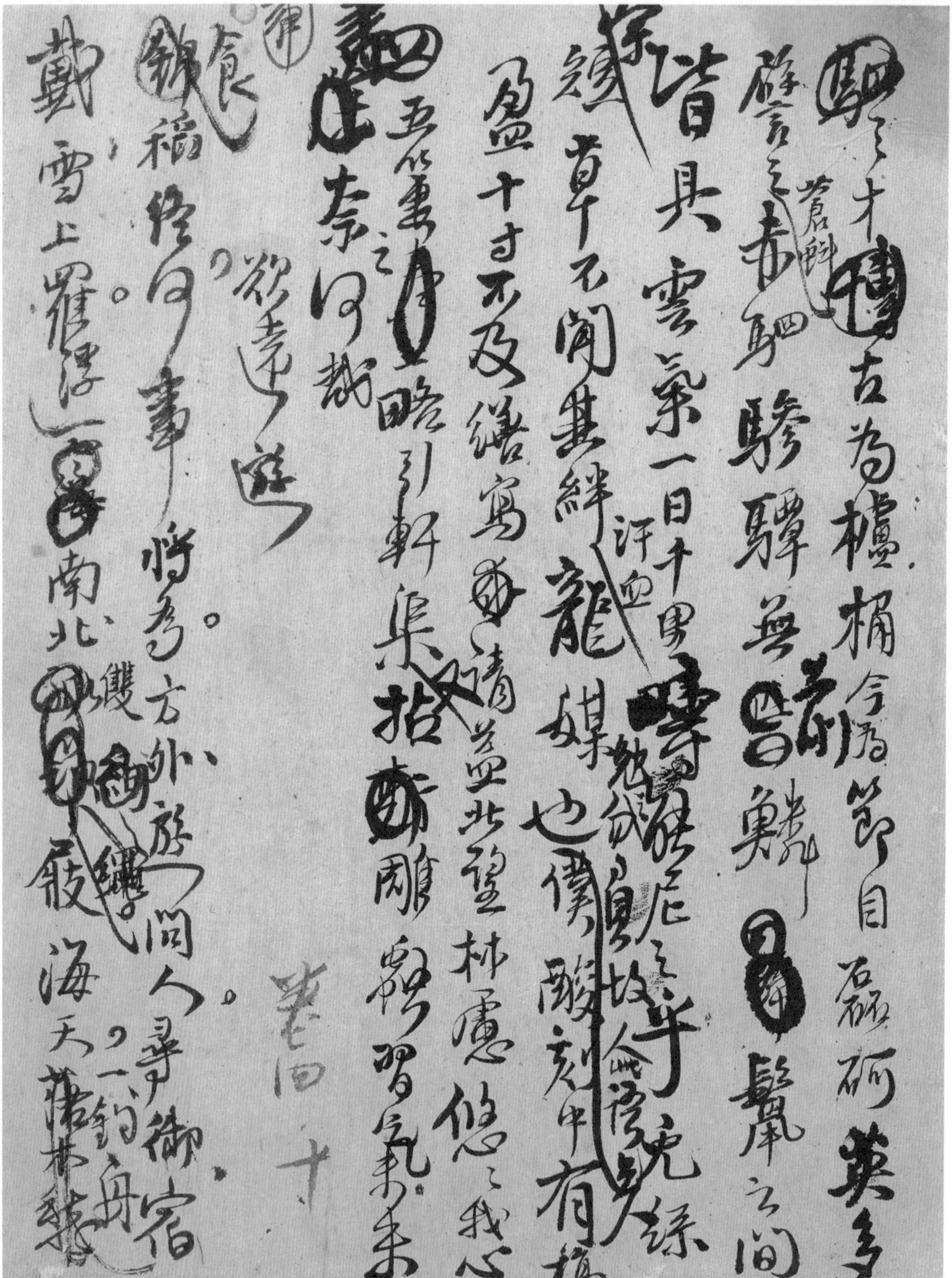

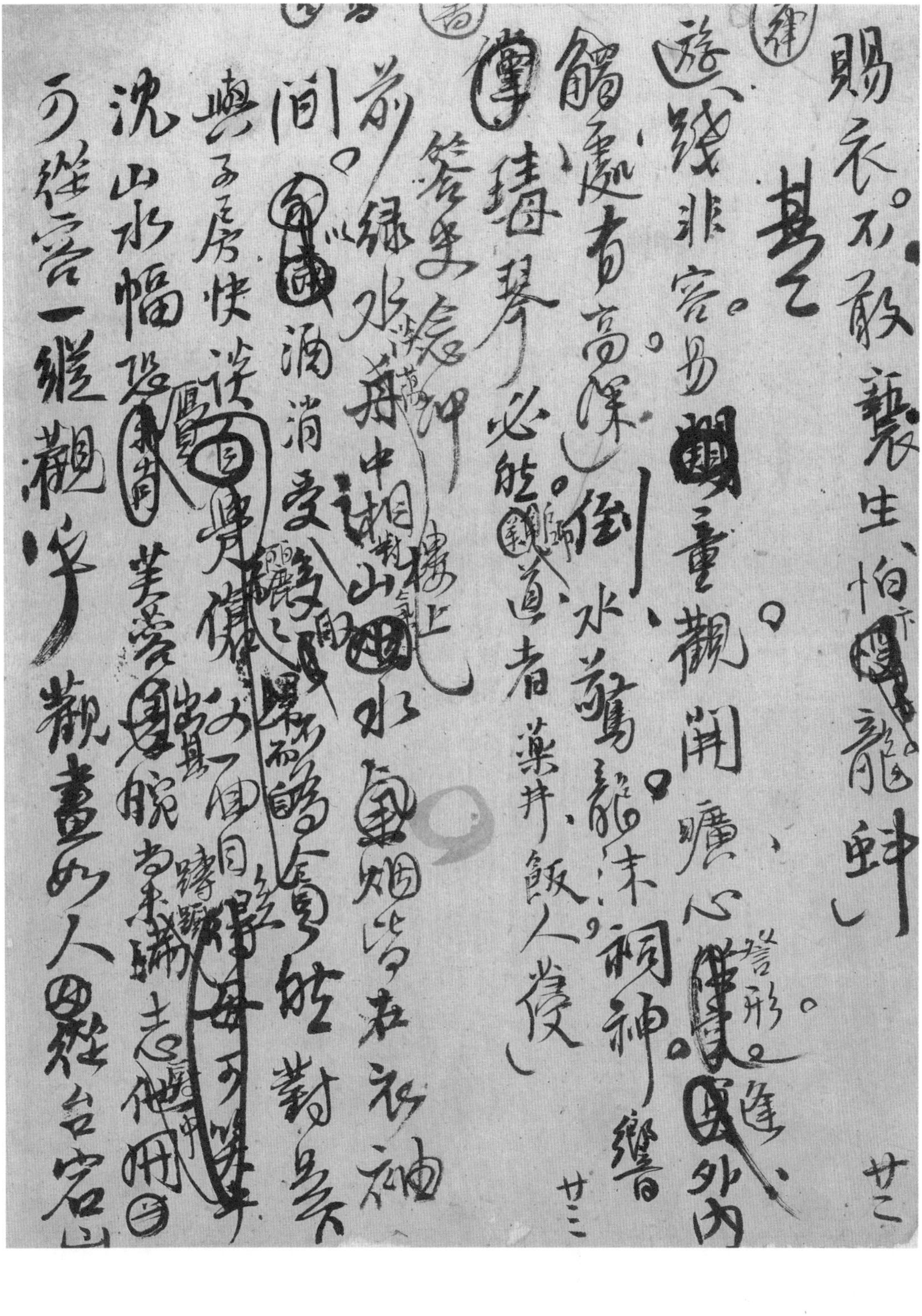

賜衣不敢襲生、怕[illegible]龍蚪し 廿二

甚之。[illegible]重觀開曠心、[illegible]譽形。[illegible]逢、外內

遊錢非容易。倒、水龍龍沫。祠神響 廿三

館處有高深。擣琴必能。[illegible]道、者藥井、飯人饕し

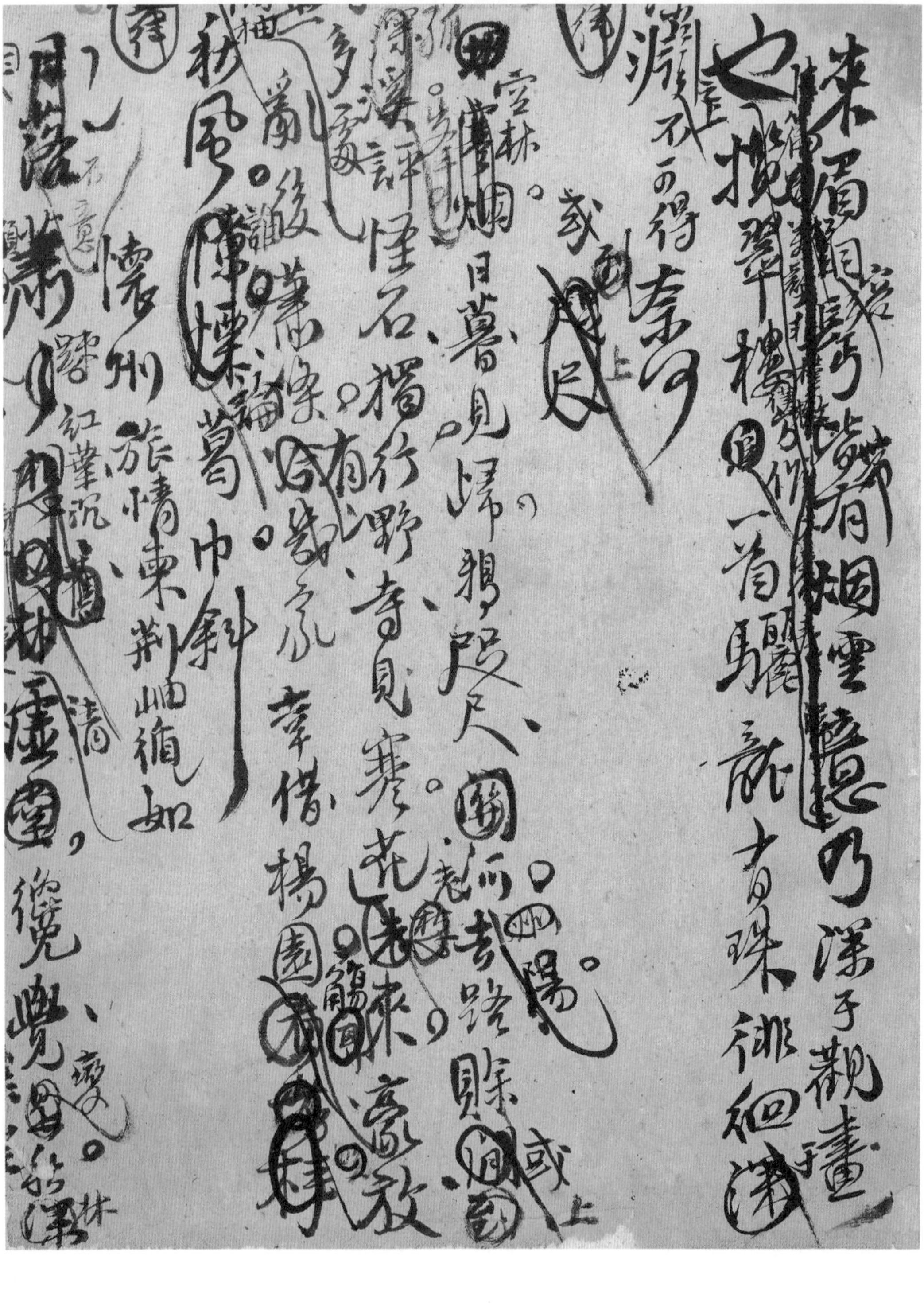

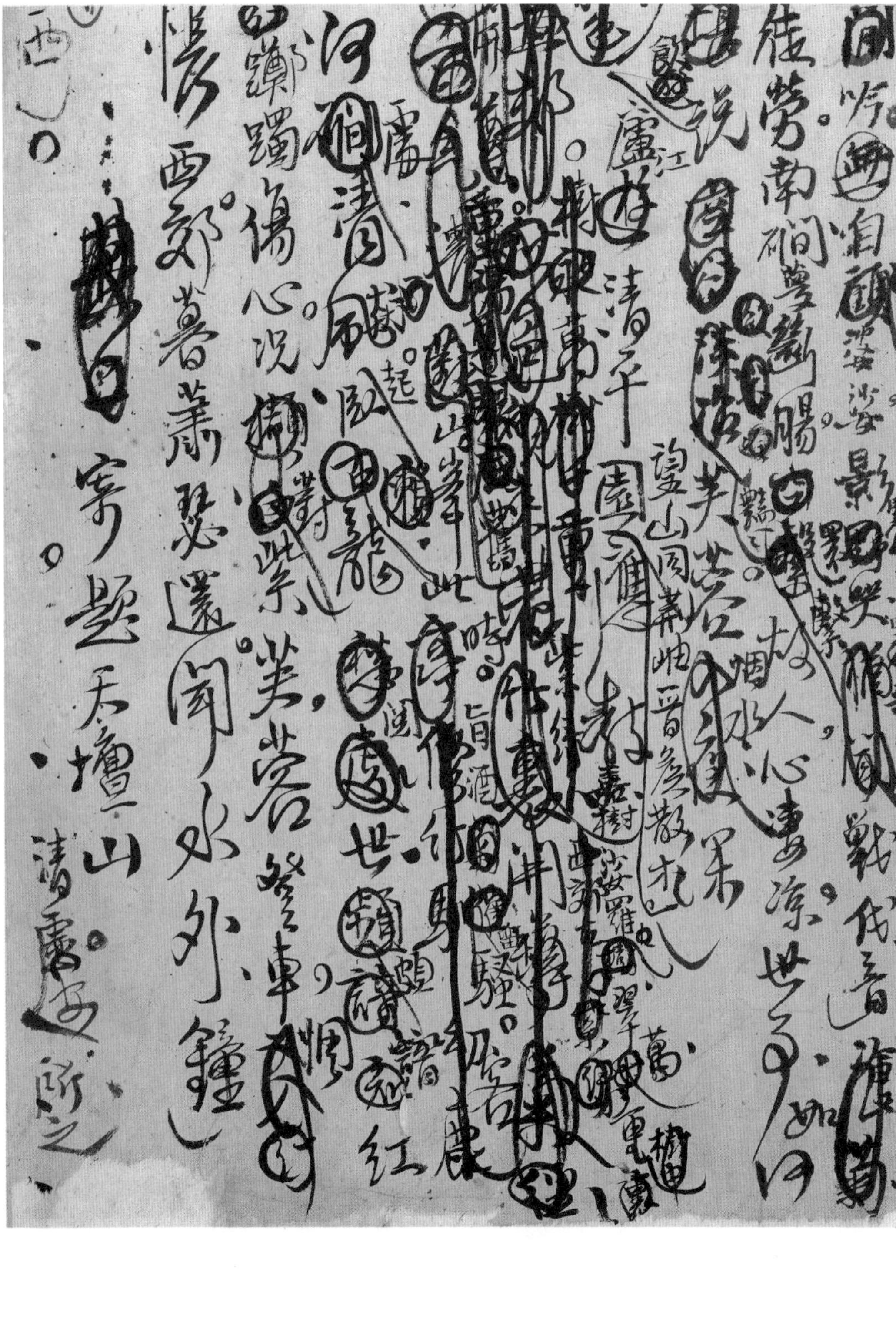

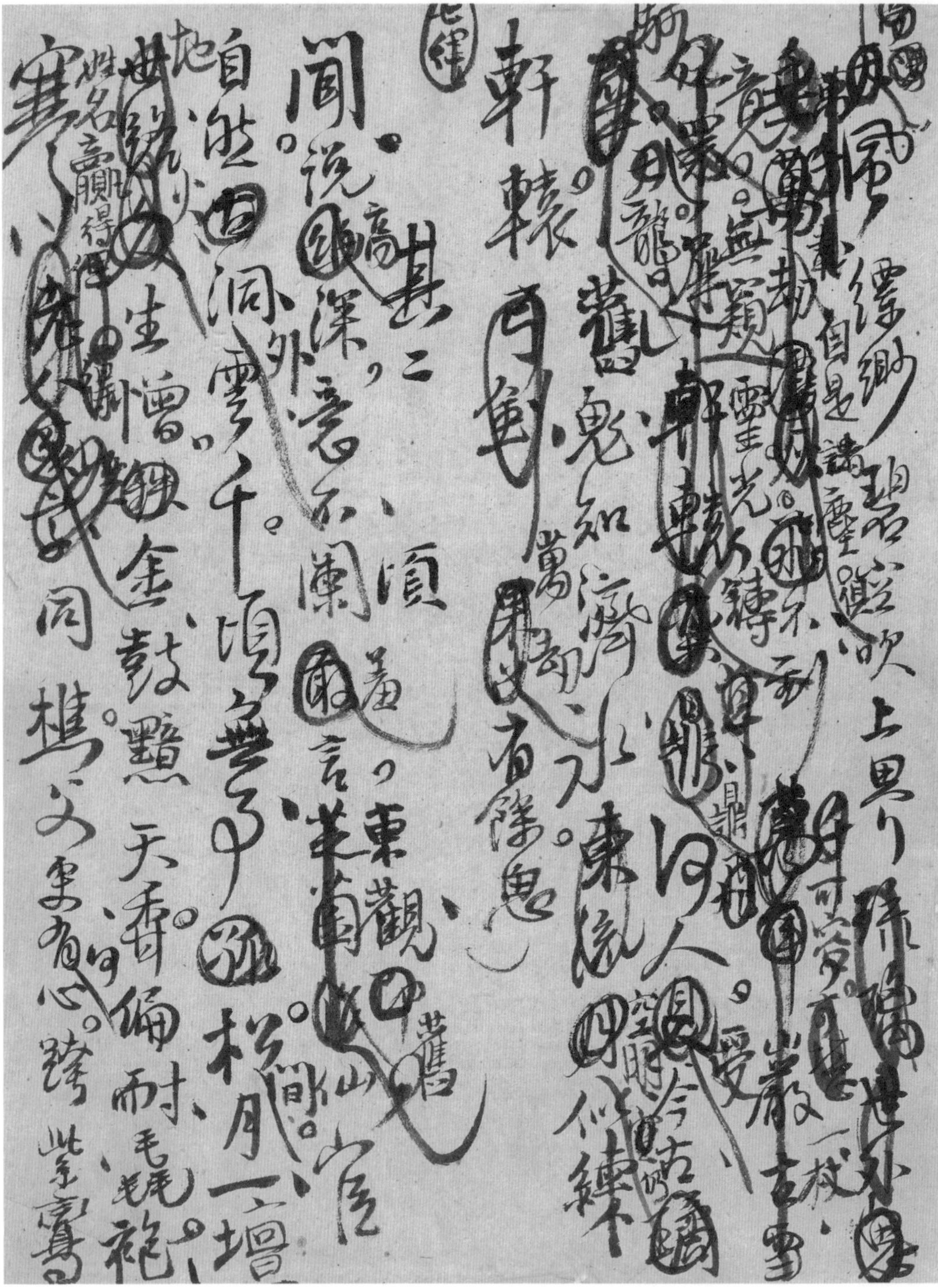

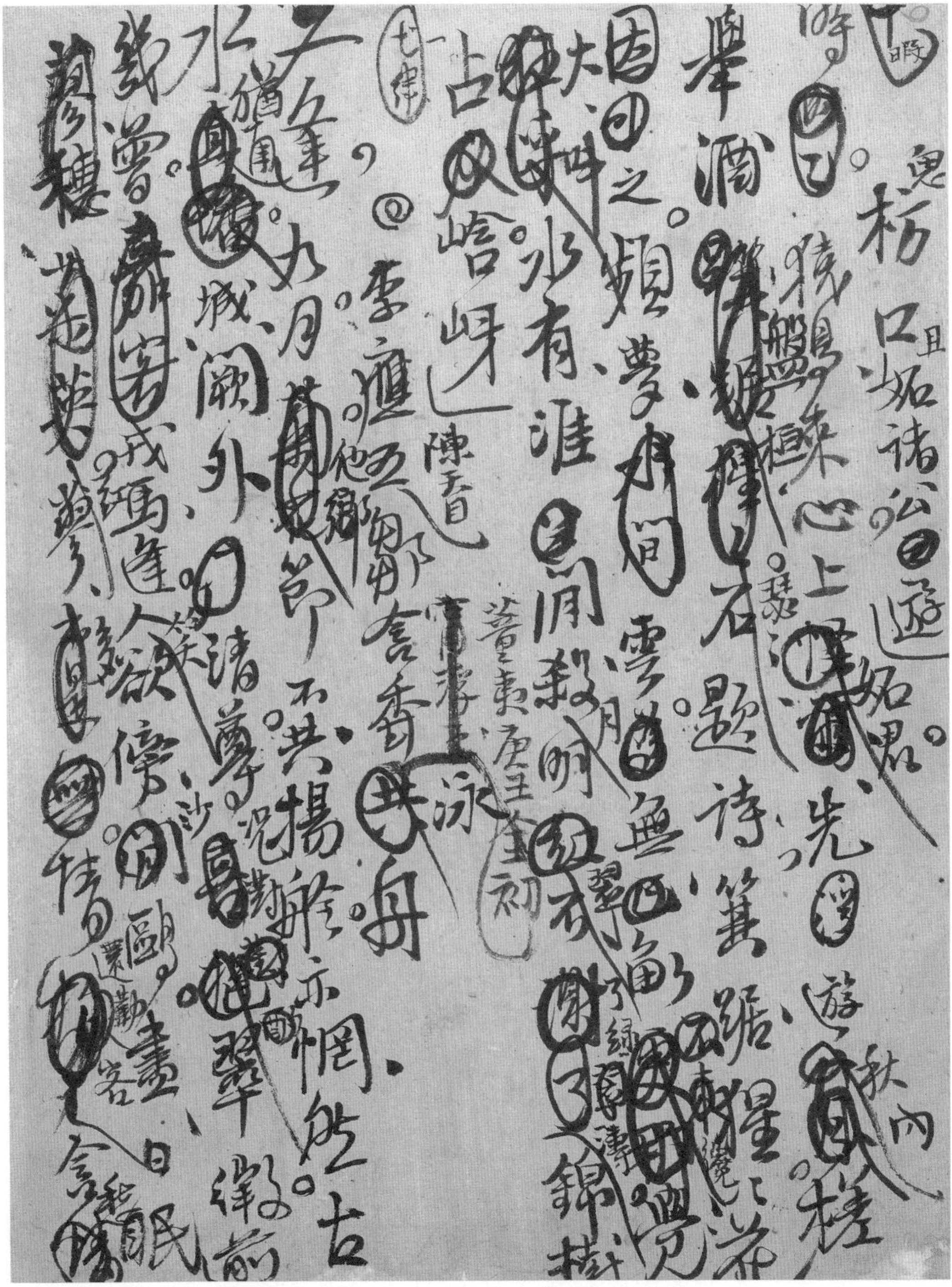

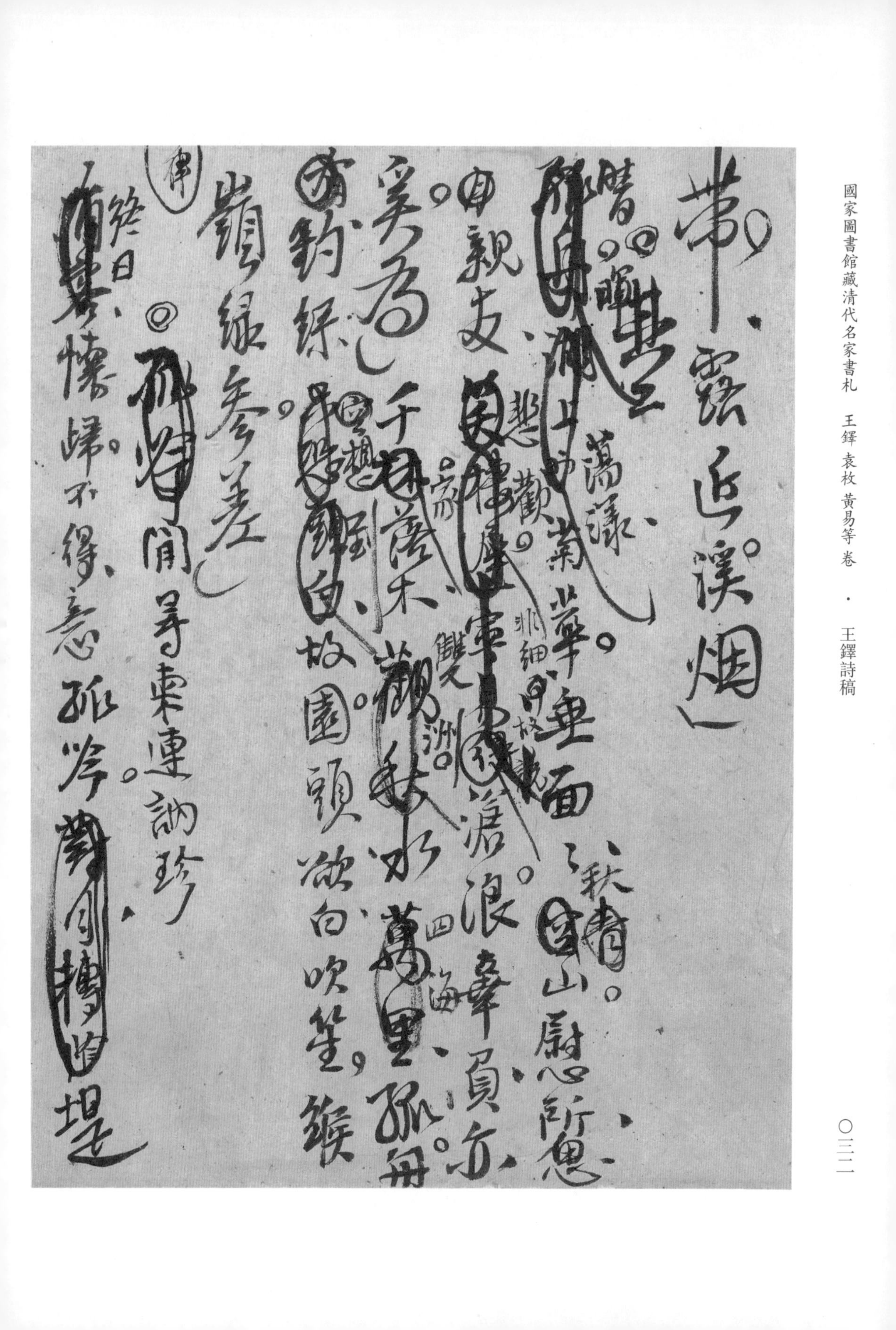

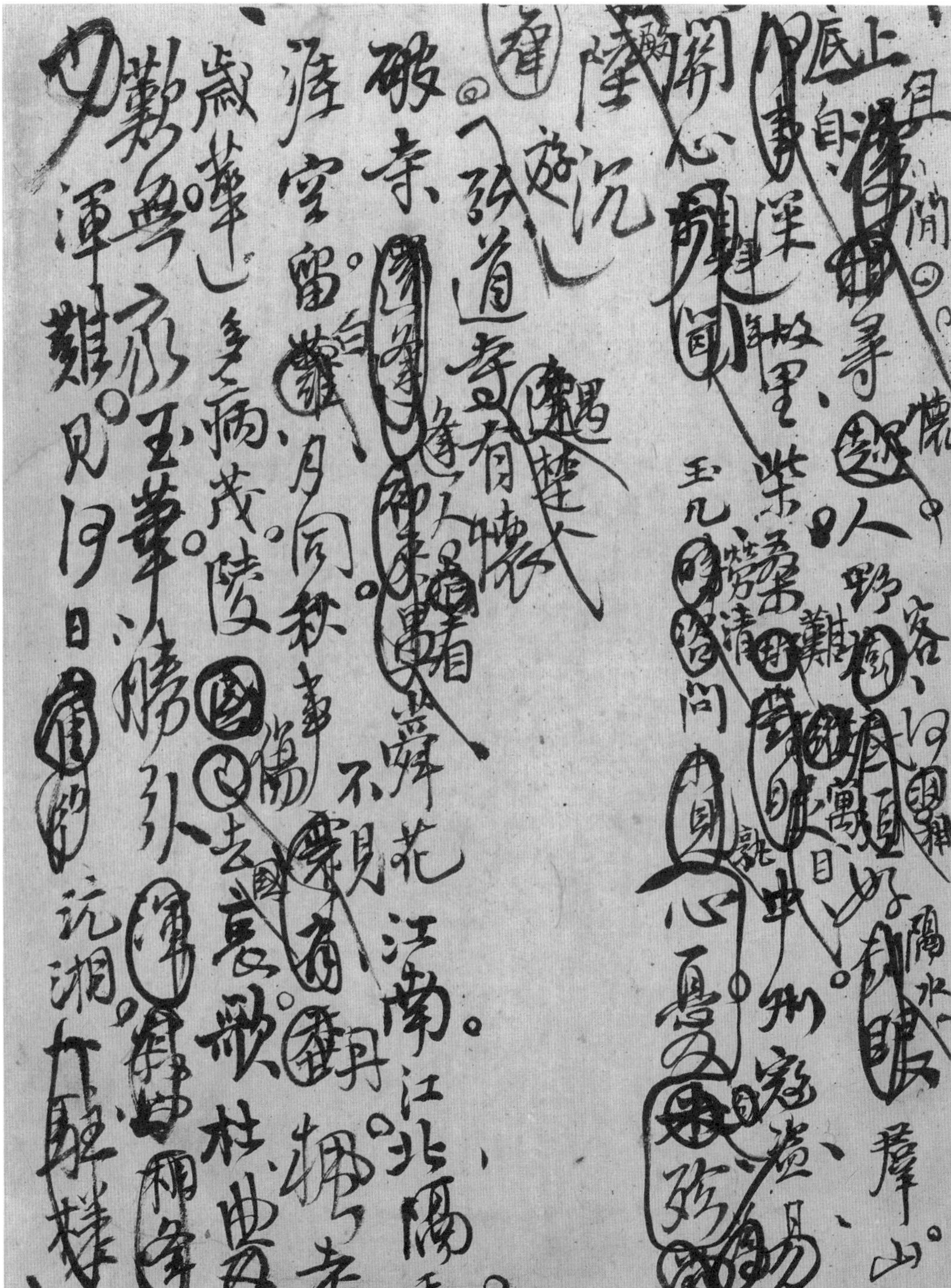

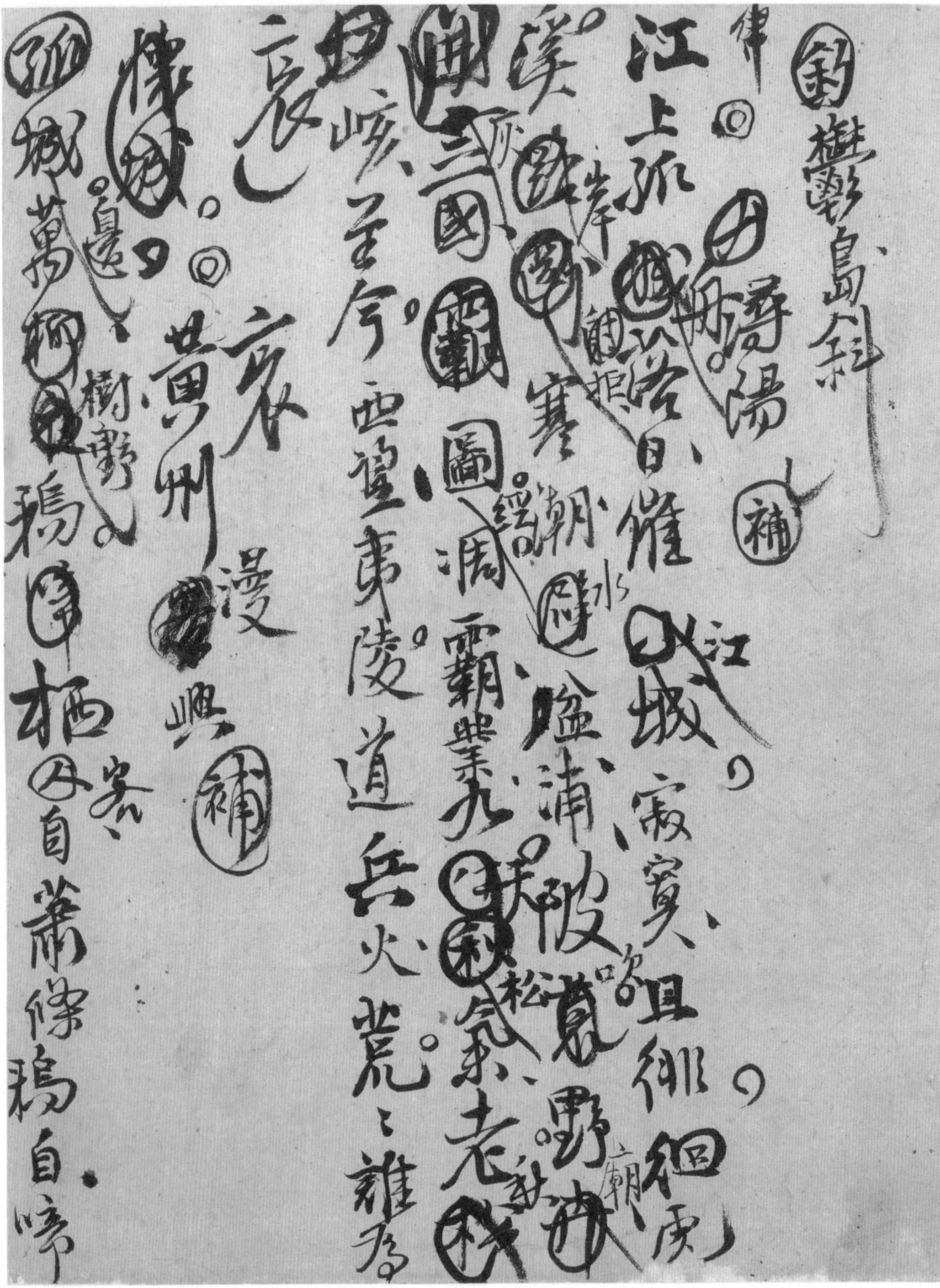

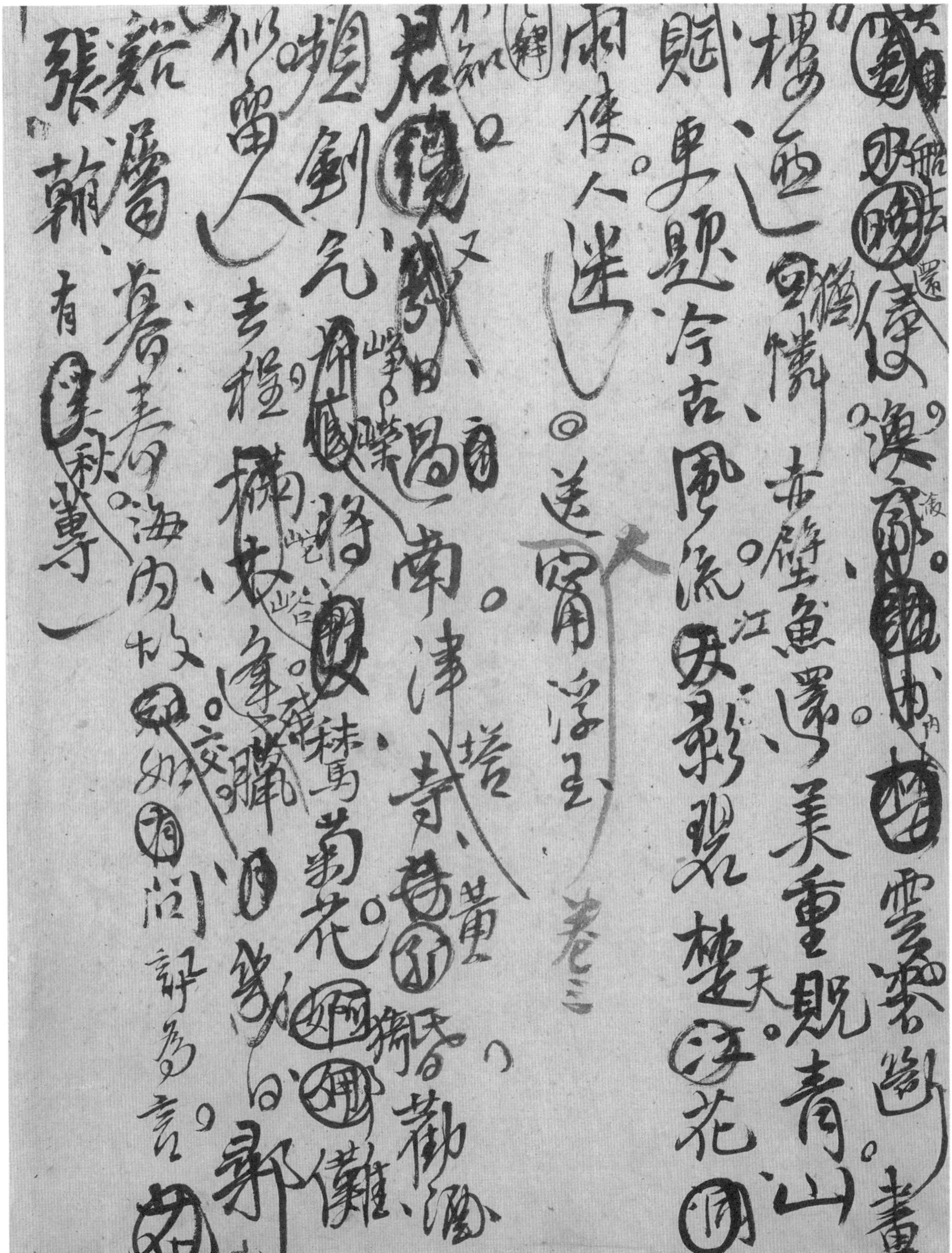

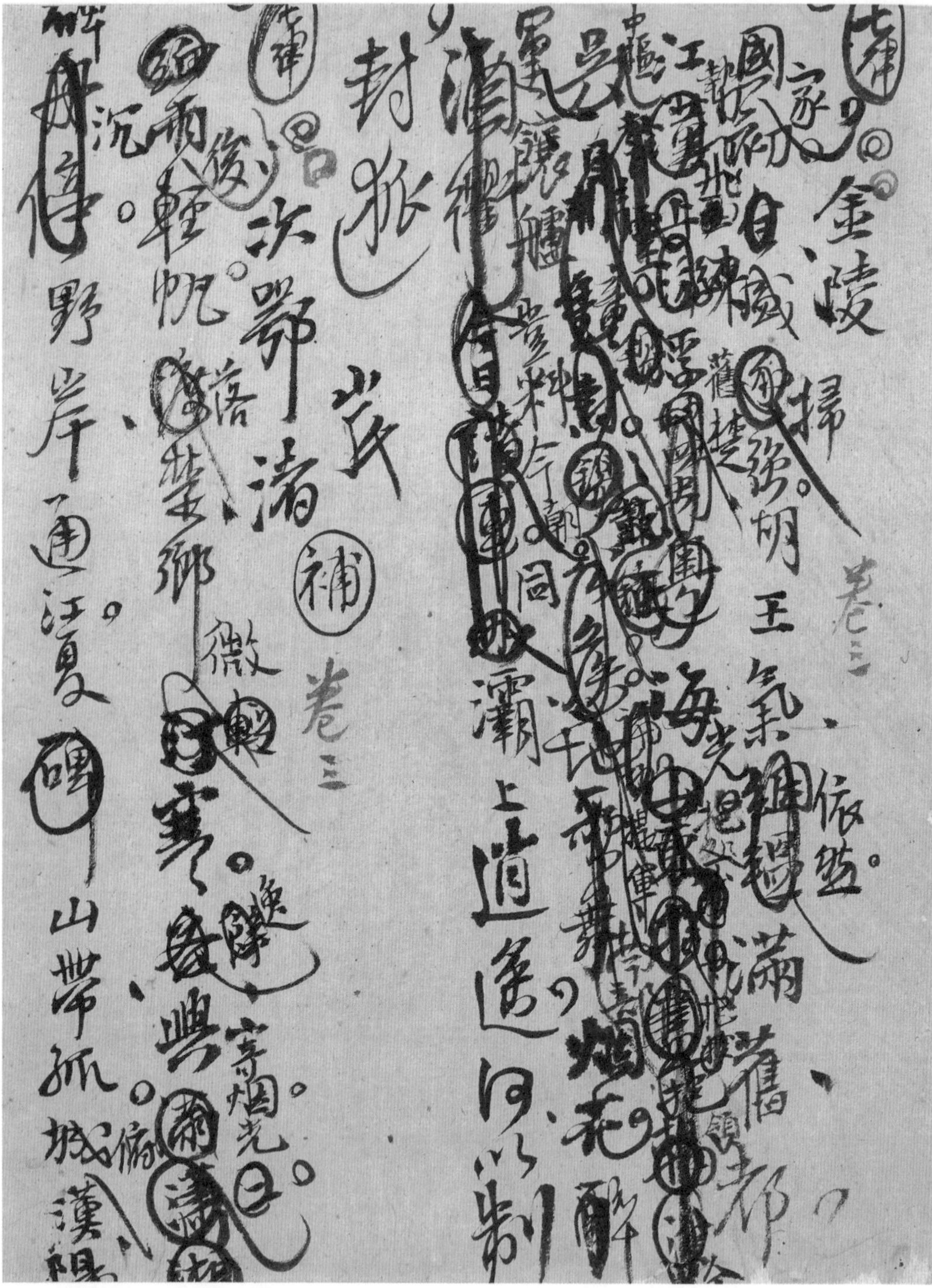

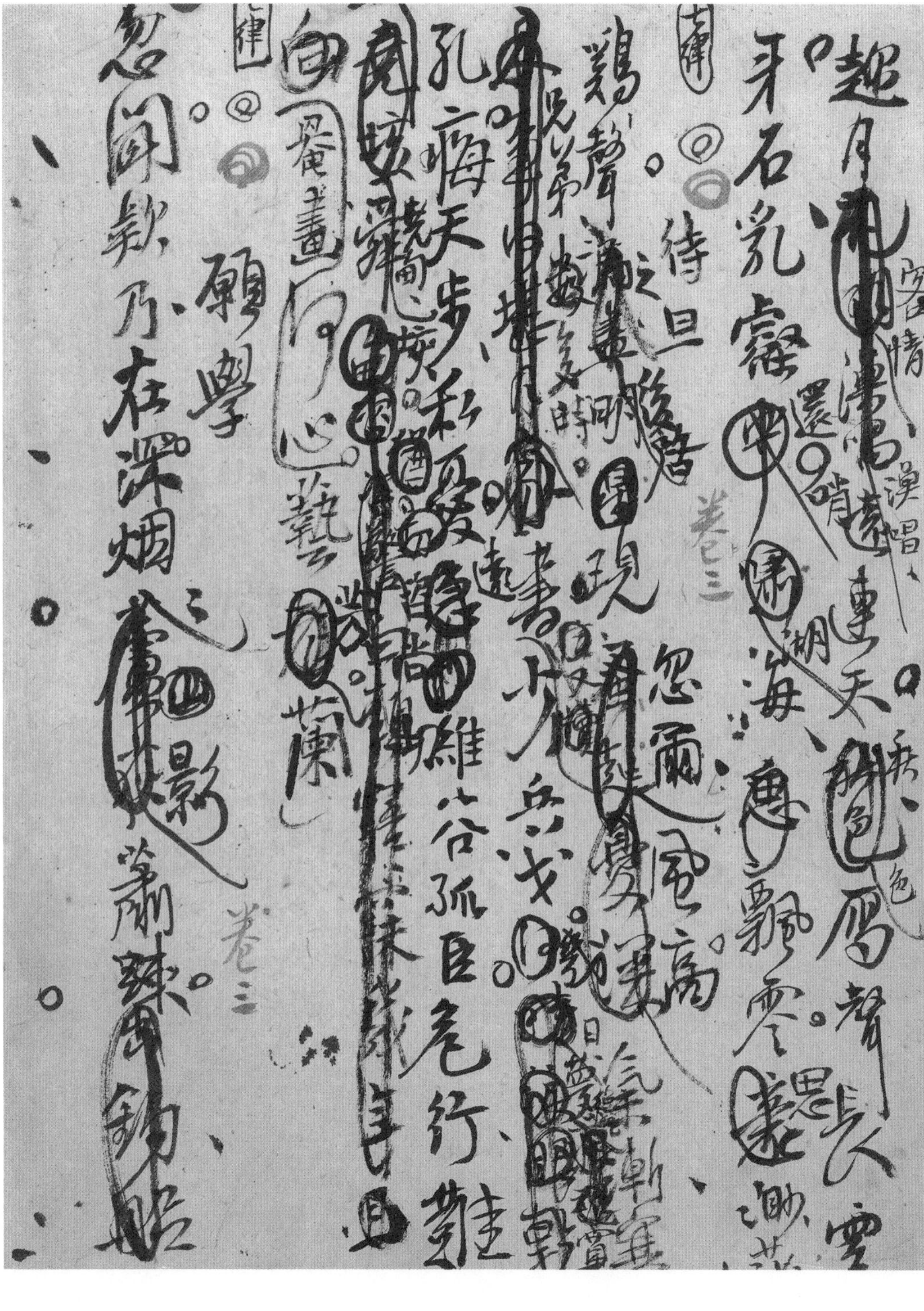

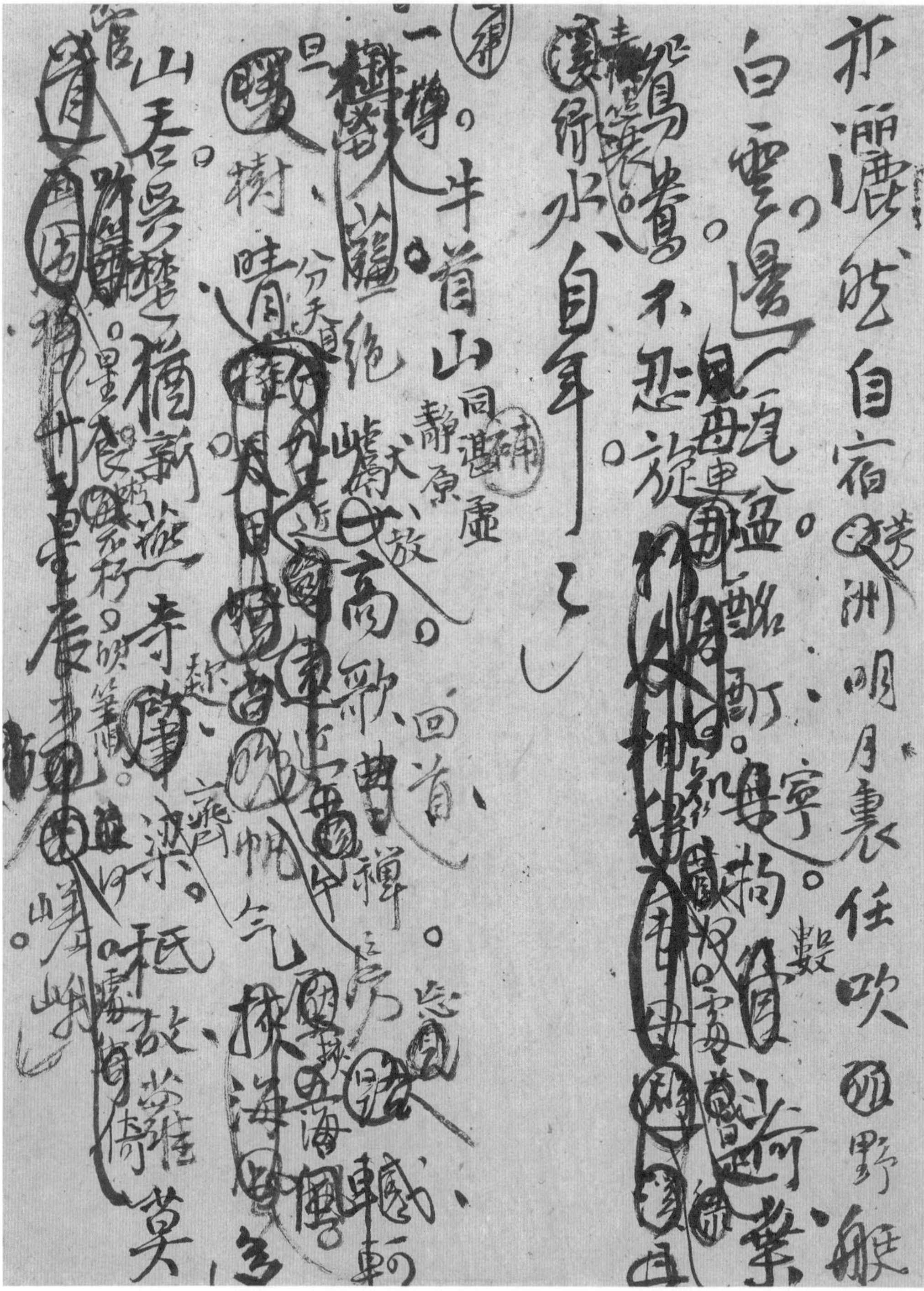

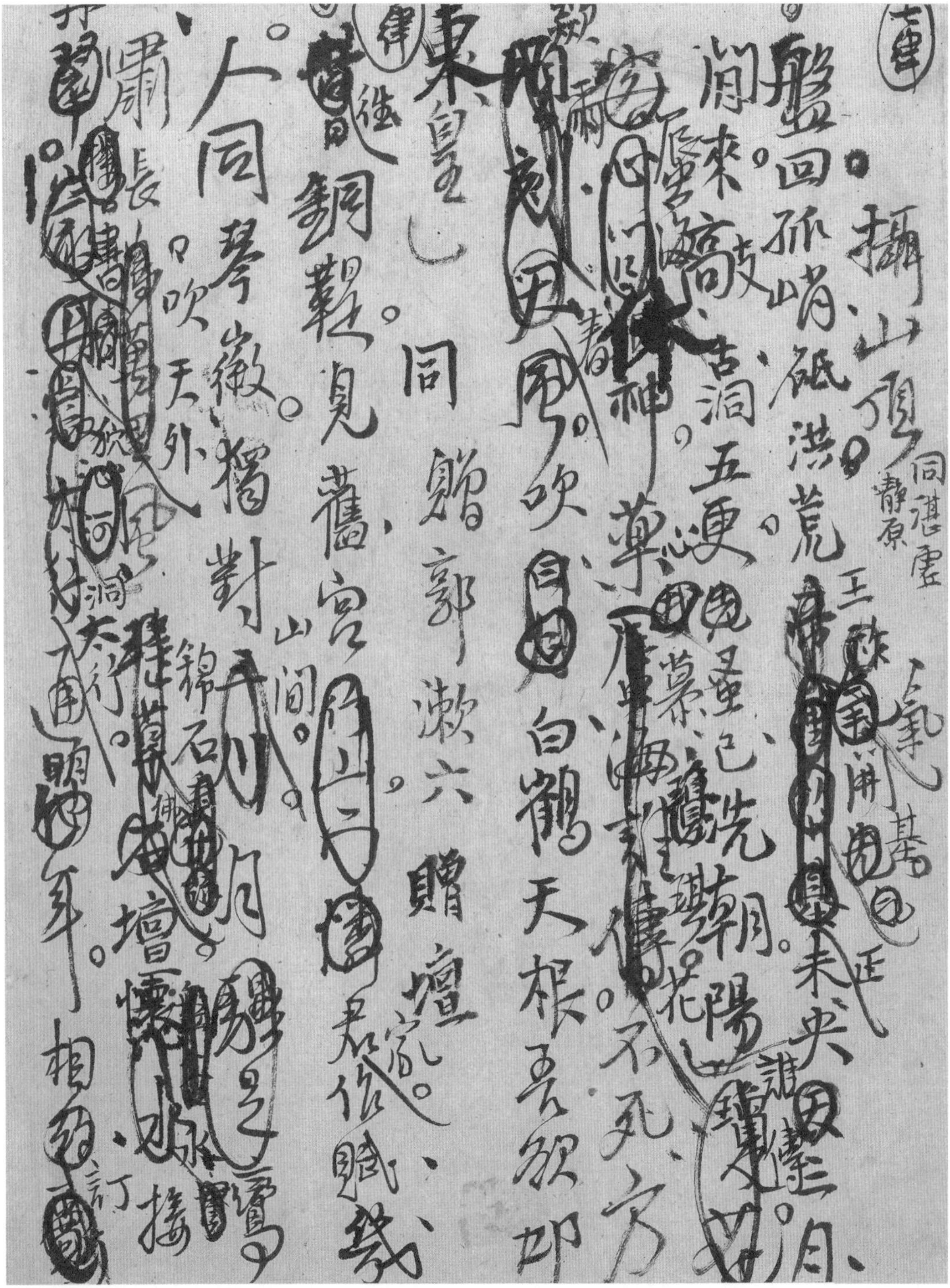

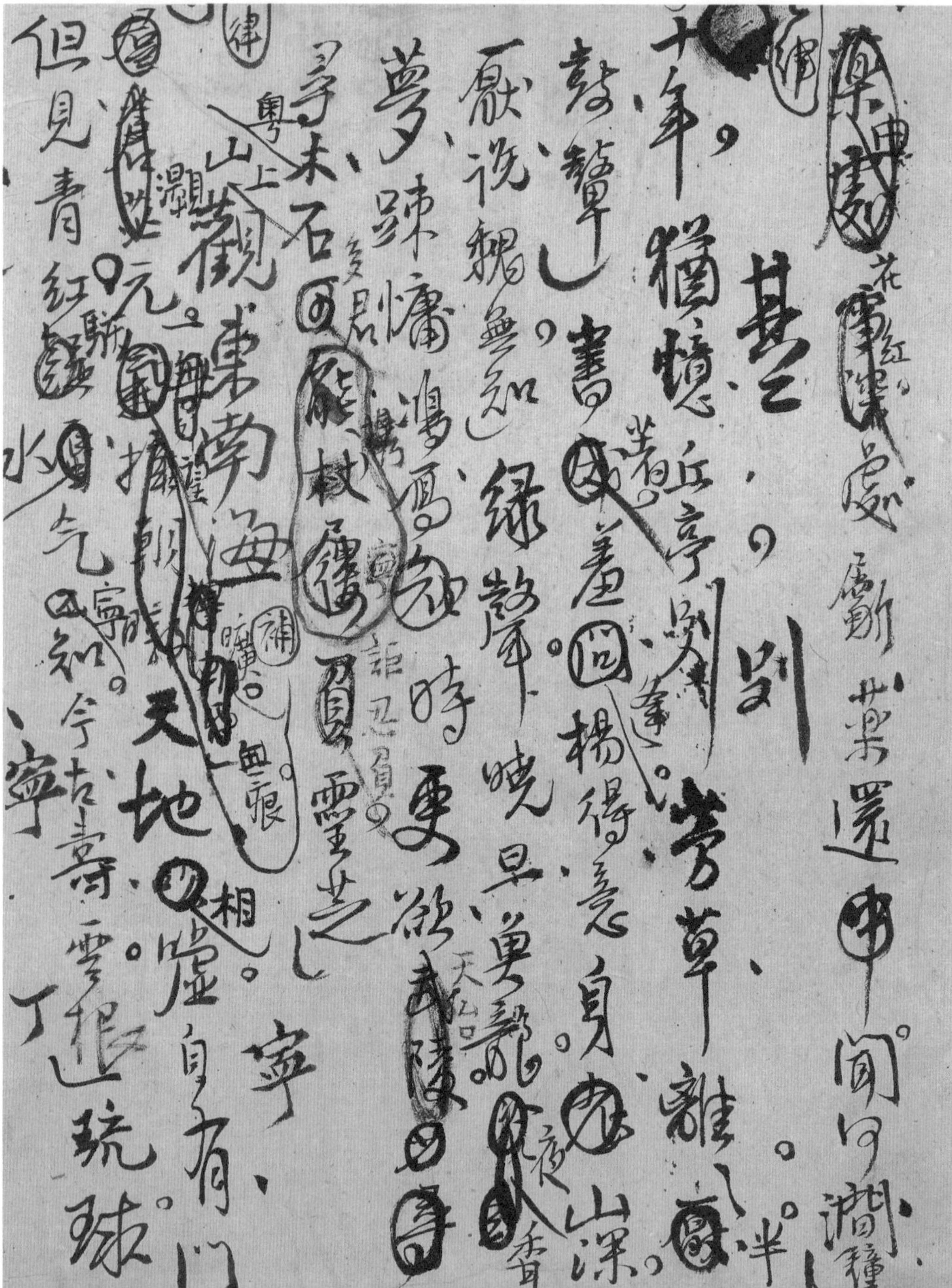

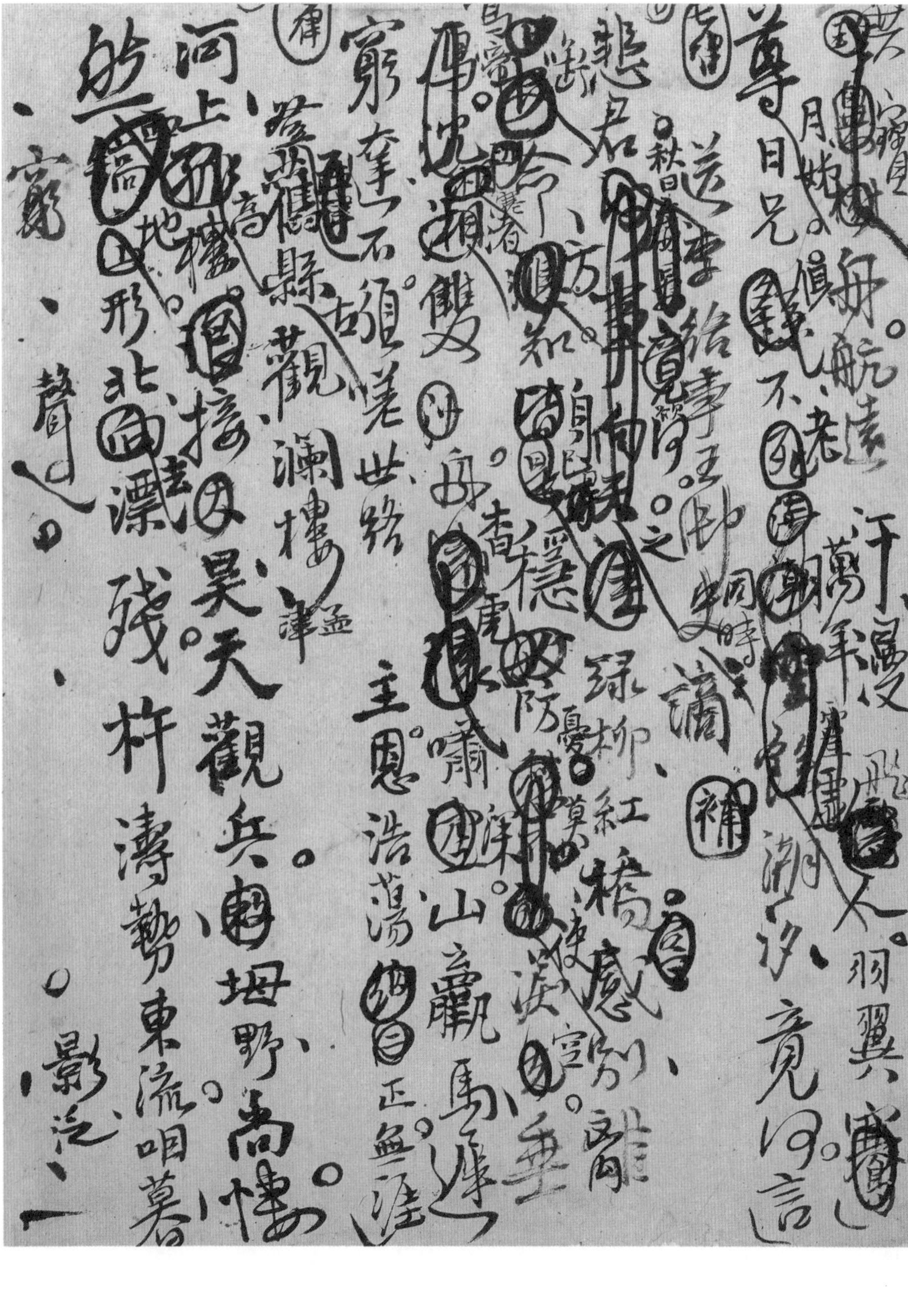

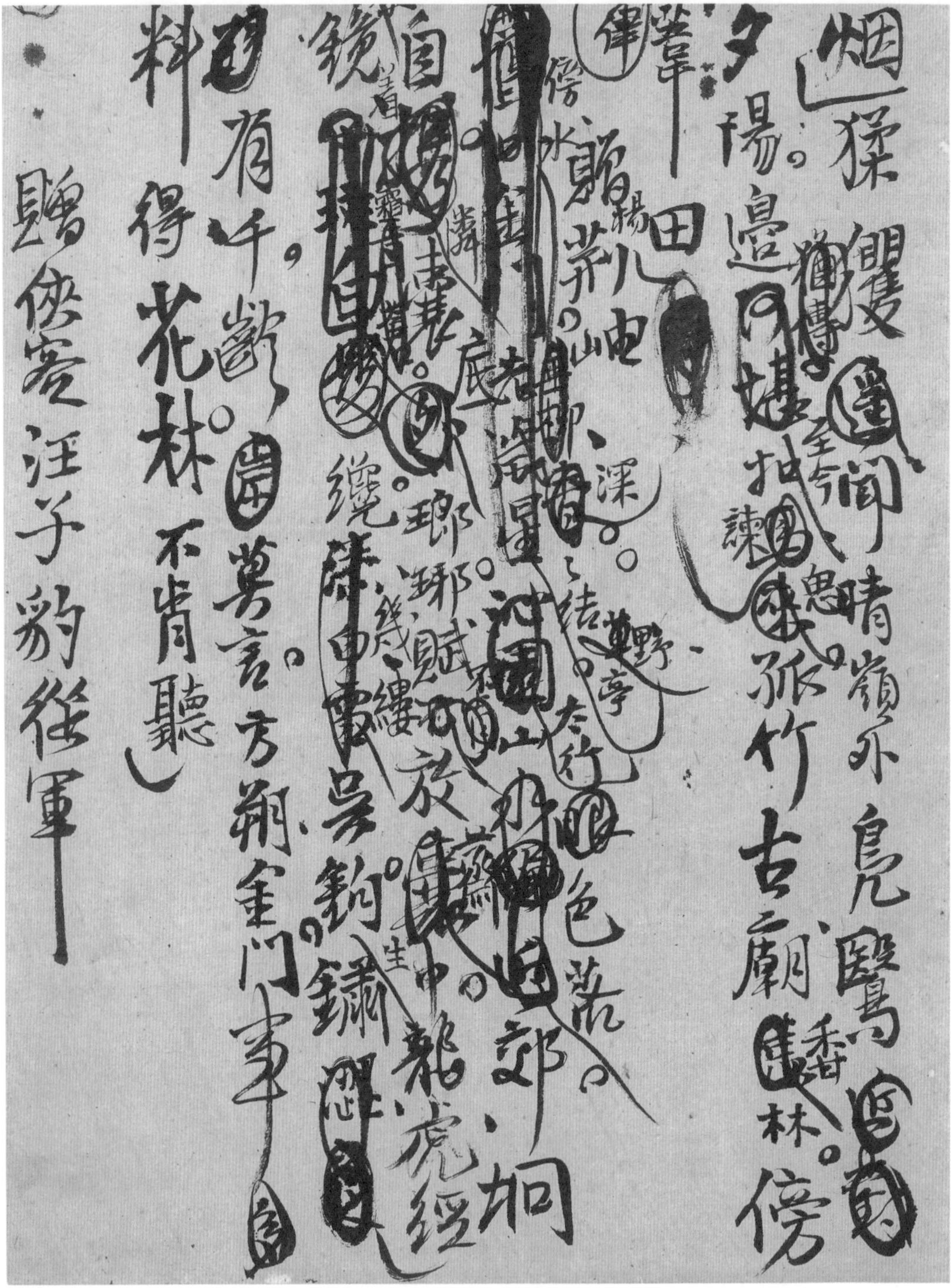

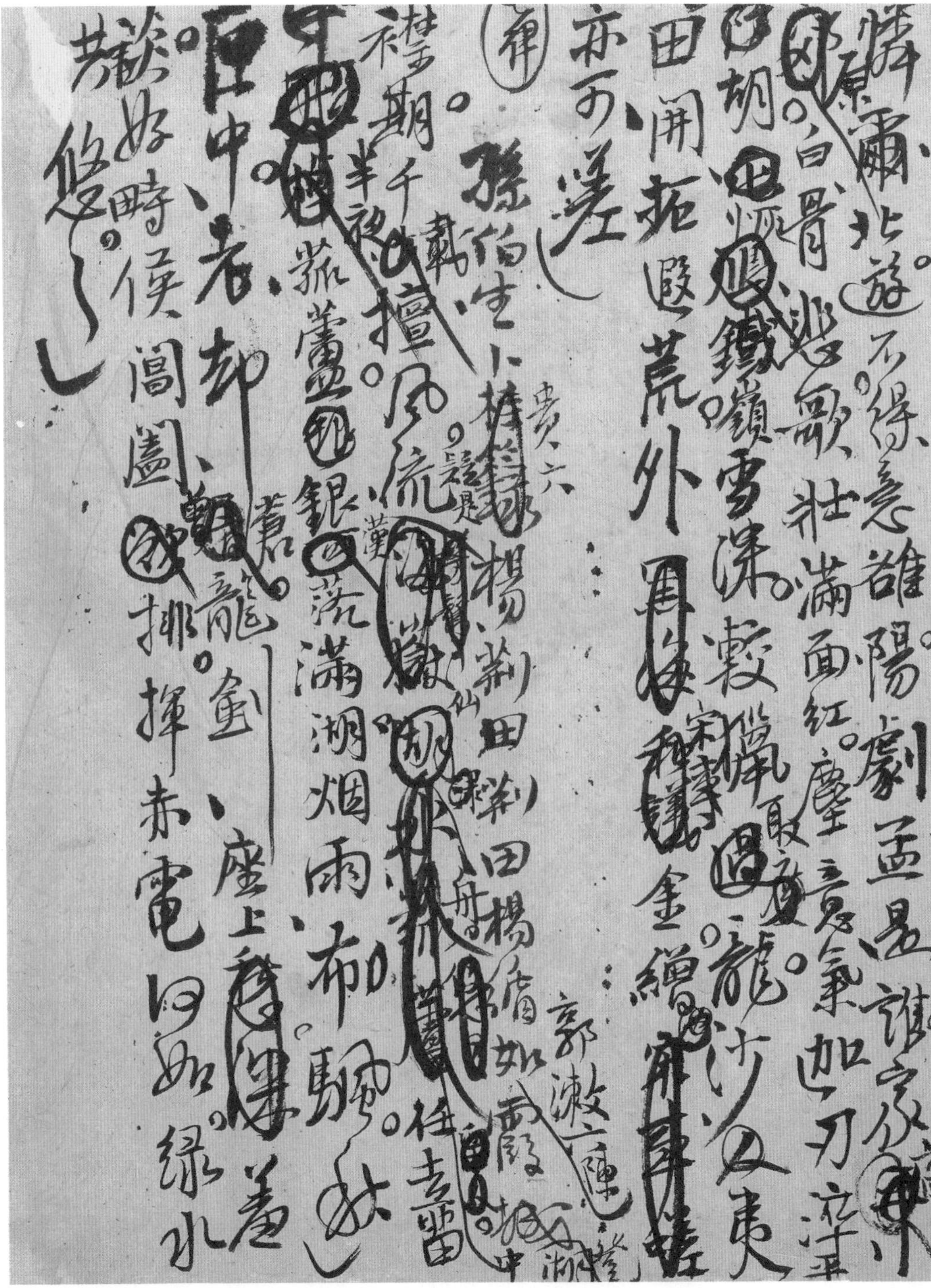

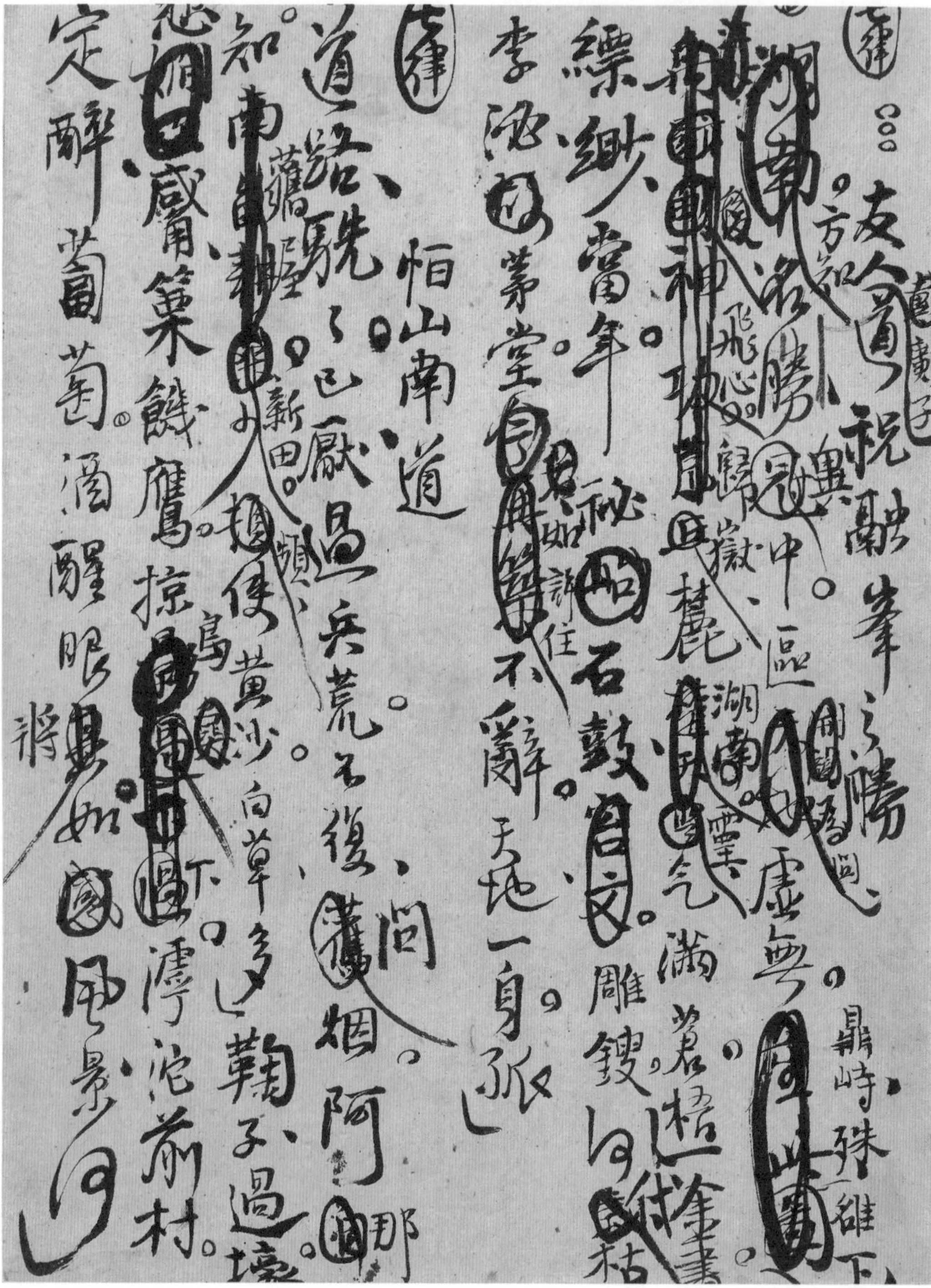

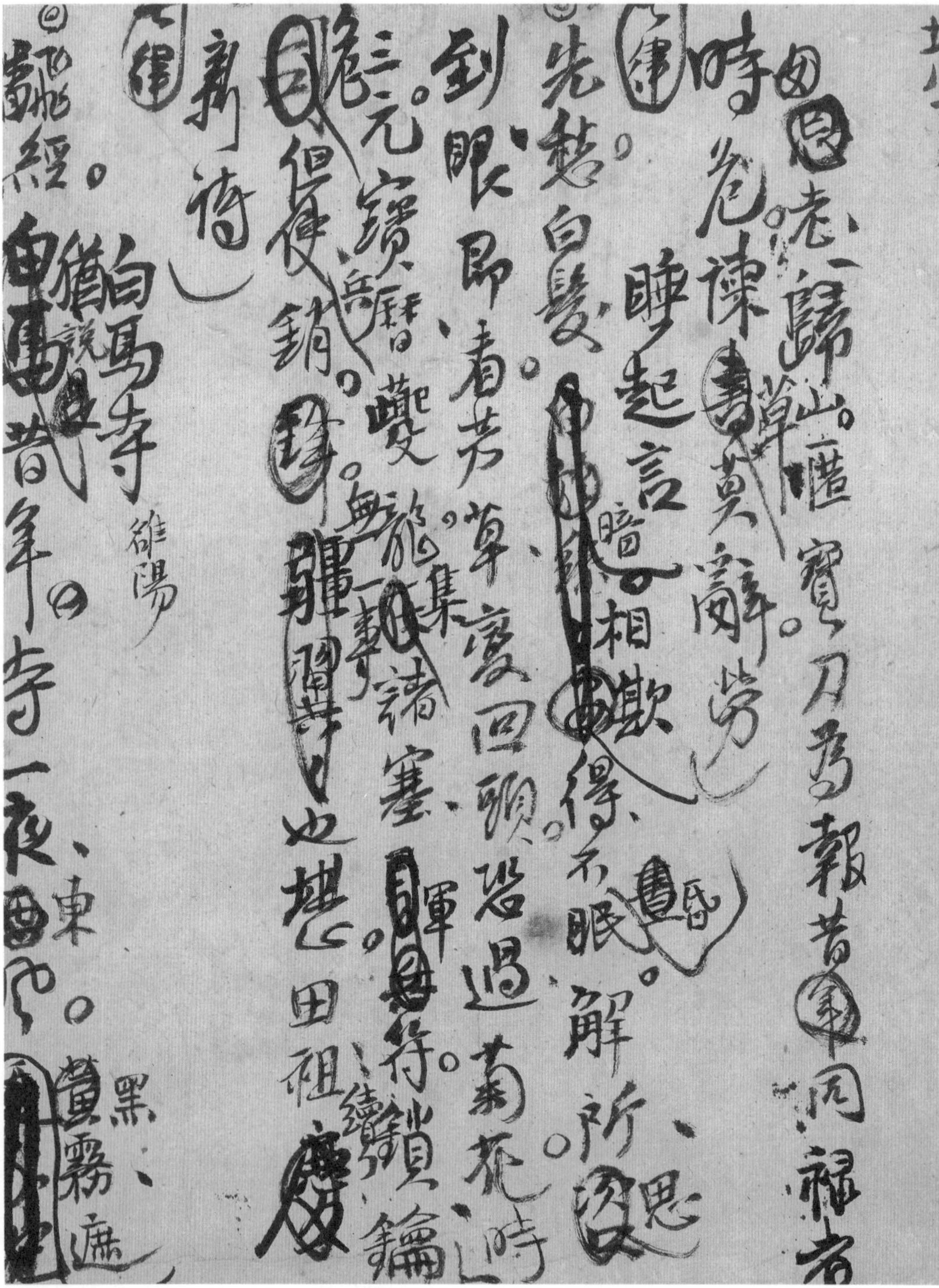

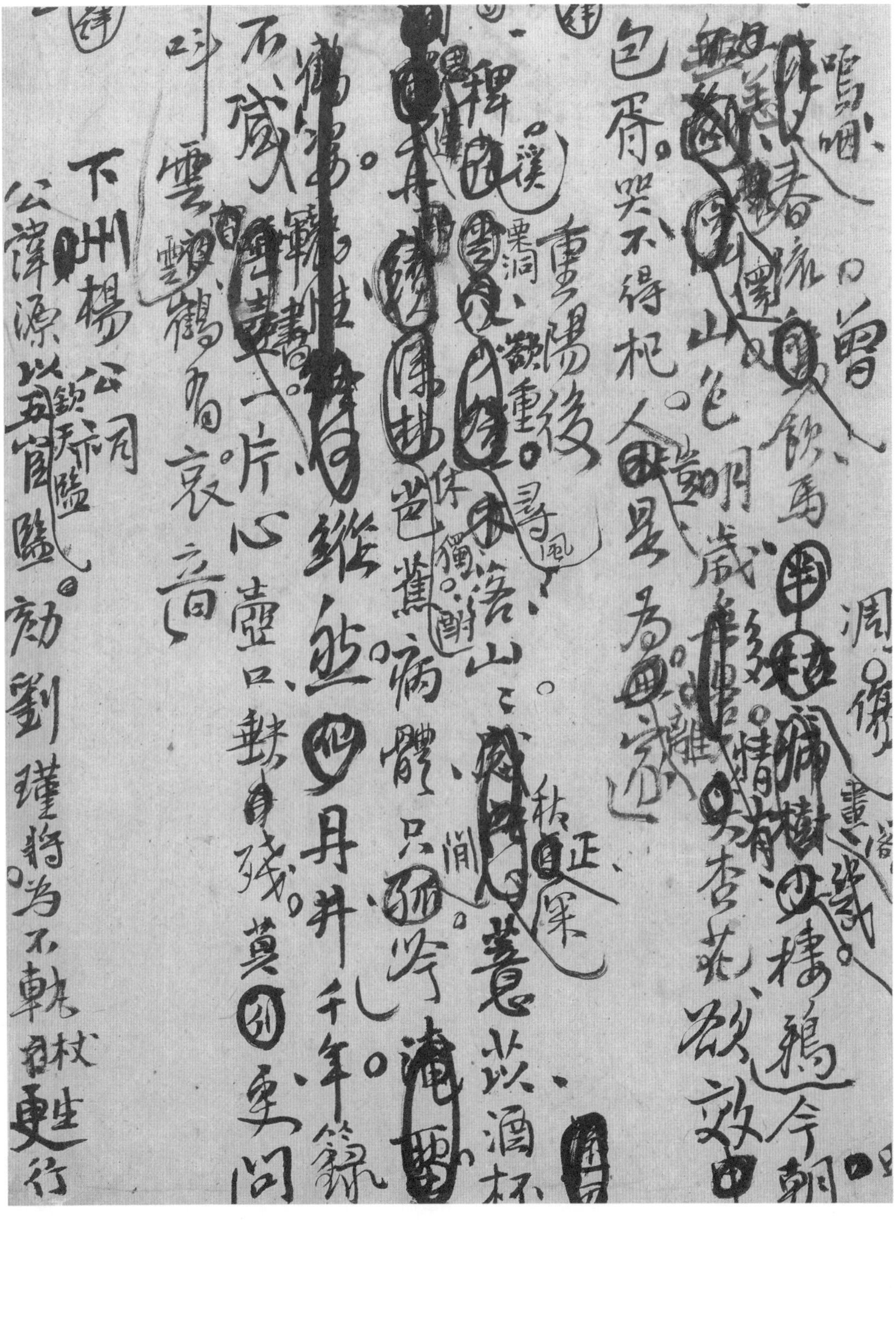

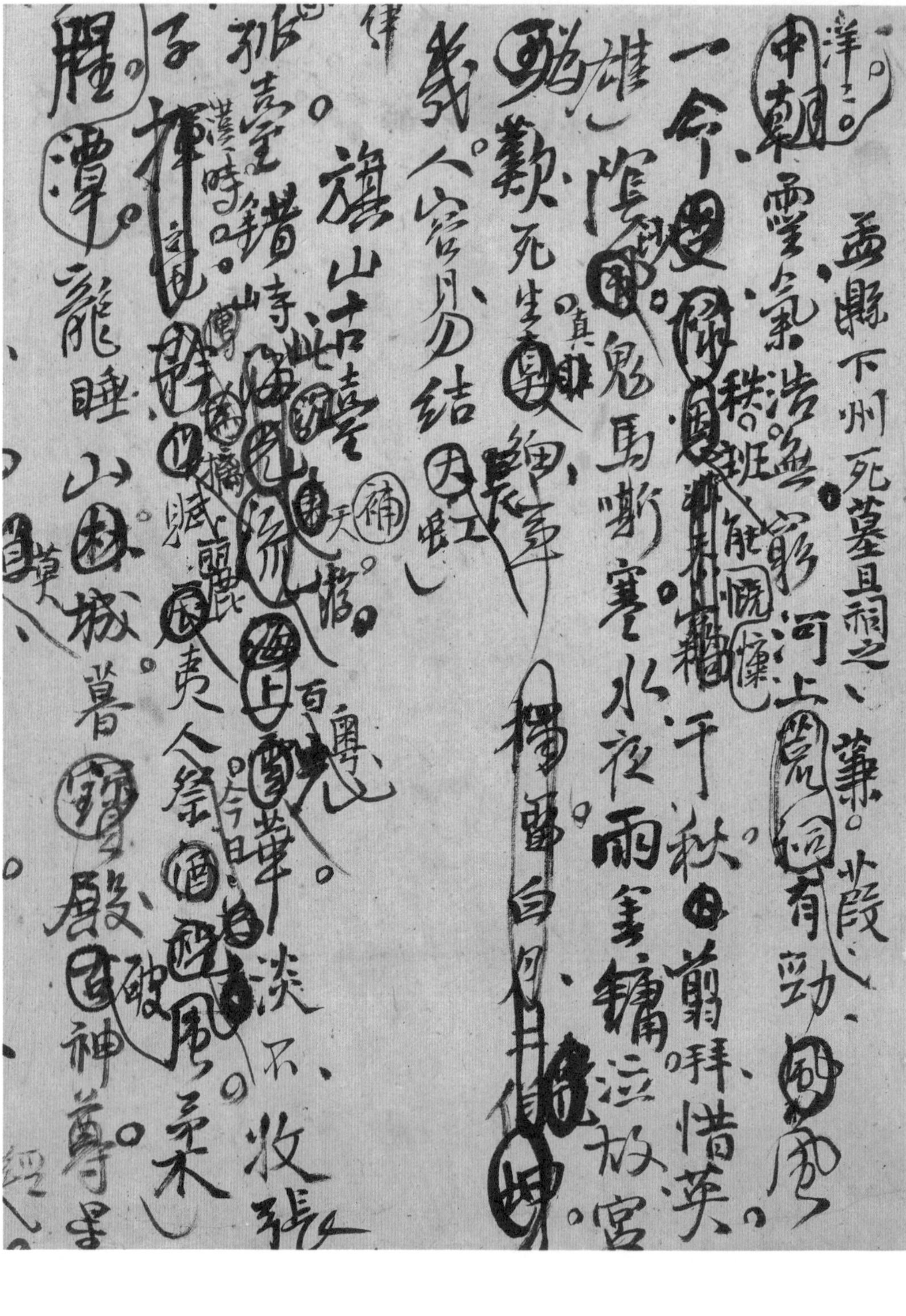

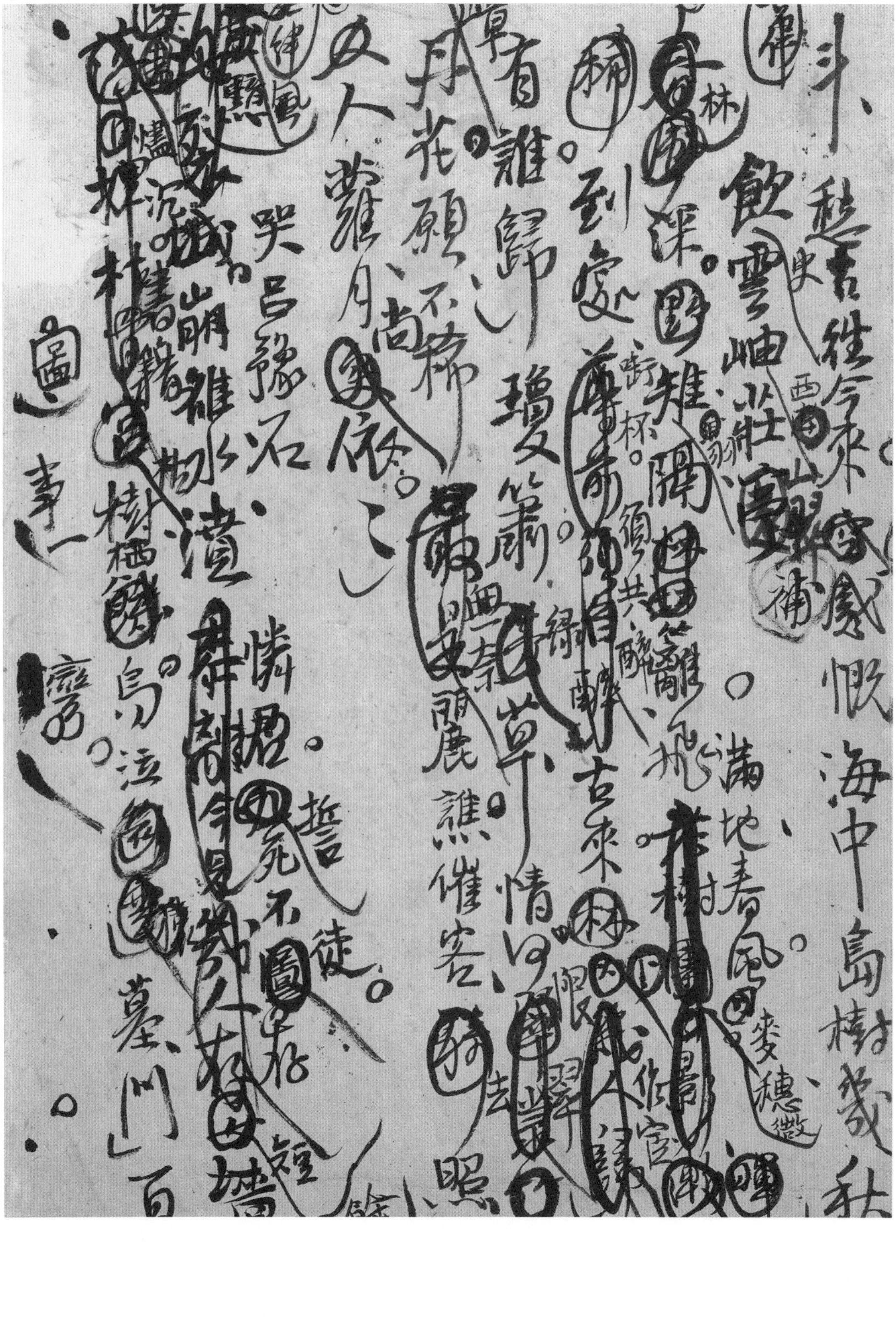

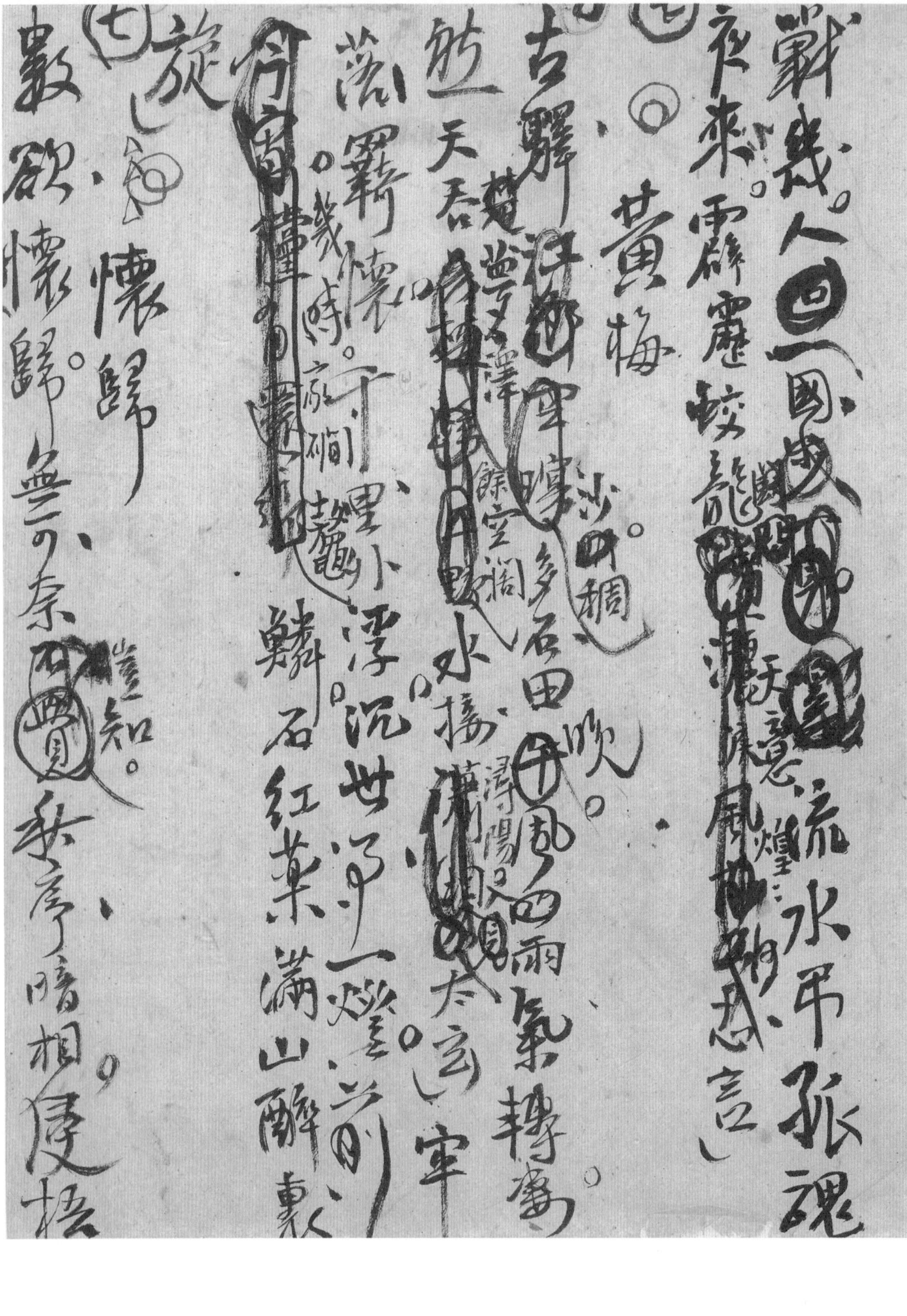

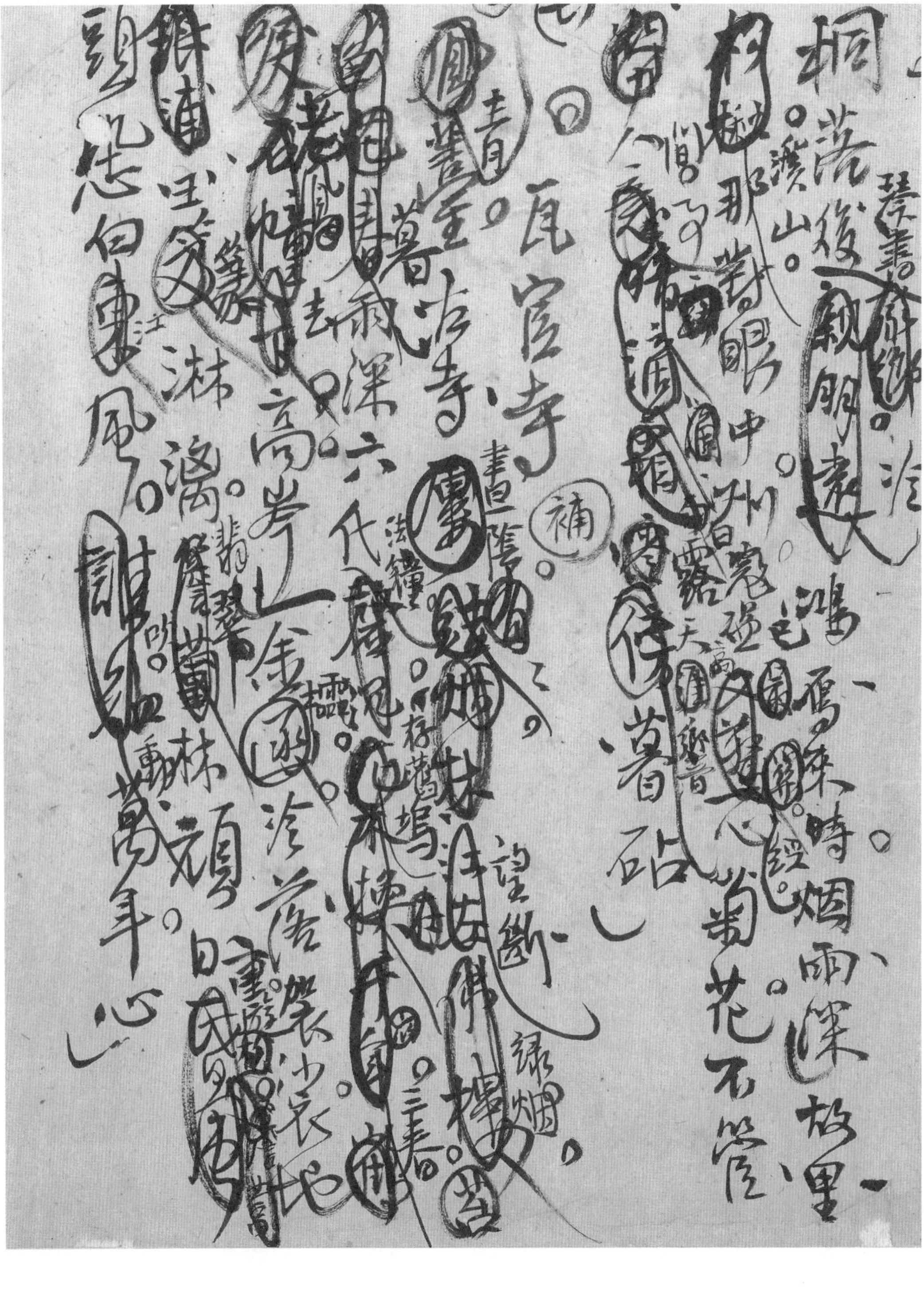

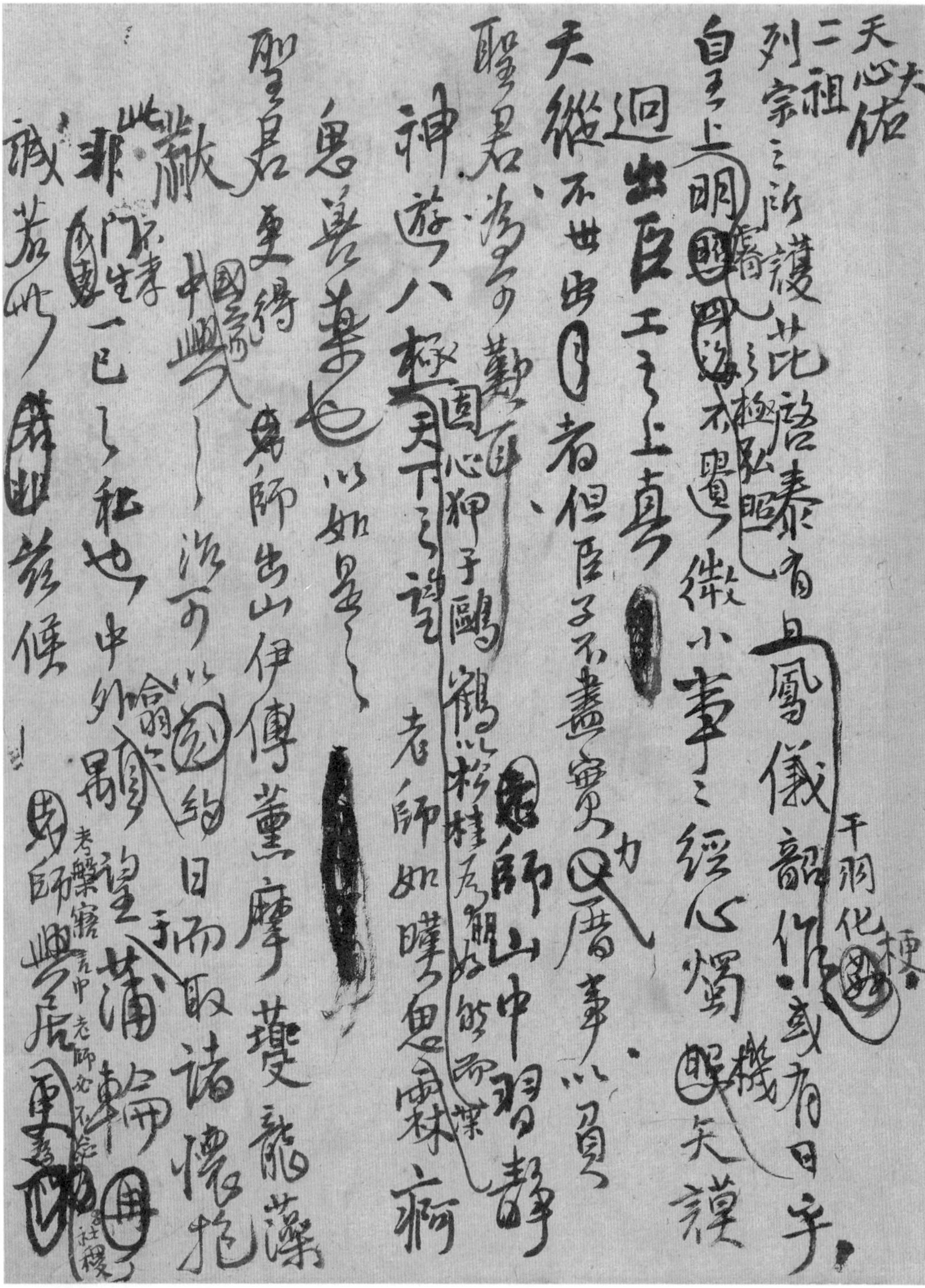

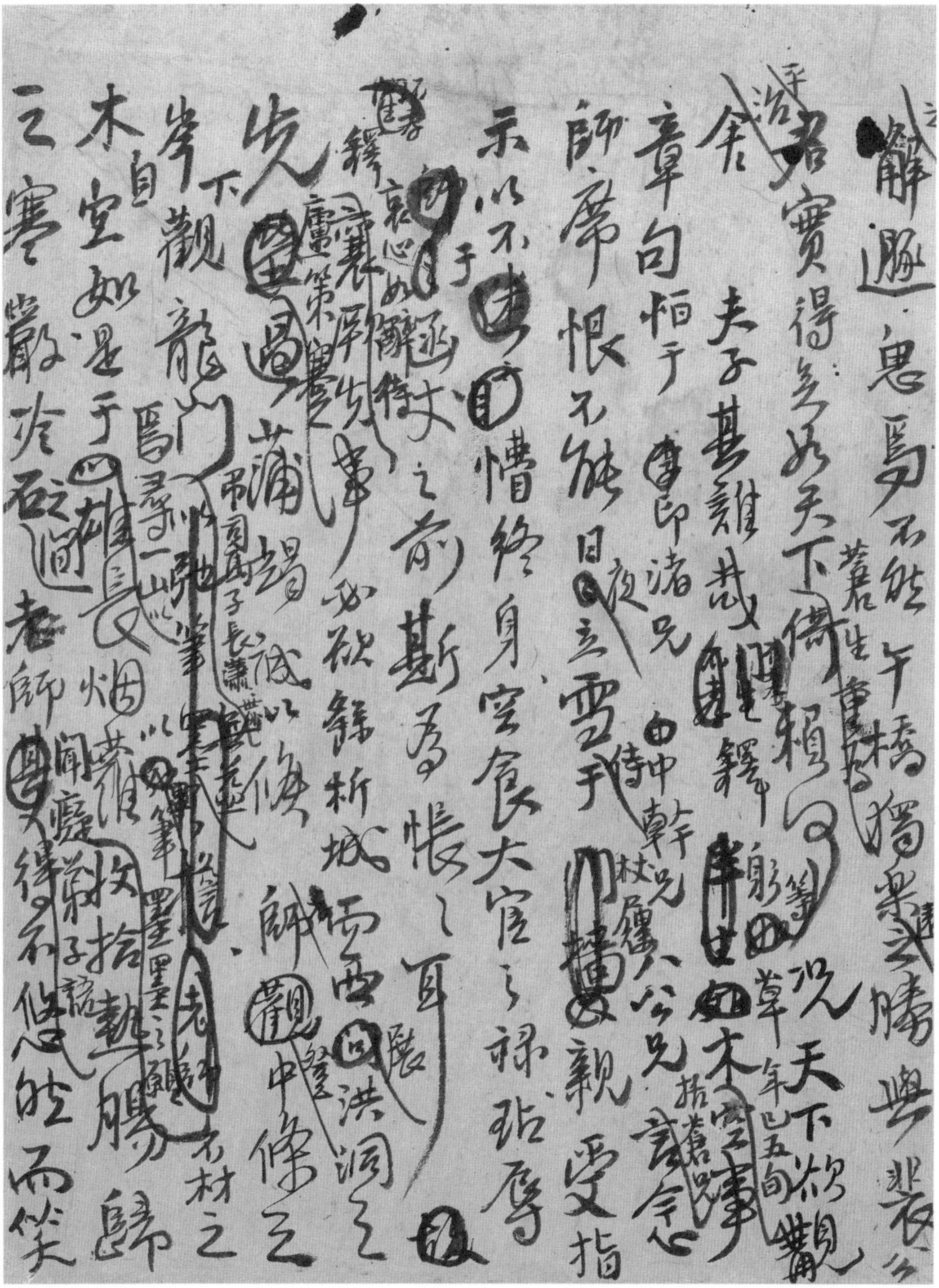

觧遐[illegible]鬼馬不能午橋獨樂勝興裴令公
君實得各如天下[illegible]
余夫子甚難哉[illegible]
章句恒于[illegible]即諸兄
師席恨不能日夜立雪于[illegible]親受指
示以不[illegible]憎終身空食大官之禄踞席
[illegible]之前斯為悵悵耳
[illegible]必欲録析城而西[illegible]洪洞之
先[illegible]蒲[illegible]中條之
岑下觀龍門[illegible]材之
木空如是乎[illegible]歸
[illegible]寒巖[illegible]師[illegible]得不[illegible]而笑

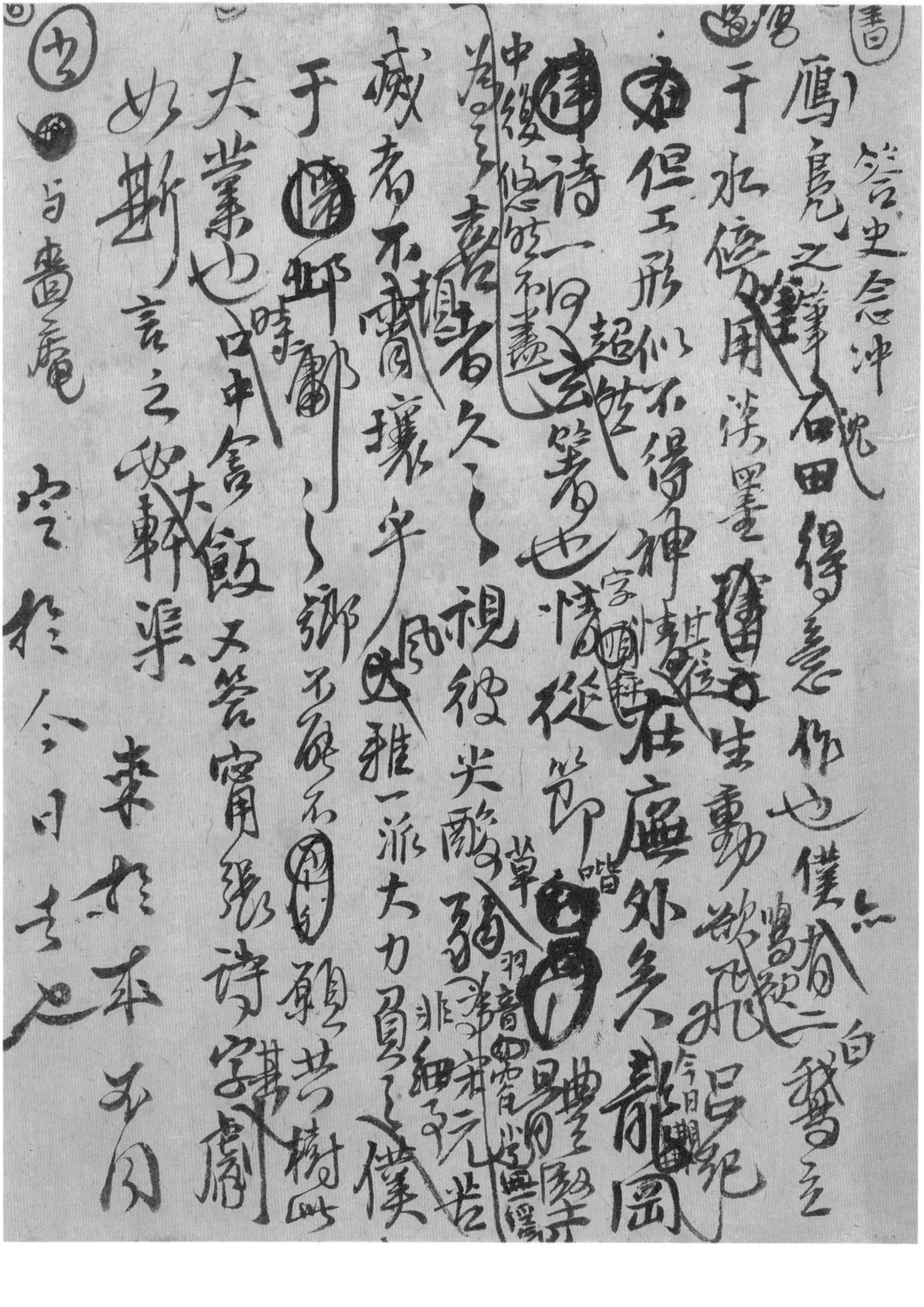

花底爛熳持數冊唐詩竟其卷不知身
之居止在于何處
又
吳下領袖煙月提衡風雅傑鐵牛耕
石畧也具十二首吳[illegible]首為說法塔石
蓋澀無花
點頭　手
[illegible]
風蒙韓聆象注雲閣師刻心莫忘半生碌碌無一報効言之
豐沛加
一別
師顏風霜屢易
數言日遠魂
夢亦
俗每一念及悍悍若搏也何日世
縉紳中無不[illegible]燕梁之恩又
事
俊厨之禍喬固畏視昔日[illegible]師
從國御營之時出[illegible]于鋒林劍樹中
豈為易易[illegible]然今時非口舌之所能回挽也惟望

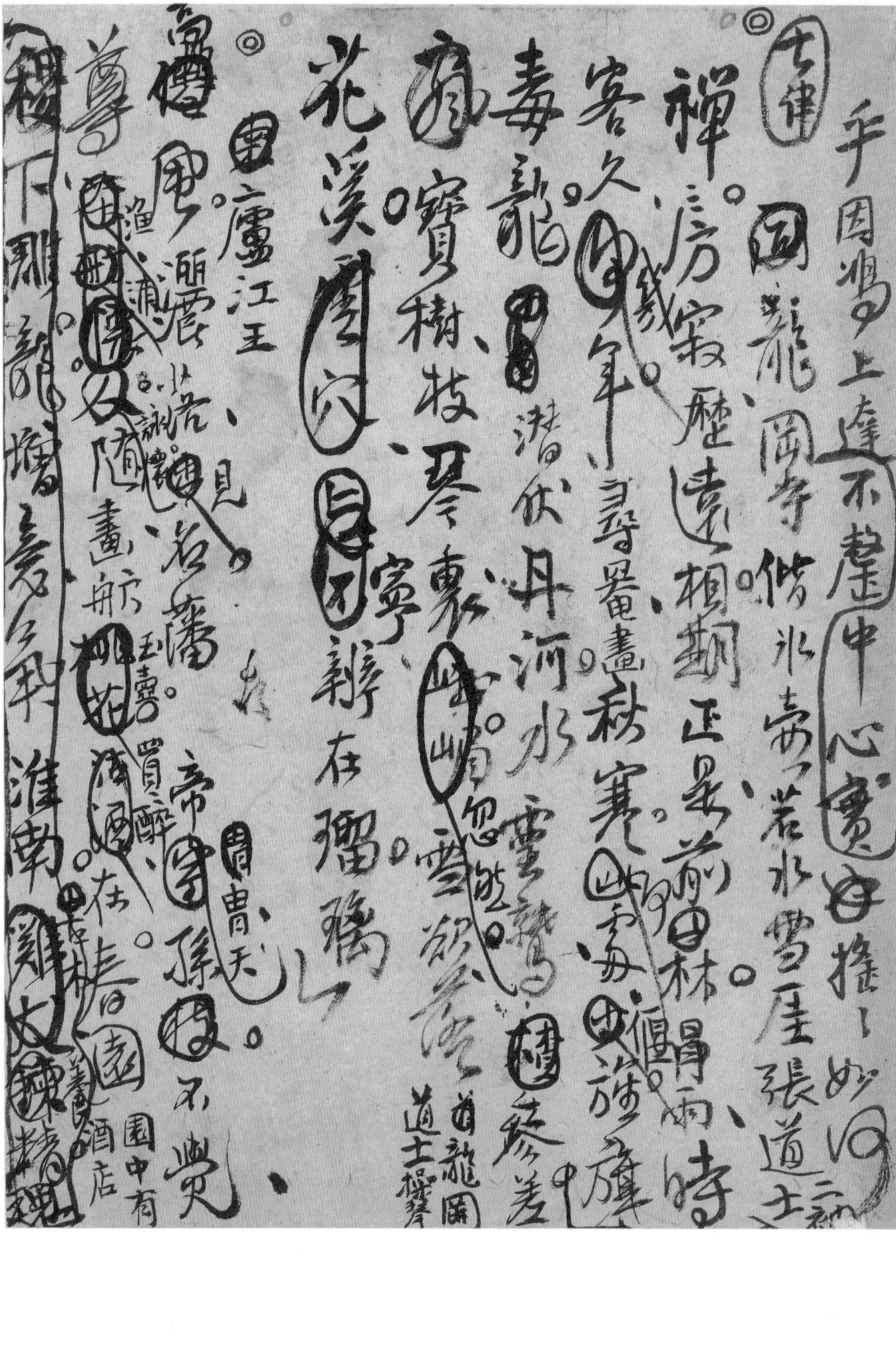

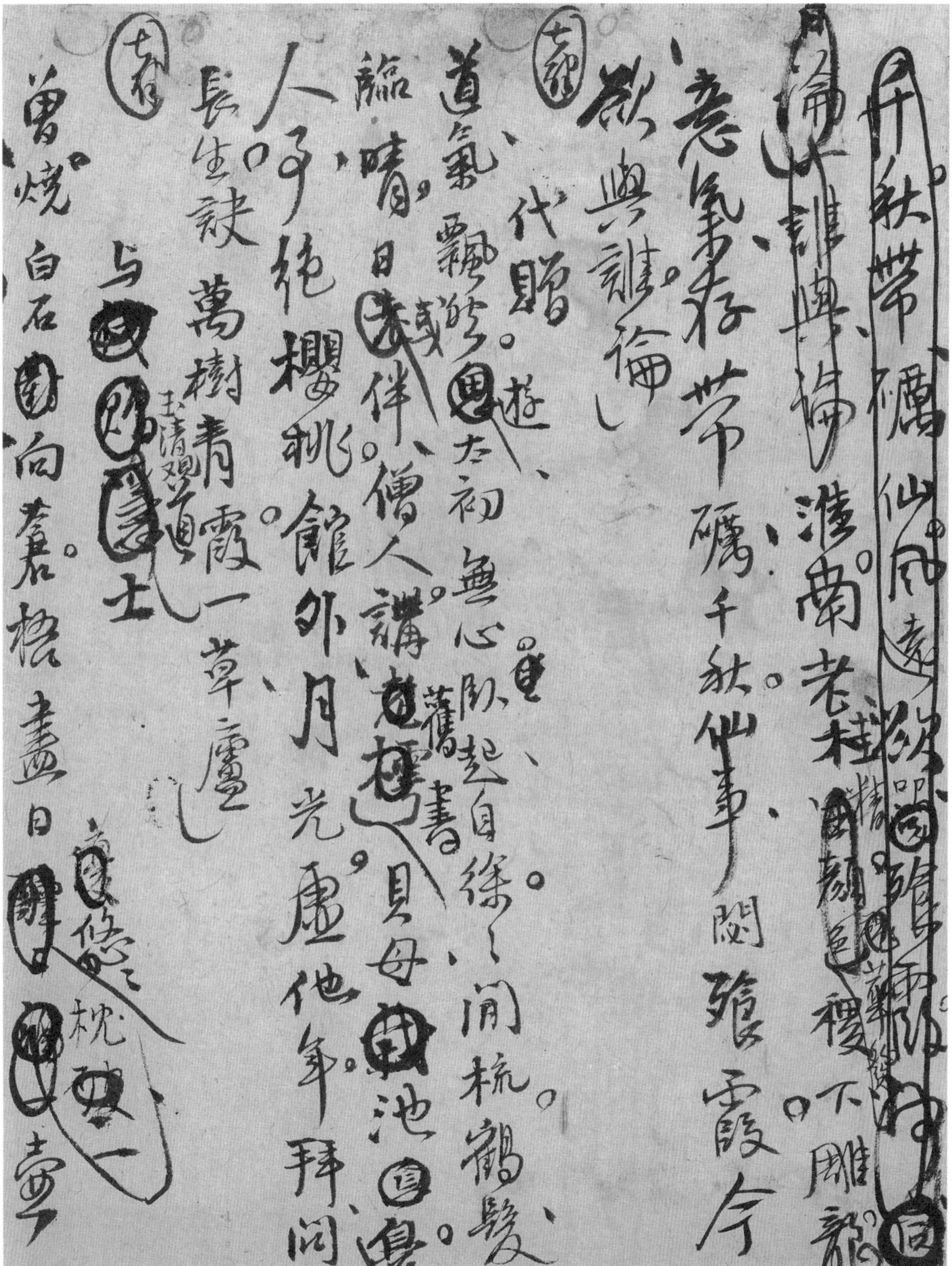

得道自然呈[illegible]相有書不欲獻皇都。
謀夫翻笑為狂客，[illegible]呼作酒徒。百
歲[illegible]
鷄鳴寺遠望
皆湛虛靜京，不知何[illegible]月明孤。
[illegible]樓閣落虛空，白日高[illegible]中。
人代六朝江鄉三楚連[illegible]
他時畫壁[illegible]誰[illegible]日[illegible]經合龍興
不同石磬一聲外悠然何
[illegible]落丹楓[illegible]
[illegible]遙天寞寞。西笑[illegible]

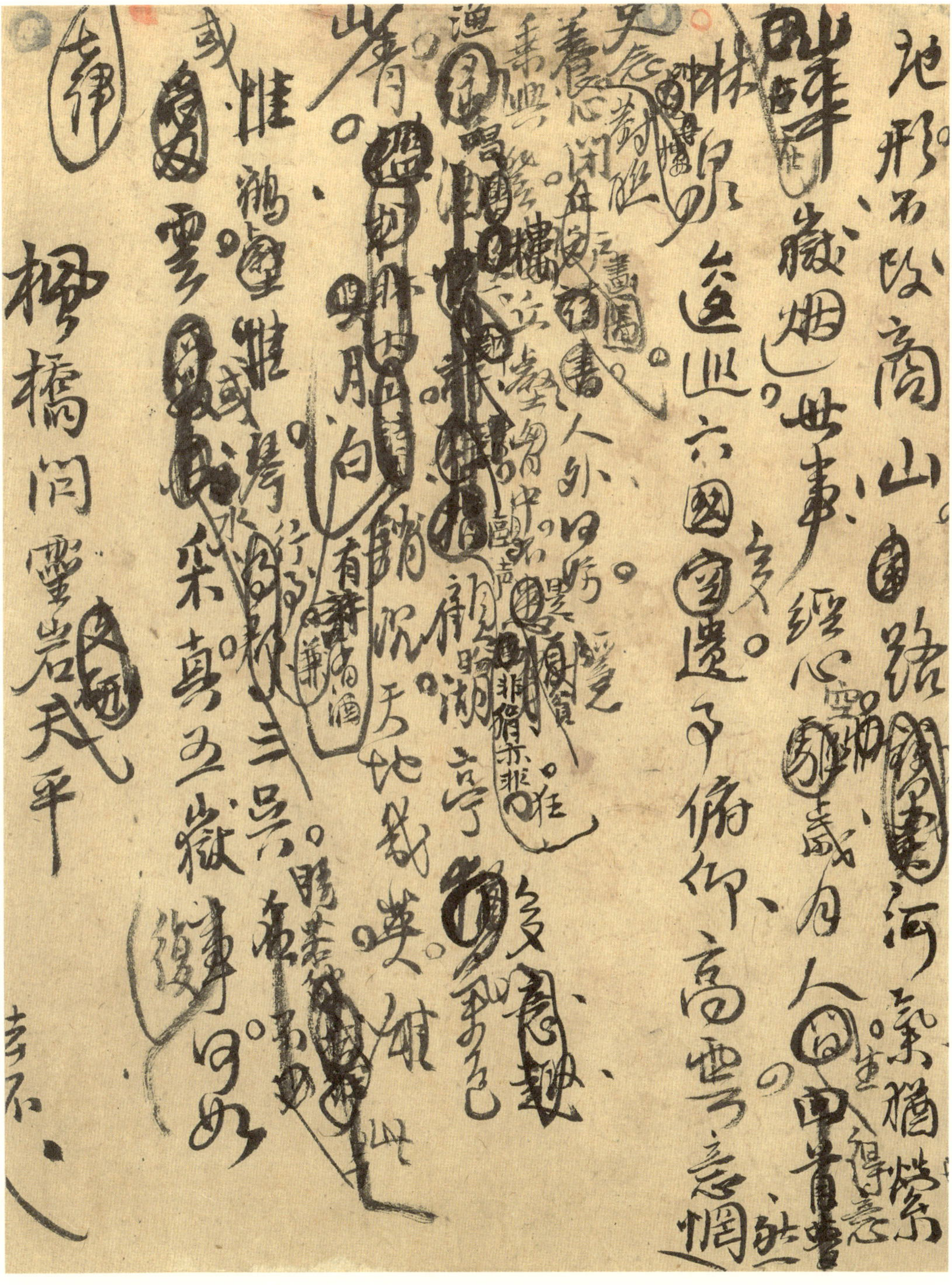

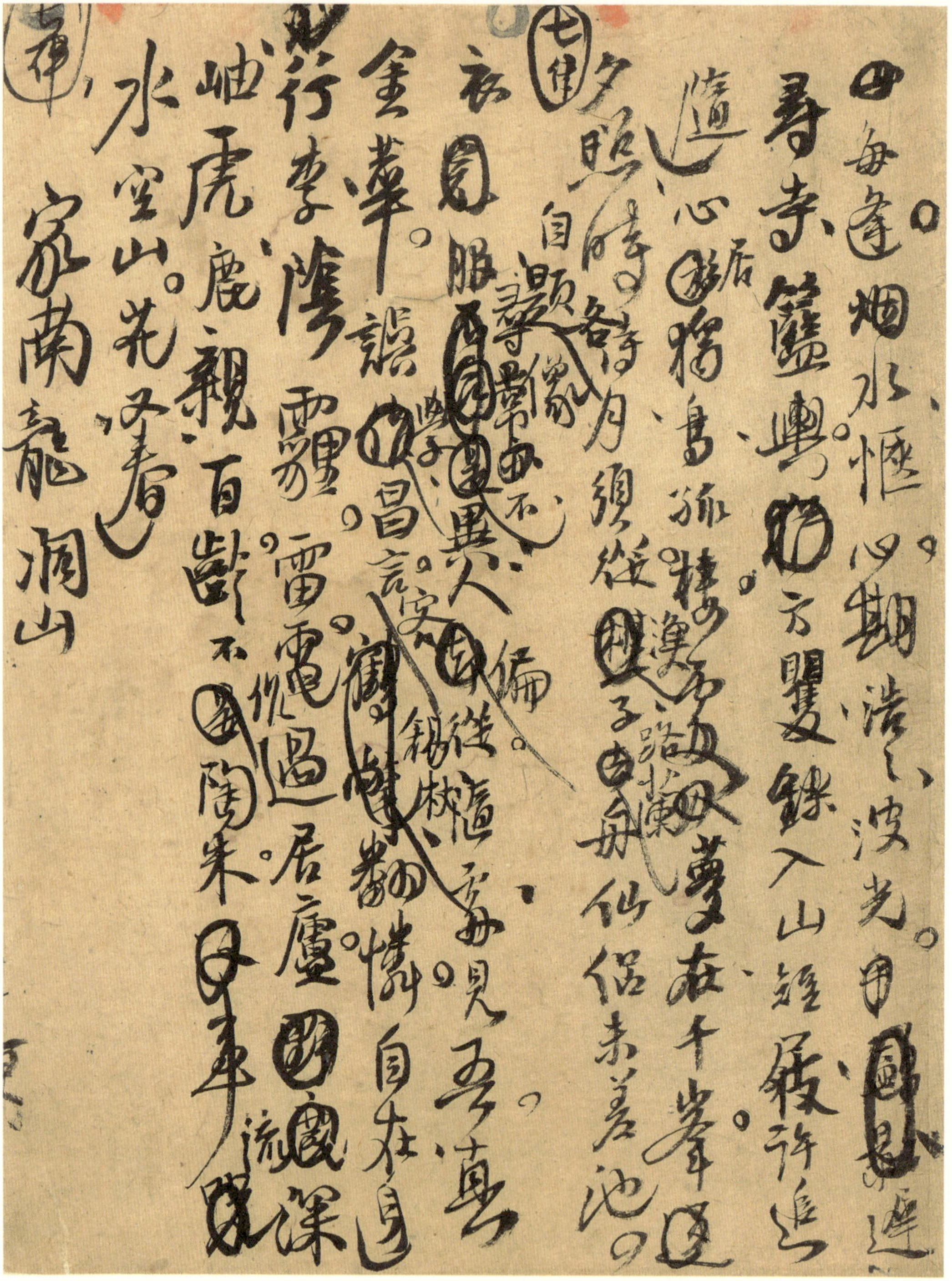

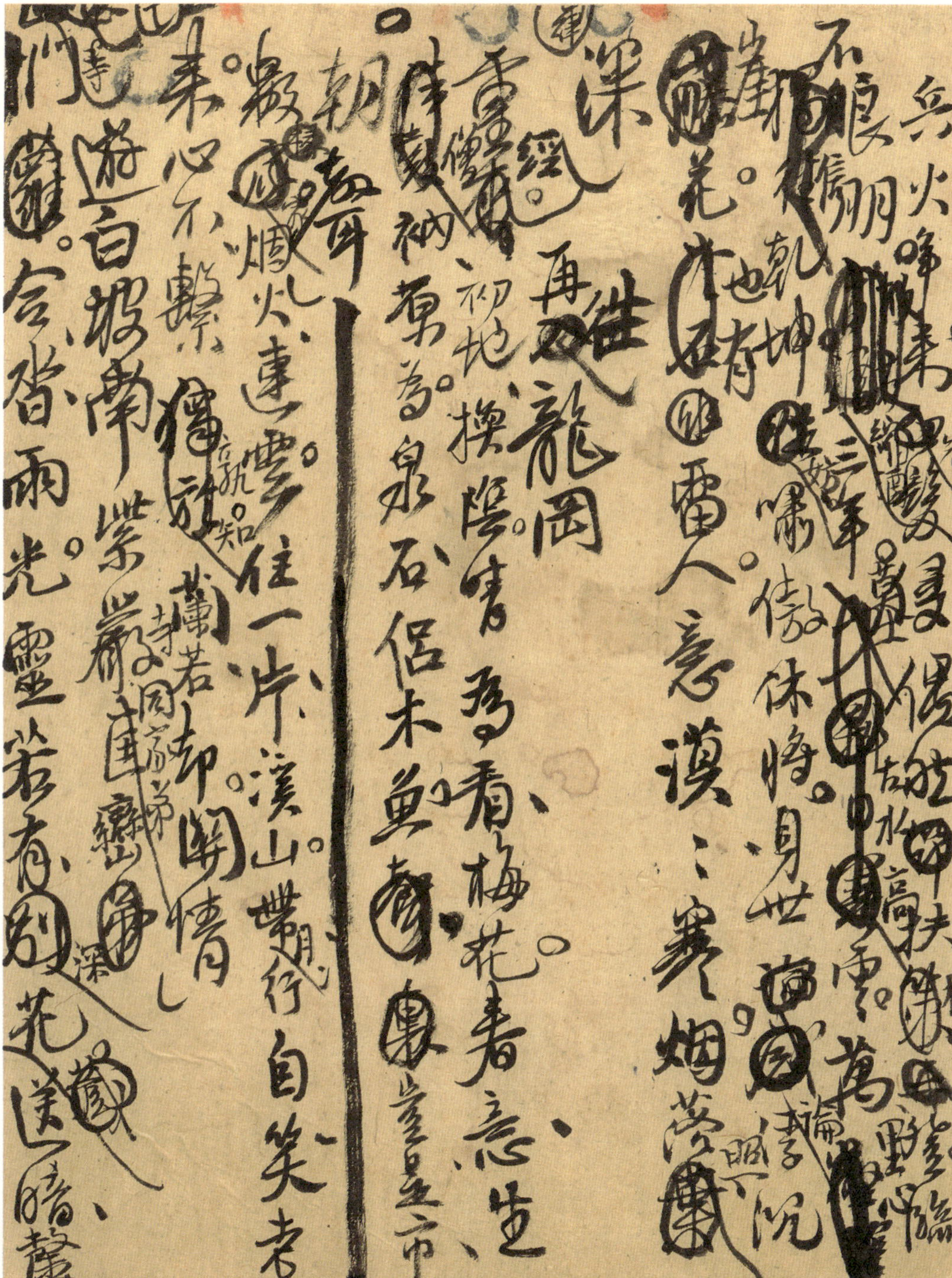

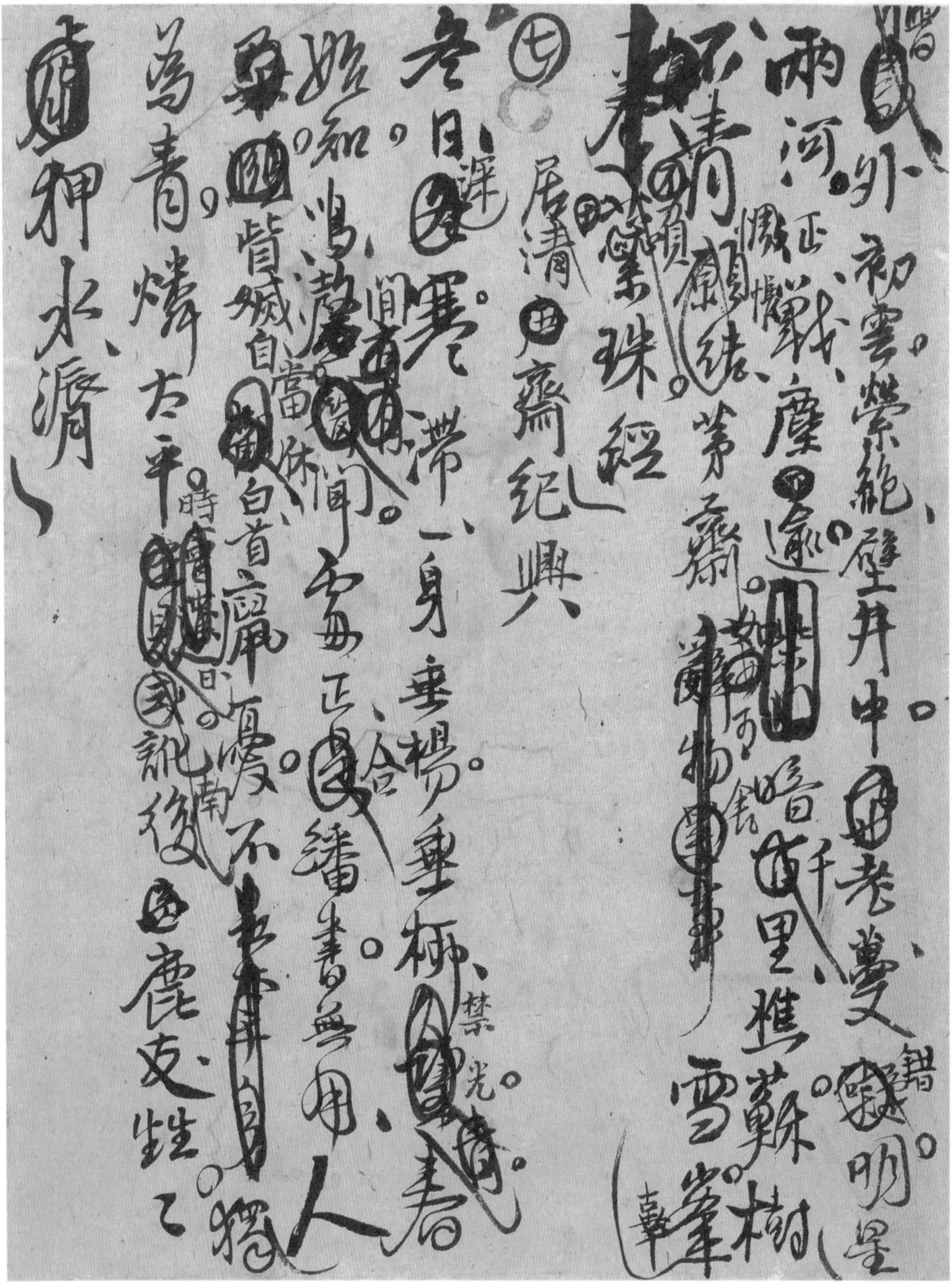

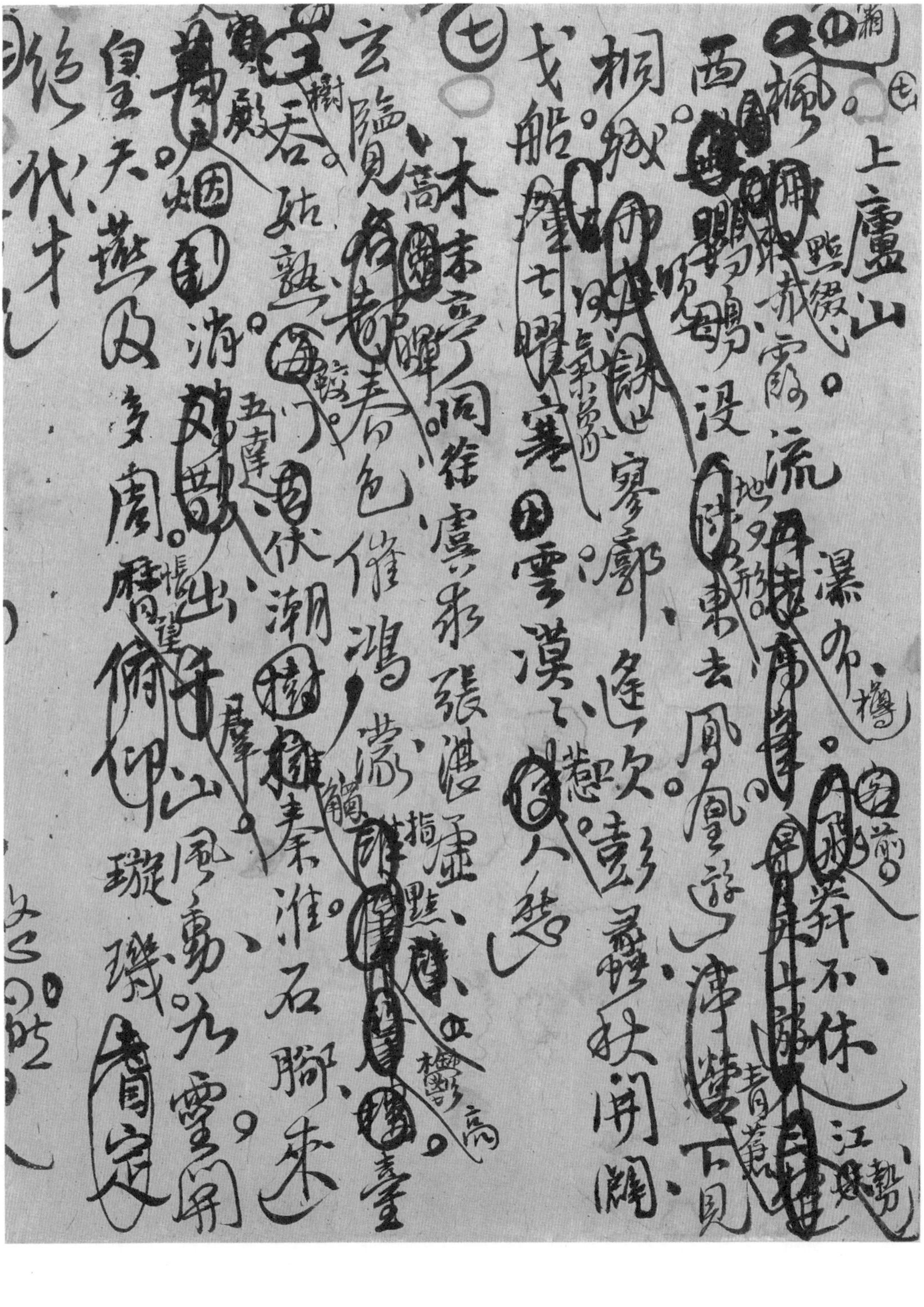

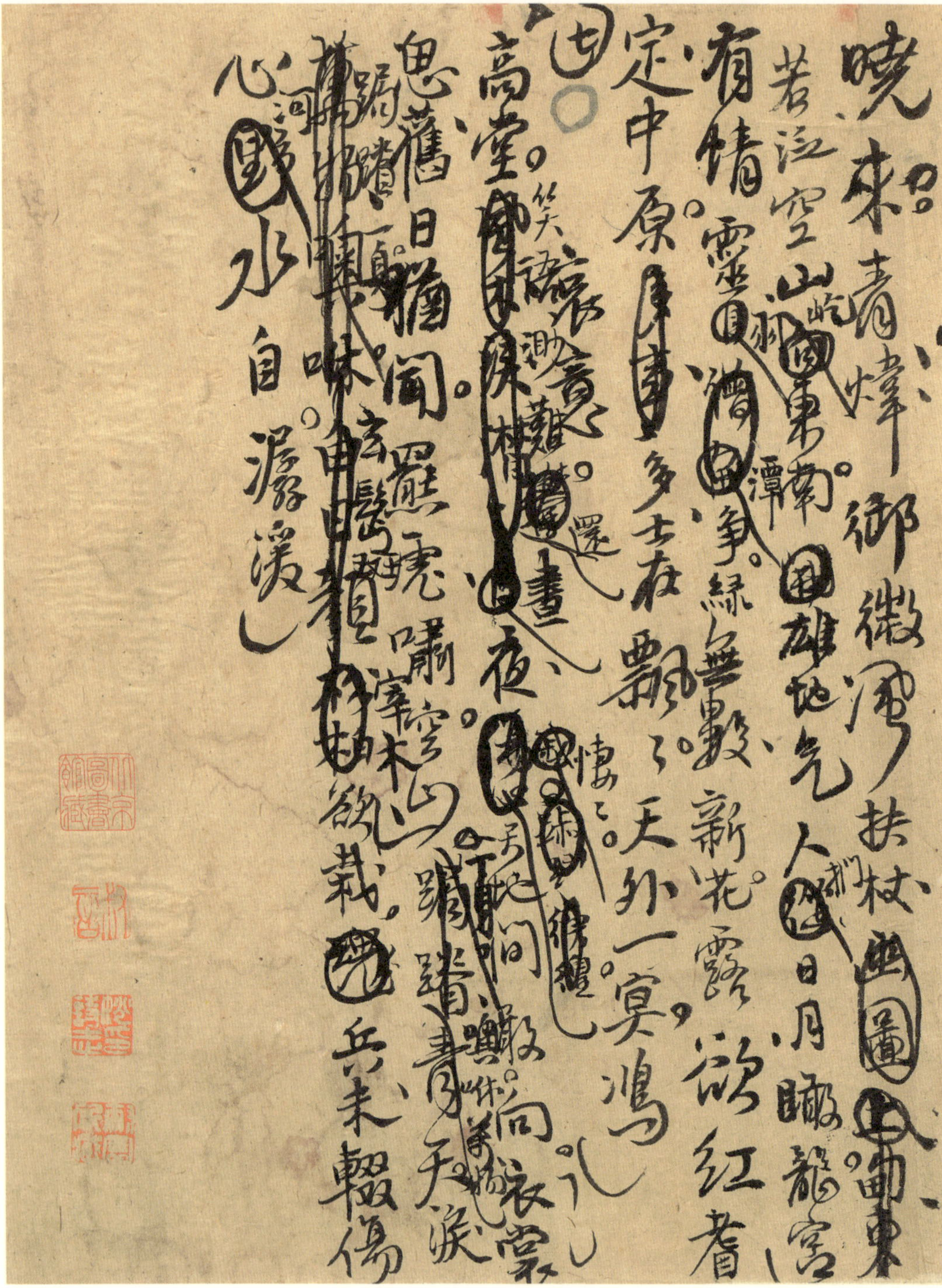

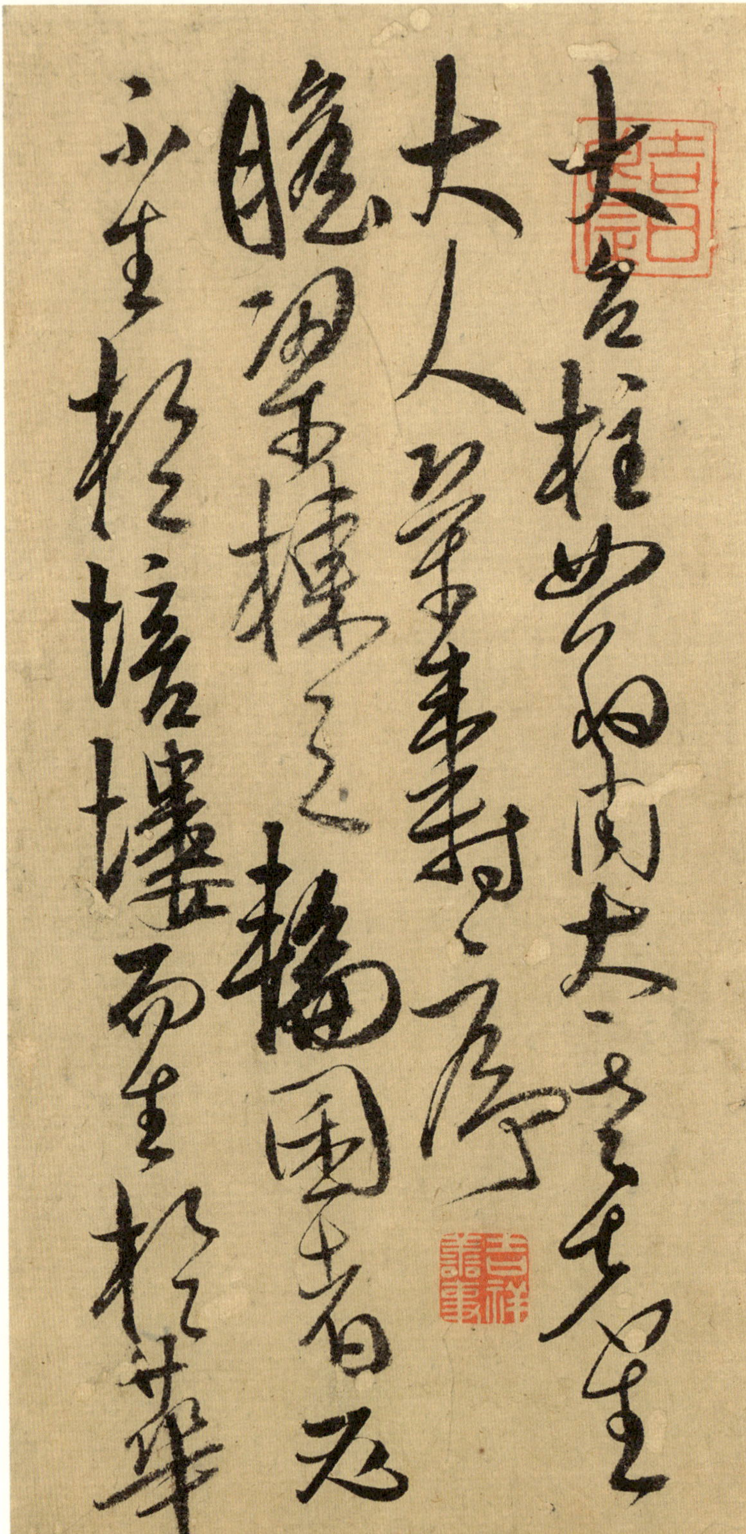

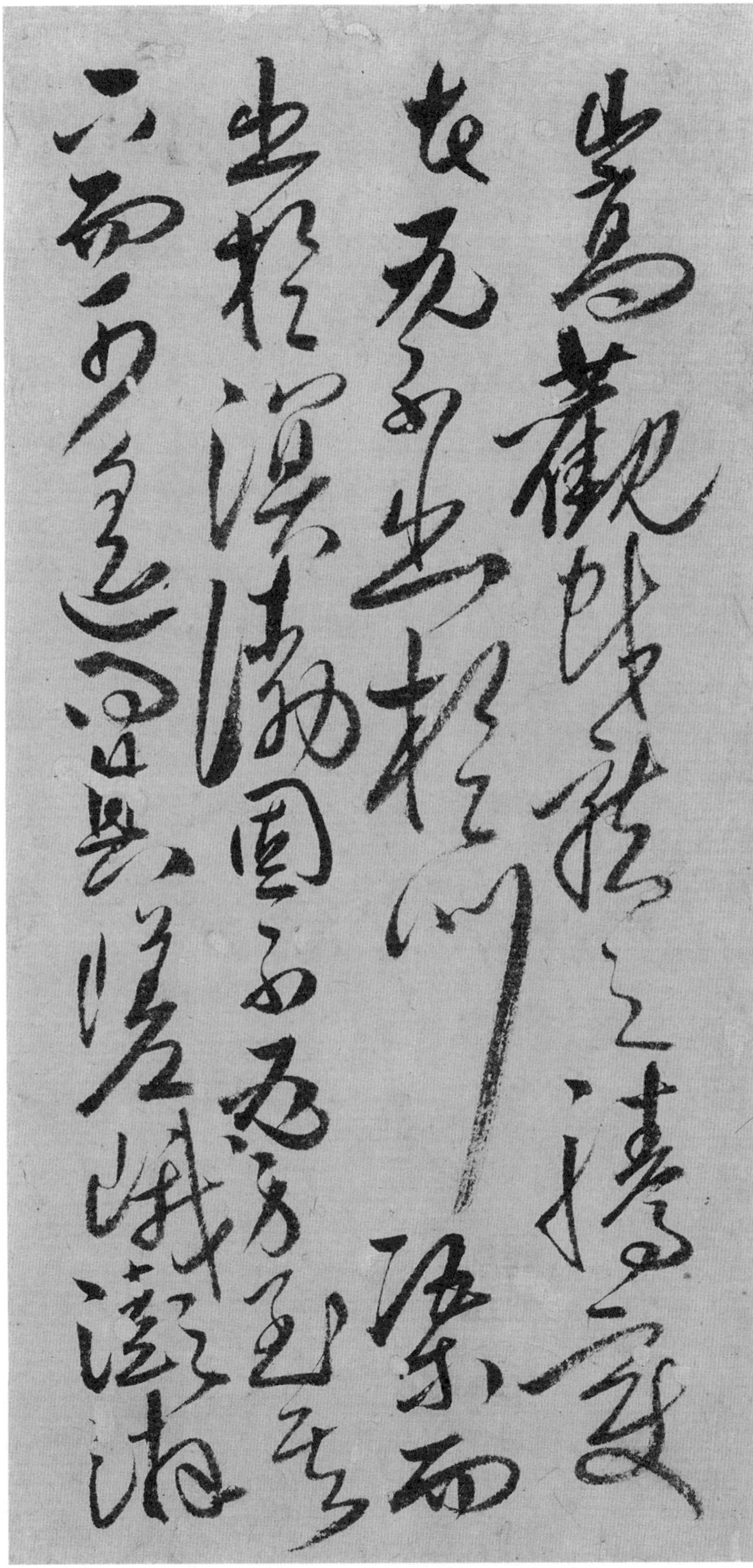

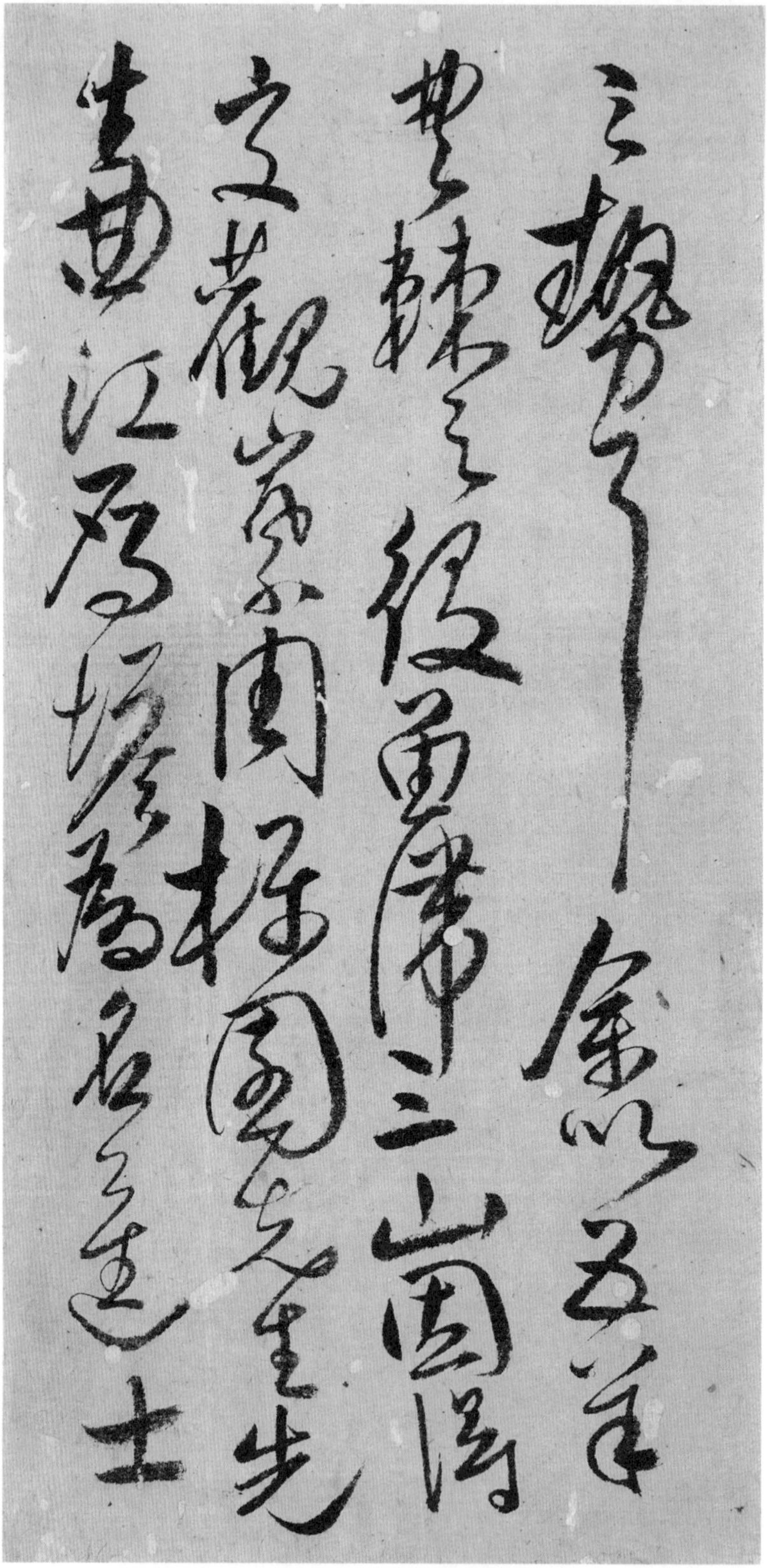

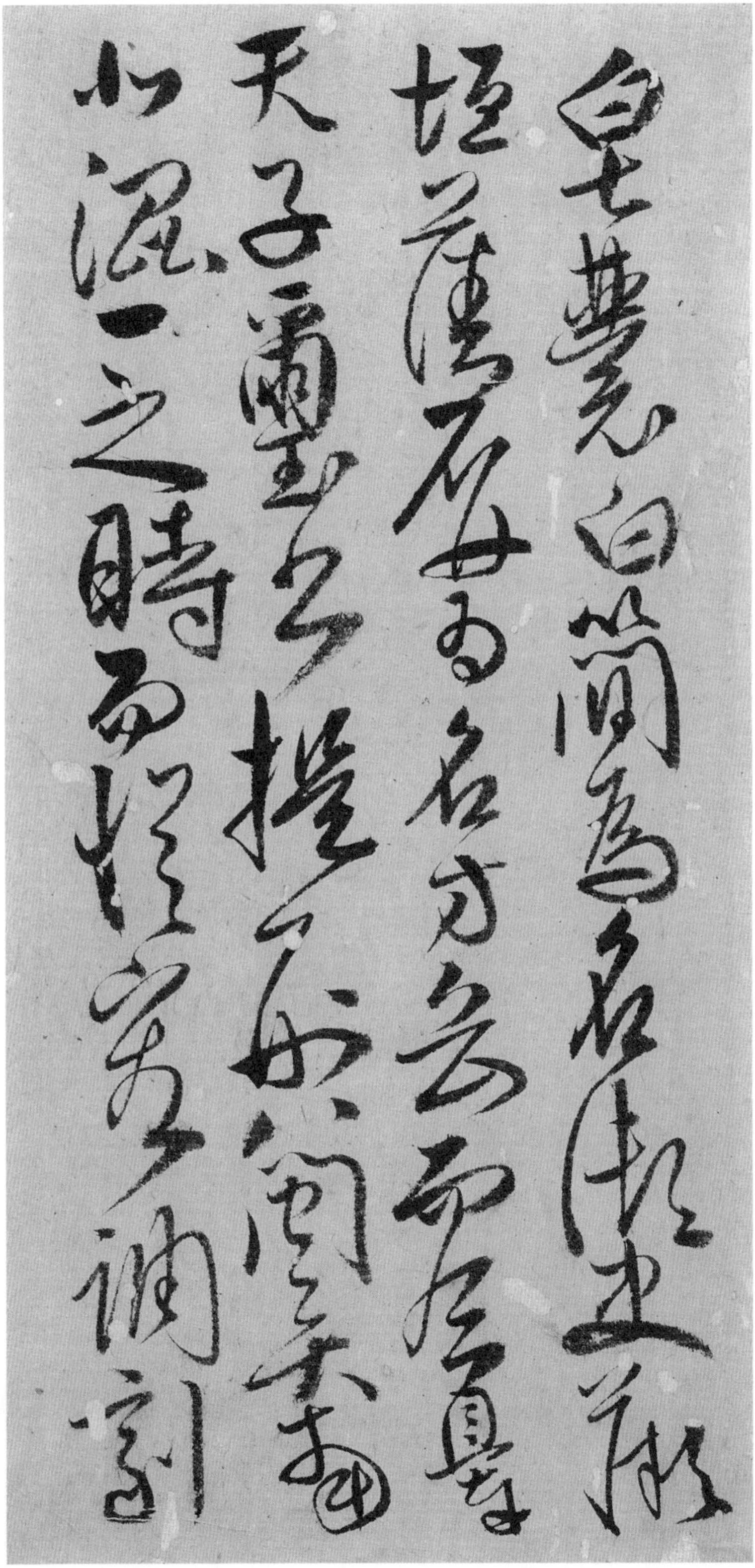

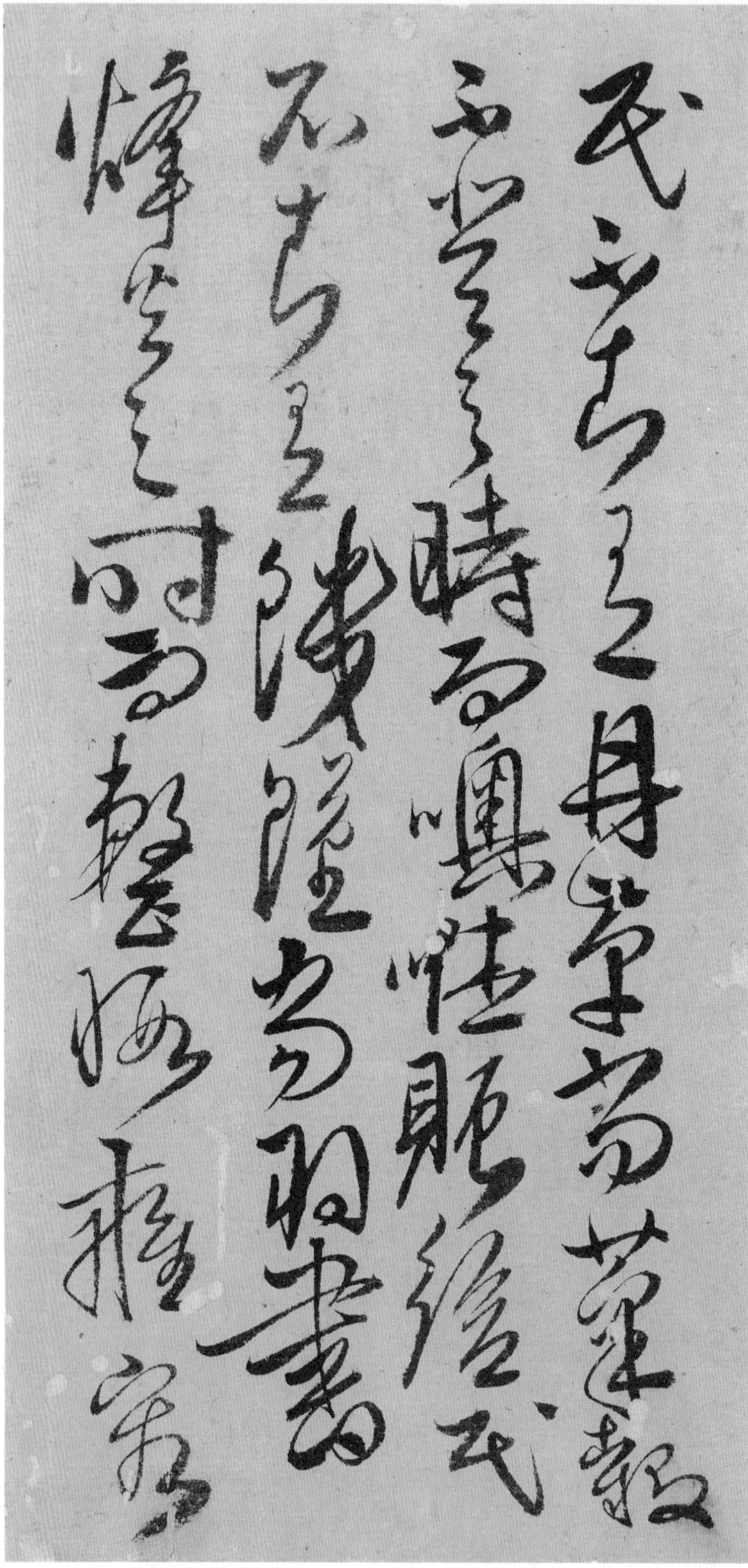

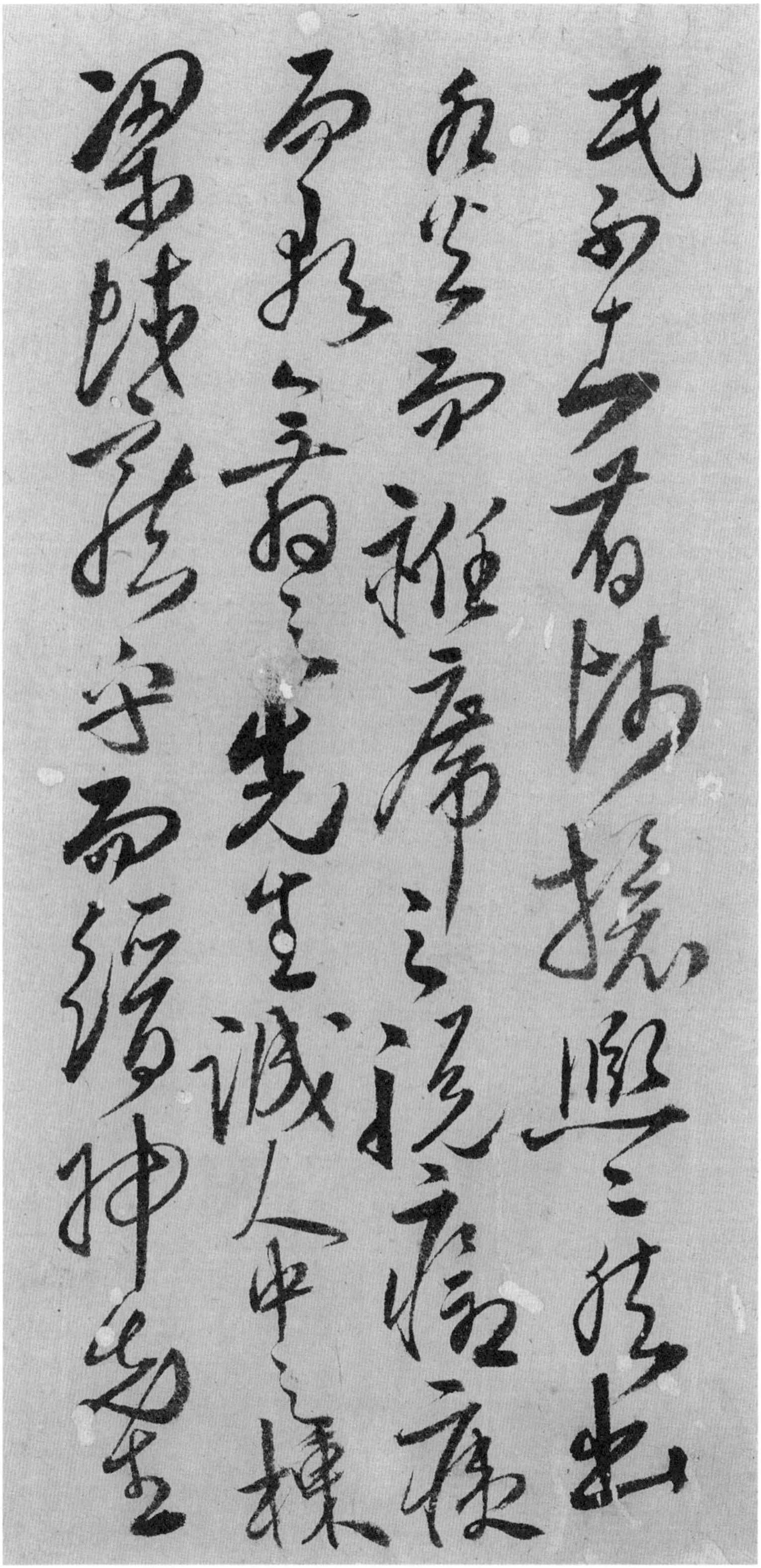

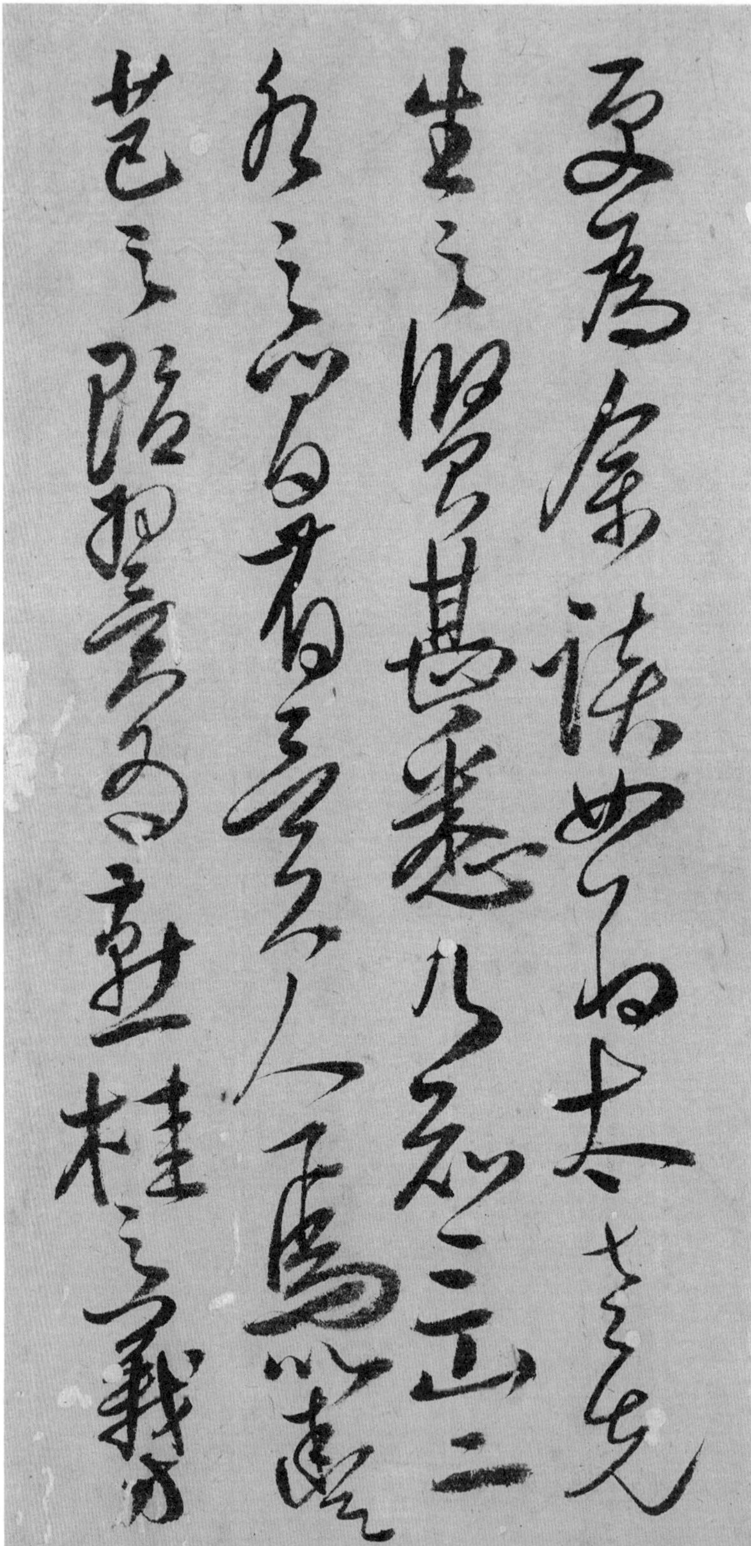

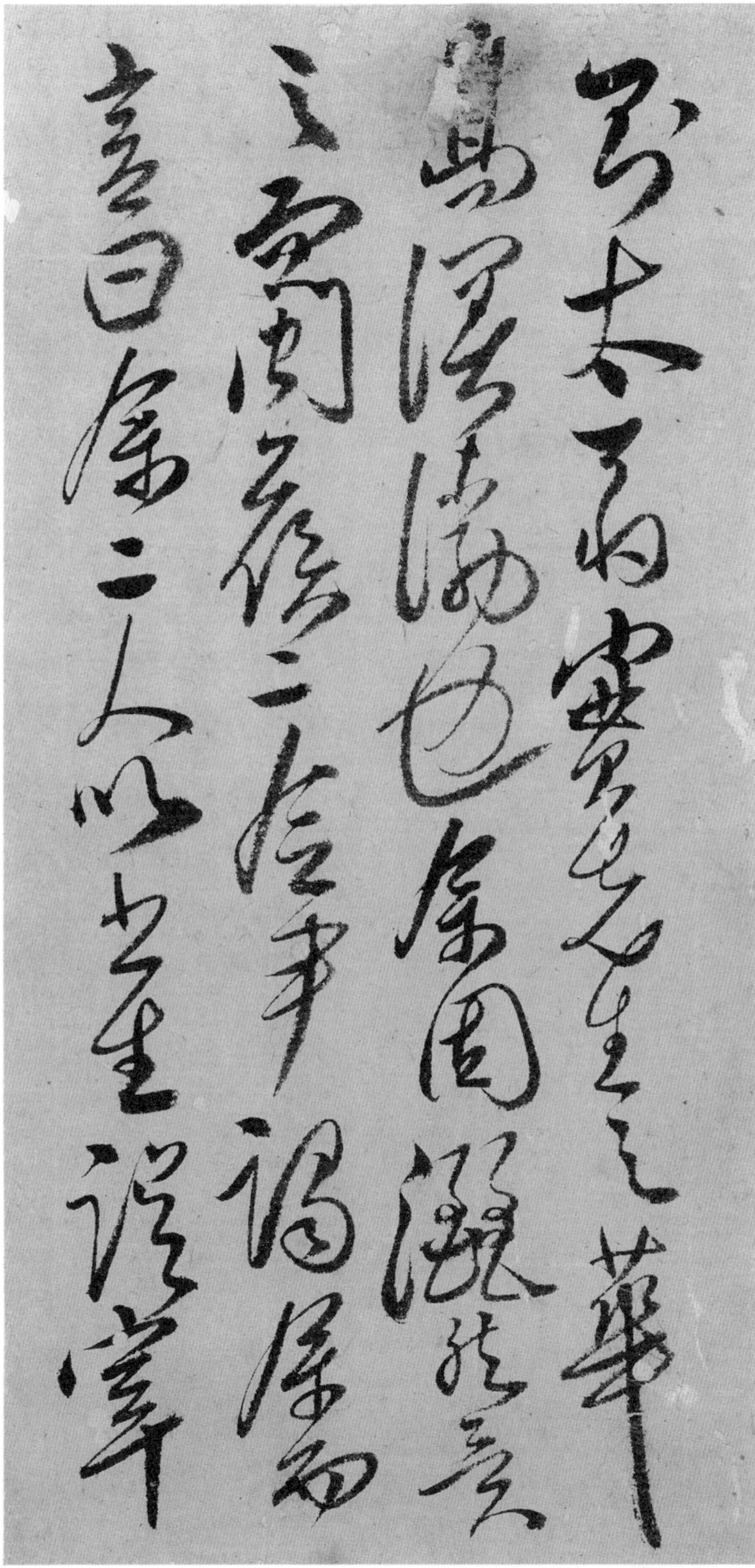

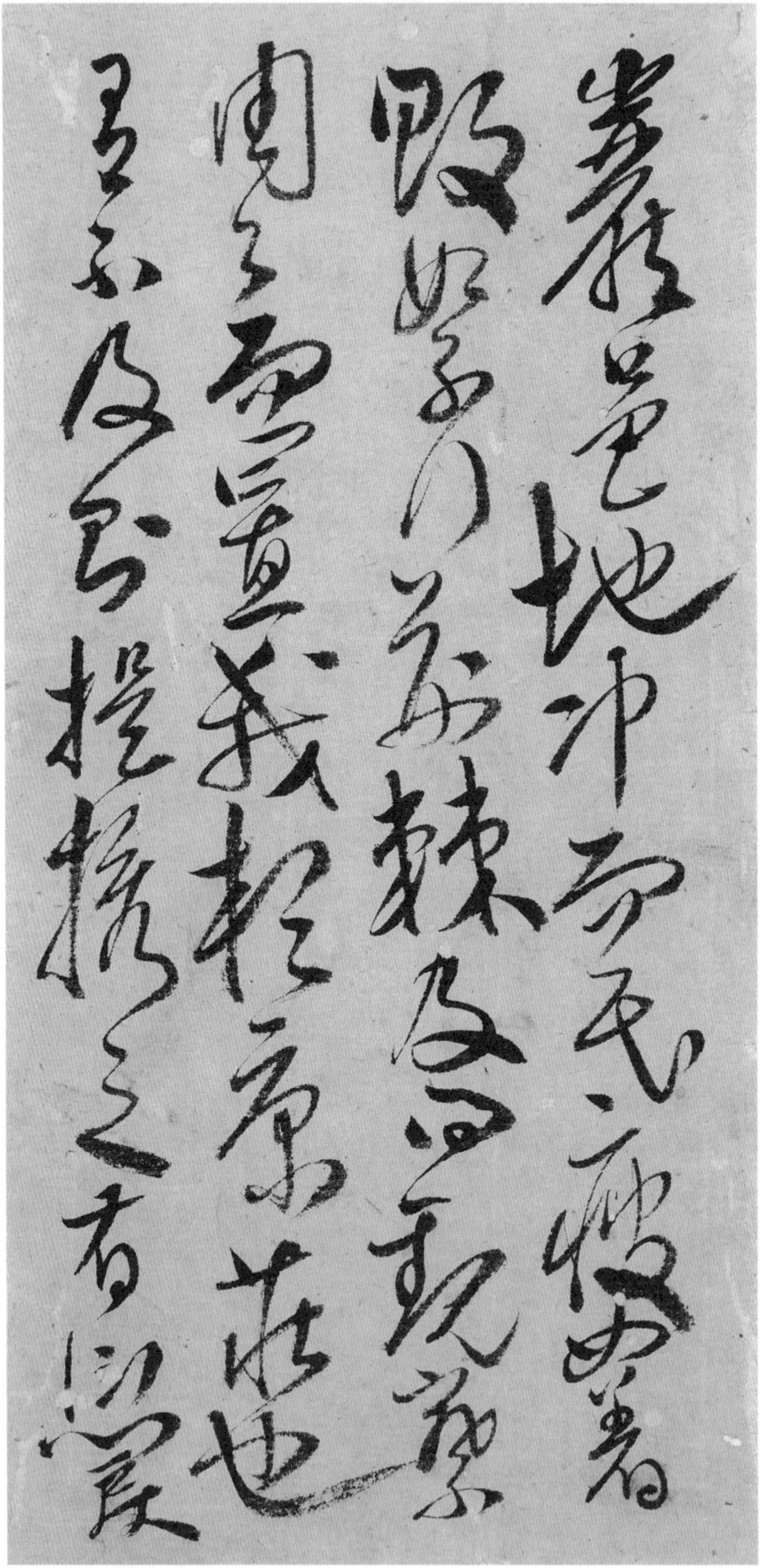

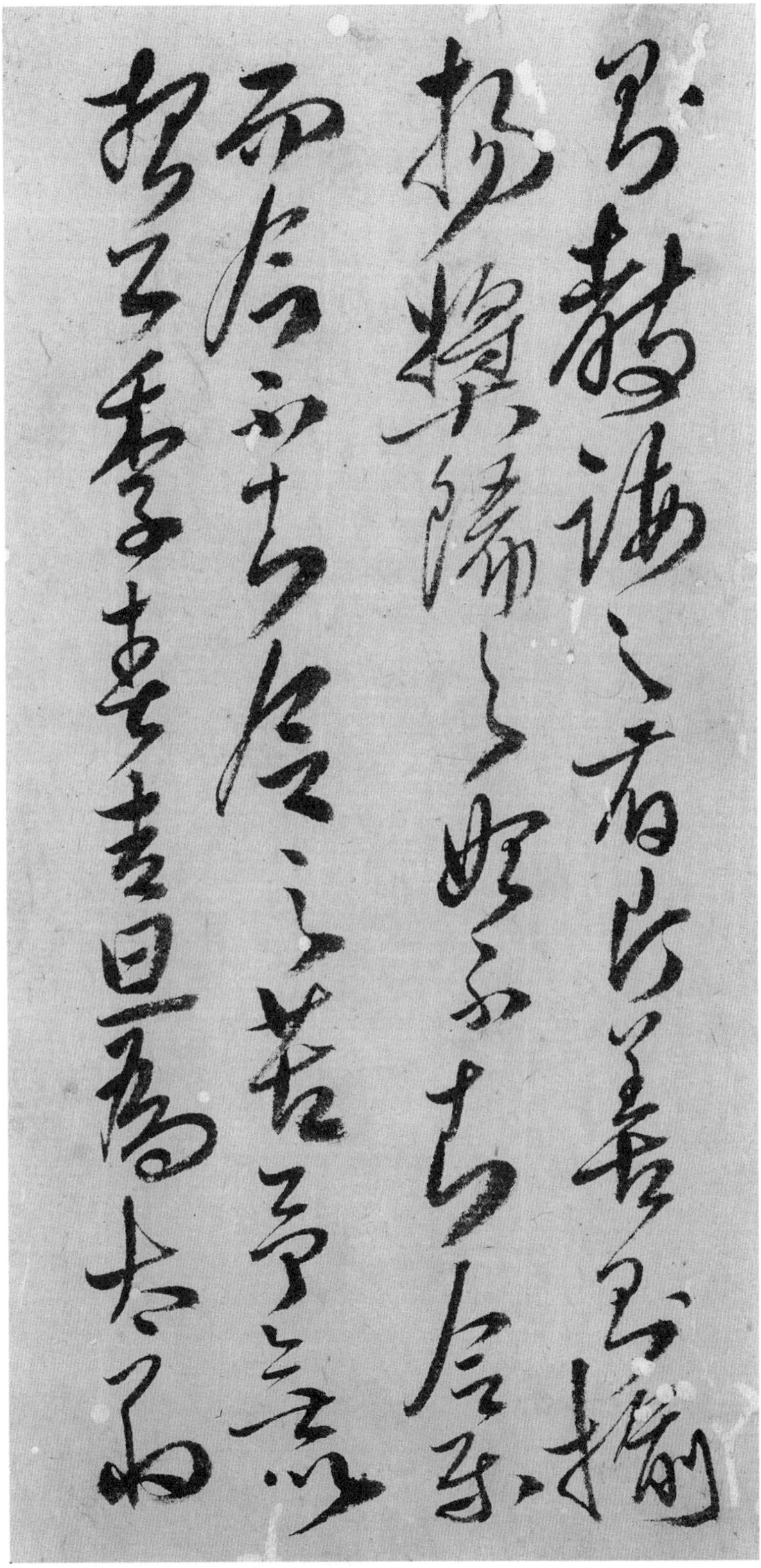

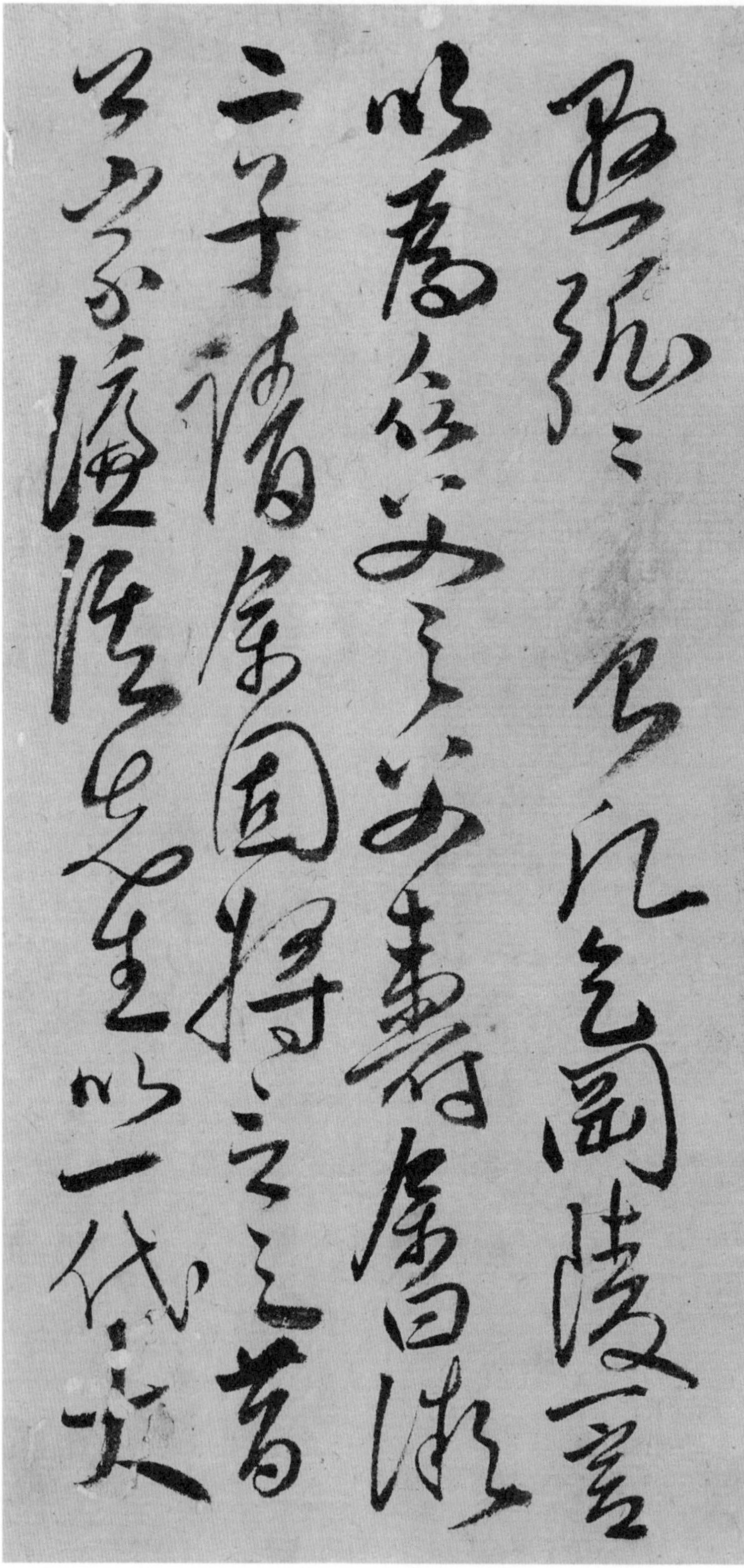

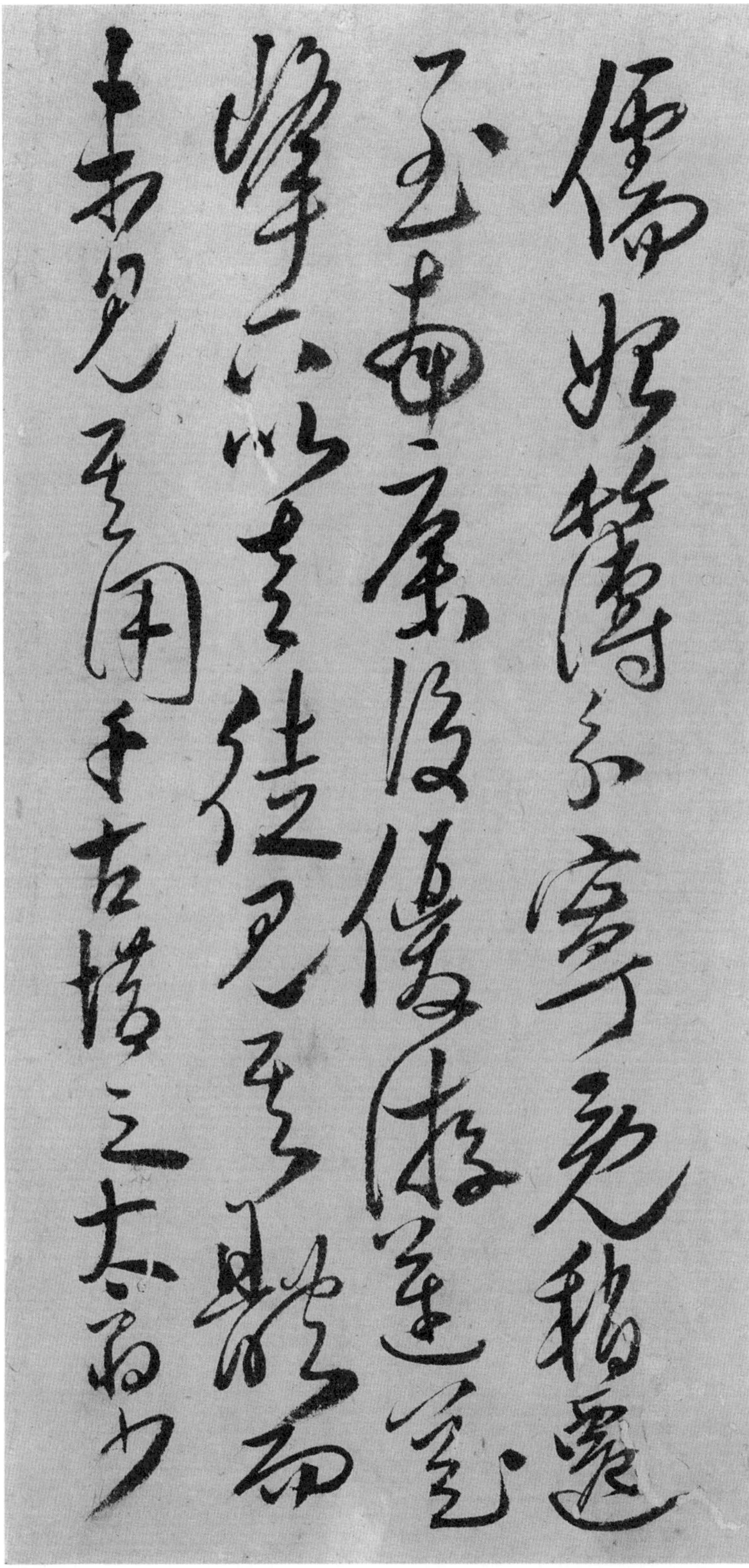

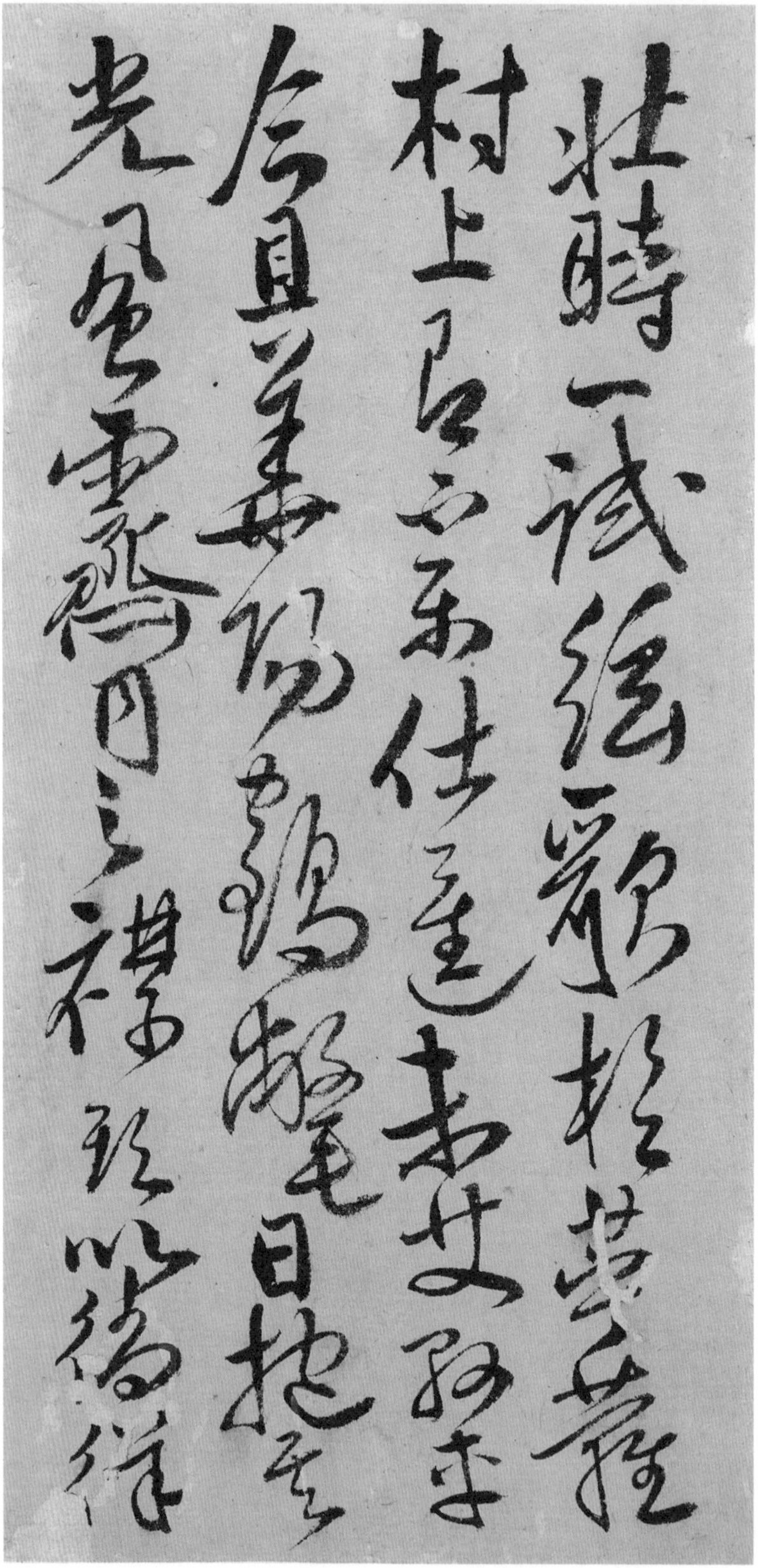

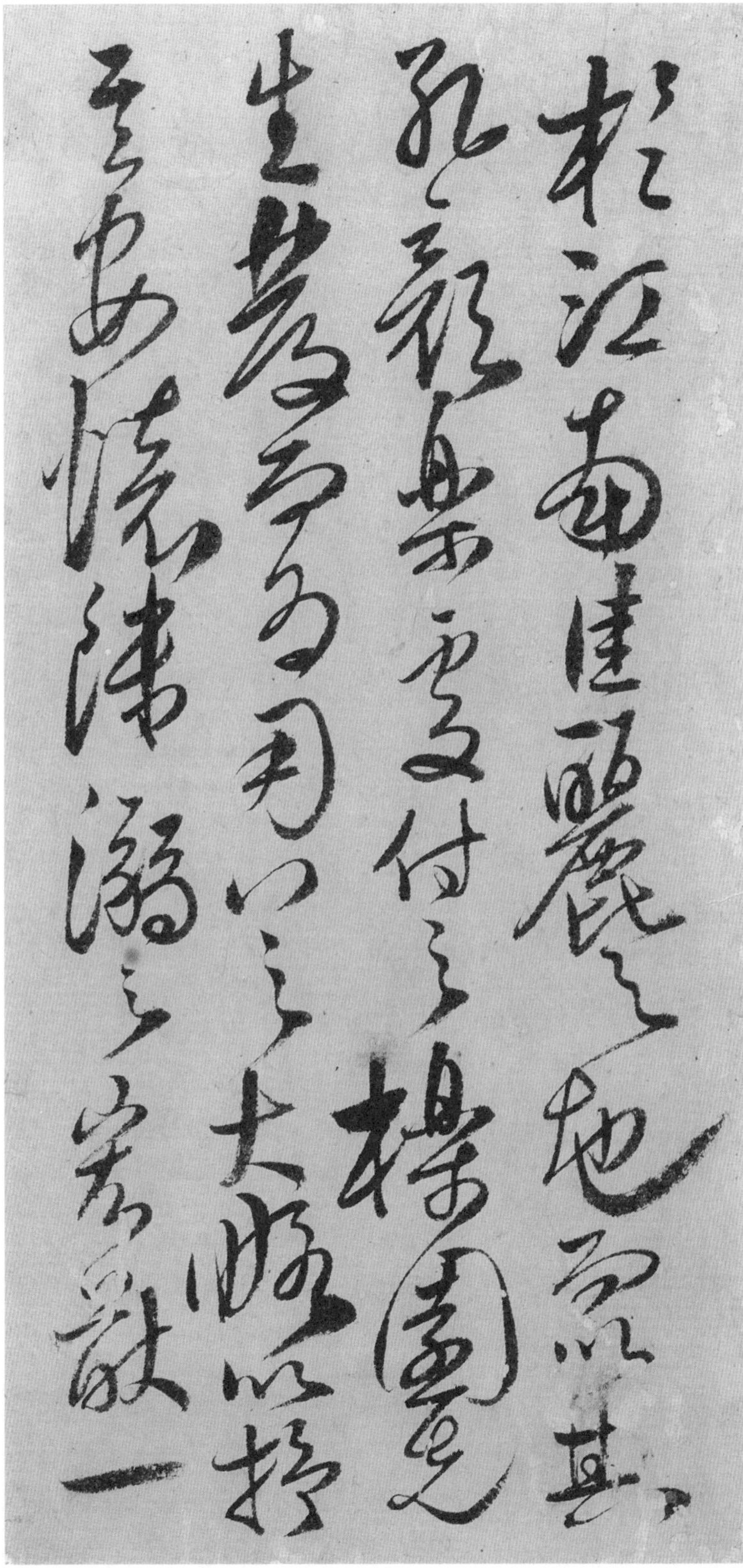

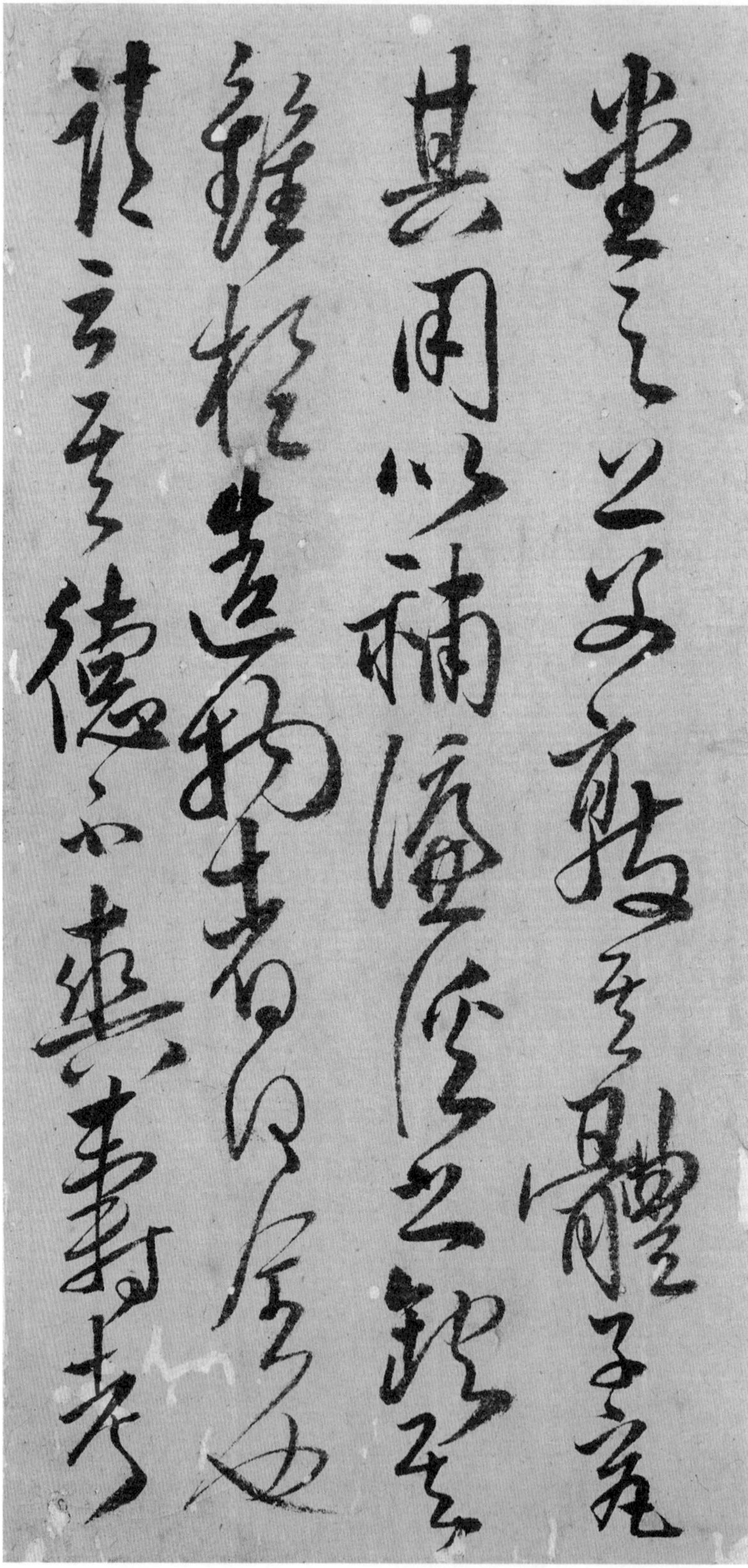

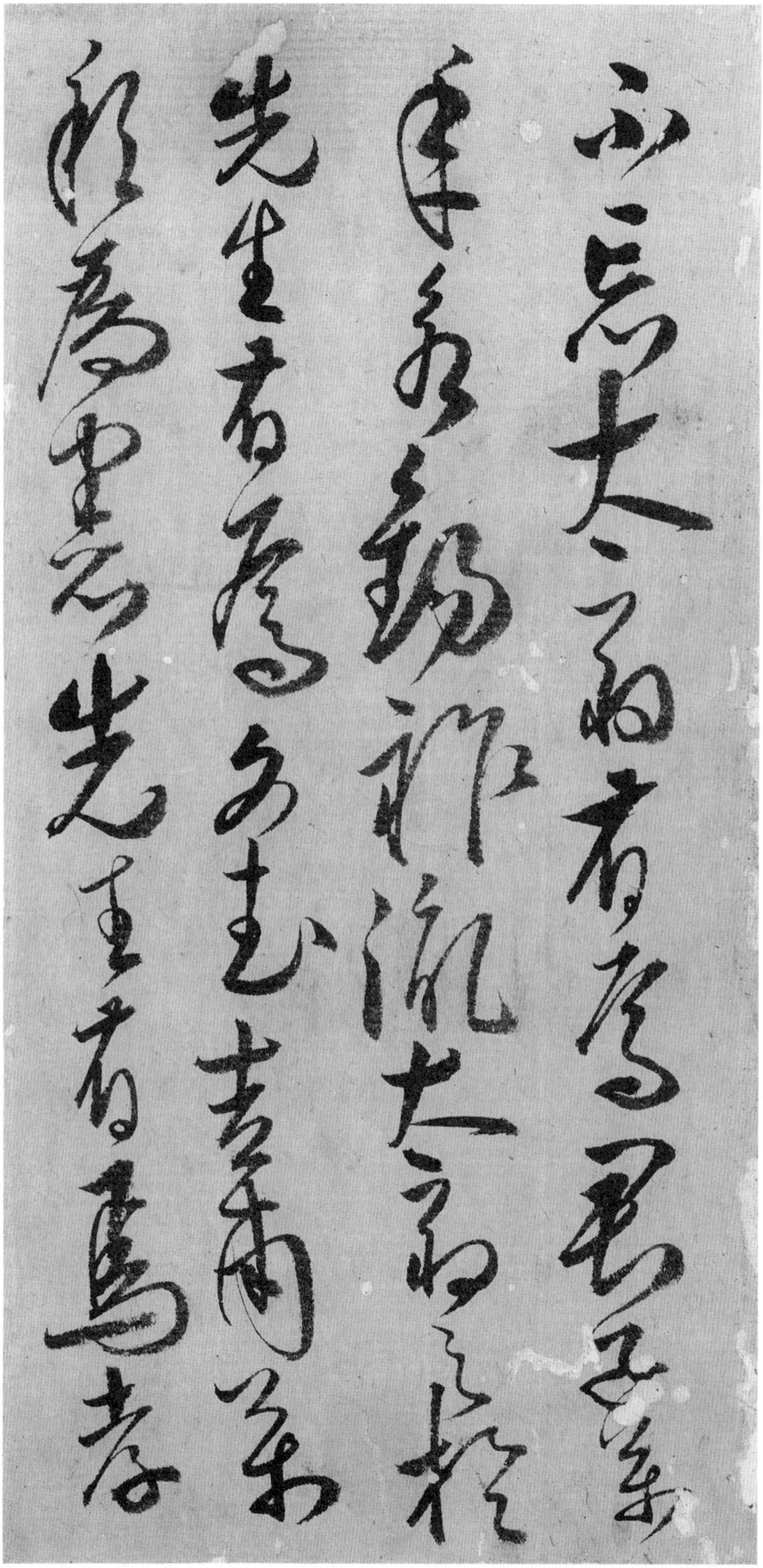

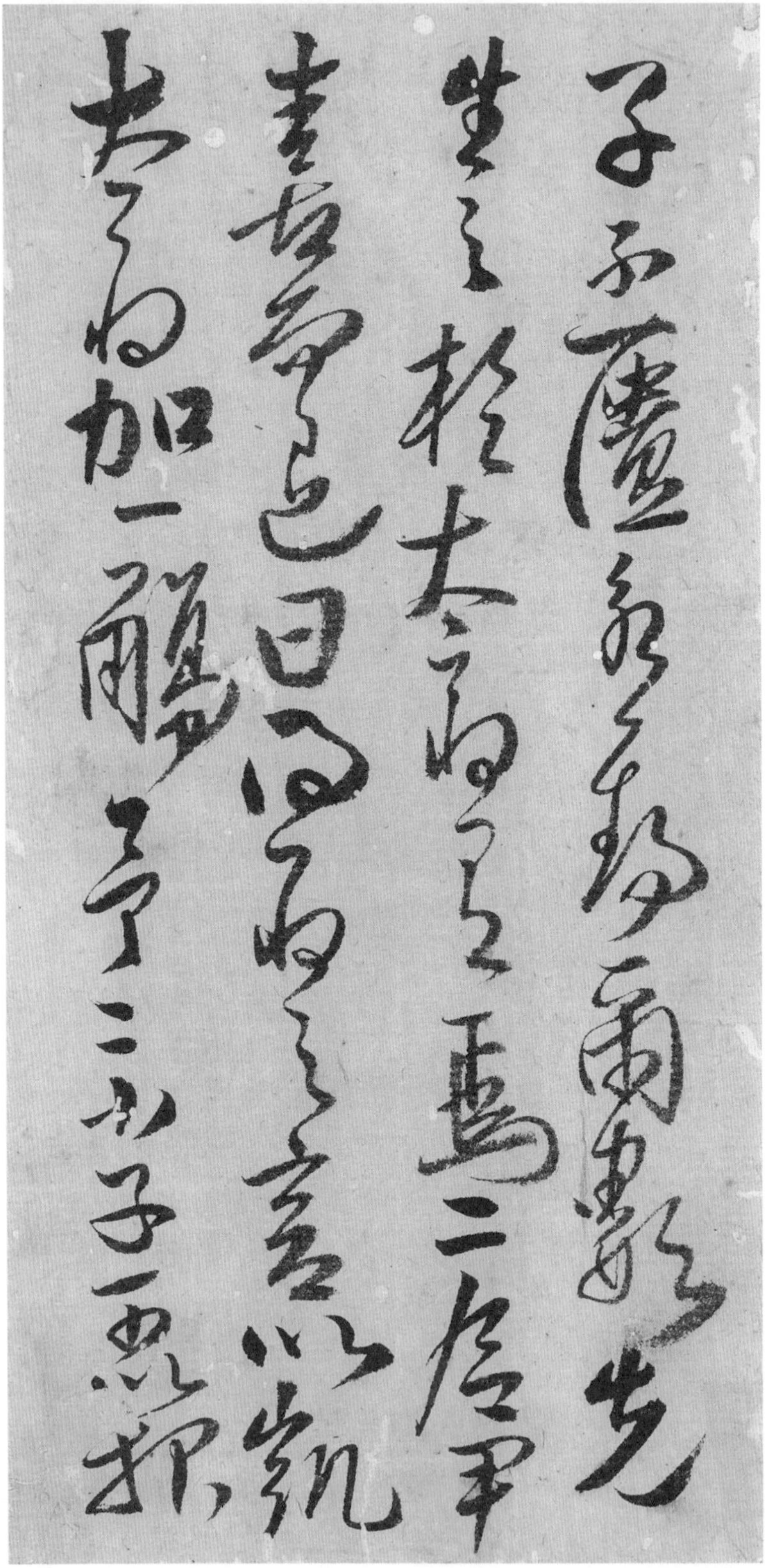

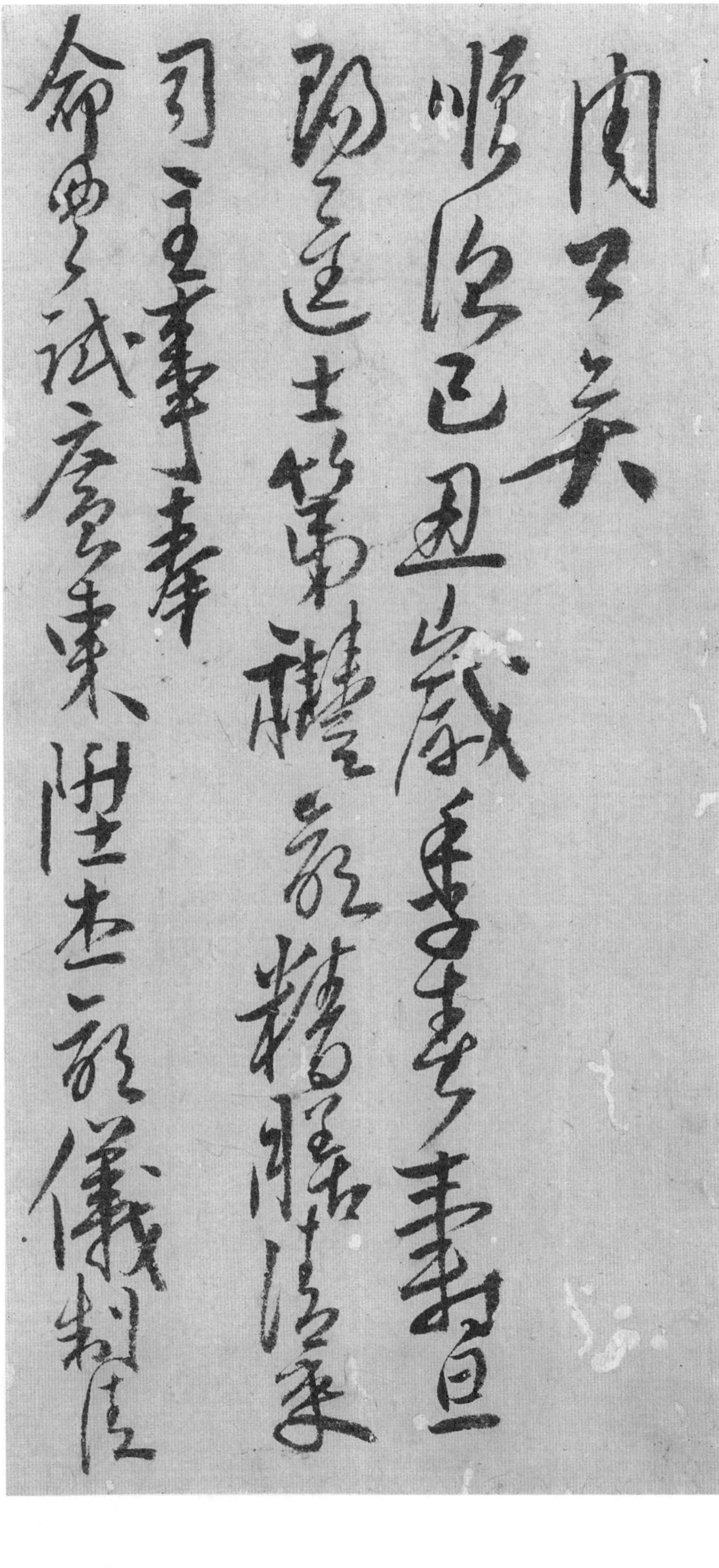

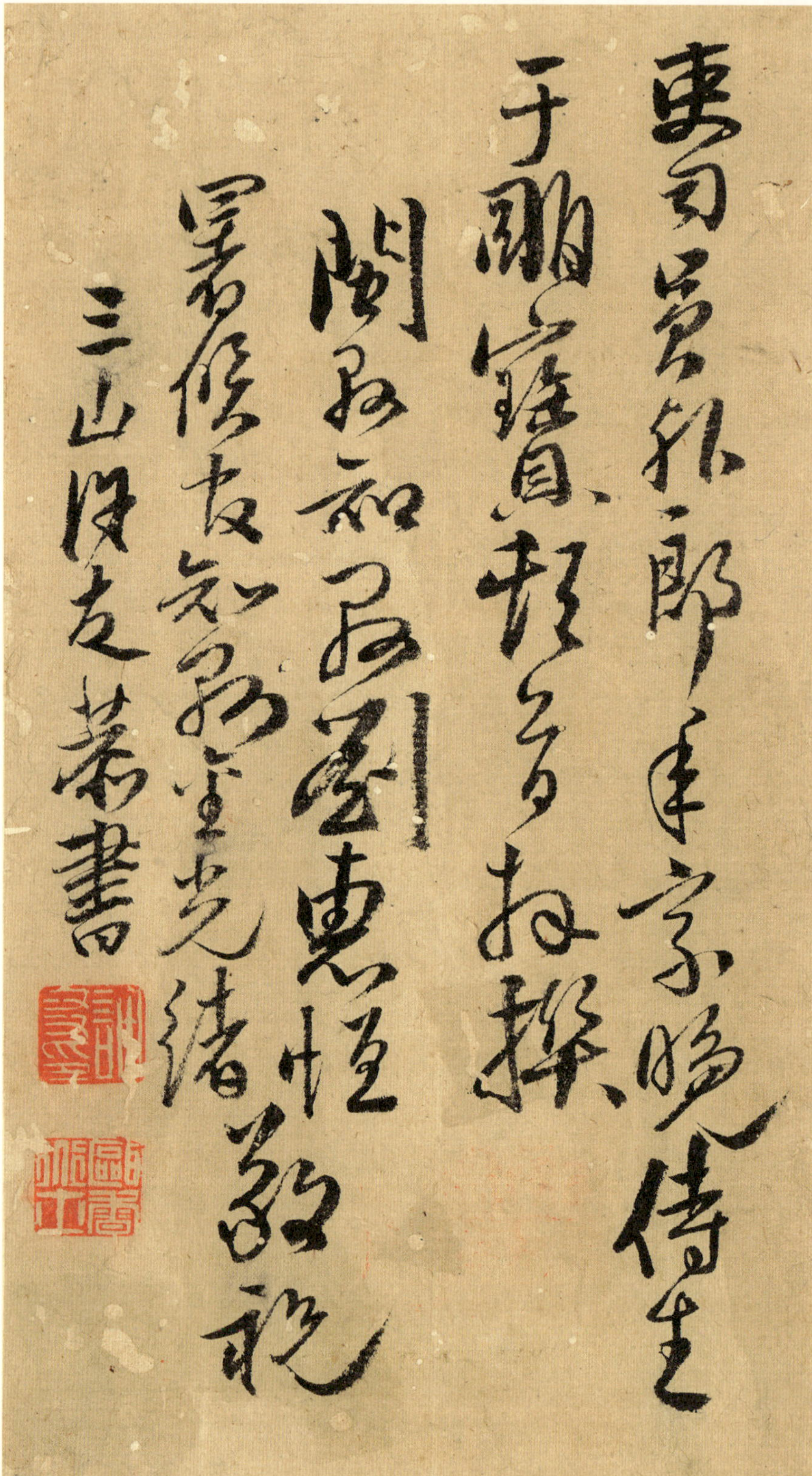

余三十年前創輯禮部同官題名錄惜未見于公此文々題名已付梓山嫩於猶視老境頹唐如此作手筆述之貴及時也　道光乙巳長夏書於浦城之北東園　七十一叟梁章鉅識

許友初名宷字有介一字甌香侯官人師事倪元璐康熙朝以諸生終善書畫詩尤高曠朱竹垞稱之著友米堂詩

袁枚書札

袁枚書札

蔡春旭

袁枚（一七一六—一七九八），字子才，小字瑞官，號簡齋，別號存齋，人稱隨園先生。杭州錢塘人。幼有異禀，年十二，爲縣學生。二十一，在廣西巡撫金鉷署爲《銅鼓賦》得名。會開博學鴻詞科，金鉷舉枚應詔，時舉二百餘人，袁枚最少。乾隆三年（一七三八）戊午科順天舉人，中己未科進士，選庶吉士，改知縣。初試溧水，調江浦、沭陽，再調江寧。以母疾去官。服闋，再起，發陝西。後丁父艱，歸江寧，卜築小倉山，號隨園。如是五十年不入宦途。廣收書籍，沉酣詩文。琴書尊罍玉石之屬，横陳几榻。袁枚雖仕途不顯，却有文章之名。『其所爲詩文天才横逸，不可方物，尤長駢體，抑揚跌宕，得六朝體格』（孫星衍《故江寧縣知縣前翰林院庶吉士袁君枚傳》）。上自朝廷公卿，下至市井負販，皆貴重其詩文，士多效法。著有《小倉山房詩文集》《隨園詩話》《隨園尺牘》《隨園隨筆》等。

本集所收袁枚信札少量選自國圖藏《隨園手翰》，乃致法式善（時帆）、王友亮（葑亭）者；其餘則出自《隨園家書》中的前兩册（共三册），均寫給堂弟袁樹（香亭）。法式善（一七五三—一八一三），字開文，號時帆、梧門、陶廬、小西涯居士。蒙古人。乾隆四十五年進士，官至侍讀。著有《存素堂集》《詩龕詩稿》《梧門詩話》等。王友亮（一七四二—一七九七），字景南，號東田、葑亭。安徽婺源人。乾隆辛丑進士，改授刑部主事，官至通政司副使。著有《葑亭文集》《雙佩齋詩集》《金陵雜詠》等。《隨園手翰》所選五札書於乾隆五十八年（一七九三）至乾隆六十一年之間，其時袁枚年將八十，邀海內數千人作詩稱觴，亦請法式善和詩。法式善則請他作序，袁枚因用了與爲王友亮所作序文一樣的典故而感到抱歉：『一冠兩戴，耄年昏憒，自覺可嗤，以故亟將前序另爲更改，以免雷同。』

袁樹（一七三一—一八一〇），字豆村，號香亭。乾隆癸未（一七六三）進士，官至廣東肇慶府知府。善山水，精鑒別。工詩，著有《紅豆村人詩稿》十四卷。袁枚家書頗饒趣味，透露出不少晚年的生活細節。比如他説自己五十之前有玩古之癖，『好購佳者，與人爭勝，而今則日暮頹唐矣』。這些古物主要是古書、青銅器、玉器之屬。一封信尾附記則作了生動的自我刻畫：『我牙齒動摇者十分之三，髮用染人三入爲緅，非眼鏡不寫字。』吳錫麒記載袁枚戴眼鏡二十多年，某日在湖樓偶然去之，轉覺清朗，特作數行尺牘與之，可見老人精力之盛，不戴眼鏡亦能作細書。袁枚晚年耽於山水，頗好遊行，嘗至天台、雁蕩、黄山、匡廬、羅浮、桂林、南嶽、瀟湘、洞庭、武夷、丹霞、四明、雪竇，家書中不少旅行見聞和心得，還有一段風趣話：『到家後人人説我胖了，我亦自覺食量小加，精神加健，豈遊山玩水是却老之方耶？』

袁枚未有書名，然其書法獨具特色。乾嘉文人喜好收藏碑帖拓本，袁枚亦沾染風氣，編有家藏碑目，且與金石名家黄易有交流。其楷書略有鍾繇之意，又多見六朝碑版筆法，然化用靈活，不拘形似，自成一體。他的行書看不出所學路數，大抵是楷書快寫，形成連筆，並不刻求點畫精到，横細豎粗，時帶隸筆、鈍筆，而結體方扁，饒有古意。袁枚並未留心於書，而饒有一種新穎之氣，恰如鄭板橋《贈袁枚》所説：『室藏美婦鄰誇豔，君有奇才我不貧。』人奇，才奇，書亦奇。這種奇氣很難概括，震均《國朝書人輯略》卷五就借用了張問陶兩個比喻：『隨園老人不以書名，而船山太史盛稱其書，以爲雅淡如幽花，秀逸如美士，一點著紙，便有風趣，其妙蓋在神骨間。』『幽花』『美士』之美不可言狀，但可玩味。本集所收袁枚家書，字寫得很隨意，不去刻意對齊，大大小小，有肥有瘦，有枯有潤，有濃有淡，於紙上亦能看出淺深，極富趣味。包世臣《藝舟雙楫·國朝書品》將其行書列爲『逸品上』，何謂『逸品』？包氏的定義是『楚調自歌，不謬風雅』。風雅來自字裏行間的書卷氣，這是讀書人經年陶冶出的氣質。《隨園手翰》中有二札小楷學自褚遂良、趙孟頫，清秀俊雅，却稱不上善書者，據《致葑亭札》可知爲『治書蒼頭』代筆。想來袁枚晚年應酬繁忙，寫小字又費眼力，故讓小僕代之，其親筆信則鈐有『隨園親筆』（白文）、『子才的筆』（朱文）諸印。他對法式善說：『八十衰翁久不作楷，爲先生故聊復試之，如小童生又赴一場縣考。』前人風趣，可見一斑。

風雅不僅是袁枚書法的格調，也體現在他的用箋、用印。本册所收數十札用箋合有數種：一種爲八行箋，有的周邊框以冰梅紋底、暗八仙開光的紋樣，有的則作菱形紋；其餘幾種作横形，四周有邊框，内無界格，邊框或爲朱竹墨竹，或爲梅竹，或爲文螭，無不透出一份雅人深致。至於用印，袁枚除了名印，還多用引首章和閒章，不單印文雋永，其中數枚都有關尺素，如『尺素書』（白文）、『尺素書』（朱文，引首印）、『寸心千里』（白文）、『情莫若率』（白文）、『泥憶雲』（朱文，引首印）、『未盡所懷』（白文），應是專用於信札，十分講究。

就法式善所集《隨園手翰》來看，當時人已珍重其字。一來信札是二人交遊的見證。二來袁枚文字才氣勃勃，涉筆成趣，即日常瑣碎亦可點石成金。正因爲如此，袁枚生前就出版了《小倉山房尺牘》，只是刻本無法呈現袁枚的書法。三來是袁枚作書『拙樸中雅有一種風味』（李懿曾跋），見其字可以想見其人，聊補刻本之憾。

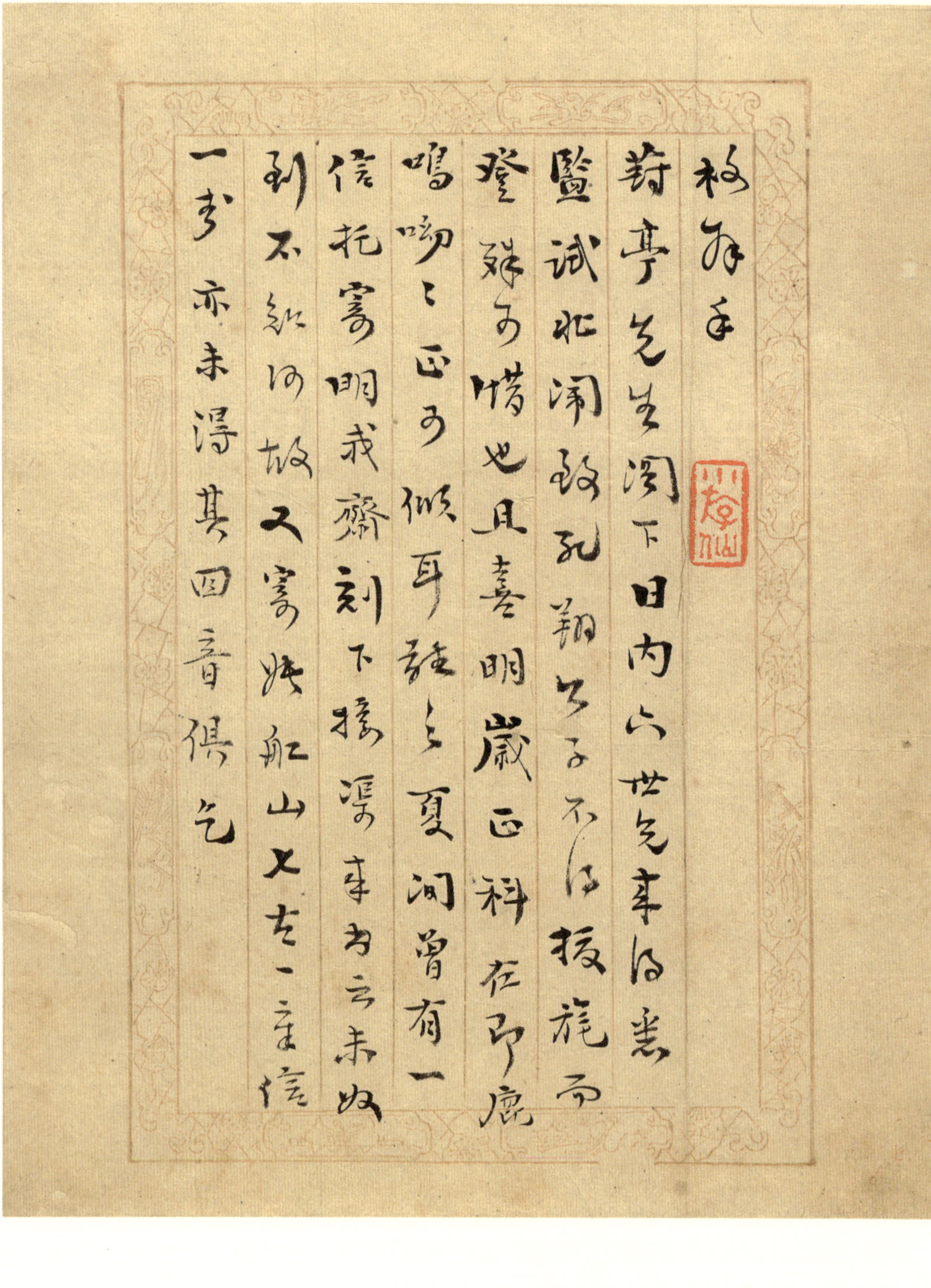
枚拜手
葯亭先生閣下日内六世兄來得悉
監試北闈致孔翔之子不得拔旌而
登殊可惜也且喜明歲正科在即鹿
鳴呦呦正可假耳離之夏間曾有一
信托寄明我齋刻下接渠來書云未收
到不知何故又寄樊舫山太守一字信
一封亦未得其回音俱乞

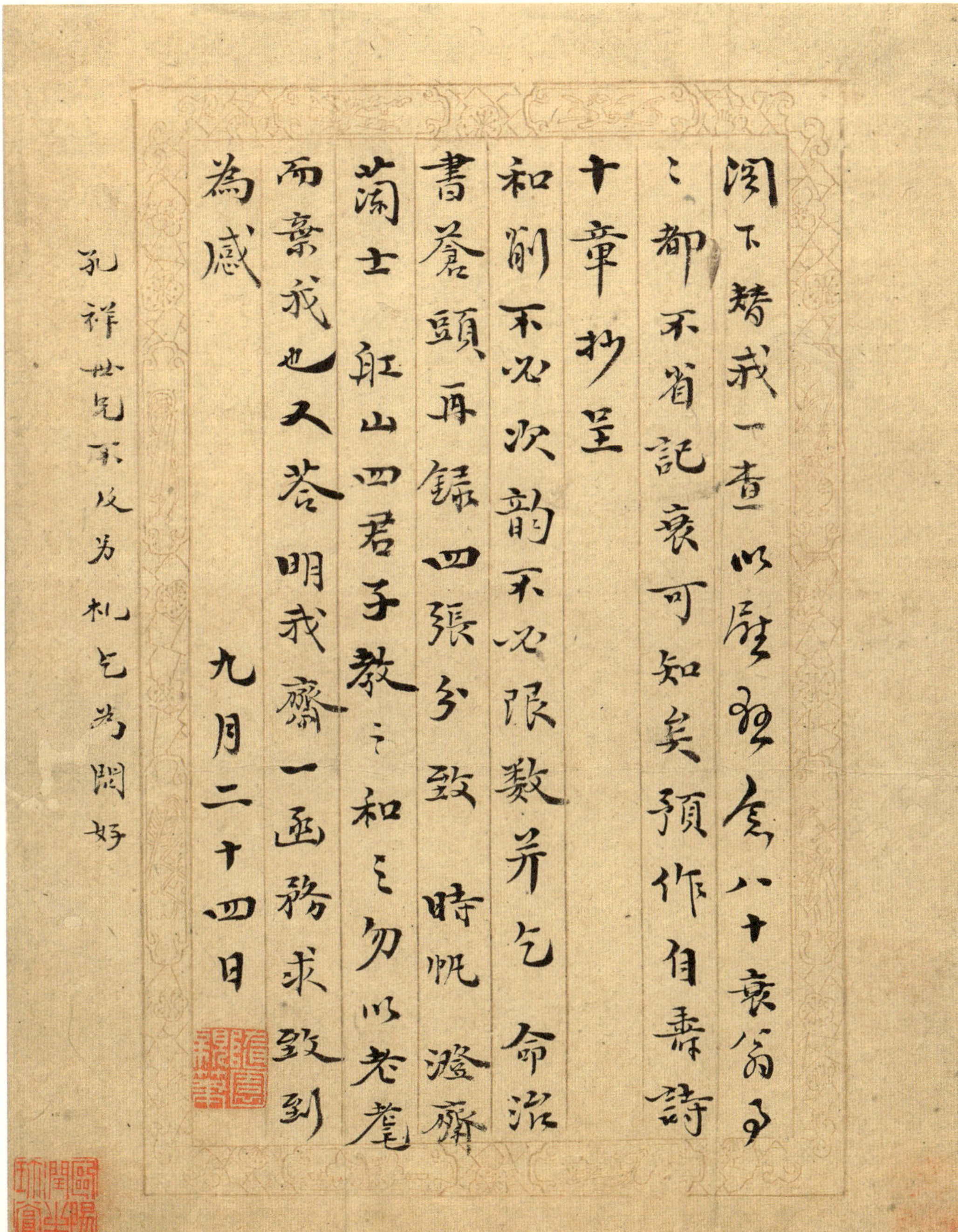

閣下贈我一壺以壁熊食八十衰翁手〻都不省記衰可知矣預作自壽詩十章抄呈
和則不必次韻不必限數并乞 命汲書蒼頭再錄四張分致 時帆澄齋蘭士 虹山四君子教〻和〻勿以老耄而棄我也又荅明我齋一函務求致到為感

九月二十四日

孔祥世兄不及另札乞為問好

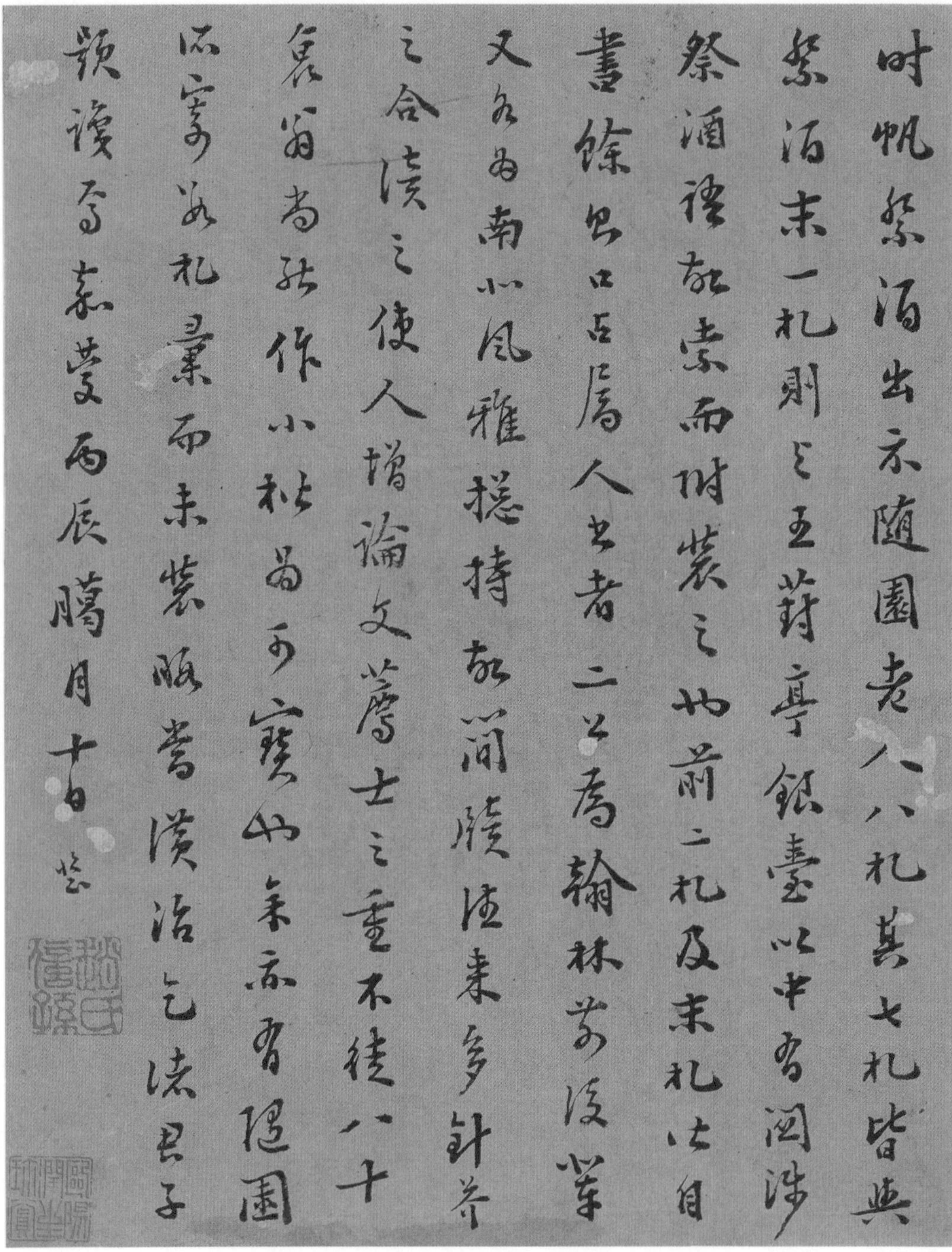

时帆祭酒出示随园老人八札，其七札皆与
祭酒未一札，则与王蓉亭银台以中书阅涉
祭酒礼数而附装之也。前二札及末札皆自
书，余皆口占属人书者。二札为翰林前辈
文而南小风雅揔持数简牍法来多针芥
之合，读之使人增论文荐士之重，不徒八十
衰翁为此作小札为可宝也。余亦曾有随园
所寄数札，兼而未装，顷当溃治，乞诸君子
题识否？嘉庆丙辰腊月十日
蕃

袁枚頓首覆

時帆先生閣下書来如接謦咳深慰老懷詩二冊且吟且喜欲罷不能謹弁數言於卷首以志欽挹之忱非應 先生之請也实有所感動于中而不能自已也枚老矣見近今之才子詩人或意氣之雄或學問之博亦竟有駕軼 先生者若夫思之深〻扣之寂〻披脉切理精思詣微得絃外之音味外之

味則未有如　先生者此中消息非同嘗者
不能道其所以然昔人詩曰五尺絲桐三尺
竹伯牙師曠兩沉沉其斯之謂歟卷中悞
字及失落一字者加簽標出有句未渾成
用韻未穩者亦為點出相知既深則古
之愚也直而已矣一笑

四月望日枚上

八十衰翁久不作楷為　先生故聊復試之知
小童生又赴一場縣考夫子哂之

時帆先生閣下郭秀才從京師歸得手札知秀才未投書之前在國子監兩番考試俱蒙拔取第一總投枚薦書彼此大笑方知三千里外我二人衡文之眼愛才之心若合符節驚喜踴躍足爲之穿

閣下札中將枚八十年來一生遭際當然而竟不然不當然而竟然詳言之以慰郭生其立意之深用筆之妙非深于古文者不能知斷之曰

折以達也因念近日詩教昌化所古
文之道頗衰多緣考據家誤以訓詁
瑣碎為文而班馬韓歐氣脈永斷
閣下起而振之如景慶星雲重麗
于天知咸韶雅樂再聞于耳枚
及于吾身親見之能無喜溢于
顏哉且向日但知
閣下詩學深純而不知文心又復如
柳子厚之雅健遂不禁有山雞舞

文鷸

鏡之思謹献古文散體全部求
閣下教之誨之勿以老耄而棄戒
幸甚〻蒙寄石鼓文新舊二册謝
〻尤愛已未題名碑一紙羊叔子
竟覔得前世金環悲喜交集不
特若身叩頭兼為世〻萬子孫叩
頭也茲因小門生周之桂来京會
試之便託帶數行其人倜儻不群
詩詞俱妙其父青原舍人走軍
幾寺京公與

公有一面也并候　眠食不宣
嘉慶元年元宵後十日隨園老
人枚拜書于小倉山房七百夲梅
花牕下

文鏞

袁枚頓首
時帆先生閣下八月中旬接奉
手書驚聞去歲
太老先生去世之信關河間阻不獲齎磨鏡具來
獻生芻一束曷勝悵歎比稔
閣下擁三千都講作國子先生佇見太學人文
烝烝日上實深顒慶蒙
寄新詩兩紙業已露盥蘭熏朝披夕諷如獲

鈞天廣樂之音不覺首之至地也兼聞
閣下有俯和枚自壽詩以簫韶之雅奏答瓦缶
之微鳴雕飾朽株定多異采亟思一覩爲快
現在海内以詩見祝者已得千餘首輯爲一
編惟冀
瑤箋早賁以冠羣言當不啻廬山九錫之榮焉
望〻至承
招令扶杖重拜

閣下　枚非無西笑之心第久息蓬茅之影李青蓮
所謂朝心不開暮髮全白者枚之謂矣況尚
有四年方能重赴瓊林恐未必尚能等待惟望
閣下秉節南來使閒鷗野鶴得一瞻威鳳光儀
是則私心之所惓惓者耳茲因羽便肅此布候
近祺惟
鑒不宣

袁枚頓首
時帆老先生閣下五月間從葑亭給諫處寄
上一札并命作詩序一篇抄稿呈
覽未奉　覆音此時諒當收到矣弟老人
大有抱歉于心者前作
閣下詩序時忘却前年葑亭給諫亦有作
序之請兩序結尾中俱引孔子與子夏論詩
一段匆匆竟寄都中刻下偶翻舊稿始知一

冠兩載耄年昏憒自覺可嗤以故亟將前序
另為更改以免雷同合再抄稿寄呈
省覽猶記
閣下贈洪稚存詩云膠柱與刻舟一生勤無
益即此十字已將二千年一切詩古文詞精
神盡揭矣除佩服外夫復何言老人消暑無
事作山右兩賢歌寄劉太史何水部二人報
其知己之感然而當日有人逼昌黎吞丹篆而

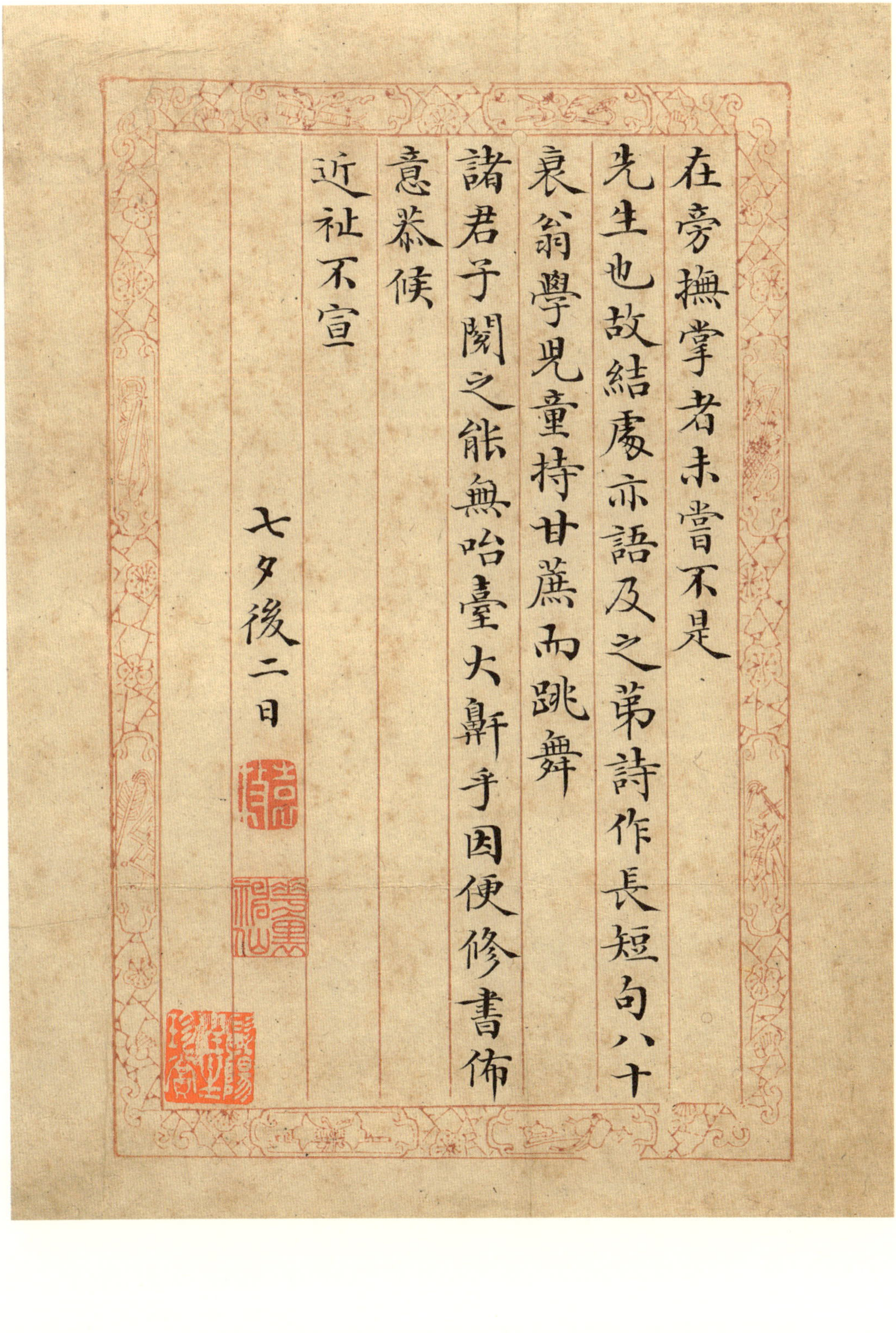

在旁撫掌者未嘗不是
先生也故結處亦語及之第詩作長短句八十
衰翁學兒童持甘蔗而跳舞
諸君子閱之能無咍臺大鼾手因便修書佈
意恭候
近祉不宣
七夕後二日

康太守接
弟書爲藩臺西峰之生賺我三
件銅器指名美人觚提梁卣三
足鼎發信茫然不知所指何物對
康太守大笑不止退而思之方服
藩臺之記性果然不同而可惜索
之遲十年也美人觚者劉守備
諒渟之物當隨園百金此是
乾隆二十五年三

[illegible]提梁卣
者李竹溪之物離工元時借我
銀一百兩而以銅器三件抵我代壺
一卣一瓶一大圓尊我以一卣一瓶
寄山東胡妹夫而以大圓尊寄
与藩臺是藩臺作蘇松巡道
时也後胡妹夫買卣退瓶而
藩臺之圓尊收与不收則至今
無下落我因尊係竹溪之物竹
溪既不来向我要我又何必向藩

臺要乎此我所以見藩臺時亦
不提及此又五六年矣至于三足
爵者不知所指何爵以凡爵皆係
三足故也有畏好之三犧爵則
久為梁階平撫軍借去至今
尚未還我價值也阿乞五十以前
有玩古之癖并好購佳者与人爭
勝而今則日暮頹唐矣數年以

列綵硯銅爐鐵聊以數衍書齋
而已古董兒亦絶無一人工门着教
我捨此三件外又從何处代購耶
平生好藏秘本古書更在銅玉器
之上而貴書價亦復不少此
弟之所知也去年奉常　高中堂一言
問及即獻上抄本五十六種此亦阿
兄近年來苦念皆宜之一証也況
面貢二字談何容易　藩臺收

以野客之雲星求
天子
至尊之賞鑑毋乃視子才太骳面
乎抑愛而忘其醜乎抑亦
方伯之法眼原平之乎不特此也
子才更有一言爲弟不妨直
陳者天下有靠貢之督撫有不
靠貢之督撫　西峯先生之明
白洞達廉靜和平子愈繁而才
愈憂崔愈尊而[illegible]

公[illegible]久矣

天子知之深矣此豈靠區區之一二銅玉

器為報効者哉即吾不學知于

君子亦願以辦于治民報知己而

不必以助捐挈貢作能負也我

與藩臺相知最深相期望者至

遠且大盍即以此家信呈之以為

取索黄太保神道碑及令祖

中歷以神道碑俱在古文集中
不在四六集中俟古文集刷印
後即當寄上也此覆
吾弟詩集以本都已看畢抄畢
矣安康太宰上查收
叔母從徽州至安慶自然水路直
杭州為安穩且過南京猶可舉
家一會何快如之但一別駕偉禄
有限而盤費周章

錢塘蘇小是鄉親

帳竟已製就矣生長六十年未有之華　弟惠我良厚奈侍寢諸姬既老且醜無足當此帳者毋乃老夫之幸而帳之不幸欤小玉鼓二件案上為眼鏡之隱王三松筆筒一个其雕鏤動絕相傳以文待詔畫筆之妙

不畫可也存之以佐觀覽玉墨床一件甚平平不過隨筆筒為奴婢而已

楊長洲求　弟畫冊頁一本有畫成者寄一本來

七月十四日

吾弟信到之時，正是青鳳自遠之第三日，阿兄怒氣如山，老淚如海，徹夜不眠者業已二夕矣。除一面差江北蠻婆去撕取隋之狼之之褲襠外，惟有高歌。

吾弟之詩一時自悞之生計矣

而哥容匿此妮子眉目風神絕
世獨立又數有敏予老夫之言
形于齒頰手足之間而今已矣
我雖不殺伯仁伯仁由我而死
天乎人乎而竟已乎阿兄當日
有字与
弟曾極言其絕世風神有推
梨讓棗之心而弟置之手不
答以至老憒昏憒將上明珠

拔諸水火此段罪孽老夫當
受七八
弟亦當分去二三也大金姑娘又
于那夜口吐狂血危在朝暮矣
老年花福如此乎常想諸因
無福消受
吾弟之羅帳也方寸一欲擾亂
如劍來如之康太常隸

不大　弟將送之方伯看以故
低首降心委婉曲折之至而尋
弟猶以為太激則志委未已結
衣頂之人不能再作時文工趣
風氣星憑
吾弟從何權詞以答之也三物實
係實之益將他物送去則方
伯必以為搪塞冒抵之耳故
不為也前月廿八日草　善阿二

來霍卯其中粽語讓之諒都
省覽并有小古董之件本工甚
非寒素之物可以自供可以供工
此工游不取似寒田置我可也前
弟信來云代覓百金以內之物我
以為此係不傷皮骨之事大贊此
言何以此番又云三百金即庫內有
威儀之缺。然。此。是器羅陷穿之中
亟。急。急。是何。了。弟將可以然之

其人美語千言斷難憑信幸而
通國皆知。即楊方伯亦畏之如
虎。弟知之若所獲上諭民極是
好事我豈不願而作想反貳從
因
叔母高年家無片瓦倘有虧缺。何
以自完。此妹阿宅。如何坐視。所以匡
潤之之言讓之聒耳如弟果自信之
妨則竟請例票而來我自當
似館而往以玉物易玉人我此

除急辦心情更甚于
吾命也一息尚存此志不容稍懈
鳳鳥不至金星又漏寂寞老翁
雖有尊罍環琥焉能獨樂哉
一笑不備

家眷從以徽起身（來紙）何時到　不走南京
霍深以為念我欲候選
兒子又不可得矣一見尚難

之謂歟

七月十四日午刻

兄枚愛書
二弟足下月之二十日接家信及銀
物均已收明被褥鮮華地黄精
美使我服長生之藥登不老之林
慰甚感甚惟是采訪名花毫無
就緒乃屬其耆老而告之太王好色
如斯而已悵衡不足代辦二金被
絮未充外加四兩

禾李[illegible]之臣其送命見其賢其
弟之謂歟
叔毋欠安深為懸念絲竹陶寫亦足
補古人二十四孝之所未備洞有卧
房搭戲臺之舉不禁以手加額自
愧不如藍世兄來云書巢業已陷
東省辦公差矣我心稍安已寄
二信慰問存妹一沅春圃寄一

託藍親家寄閩道途梗塞未知
何日能到　弟信中極言民變紛
々我亦聞陽穀縣被賊剝皮可發
一笑爲民父母使民如此必有所以
取之々道以我與
弟之官聲縱有賊匪恐亦射不至皮
矣大凡到正謹一路面工愈迂潤乃
愈靈巧我料所[illegible]

令示來函　裴中丞一出武濟即
蒙見訪坐蔚藍天深談而竟不
知
弟為其祖親房也我告之以立嗣弟
子云〻中丞為之欣然且妙在深知
弟之貧苦極言河南吏治之荒唐即
此可想見裴〻之為正人君子也
渠与楊藩臺極相好俱極贊

弟之才品諒自是真情而非虛譽也江別駕一毛不拔之人亦署鳳陽太守此皆公道可敬處

弟有學我隸養之心此舉當在河南致粟六萬時不當在皖江百孔千瘡後達者尚須相時而動為囑　莊中堂為我同學同年同官而開府後從未見[illegible][illegible]車

[illegible]一面之語[illegible]見[illegible]一切[illegible]昆[illegible]

昆弟之歡尊賢礼士不愧晋公後裔承賜野雞野鴨八雙我報以四六一部菊花四盆以弟見時便中為道山人歆挹之意茲答弟如意一枝壁瓶一對厚来講社聊表區〻如意為高中堂遣其姪織造基公親壽伯娘之礼竹器

如斯足称精雅轉送　吾弟顧
叔世九十同此聰強來從楊全少年安
當我雖畧賞盤費而此差甚苦
本官當以好票差之明白來省
即令跟來渠極言
吾弟政聲洋溢此是我意中之事可
謂知弟莫如兄也不知者以為奉承
本官而可兄蜀渠言亦兼有

[illegible]十之八[illegible]来縱不能一到琴堂將
来水路四日以内旱路兩日以内我
必扶杖而来觀徒化裴之新交
未便語此將来見酉峰方伯必
談笑道之而酉峰亦必許我為兩
弟兄作合也家中自大嫂以下鳥嘴
以上俱謝厚惠均請近安
十月二十日

兄枚手書付

香亭二弟：河南牛君寄，接家信，知弟
調南陽，為兵差所累，此事原在意
中，深以為念。未知幾月來得小停
歇否？
攜世兒、強兒、三弟病愈否？我今年三
月間，因杭州四妹被回祿之慘事，
伯娘命親往迎之，今已到園，添家口
三四人。而我之近況，則數年來未有
如今年之可笑者。程元衡鹽務大
壞，一病而亡，將我本利[illegible]

送回本年千金不啻為求意至
于斯其用度之出意外者本部
文追繳江寧清查冊費那動耗羨
銀三百餘兩代沭陽錢令分賠陸
地稅一百八十二兩悞緩十一年江寧
糧道墊租銀四十七兩賠民欠恤孤
米一百六十四石其外事之追呼者
以萬餘交攻其在內之作抵者如
全年震没天字人字而玉是字第

知我平素理財爲桓文節制之師而今
則智勇俱困矣故以提巣自一件寄
山東押胡妹夫百五十金小濟急用
弟有札去爲我贊成之要緊之叔惠
綿細業已收到謝之去年十一月三
妹即告老姨陶姨四棺都葬上元
之羊山也等得了且了附告以慰悱
伯之之葬在杭在白下尚在未定看光
景先人骸骼理宜依附子孫將來
住在白門之局弟果山祖墳已代
少登掃之人[illegible]

七月二十日

我牙齒動搖者十分之三聾用須大
三入爲級非眼鏡不寫字兩女五歲矣
之學語都能識二千字伏生之經義
雖之書付如不休子其果能守勿之

康侄手接

弟札知順流而下甚是安穩惟秋來天熱異常諸惟珍重我理宜親渡江來一謁

播安慰叙并撫摩爾孫我兒子一名以雖暮年心子亦因畏暑中止然

弟屢次札中絕不提及此兒豈生納之吾謂之有司卯金報懷孕三月而此月小產豈非孔明之謎伯松自有定分卯杭州閣上現在梁金在焉係

安慶楊蓄夢与我換帖，弟見此時，弟當較似不帶字為有，但說是子才親弟，渠必刮目也

寅公占好此之要者之人惜此女全不似家在龍江關一年而依然赤腳光丫也。弟見時必笑而此之。江南作官細針密線，与河南山東風氣迥別，九十月間到此一走，似不可少。中堂要到霜降後才回署也。我有一要事奉託：前蘇州長洲縣楊公諱燦者，与我相好，屢託其留心官賣之花，便廉而色美者。渠素風雅，慨然以為己任。近日唐四節有信來，通知閶門外有一布商為買休賣休一

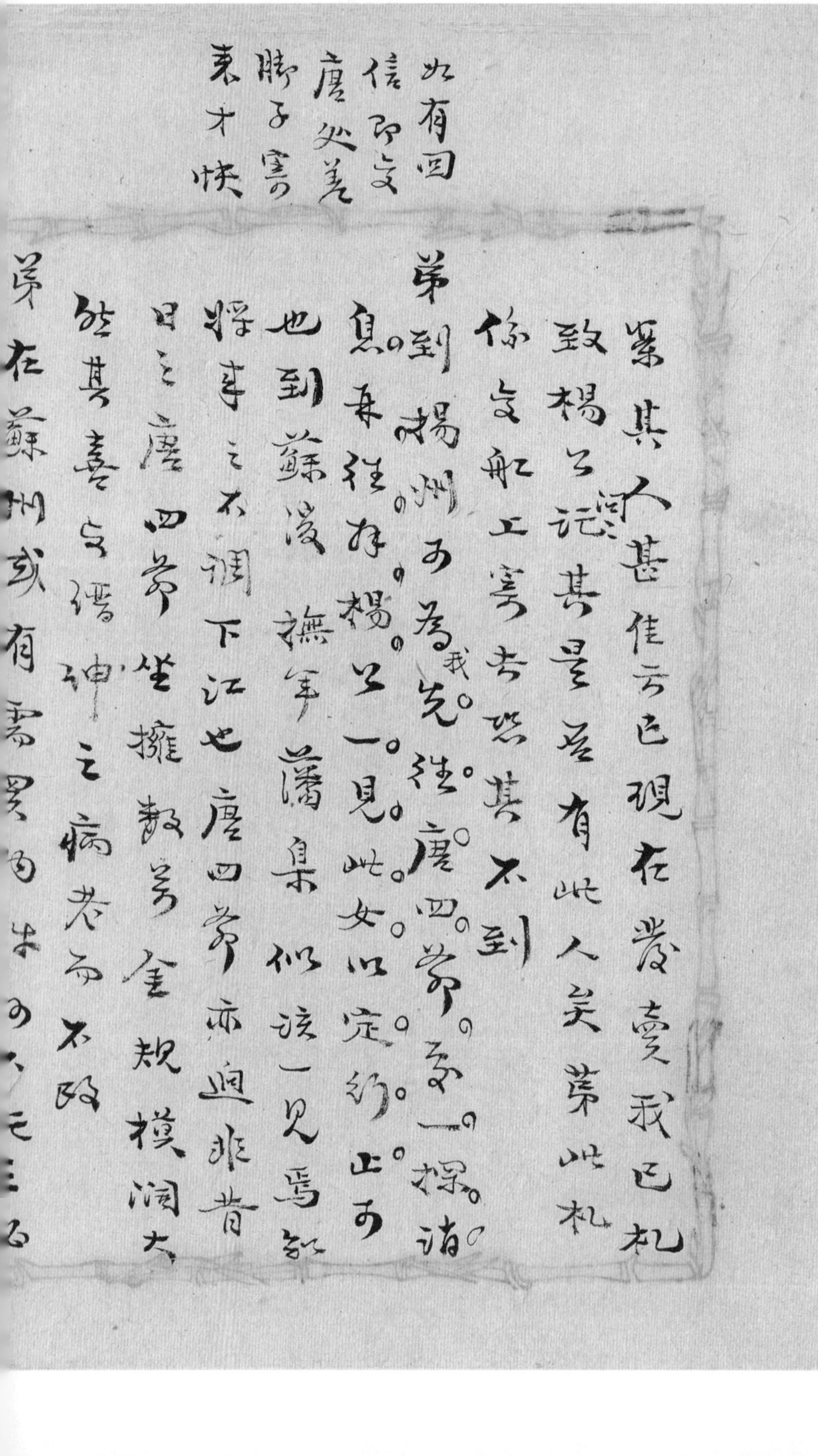

如有回信即交唐處差腳子寄來才快

業其人甚佳云已現在發賣我已札致楊公託其是否有此人矣第此札係交船工寄去恐其不到

弟到揚州可為我先往唐四爺處一探消息再往拜楊公一見此女以定行止可也到蘇後撫軍藩臬似該一見焉將來之不調下江也唐四爺亦迴非昔日之唐四爺坐擁數萬金規模闊大然其喜交通神之病老而不改

弟在蘇州或有需要向渠可支二三百

伯狼近日不喜二姐四妹而專喜章姑蓋以為阿印愛憐故也

在一場大熱鬧也大有興之致果否
辦我必打槳下蘇
弟必笑阿兄之鐘鳴漏盡而夜行不休也
老人生各有所蔽自非聖人不能無之
老阿　伯狼說有阿印衣服二件交前
次長隨江永帶來要賣于二奶〻
亦不過抽豐之意而弟屢次來札絕
不提及甚是悶〻不知將賬再送上一查
見覆為要〻九十高年矣要緊〻
品弟覽之　兄枚拜
外另寄公信一封看過遞去可

我于正月廿七日出山于五月廿七日還山于三月十六日渡錢唐江于五月十六日出北關门此心並無絲毫成見。而机緣湊合。如鐵板註定。方知人生一切事宜。蒼蒼者久已為之造就矣。到家後人人說我胖了。我亦自覺食量小加。精神加健。豈遊山。玩水。真是卻老之。方耶。明年東遊之興躍躍欲動今年八九月間先爲黄山白嶽九華之遊〻後再以詩寄我在家時四五兩女適逢兩兒我俱愛之及出门後淡矣相忘如並無此四人者此種脾胃説与他人都不相信〻之者其惟

吾弟乎

我一到家中先檢點弟寄物件但看見打碎玻璃十五方石西五方玻璃

三

不足言也石面則極其石質之最佳花
紋之最清者打碎之為之浩嘆不止
但看夾板中安坭以襯薄紙一張並
無棉花等物為護持就不翻舟落水
亦必碎也既落水安此後有客必須小
心我園中大理石最多故所存客来（来石是滇省非大理）
石片甚多等弟歸時打造家伙我無
心以杞柳為杯棬矣

玻璃亦
橫陳未
用

七錢一宗之嘉文席亦大妙下次再寄些來如寄程蘭只要二兩八錢者不要十六兩者

寄我的中我最得意者二兩八錢一
件之程香蘭五錢一盤之朝珠也我
在南方送人誰知我在廣東此些之
賤價乎大奇大奇大妙大妙其次則
白花蘭最為得用十六兩一件之沉蘭與二兩八錢之沉蘭亦不甚分明
過
窩海參俱不佳此後不必再寄石耳如饒
黃山谷詩粗硬之味當以來到廣可
還河生在廣西須寄信與汪歆亭

平

我在汀州五月尚吃甌柑不知作何藏法

為我寄來
香櫞柚子瓢（椰）姜物待我歸時已成灰土
可惜〻〻。已將來到冬洞子。初將。香。櫞。
替。我收〻。封。護。寄。來。當不止一簍紅
廣兒子笑也荔子甚佳乾。者。如。此。鮮。
者。可〻知〻。我擬看過牡丹後起身似宜
緝吃荔支尚未得食也
洋畫屏但收到小美人四扇橫畫幅一扇

大聽房掛一幅，橫披甚小，影不值四兩二錢之價。

賬中所開五兩六錢之兩扇、八兩四錢之兩扇，並未見也。豈亦是落水打碎者？字，抑都（悞）送□章道書字，須向廳……穆周二卯，壹以以釋我疑。

紫檀一段，惜其太撤，然八十八斤亦開價五兩，亦賤之至矣。此物在蘇杭每石在十二兩以外，將來多帶些來，大有利益。且於家伙最有賞鑒。其他鐵梨

灑勅無雜毛斑，亦（寮）廢為也頑合是也

紫榆不登大雅之堂，是暴發兒鄉紳取用，此後似不必萬事造增盤費。紫檀之下，似花梨。灑勅。應和為佳，須留心收羅之。

絨毯席甚佳，嘉文席亦恰剛好周帀。几榻鋪陳矣，不多一塊，不少一塊。端硯十一方，我竟不知。鐘硯之高于紋十方也。沉香繭五尺，我竟不知。十六

兩兩高于二兩八錢也。慨慨此後只
檢錢者寄我為世情酬應之用，且
廣做甚粗。廣匣甚惡。此後只寄端
石硯子，再不必做硯，并不必做匣也。又
囑。
今年寄我洋錢百元，我天台雁宕一遊，揮
去七十多元，今用未了，而新者又來一百
八十元，尚未繳，揮為何人且注下回家繳。

鍾醫生一錢水安息藥，價八兩。今閱來單，價甚賤。不妨便人多帶些來。

不勝感謝之至。何也？不曾聞子不曾
等盤，雖此物不貴，秤不須等，故
平素最喜之。

丁香油、水安息、蘇合丸、三七、蚧蛤等物，不過
備博物君子一格而已。既已收到，收之。
自雄此後，如海狗腎、龍涎香、紅綠香之
類，亦渺然一訪。年道在，取水安息一罐、
蛤蚧一對寄去，俟渠用之有靈，我再

阿九

九

將來將伯之助必告急于弟之亦一大心事也

往問之報與吾不知道

胡路節房屋現在上元沈公借居據云七月

底可以出屋但現在書桌又以東子失官

僅免牢獄了如何之

所云羽毛緞我歸家將並未見有存留者想送

瑞塔二人却已收去耶須問明殷福

穆大人向我云送他鐘表全是廢物因今不

是漢人是外行枉費銀錢此等切不可

十一

再送些想羽毛緞大小呢々數托我轉

致

香亭　任道台之言亦然

李嘴子之房不但弟愛我亦愛之但房子

狹猬異常雖打之通窩中堂托亲太

守諾之尚且不成況是嘴子退日薛觀

出來說滿口全非之房甚佳價太

三千以外我尚未往看據云與弟田

可雲在浦口地方亦作速覓我

相近照應甚便也至于兩家合居之說我初無成見今閱弟來札則札中頗有語病弟從前之所以不謀合居者為避兄富弟貧之嫌故也今則弟富而兄貧矣我獨不當避嫌乎二姐大嫂俱說弟下筆時失檢點也弟思之至于謀財占產四字尤覺言重便阿兄多子則兄之財原即子之財兄之

十三

產亦即弟之產也，並非謀宗異姓，何乃從前抱此俗腸乎？大錯大錯。

六月半邊連接弟信，一從木大人處來，一從彥之處來，中有汪親家與我一字，說替阿通作媒，女家是揚州太守陸之名燝者，杭州人，年亦八歲，與通同庚。我聞之甚喜。爲何喜乎？素總想我之人遠居江南，處祖宗墳墓相離甚遠，耿耿于心，今果是杭州人，

方斗顏色一白碧，二百兩禾兄皆喜也，弟知之。

又門戶相當。弟可為。我出帖。速定之。我亦另有札謝汪親家也。但媳婦也要五官端正，不可偏愛麻瞎耳。八歲女與汪親家的媳兒。

弟要玉杯，我不敢偷懶，冒趣到古董店買了大方斗一隻，定價五，小杯價二十兩，又玉杯一隻，定價二小杯，價三兩六錢。按章道臺說他玉杯甚多，情愿奉送。我

十弟

亦從其作遠寄來。我過青田，其縣尊見贈青田石十隻，今一總替弟寄來。弟要凍石篆書，此物久絕響矣。雖有銀錢無從購買。然弟之意思與楊撫臺相合，敢不仰體，謹將老人自家之物割愛寄上：十二方田黃、六方青田、六方亦。弟素所認識者也。刻文端州太守最雅，肇慶則俗，故代為刻好寄來。惜材料星小耳。

我過七十以後將此類清賞之物盡交與吾弟賞存之。通遲小兒曹知道甚麼

然寸珠尺玉原為希世之寶不可必得者也。前書與玉杯。供你阿兄手贈之物。不必還價。禮尚往來。弟大來。而兄不小。往。於心上亦過不去也。一笑。

弟帶來東安屏石數方花紋好者可惜舟中打碎五塊今僅存四尺長者二方小者十一方我匆匆到家又將有黃山之遊故與五色玻璃紫榆黃楊槅一座來之高闊未及裝潢也

此石四尺長者。能再加長一尺。則大妙矣。夏天為几為床。憑焉睡焉。無不成之

十七

弟札中有大洋盞留自用之説，可贈洋盞
未見大者，想面盈寸許，即算大洋盞
耶？此中因我不在家，文代特屬有錯悞，
未知洋盞鏡屏可有竟如人大者否？心甚
慕之。
弟札中教我帶了猴狼來，此時猴狼中甚果
有此方狼者，我必帶來，次之則大金絲狼
與？惜其衰病，難以隨了鐘狼年齒及

劉郎于人情世故亦不甚通曉於兩長是短而第之

時而筝滯少靈掣之反添累墜我去年帶往蘇州一走回思方悔竟有天淵之別故今年攜劉郎不攜鍾女也況弟札中習廣東彩伴如史如花我獨不可學忠簡以來買一桌倩歸乎弟要眼鏡墜此物蘇州最多今來不及矣故且將我眼鏡工所用玉桃之介先行寄上

庭○求○遊娶○

想○如○昧不○然

瞽○肉○竟○泣

十九

塞蟒鼻烟壺價銀四兩二錢亦太貴矣洵

廣東有蟒石似塞蟒亦似田黃凍何不

購一二件來我看兄章道臺處有

抹索者送塞○蟒○桃○子○九个先宗奪

目下何不購他一二个來

二娘之心腸極好如何有瞽目之病聞空

青生在廣東何不覓而醫治之我一

到晚間燈下不能看書也算是个夜

非珀花紗幮不可

阿瞻子了惟冷天夜阿尚看書如常
孔子云甚矣吾衰久已不夢見周公我亦
未嘗不衰然夢遊廣東已二次矣忘
了不是冷而是熱未知廣東夏間
如然吃荔支之後正是六七月中弟
必不敢背我冒暑歸也故屢屢之又問
蚊蠅二項厭物太多可能設法避之
吾弟今年不必羨人李了阿年正二月替我

作一字寄將廣東近夏光景告訴一
番同如繡帶香橙寄
去兩一疋又程蘭我真亦之將來只算
二兩以錢為來不也趁之穿亂得破其
我的衣我如此年紀不能穿破好程
鄉蘭要以之送人又令人受得這一分
重礼
筆論硯一則即可裝刻不必再改

大姪之帶寄香橙一架尚好我自適以後福吃了

紅豆村人集久已刻完今刷印百本寄
上詞首一卷刻好最易去年我將陽
鳴時文選一段命其改刻今將是原本
刷來看來還要費他幾兩銀子才改
好也好單看後以為不必重刻則亦
罷了二卷三卷又以好者以置後
再刻好也再寄八十金因來旅節來
歸尚未到之等照

賬已算清寄上價銀有餘可以作刷印之用單有新詩亦可寄來續刻 弟之原稿

八本一并寄上

廿三

我還家一月之後方將硯璞打洞內中紫色
者片片黑暗不明如一塊泥磚燒太陽金
不透竟真無用之為下次有人來可
帶還君不。今其別燒。
我此番浙江一走之後文名子不經數十倍
著在廣東可為我博訪。。。。。來將手劄
職之風行海內也又問廣東親家甚便宜。
不通不好耶然親子不經意不必如此乎

為留意一問

七月七日才有工夫將書寄烏髮藥試之二次便黑甚矣其妙也便中再帶些來我已為髮作網撮之到七十歲便置此本色不再作後猶偷潤學少年矣

寄來之香大者二塊重二十斤燒之不香（有烟柴氣）小塊在錫盒內者燒之甚香大抵以有油為

為貫

寄來像生花兩盒甚好，已供之異工矣。且

喜聞境甚豪，將來再寄兩盒來，雖不

厭也。紅螺肉未知吃法奈何？

聞新中丞尚是溫文爾雅，為尹文端之保舉

之人，尤有不合於俗吏之處，相待何如？

我今年遊天台，得詩約百餘首，一時刻不

及，故先抄一本寄來，兼觀之可想

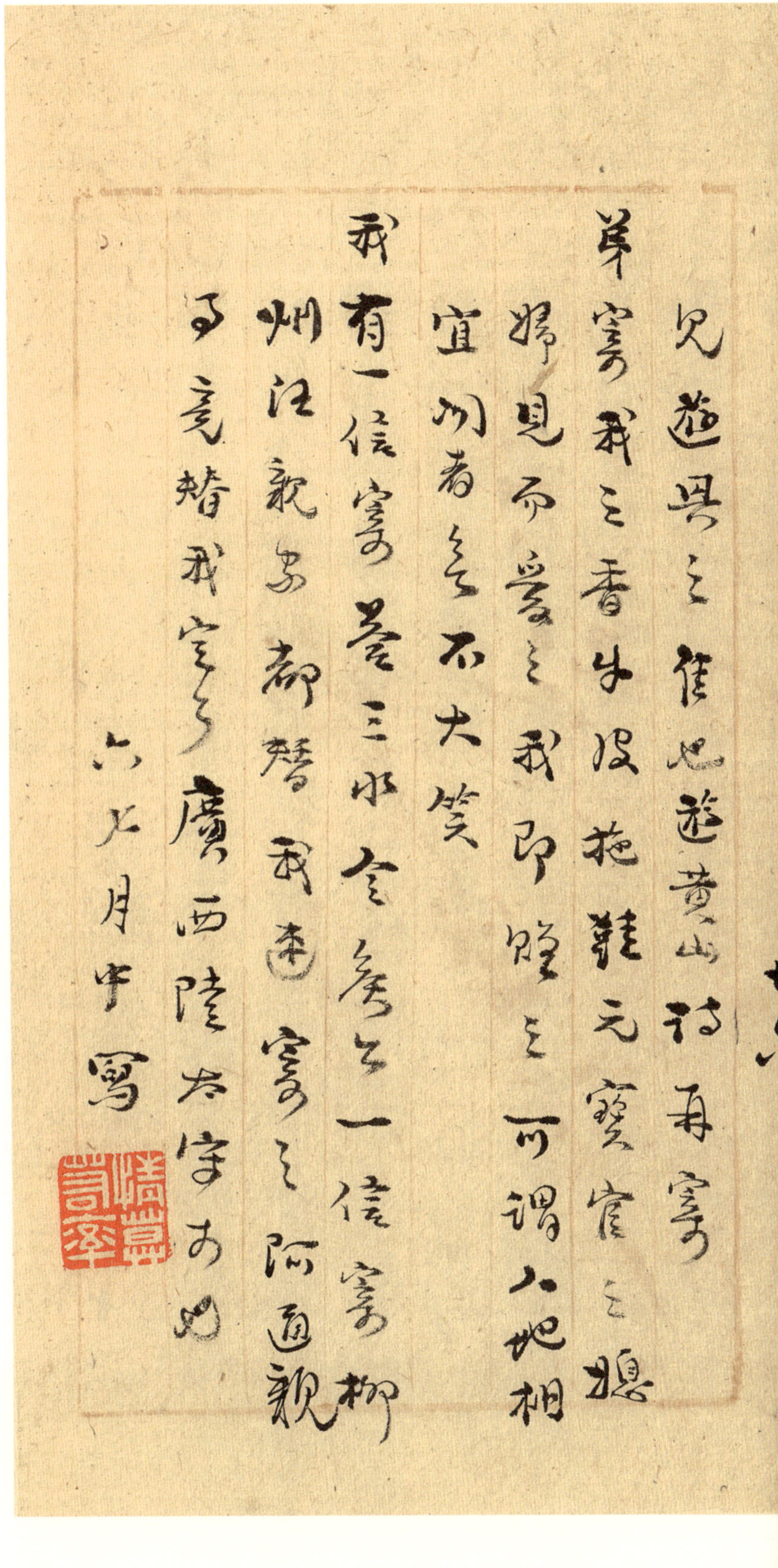

兄近得之佳也，近黄山詩再寄
弟。寄我之香牛皮拖鞋、元寶宮之腿
歸見而愛之，我即贈之，可謂人地相
宜，此者亦不大笑。
我有一信寄蒼三水令，係之一信寄柳
州汪叙安，都替我（素）寄之。阿通親
手竟替我寄之廣西陸太守爲妙。
六七月中寫

我天台四年後託梅觀察寄一信劉之中寄一信其中無甚長箋慮不到故也廣中鄉後從山東寄來則最長最詳之信并一切物件俱託弟來矣九月間胡姓家又妹之婿即錫來廣托我信亦有長篇十六日學全起身業已之話可說矣及至落筆又不覺寫有九箋到下次上元又起身更之話可

説此竟付之空空，未免太懶，故出以奉
[illegible][illegible]了紙

吾必不厭我也。我自還山後，被人纏繞，夏
間淮上呂錫亭要借地方一住三月，呂
去後與宗來了，至今未去，而蕪湖之
陶太之又來了，據云實在孤窮，擇身無
所，渠亦有信寄

吾三十年前香火因緣，一經不許，敷衍

物之利害果然豈或其他如袍六官祖庚

之子亦都擾擾終之屯擾不暇我不得

已轉慎爲喜現從前有自云樹堪羅而多

積鳥收不通河少泊舡又日人求說比求

入好住刻今生堂偶然弟先同果故

爲

言不論之藍款要甚要拉　弟居浦以甚

言全家但房之好我劍有平山之趣

二

袁

歸妹將往一看，再為弟告也。并云有極好
一分荒屋之田勸弟買之，我想此事
實難。弟從前所買之湯莊、鳳皇山
兩莊殘弊不堪，據馬女云都是他經
踏看之物，此刻懊悔異常。渠原不在
行，當日用其才，加之今年旱荒，處處
皆然，亦不可專責之人謀也。一切買賣
契據我已繳去。五六十金，大姐月銀十二

本
兩工墳等等之六兩我俱為墊用着
光景今秋照未能清還以致陳先生處
往恩返舍舊面新看邵賜替他帶來與
弟之札可以知其苦情矣我自過六十後不喫
丸藥不看家用賬此是我之達處然大
嫂用度無節亦太荒唐家家人因我不
查察欺他老慣十分冒濫當初伯娘在日
每年月規二百兩年終計之一年所費不

過千三四百金光景今　伯娘殁後除去月
規二百兩乃反一年用到千五六百金家
中亦並未添人進口並未興工動作
吾弟替我一想大嫂做濫將人之過焉得歸
其責乎刻因算賬不清日用不敷與我
角口而我寫家信又無話可說故只得將
此洞悉向　弟告狀焉一笑
兄枚拜
香亭弟覽之

阿兄于廿四日往西樵遊白雲洞廿七
日仍回寓中即趕僱船准于初一日
遊羅浮矣得江南家信平安甚慰
想念我在此文字之應酬如麻而起
劉郎只能代寫不能代作此何〻藹書
連次姜人探問要來拜會我日〻不
在家愛他三次隨即姜人請廿六日
喫酒我親往辭謝忽然洞中門迎
大堂情致纏綿並要替我翻[illegible]全
集我実所帶無多（只發）不能奉送前後

溧陽邵公閣部穆公所送礼約值百金

恭想亦有所感觸而悔心之萌乎
弟札所云云真是老于世故之言也此外運臺
送滿漢席撫臺送食物八色之後又送
軟菜四碗中軍王公南雄張公羅定
孫公都是情意極隆均可感也
弟詩已托人寫上冊子將我留別詩六首
一齊帶与撫軍觀總要待我羅浮歸
後矣撫軍向孫公云子才先生送全集
後我每夜看至三鼓此公學問不徒做我
先生有餘并做我太先生而有餘推尊

至此使我且感且愧故又賦詩二首贈
之現覓册頁自家親寫尚未送也我
与
弟約者我羅浮歸後撫藩二處尚有
數日盤桓到衙门不能久居即思南返
弟一切寄南京信物都宜寻為端正隨
國家信一齊封於寓上以便
弟料理溪〻媽〻物予以妥
花船又看數人都是此地狀元服飾甚華
其本領不能望見萬三脚跟窩中拈匈

四人均可不顧而唯望端如亦有仙凡之別
老人看花五十年必無刻論
外附送撫台詩請友
卿雲紅霞五羊城物望群推宋廣平
二月桂林移使節一江春水盡懽聲胸中
定力回風氣筆底餘波寫性情帶恐勸
名掩婷雅重友官頌玉堂清
此行真不負袁翁得識羅浮又識公同飯
敢以前輩礼孤懷喜見大臣風憐才心在
官階外知己情深夕焰中料得紀恩斋未

本病甚輕悮服黄蓮以致狼狽吴老五太要好之過也

了

珠江轄舵稽江東　公有記恩簿十六冊來

此詩如見楊蘭坡可與一覽　隔名珠江轄舵

我于廿四日買舟趁西樵山往返三日舟中
酷暑非凡致染痢疾已于廿七日回寓矣
兩日以來漸已平善靜養數日便可出門
第不必慮也廿六日撫台又特差家人送燕
菜四碗點心兩盤劉胡子因我不在家
辭之而去一片愛士憐才之意有加無
已真可感也藩司前倨後恭光景前者
業已報知臬司亦托人來殷勤致意說

自幼讀袁太史文稿想見其人前日承其
光顧而司閽不知竟未通报深為不安及
我往親拜而又值太史外出未值至今使
我為缺然必擇日屈請一飯一談云云此
亦有所感獨具眷眷之致殊也弟名
是不以博一笑我又作謝撫臺詩一首
并草送行詩一齊今晚送進矣三兩
日後即往見也更有托者。彭三公現在
丁憂。照例席之日。我尚未歸。
弟可代我封奠分四兩。世弟一帖。席而

務之，莫不可忘，切囑切囑。

香亭弟覽之

蓉弟之子取名推愛成全之，渠不勝感謝之至，即我亦為之大樂也。

遊西樵山得疾而歸口號一首

為訪西樵去，仍回半路槎。遠遊原倚健，小病便思家。落葉長年恃，秋風短鬢嗟。思量端阿弟，誠恐瘦荊花。

宗往歸有二札相寄備言此洞光
景諒當收到數日以來困于飯食
宴會之事酬應如麻刻無寧晷
一切名勝都已覽畢左董居到
眼空空洋貨全一無悅目雖現
在洞草安為吳志平辦理而此
又有破船多攬載之病為一切
草堂斜纏不清者光景將來只好
面劉驥子辦矣我定于廿四日往西
樵山廿九日往羅浮山路中秋回署

三約尚在未定奈何奈何我有留別
香弟詩六首又有贈撫臺詩二首
都已脫稿尚未謄送也今日洋商
請遊花船藩臺來會不值明日
王中軍請看操吾歸吃面雄早
飯穆公送禮鄒公送禮俱屬可
觀此行先來廣東月中之情景
也順告之
香亭弟覽
七月廿二日燈下

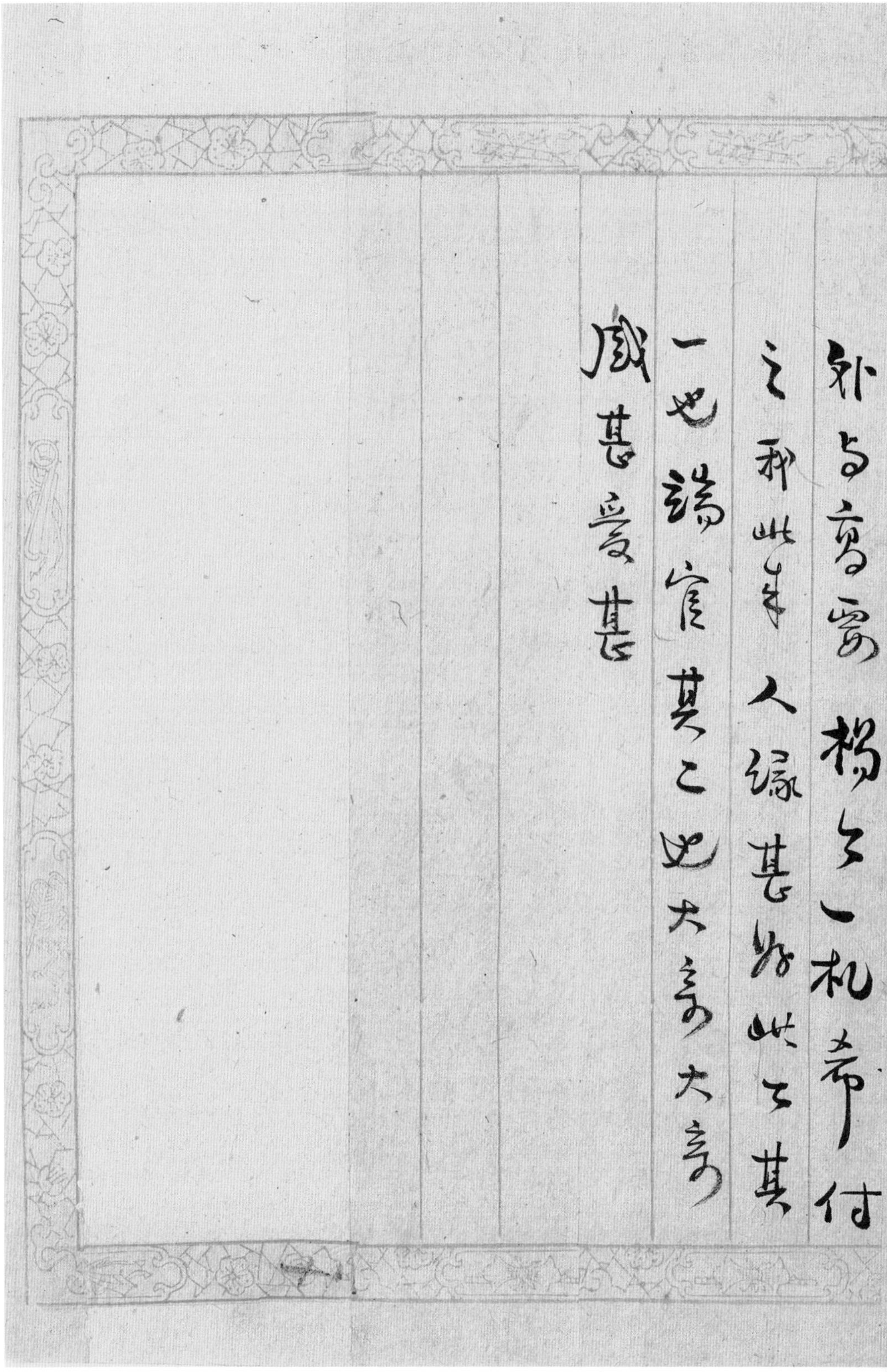

外与高要楊公一札希付
之耶此生人緣甚好此公其
一也請官其之也大家大家
感甚憂甚

兄枚字付

香亭弟覽之九月底接揚州孔親家信說聲慶存業已聞缺放人舉家魂飛天外求其故而不得老人不覺淚下以兩願以身代慮有不祥之事故也直至十月河杜耀年說二老爺為霍邱失察升科事降三級督撫出具考語送部云云方知官雖去而身存已合吾抽身之願舉家合掌念佛餘矣但未知何日部予何日起身果

十三

否勇退不再進京家眷可一同回來否
南京住屋未有此是第一件緊要予我
与大姪商量先作一字寄春圃太〻
替弟借他珠寶廊房子以便家口
一到先有安棲地方然后再尋房屋
或嘉興或杭州憑弟再作主意的
好更奇者弟之降信未來而汪親
家之來信又到有交替撫嚴審之說
則此時芸圃之在廣東無疑为此
汪二親家專差脚子而來一切要

語偶患渠，与弟札中論弟自當以齊之也。諺所謂六親同一運，誠有是言。我今年所遇之荒年，所失之惡境，是七十年來所未有者。三山街一帶乞丐數千，牽衣攔轎，半求半搶。我有戒心，已一月有餘不出門了。我細思之，總因去年一年壯遊大樂，故今年居家大苦，亦甘苦循環之定理也。我有一要緊信，九月中托新會令侯學詩家人寄來，誠恐未到，故抄稿再下。此番係包程脚子之便南方金子大賤，赤金只十四換，我去年所帶大折其本。

故再封入寄來，弟覽之。紅兒弟二人田上大累之光景，如望尹如望歲，奈何。再我与芝圃一信及汪氏家信，不可款自交ゝ如浮，尚在桂林，可差一妥人赴粵處，速之，不可遲悞也。

冬至前七日

弟田上買種、借佃等事，已代墊二百金光景矣。胡姓太爹除送米四担不算外，已借米五十六担矣，未知明年收成得見還否。至所存与胡姓銀尚存三十两在我处，約月底付之，年底則須我墊矣。

腳子所立包管一并附上以便弟處到後我能之也包管三十兩已付廿四兩矣弟可找與六兩

再告香亭同大嫂知弟歸無房故因作札與春圃太太借他珠寶廊房為暫時安放眷屬計而詎料四信來以後不肯亦一奇也若驟然家口無屋只好在網巾市權托足耳再此番注款為云孫二寄黃圃家信一切要緊詎都在與吾不執筆須轉輾謹慎也如要另人往廣西不代墊腳費若干屬黃圃償還可也我今家在此望不信切極急極而一雁不來如何如何

月之廿九日接
吾弟西江家信，知三奶奶竟死矣，
失聲痛哭，哀不能已，即志
之。方暇鄉於，亦不覺咨嗟涕淚。
尤篤于手也。念弟婦賢明淑
善，即如我在晚香堂小住四月
有餘，妹子之致敬盡禮，使我樂而
忘歸。洪水橫流，妹諸宦眷屬
來投生者，亦皆一視同仁，廣為
覆庇，多多與我意見相同，可敬

可感天之報施善人以一藝之
此即江文通云人生到此天道寧
論可為長嘆惟是
吾弟當望六之年值去友之後遭
此不祥尤須善自排解保此重
大之身待瑞官之長成護阿
兄之身後切不可學荀奉倩之
神傷也切囑切囑江寧祖屋縱
無二三間之多者無不家
口外雲此間住得故已借定辛

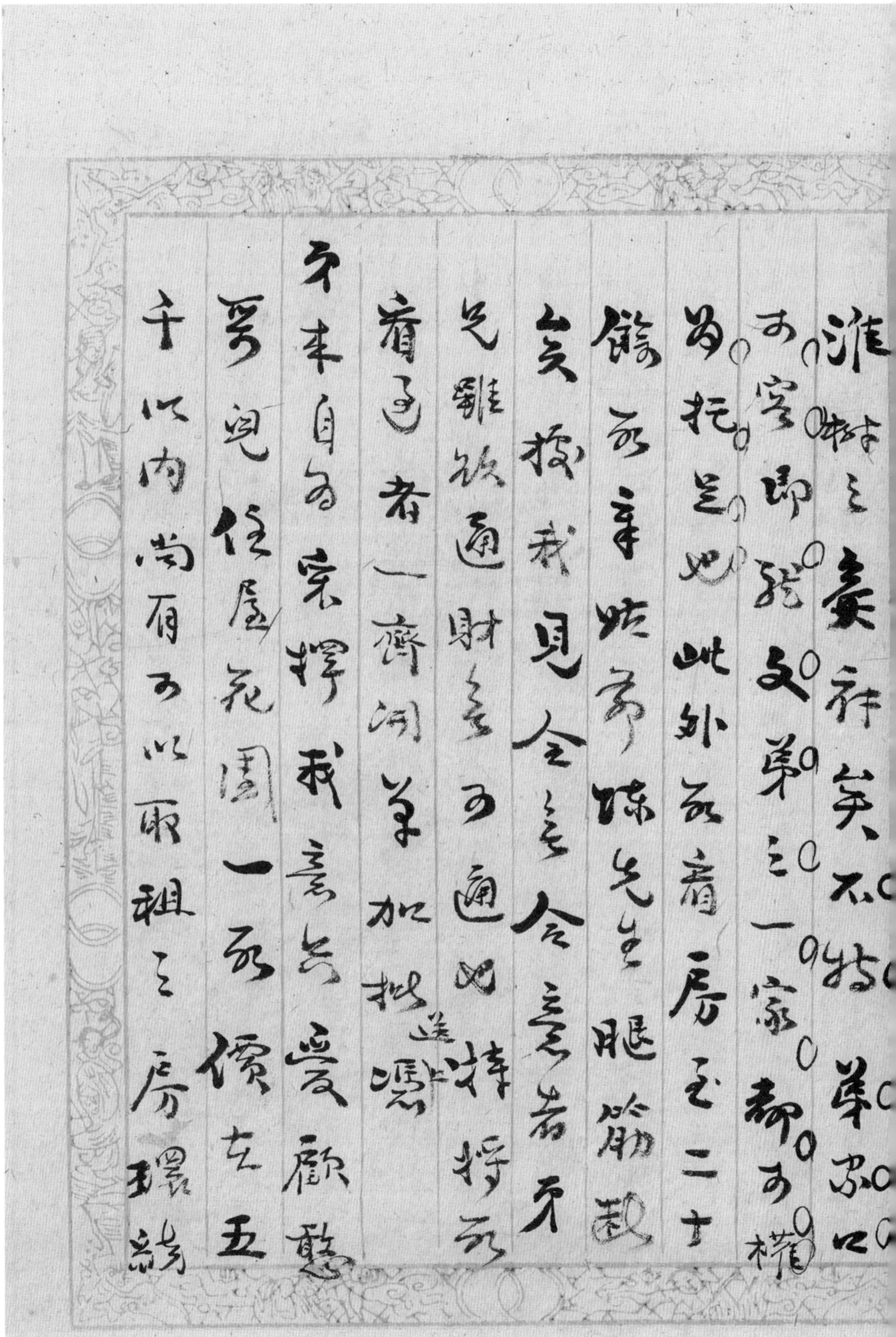

其上數尚石足四千金以花園修造鑲嵌玻璃要學隨園收又

而居我已請他吃酒面許其四千

金矣何也取一百五十兩之租而以

四千金買之只算得二千五百之

銀住此華屋故也奏其亂後

不久且只要要要不要與奏四之

更妙者所租生房中有一所有

花木竹石亦復精雅使能居

之極竟相稱其價不過百餘

金亦在五千金之數內也從容

不必親看後再談 袁枚拜

此處赤金十二換了

再信中說西江來價四千四百錢一石，是與江甯一樣了。米銀第吾爲過山銀，此番帶些錢來等。吾我前信中勸多帶米，勿帶金。米銀依我所石。此處如亳州人肉賣十六个錢一斤，有夫食其妻者；徽人肉賣廿四个錢一斤，有父食其子者。南京城內乞丐如雲，打搶成隊，我已兩个月不敢出門矣。幸虧沈親家借我米二十石，章槐墅借我米二

十分此心方放寬昨晚胡姬太
之猶未受來三分急此是火也我
准于初五日起身來迎你大醫相
候于蕪湖關上可以見面望
不如望歲一肚皮要說之言乃早
見一刻如獲活寶的不必註
風註水也白頭先未極同此情哉
閒不到峽江即賦詩四律中有
一句不料竟用不着了尤可惜心
也

我字已寫起後。二姐大嫂。又請我來說有二奶奶之表。然章大老爺以為不順流。心中不喜。不如請萬公借胡姓太太之房為是。我意總不以為然也。吾不回來。即將阿母們札。亦不過就在停柩之處。阿母於花房堂。必不甚高。阿母也。此處似可不必。不知不意以為何如。至于停柩處。二姐云。仍在當初停擺安柩處。甚妥。已見人紀念菴主矣。

重陽後一日山東邵鍚到來你書禀
妹夫受差其廣東投信我即將寫
就之信長篇五尺許託其帶來不料
隔三日而邵全又從山東至矣我最詳
之信莫如廣東牙役一封次詳之信
莫如邵鍚一封説話都已説完今
邵全起身教我無話可説矣只得
撮前書之大槩約畧言之第一
是阿通親事我為祖宗墳墓起見要
与杭州人結親遠江親家有潯州太守

陸公之説我欣然作書教
弟替我代〻他定并有信致汪親家刻下忽
聞濤守出缺未知何故希為我斟酌
行之第二是今年秋收大不好兩次陳
先生信來詐苦告急有與悔管田要
來廣東之意看光景不但諸用不敷
恐春間大舅〻嫂代墊買牛買種之五
十餘兩都難〻清還奈何〻〻渠寄
弟寄我之信俱已封寄前信中閲之
自然明白我來安三分田〻價七千餘

兩而今年共收稻不到三百石細想我輩有錢田尚買得乎天實為之亦無可如何也至于陳君之来与不来亦只好聽其自便　弟以為何如第三是我想来廣東夜長夢多主意不定晚年耽于山水頗好遊行

弟与我盤費二百兩除大嫂借与弟佃戶外餘銀封貯絲毫不動可以知其志矣然明春遊黄山後從杭州呼舟過常玉山而来恐天時又熱趕不上荔枝

之期不如竟待後年差梁全二月间来
接我之為老到也雖事變無常而人
謀如此不知
弟以為何如我且割愛畬書數方作見面
礼矣一笑第四是紅豆集八十部已交廣
東牙役帶来目録七十九本已交邵甥帶来
未知收到否第五是帶来紫檀一根擬小
木云是紅木非紫檀也我等着作研蓋而
所関非所答奈何下次寄真紫檀来只須
短段堅老者足矣第六是與宗為阿膠事

要我挈襯一言渠另有礼相寄也第七是
三多兒住房已賣棲身無所勸其來廣又縮
長如姑娘小姐隻影伶俜　弟便中寄幾兩
銀子与他所謂吾盡吾心而已第八是阿四
替叔〻要檀梨拜匣兩對一對裝人情
送礼一對放手飾日後〔内〕小金輪班侍寢故
有此枕邊之諄囑所謂蝦有蝦親眷蜉
有蜉朋友也阿四做親已定明年秋冬之
際矣臨期想　叔〻送嫁必不止木拜匣也
然須有助于乃翁才好第九是老人想吃

香橙甚急望于成熟後替我飛速寄来
當不止一騎紅塵妃子笑也第十是替我打
聽些子不語事寄来闻廣東刻書雖不
好而價甚賤意欲將此等游戲之書托
弟在廣東刻之胡姑奶奶信来說弟有
三千兩銀交我買房要我且挪与我用
幸而此信全虛若果有此銀轉教我做
難人了且將他寄我之信送上
弟看以博一笑章梘墅云你有信与香亭
當勸其留幾兩銀子將来幫助胡姑太

〻娛老不必靠助胡姑爺捐官也不料硯
墅極熱中之人忽有此明白之論然近日
又為兒子謀 事賣產北行亦可謂
明于謀人暗于謀己者矣此番梁全
來後工元沈〻隨即起身其未盡之
言或再授意而托沈〻寫之
香亭二弟覽之

重九後三日兄枚拜

大嫂一聞 二奶〻眼壞之信 大哭兩次

我亦想到替我炒肉絲之事凄然泣下
未知近日醫治後得還原否

兄枚致書

香亭太守賢弟足下我于四月六日出山六
月六日還山遊黃山白嶽九華琴溪西處
窮幽極險到死生呼吸處輒拍手而呼奇
絕真人生極樂世界也有寫景詩若干一
時興之所至斷章零句未成篇幅容當
閉戶覃思構成一集再為寄上三多兒于
四月初十日起身來廣此時想已到署矣
深為懸念知
吾弟相待自必加眾人一等也胡家大妹現

在病目有二奶〃青盲光景疑心是綢巾寺房
子風水使然故要將房子仍賣与
吾弟未知弟意何如此房再加二千金修理
自然在龔房之上也今年五月底六月初甚
涼天若有心助我遊山而然者晚年清福自覺
有餘至于一路逢迎較去年而更盛夫馬廚傳
自己不費一錢而送程儀者反紛〃而至再三辭
謝謙遜不遑而已收至四百餘金如此遊山未免
為山靈所笑然我皆出諸意外者也明知常祿
之蔭皆由春圃一人如去年秋間不病則秋間已

遊未必能如此熟閑可見有福之人一病一痛
俱有妙處也記
弟前札有勸我不必遊山之語此是老成持重
愛我之言我之拒諫而得意亦不過偶爾撓
悖而以我弟言在皖江告之春圃夫人夫人大
笑云此是二叔不要大伯之到廣東去之意也
不然豈有勸人不遊數百里之外而反勸人遊
四千里之外乎此駁亦似有理然以
吾弟平日友愛卜之則春夫人未免以小人之心度
君子之腹矣其然豈其然乎我若來遊

諸事必不畏
弟惟衰年畏熱畏蚊須為我紗糊一室使
其夜坐安眠或借一好山好水僧菴使我避
應酬而過炎天則大妙矣家居熏掃南
樓之下露骭獨居
弟所深知也署中可有此一室否我之大願在
啖荔枝所以難免過夏耳不然則秋冬
來往廣春夏還山豈不大妙耶山水之奇天
台雁蕩黃山三分鼎足竟難甲乙若論險
極難遊則以黃山為最非天懷浩蕩視

遊詩一冊下次寄來

性命如鴻毛之人不必蒙此妄念也自慈
雲寺至獅子林五六十里上飛九天下入九
淵路不滿五寸而又偏陂橫斜下臨萬丈
深阬純是支節牽布傴僂匍匐而行
過此數段才可坐轎章分作三日走故七
十老翁竟能生還無恙重見妻孥過捨
身崖詩云多少貴人身忽捨何如先到此
崖來蓋有感于王陳諸公而言之也
弟聞之亦嘗憮然阿四已于四月廿四日行
盤禮物甚華其時我不在家即在家亦

舊几亦東安石也不道色白且暑長耳

是明珠暗投我之脾胃
弟所深知定于八月二日就親隨園滿月回
门我未了向平之願已作向平之遊況已了
向平之願乎釋此重負樂可知也所寄東安
大石片黑黯混襍我製几一張較之隨園舊几
有天淵之殊惜乎舊几二張以一張送
章觀察矣此後採石者
弟須命其揀選白多黑少者為作夏日凴
之寫字作畫甚佳我尚留一張與弟也小
者都尚置之高閣所寄廣紗大嫂都

替通逢兩兒作衣見新姐夫矣
弟便中再寄袍套一副与我親友索黎洞
丸者頗多下次也多帶些来我目下才
打開玻璃箱其中大小不一碎者甚多紫
色者全然無用章府杜姓家人挪用
弟寄我銀六十兩只交十兩来餘五十金
至今不交已逾期三个月矣可笑可怪
今歲秋收該好陳先生尚未来金陵自
胡家大妹来他麦收之事業已不管
只好助他来廣為是我一切要說話

都在三多帶來信中故此番宗管
來不復再贅

六月十五日

倒用司農印
亦老態也

我九月間將往田上一覽隨到滁州
遊琅琊山亦一心事也大抵江浙名
山我已覽盡愧不能學
吾弟一枝畫筆耳可惜可惜猪春
圃祝壽詩頗自得意抄工呈覽在安
慶盤桓八日春圃待我情文雙至可
感也

十二月十七日來安起身附家信一封十
八日穆大人起身附家信兩封
吾弟俱應收到矣我要起身而苦于
辦差之際無舡可喚我已與殷福商量
有河舡則走蘇杭有江船則走蕪湖
走蘇杭則一路嬉遊起身要早走蕪
湖則長江直上起身可遲如江河兩
舡俱無則明年新正起身來避七十
生日与
吾弟見面早遲諒亦前生註定無

容勉強也此日廣東有事之秋恐
吾弟又有焦頭爛額之費用矣奈何
奈何來安起身之後戒燈下無事偶
喚阿通問以四聲竟能應答如流百
試不爽將來定是吾家一小詩人也
老夫為之喜而不寐特為此喜藉
便再寄數行
香亭弟含笑觀之
甲辰元旦後一日

兄枚信寄
香亭賢弟足下今年三月來寄一信
宗營家弟寄一信戴慶來又寄
一信諒都收到我此時真無話
可說而槐墅先生之三令不視去
來廣只得再作數行以當面談
弟風波已定之後休養生息漸漸可
以復回元氣甚深以為念我聞人
言廣東繁華十倍江浙故決意
要來而大嫂苦苦阻之友我真

一

無主意甚況衰年死生有命此
子何足挂意惟望阿通讀書一子
我竟寢寐難安此兒聰視非凡
斷非等伯而視之九歲與我九歲
不讀之書已差三本了氣浮性強
先生氣得哭大嫂氣得哭胡些太
太看他光景不像品官小姐倒像
三官小姐我聞言之下頃刻冤死
天外以此要另造書房另請先生
終日心中盤算尚無定局教子之

三

法不在蠻罵蠻打而通官受狠与
先生之打罵使我聽之都覺不
厭奈何々諸姨娘笑我云老爺為通
官都急瘦了亦真話也明年以後
也要上學且待我將兩兒安放妥
當矣与一个好先生後再定奪
廣之局或竟來與七十生辰亦未
可知我与弟俱老矣老年心事孰
有大于教子者云故只說此一端餘
不他贅

重九日書

兄枚再致書

香亭太守賢弟足下：客冬穆又起身時，曾寄數行，諒當収到。刻下穆又家眷起身，我已無話可說，且取眼前語再為弟告之。如我來廣之說，勸者半，阻者半。第一春圃夫人大聲疾呼，而皆言不必來者也。我毫無成見，見天上閒雲，隨風舒卷。現在僱船甚難，嚴兄會票之盤費百金，屢催不付

只得且看過梅花再為定奪有
河船則走帶玉山無河舡則走
安慶納中念念不忘者匡廬羅浮
與鮮荔支耳
閩廣東為有事之秋待至仲春
則大局已定容來亦可放心
阿通能辨四聲甚喜而不深前已
有字通知新正二十日阿遲亦上
學矣既見其生又見其讀亦衰年
之佳話也

馬安妻病重隨園主人已給
与墓地一方矣
胡姑太太將弟所寄六十兩金
子并薪水銀五百兩盡寄京
師又將網巾寺屋契押銀四
百兩湊寄京師今年上半年
日用尚無所出如何如何
長庚詩句甚佳大伯伯加批寄
上問他可猜着心事否
新正廿二日

我要替你大嫂畫一小像忽見你
与大嫂之札形容大嫂比畫照更
像不覺大笑不止可作大嫂小照
觀可作大嫂小傳讀也又及

兄枚字寄

香亭弟足下：梁全于九月十八日到園，吳殿仙于九月廿五日起身來廣，故將合家歡喜感謝之意，都已寫信寄來，諒當收到。今梁全往蘇州投字未回，而金陵進士侯工赴三水知縣之任，來索家書，故兄寫數行以安弟意。侯君學詩，詩學甚佳，吾在江寧童子試，故執弟子禮甚恭，而我愧當時未取，放十名前，故謙讓未遑也。上

元沈了亦陞韶州別駕廣東故人如雲
而集矣甚便哉大半年意也馬文蔭
三千兩欠票已掣但付金子乙百六十
兩外尚需欠票三百十七兩才了此事俱係
章四舅子劉三香寄來辦哉但覺
弟喫虧已極而無能施一臂之力為
嘆奈何諒彼二人却有核算細賬呈
閱其大病總在以金換銀貪便宜轉喫虧
之故也亦由先將二人星官本命中不能
買現一兩个金錢之故也將金下次鎔

消却係梁全經手，待他來細詢之，自曉一切。弟所關心者莫大于此，故先寫耳。問餘俱寫梁全信中。梁全來廣大約是十月二十日前後。

十月六日

我于月之廿六日已到南雄見戴湯二慶并
接
弟手書及与我銀二十兩知弟之望我甚殷
亦如我之思弟甚切也三年闊别一旦相逢七
十衰翁其樂可知矣聞弟有即赴省城之
言我意欲竟到省城公館相候以便暢遊
名勝再来牙门似更適意為此先寫數
行遣湯慶回署通知其餘応交之信不

盡之言鄉侯而悉
二弟覽之
廿六日公館燈下兄枚字

我將紆道遊丹霞順道遊飛來寺恐
暑有溽延廬山則已作七日留連矣得
詩五十餘章晚间又闻弟有屬縣選
犯之處多其然豈其然乎

乾嘉名人書札

乾嘉名人書札

薛龍春

本册所收以黃易（一七四四—一八〇二）和他的『朋友圈』爲主，除了他寫給魏成憲（一七六五—？）、李琬（生卒不詳）的數札之外，還有周震榮（一七三〇—一七九二）、張塤（？—一七八九）、梅鏐（生卒不詳）、鄧石如（一七四三—一八〇五）、潘有爲（一七四三—一八二一）、錢坫（一七四四—一八〇六）、洪亮吉（一七四六—一八〇九）、王復（一七四七—一七九七）、伊秉綬（一七五四—一八一五）、翁樹培（一七六四—？）、儲潤書（生卒不詳）、瞿中溶（一七六九—一八四二）等人致黃易書札。他如劉墉（一七一九—一八〇四）、陸飛（一七一九—一七八五）、梁同書（一七二三—一八一五）、奚岡（一七四六—一八〇三）、陳鴻壽（一七六八—一八二二）等，亦皆與黃易熟識。

乾嘉時期金石學大盛，督撫學政如畢沅、王昶、朱筠、翁方綱、阮元等廣開幕府，禮致文人，而不盡責以公事。此等入幕之賓，不同於刑錢幕友，因此幕府不啻是重要的學府，如畢沅在陝西巡撫（西安）、河南巡撫（開封）的學幕，所延請的學者就有錢坫、張塤、嚴長明、洪亮吉、孫星衍、徐嵩、武億、王復、錢泳等。學人幕府搜集與編纂地方金石，如《關中金石記》《中州金石志》《山左金石志》《兩浙金石志》等，翁方綱、孫星衍、王昶還出版了集大成的金石學著作《兩漢金石記》《寰宇訪碑錄》與《金石萃編》。除了各大學幕，黃易、趙魏、何元錫、李東琪等人亦憑藉一己之力，廣集各地金石拓片，其中黄易得五千餘種，且多宋人舊拓，在乾嘉時期具有重要地位。

在黄易與友人的通信中，時常談及碑刻的互惠，如潘有爲獲知黄易亟需《校官碑》，爲寄此碑陰、額全副；洪亮吉贈漢《射陽縣石門畫像》，黄則答以濟甯的《武梁祠堂畫像》《范巨卿碑額》；黄易贈伊秉綬新搜碑拓二本，同時委託他代覓福建《般若臺銘》與《王審知碑》；錢坫則給黄易寄上石門漢碑、魏碑及華岳廟漢唐宋殘碑。

黄易也常爲學者著述提供資料，這在錢坫、翁樹培、潘有爲、瞿中溶等人的書札中皆有涉及。如錢坫在王昶陝西按察使幕府，鑽研地里之學，於山經水道今古變遷，無不備考，但漢時侯國尚有未能查悉者，如青州府諸城縣有故侯國數十，目前僅得其七八，故託黄易爲致《青州府志》，以備查核；翁樹培研究錢幣，得知黄易新得刀布若干，望能拓以見賜，並要求將泉範二枚連底拓之，恐其底或有款；潘有爲代人編纂《泉譜》，請黄易代爲搜集，黄旋即贈以古泉十三枚，其中不少精美絶倫；瞿中溶也曾從黄易那裏獲得錢幣拓本，並補入所著書中，同時要求黄易繼續幫助留意古泉拓本。

黄易書畫印皆有盛名，友人書札中亦常有請索。如錢坫嘗託黄易刻印並隸書題寫齋號；周震榮屢屢請他刻印，聲稱『瀆不止再三矣』；儲潤書是黄易在伍佑場游幕時的友人，後游食揚州，曾寫信向黄易爲主人洪錫豫求書法印章，同時爲另一位友人黄雅南乞書聯句，並奉青田石二方，求黄易爲鎸名號，以爲臨書之用，黄雅南奉贈金農八分書一幅爲贄。

本册所收諸家，手札皆有可觀之處。其中以書法名者，有劉墉、梁同書、錢坫、黄易、伊秉綬、鄧石如、陳鴻壽等。劉墉、梁同書皆以帖學著稱。劉墉號石庵，山東諸城人，乾隆十六年（一七五一）進士，改庶吉士，散館授編修，仕至體仁閣大學士。於晉唐兩宋書家罔不摹寫，被認爲集帖學之大成。其書氣象雍容，渾厚潤澤，有廟堂之氣，舉手投足之間，又充滿靈變。然阮元稱其視野尚未拓開，所學不過王著一手摹寫之《閣帖》，故不能無憾。梁同書號山舟，浙江錢塘人。乾隆十七年特賜進士，官至侍講。其書有家學，自顏、柳以至宋人多極力研求，書風緊嚴秀逸，即便晚歲之書，亦無蒼老頹唐之氣。

錢、黃以下，多有碑學的實踐，儘管阮元南北書派、北碑南帖的理論至嘉慶十六年（一八一一）始出爐，但向周秦漢魏無名氏金石遺文的學習，在當日早已風靡。錢坫字獻之，號十蘭，江蘇嘉定人，錢大昕從子。乾隆三十九年舉人，後入王昶西安幕府，累官知乾州、兼署武功縣。精於訓詁，旁及輿地之學，亦擅篆書，多以《說文》爲準則，亦揣摩鍾鼎銘文的意趣，嘗言『斯、冰之後，直至小生』，可見自負。楷行之作，則一本帖學，晚年偏廢，改用左手作書，往往有生拙奇趣。

黃易字小松，浙江錢塘人。少年時從父黃樹穀學篆隸，從丁敬學刻印，從陸飛學畫。後游幕各處，於乾隆四十二年循例報捐，始爲河工，仕至運河同知，並於晚歲兩護運河道篆。黃易藏碑帖甚富，於前人八分旨趣多有心得。如他講究厚重，反對清初鄭簠隸書的跳蕩：『漢隸縱極流動，結體無不嚴重。此書（《鄭簠隸書册》）間有跳躍輕率，復多野體，學者宜擇而取之。』黃易的尺牘細字頗爲陳鴻壽激賞，在一則題跋中，陳指出黃易『行押書古淡天真，在作者極不經意，然非浸淫於金石之學，又安得純任自然乃爾耶』？

伊秉綬字祖似，號墨卿，福建汀州人。乾隆五十四年進士，歷任刑部主事，後擢員外郎。嘉慶四年（一七九九）任惠州知府，後升揚州知府。他一直是翁方綱學術與藝術圈的重要成員。清人隸書至伊秉綬始突破清初作風，歸於渾厚潤澤。伊秉綬不僅用筆力大勢沉，且擅長製造結字的反差，故有獨特的拙趣與裝飾感。其行書小札亦於端嚴淳樸中透漏秀氣與空靈。

鄧石如初名琰，以字行，改字頑伯，號完白山人。安徽懷寧人。弱冠遊壽州，因梁巘之介客江寧梅鏐家八年。梅家多弆藏金石善本，盡出示之，且爲具衣食楮墨，使專肄習。後遍遊名山水，以書刻自給。曹文埴曾偕至京師，劉墉、陸錫熊等人皆大爲驚異：『千數百年無此作矣！』後客兩湖總督畢沅幕三年，歸後常往來江淮之間。與乾嘉名流不同的是，鄧石如不僅篆隸取法秦漢，楷書也向唐以前無名氏學習，並於其間摸索出一套用筆方法，除了起頭收尾略具裝飾感的方筆與尖筆，其用筆基本是『逆入平出，萬毫齊力』，嗣後經過包世臣的鼓吹，此八字成爲碑學用筆的主要内涵。鄧氏小行書出自法帖，然多不以精工爲尚。

陳鴻壽號曼生，浙江錢塘人。曾署贛榆知縣、溧陽知縣、江南海防同知等。工詩文、書畫、篆刻，所製紫砂壺器型、銘刻亦豔絶一時，人稱『曼生壺』。隸書結體開張，用筆古奥，開合之間亦具裝飾性。行書則方折峭拔，流暢中亦見含蓄清純，意趣雋永。

總體上看，乾嘉時期的學者多善書法，而書家亦留心金石之學。值得注意的是，雖然在取法範圍與書寫方式(乃至器具)上，乾嘉時期與清初有了很大的差別，但書家們在書寫篆隸與書寫行草、小楷時，是兩種不同的套路，即我們通常所説的碑學、帖學不同的取徑。將篆隸的用筆與結字特徵轉化到行書乃至草書之中，待何紹基、趙之謙、翁同龢、康有爲等人出，才真正實現。

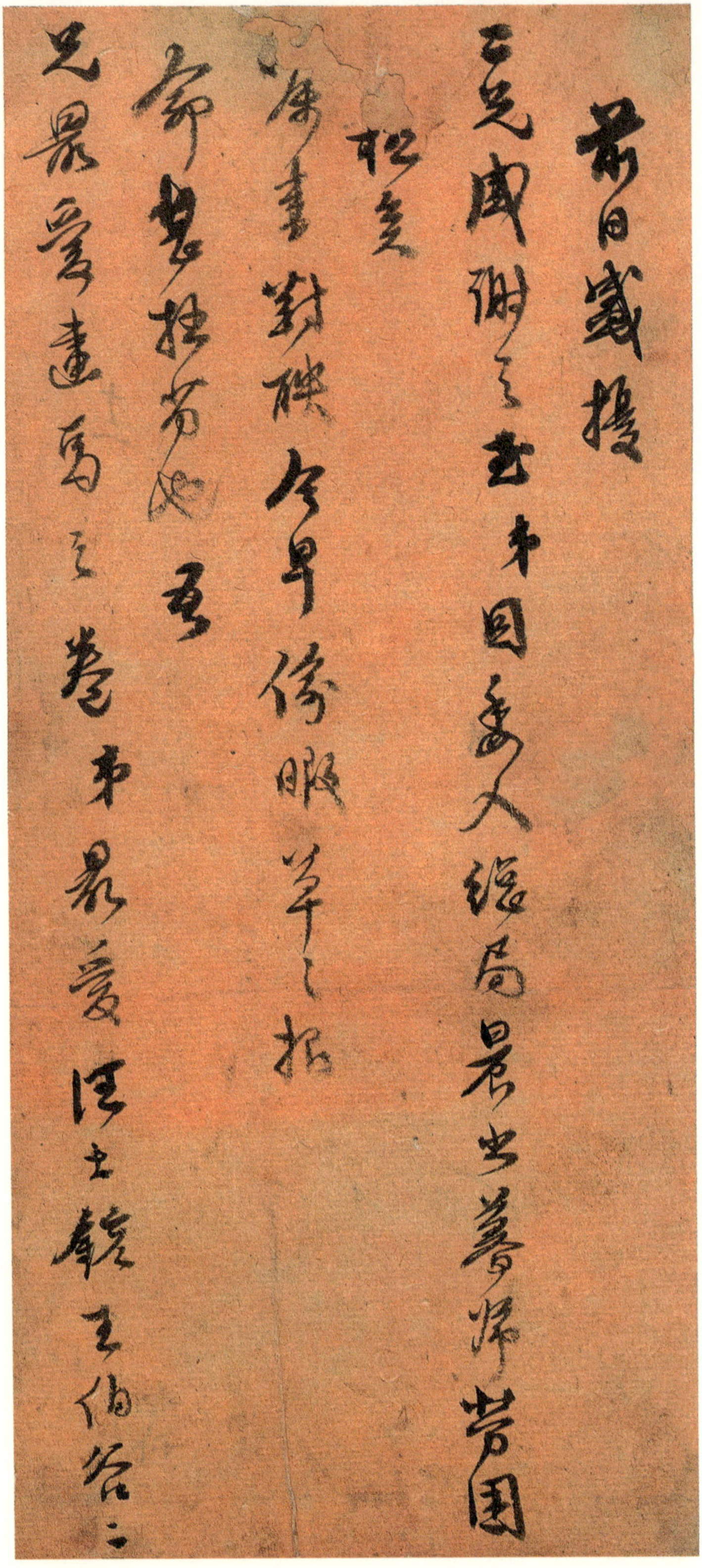

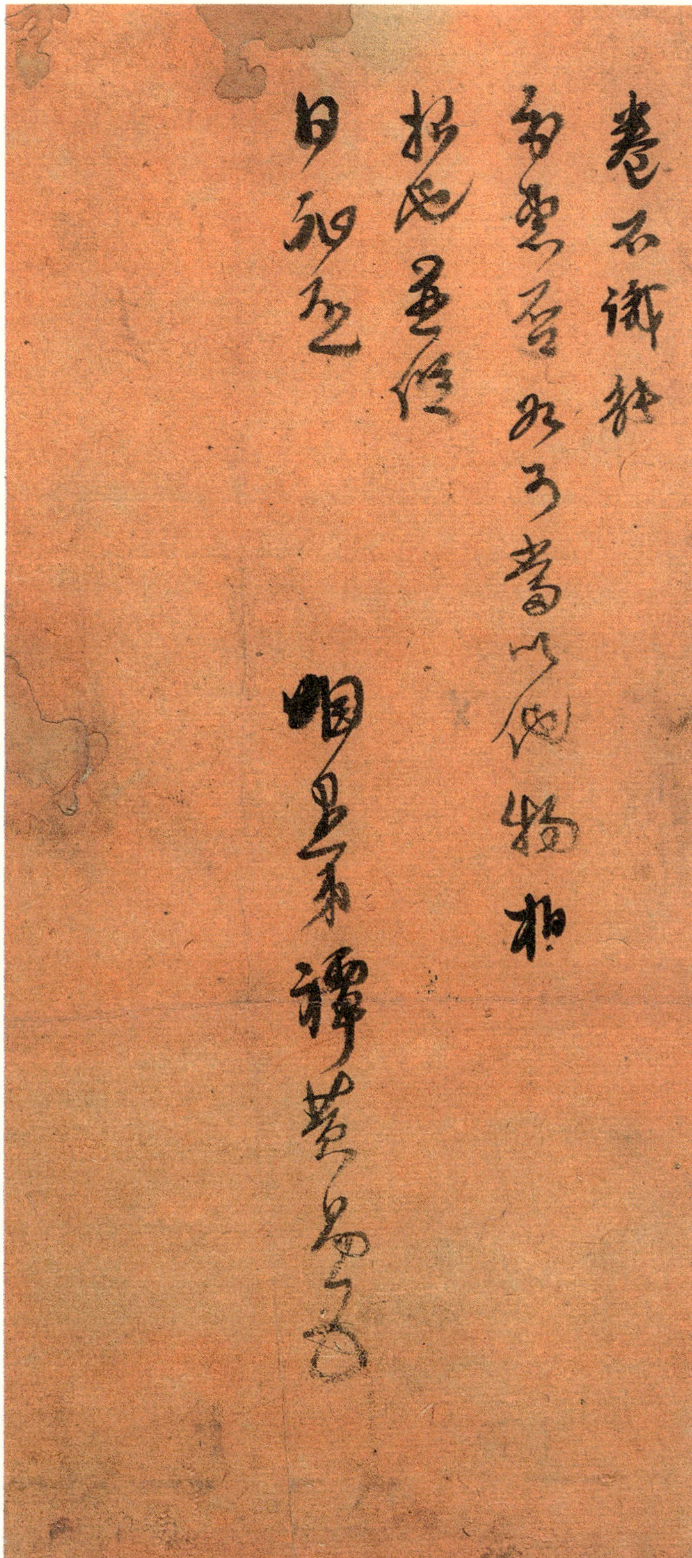

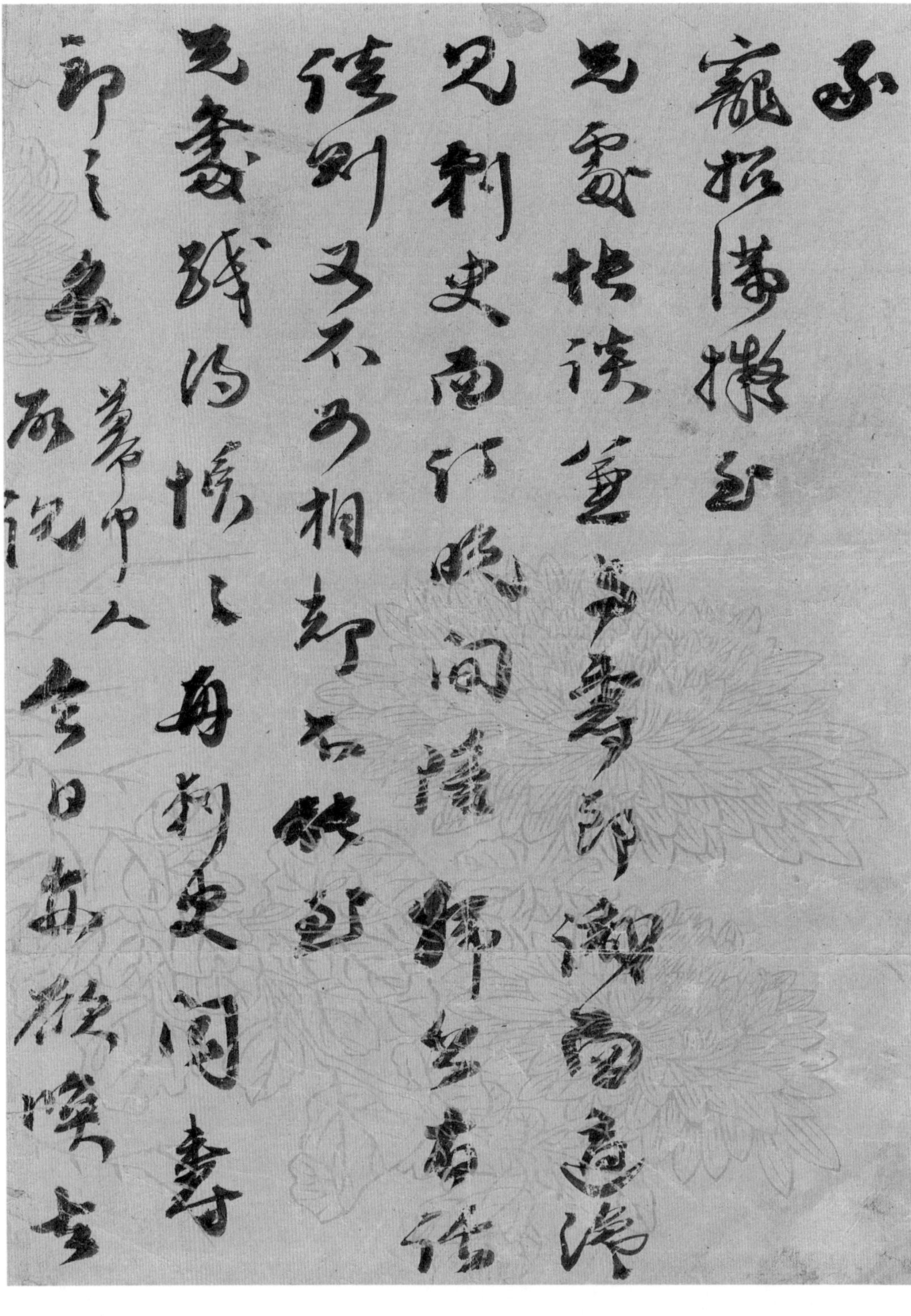

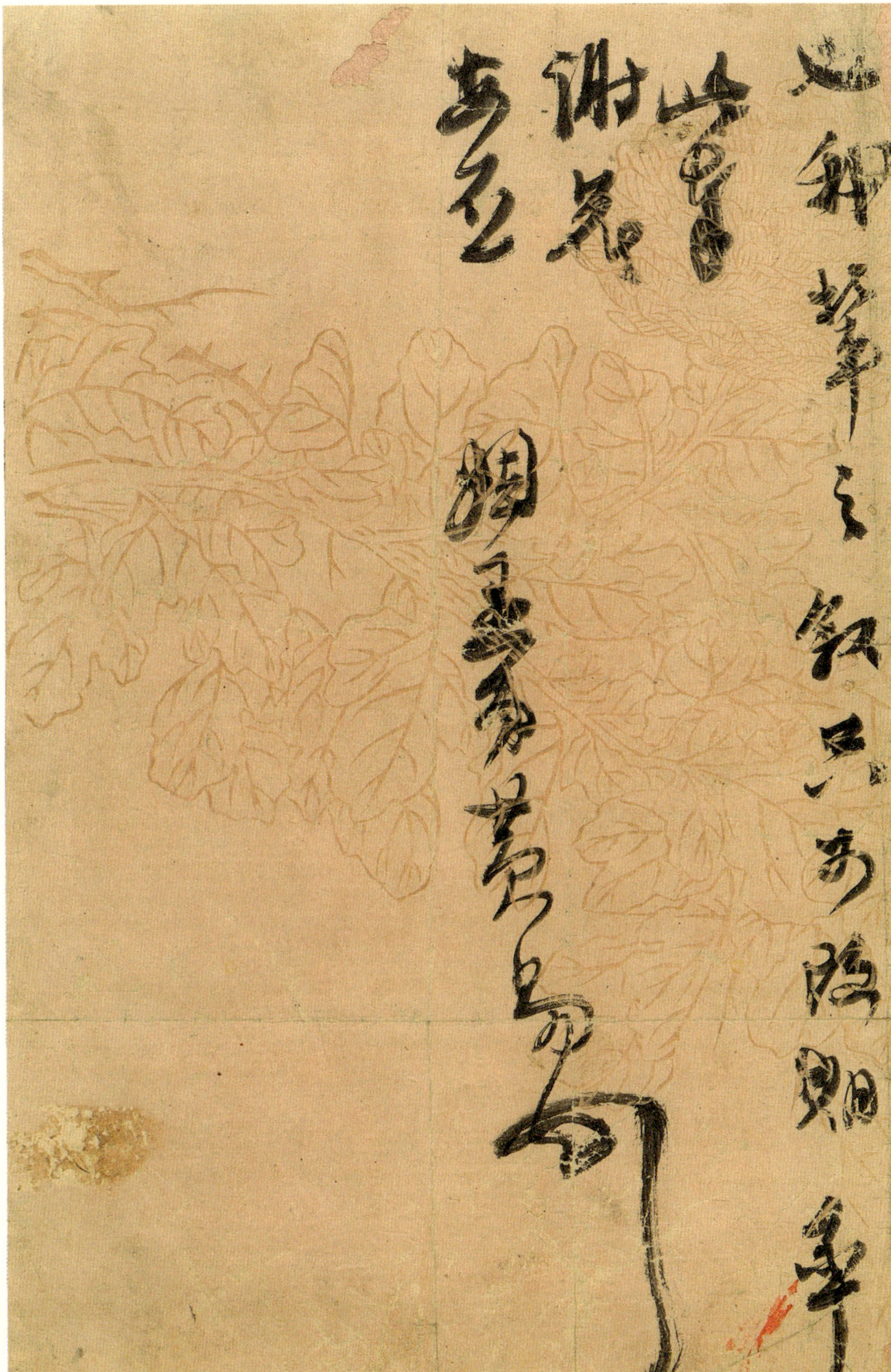

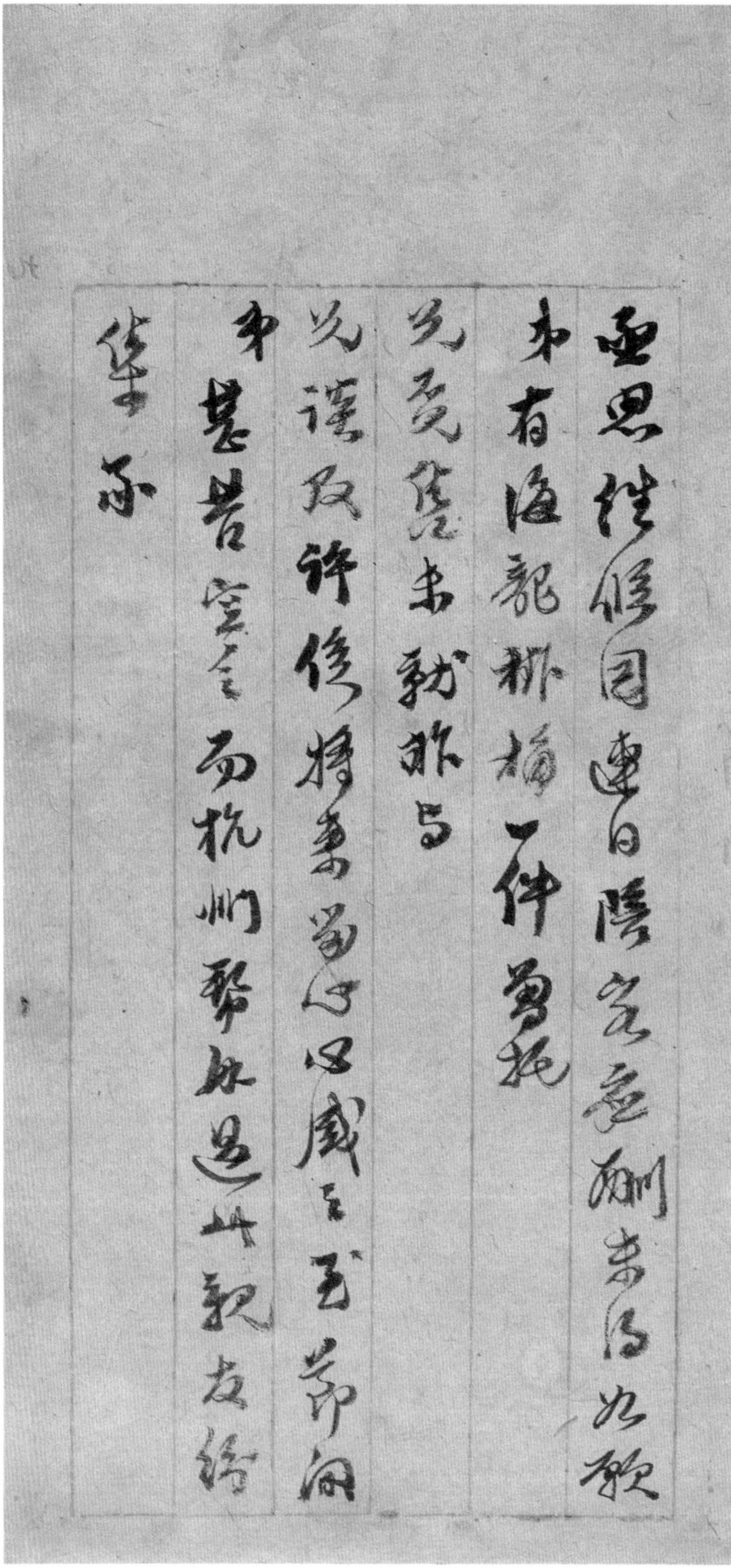

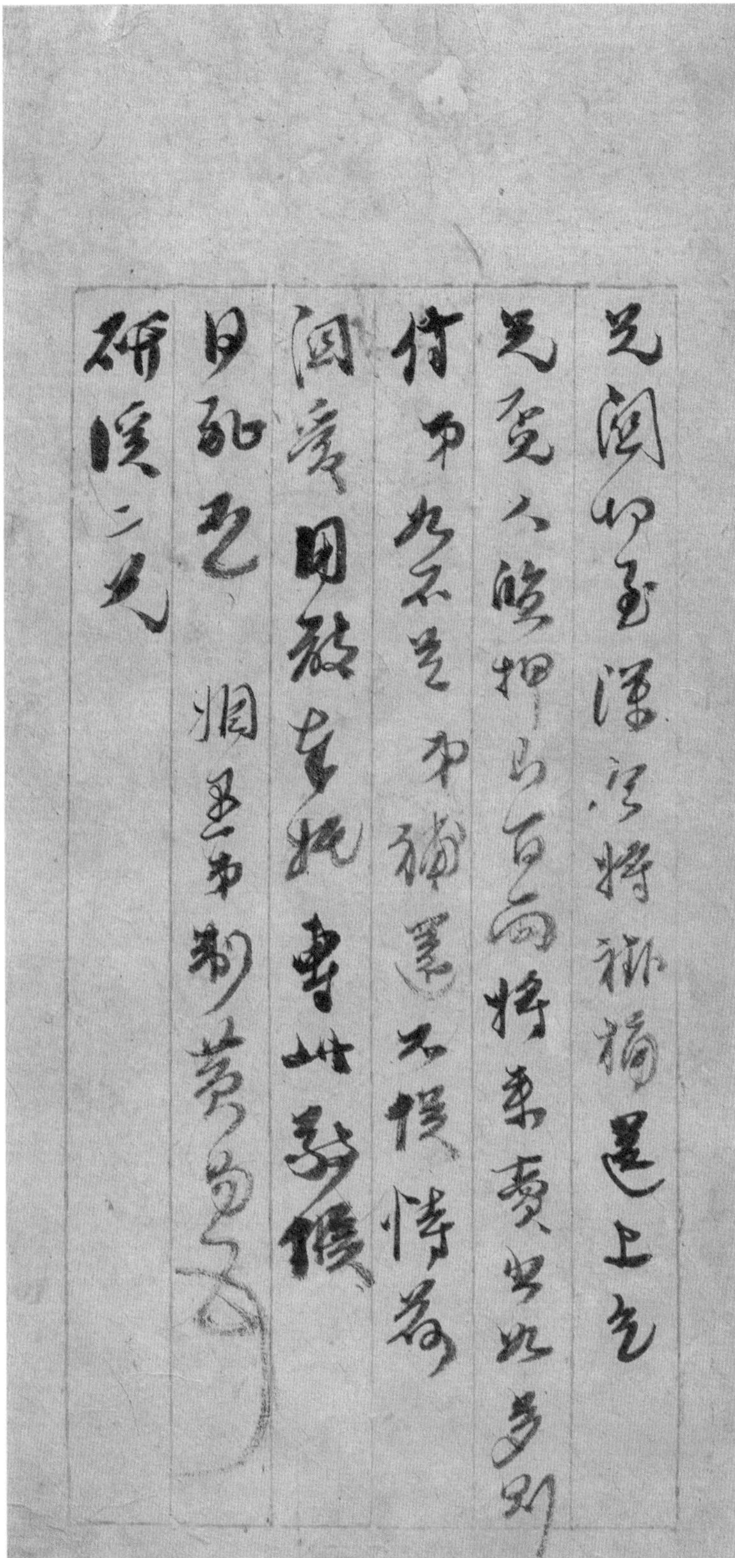

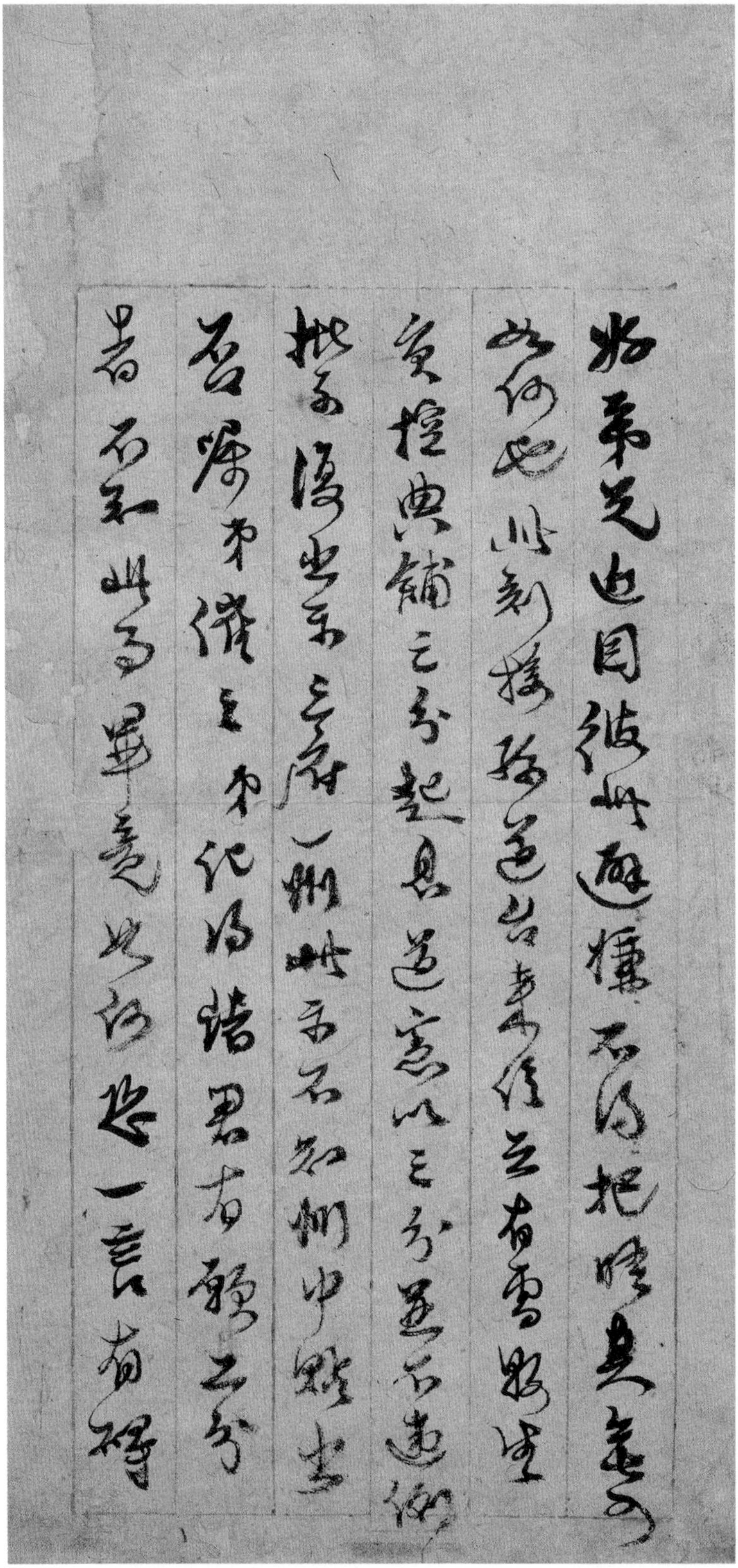

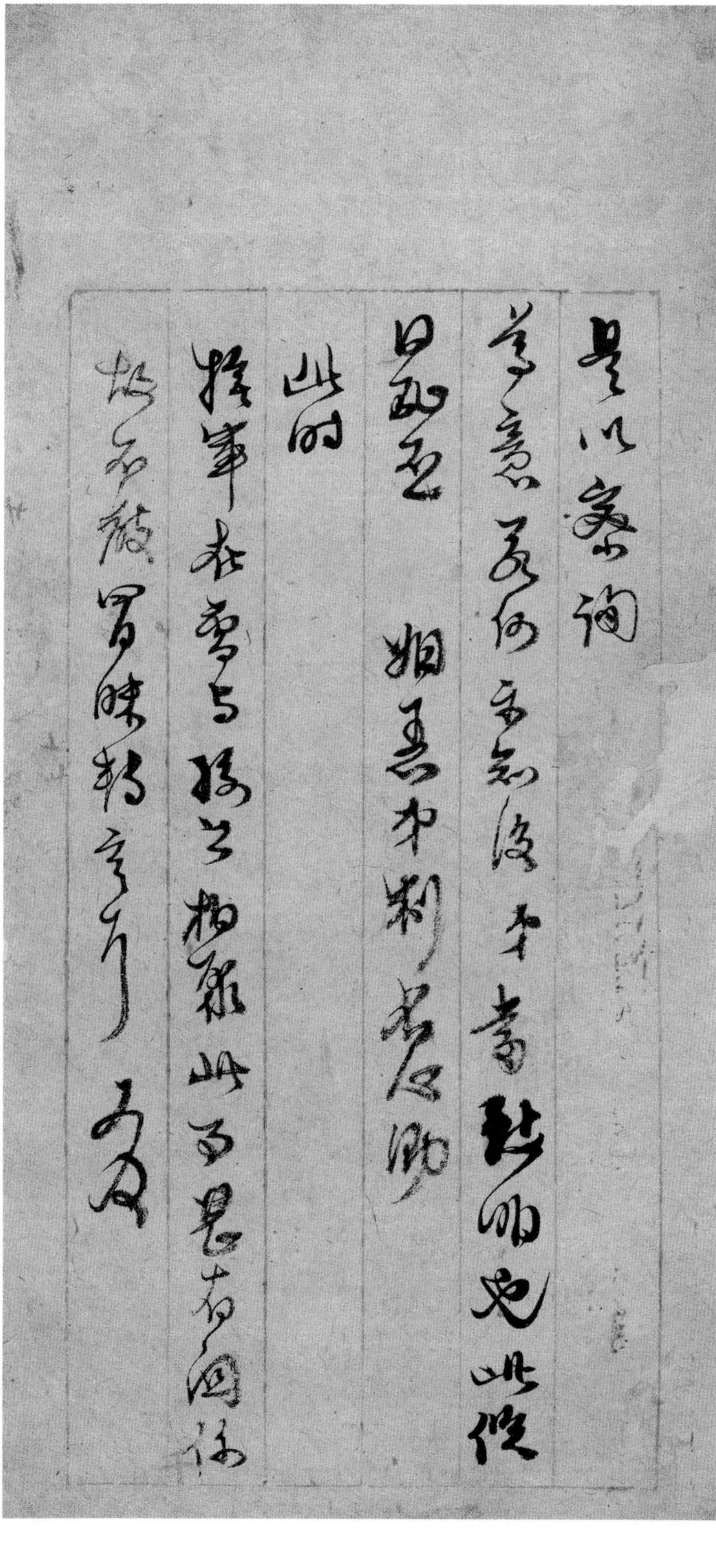

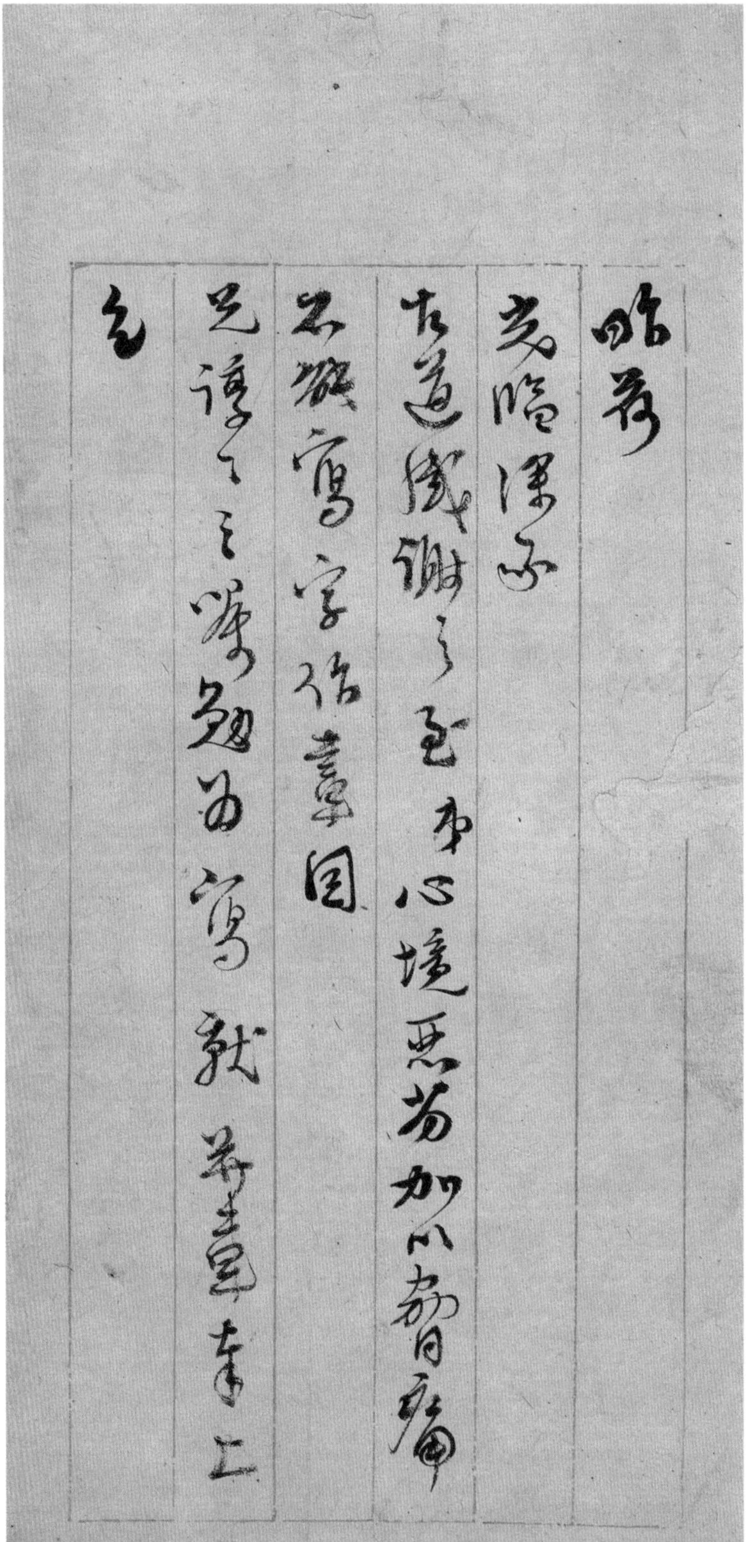

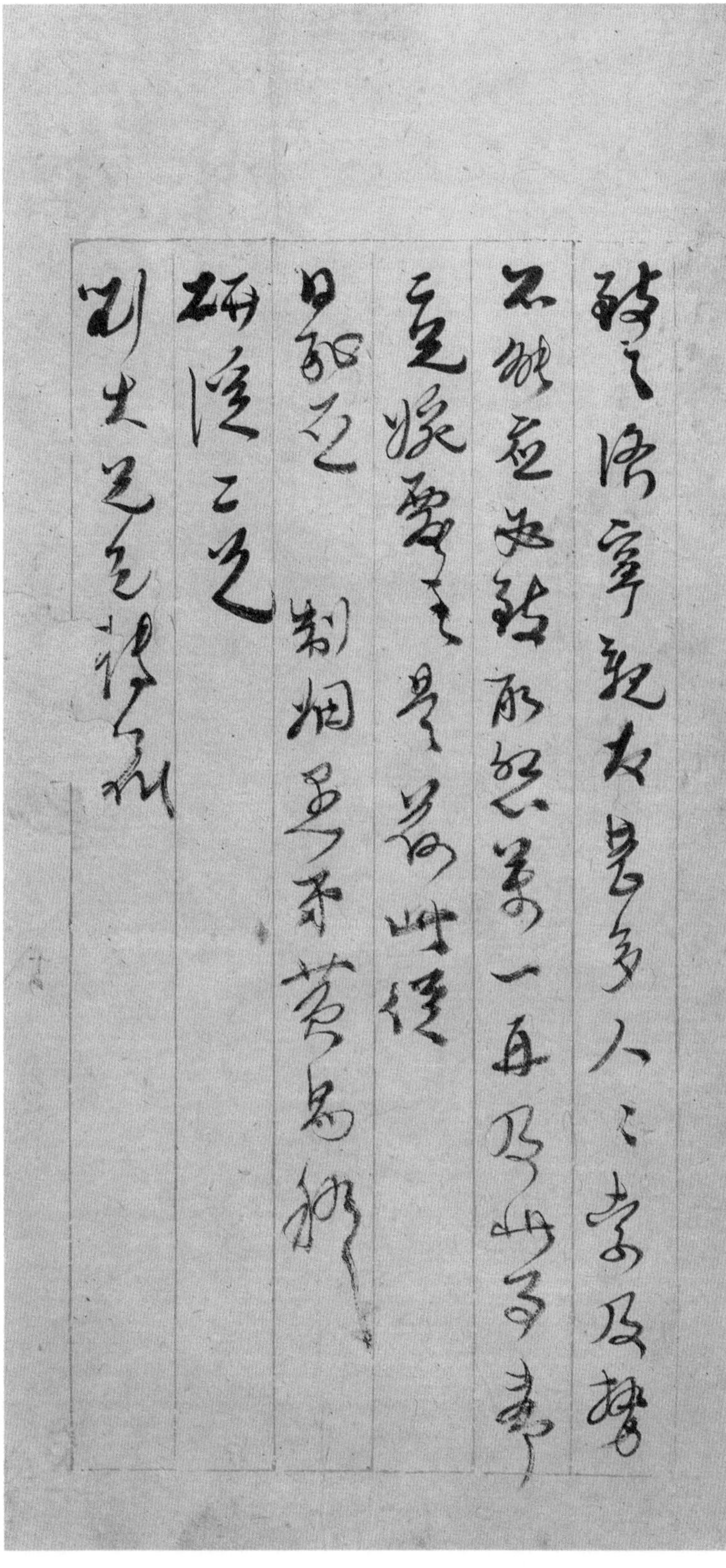

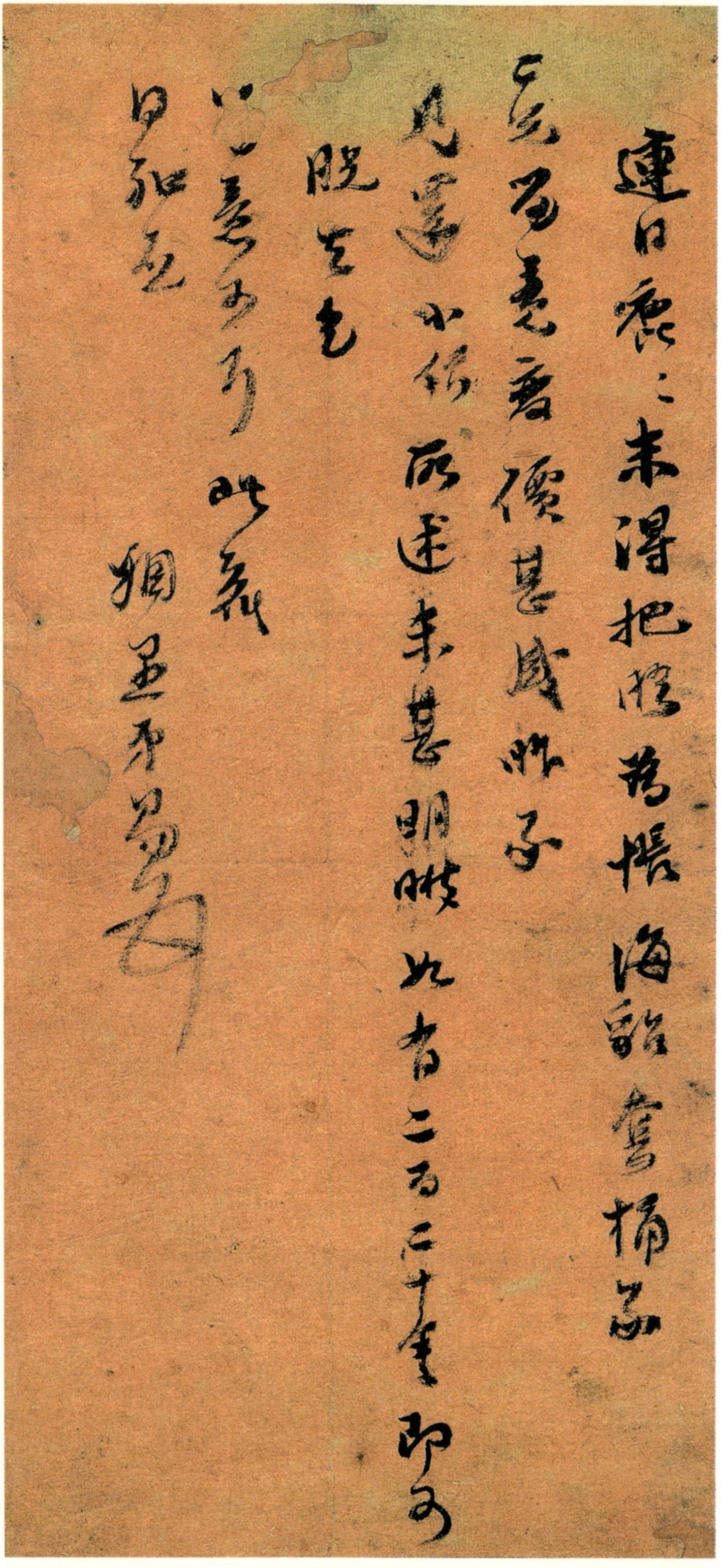

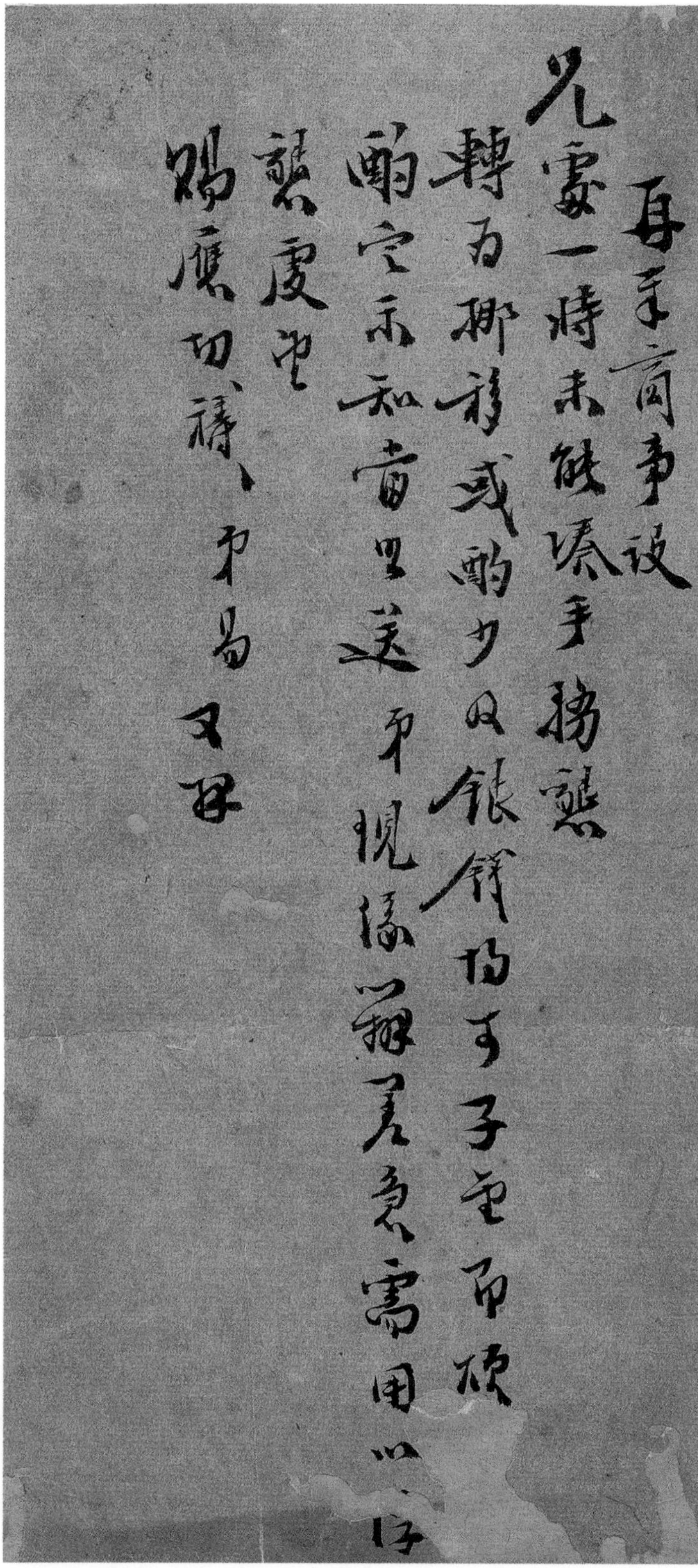

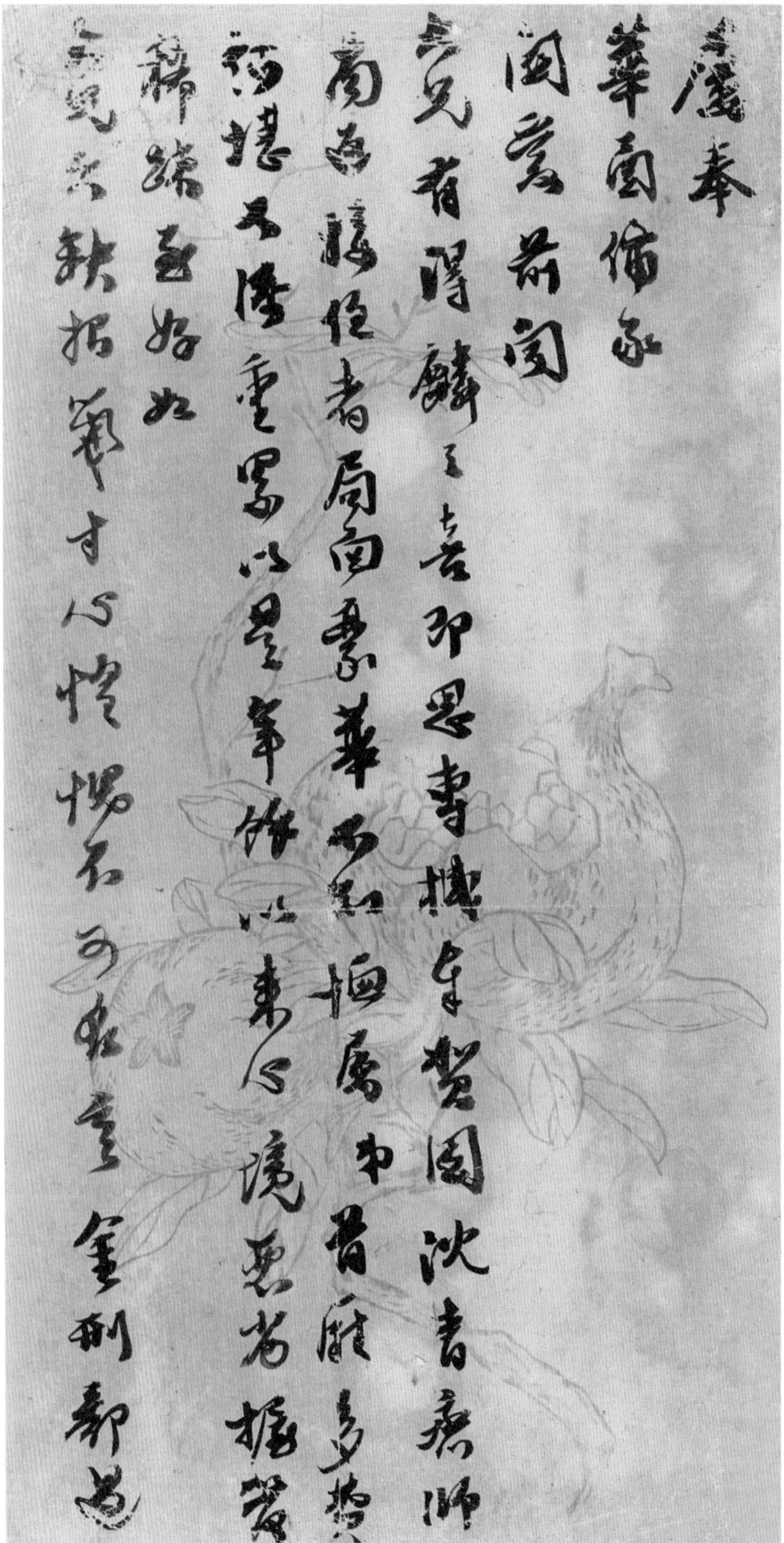

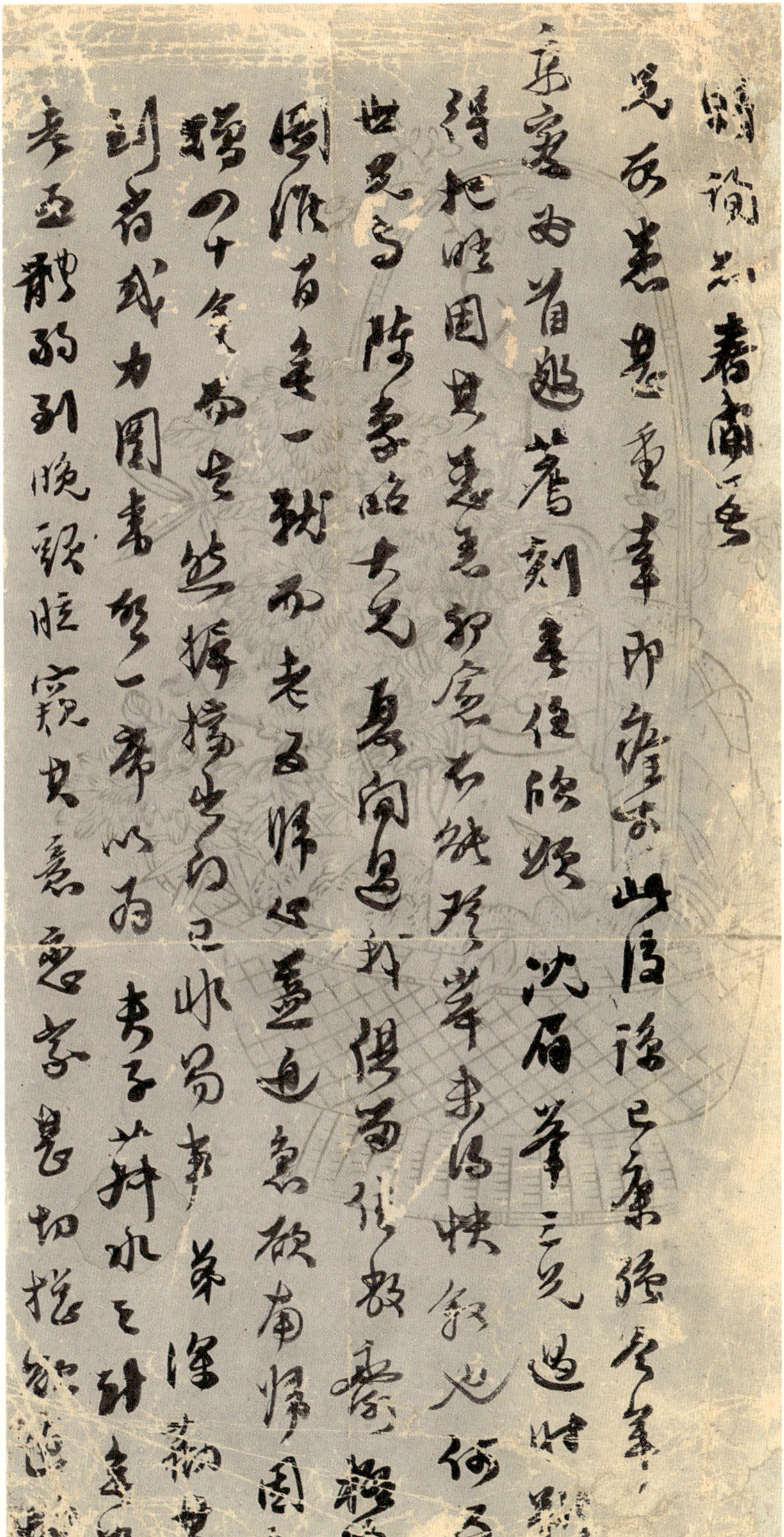

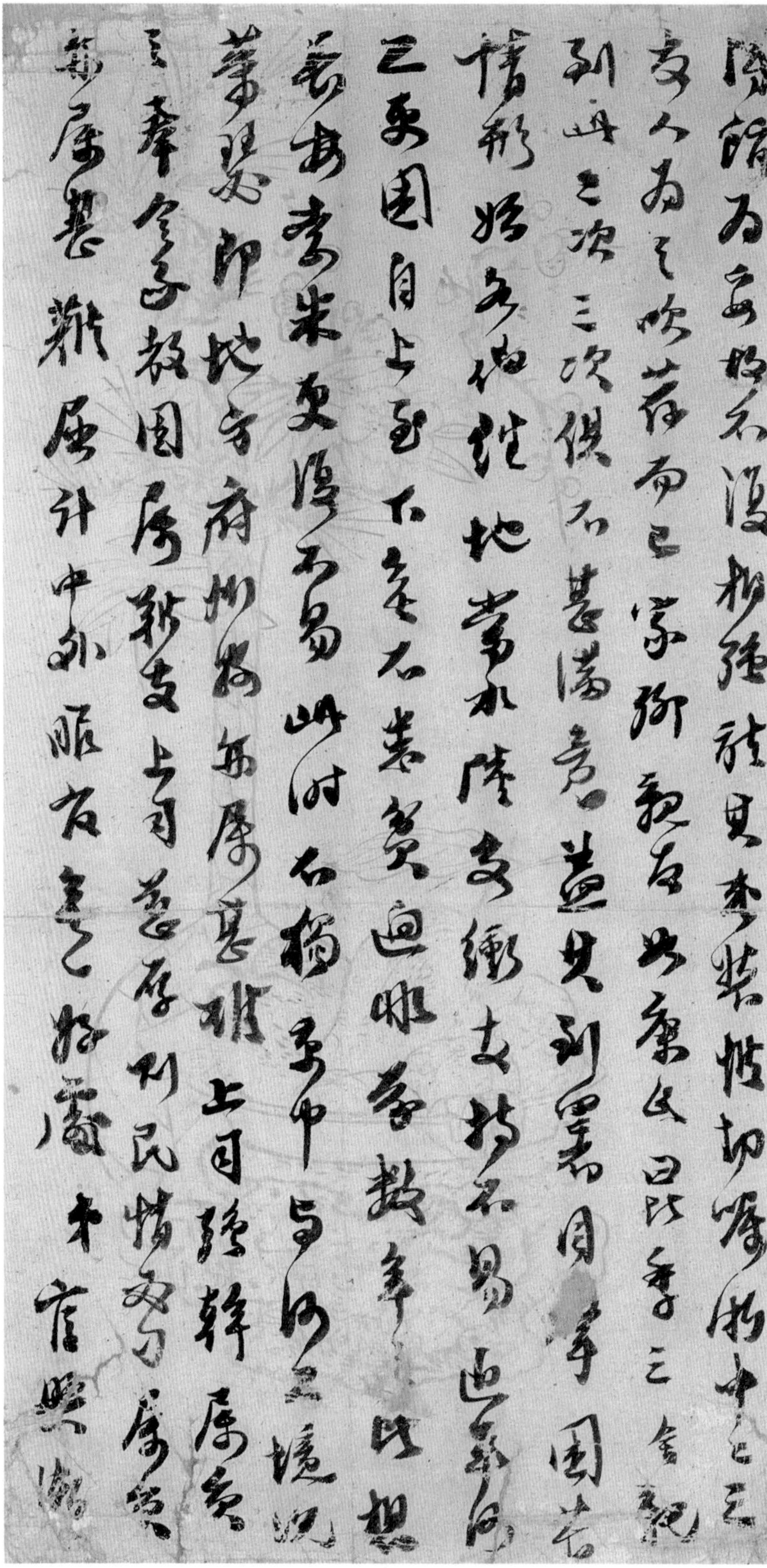

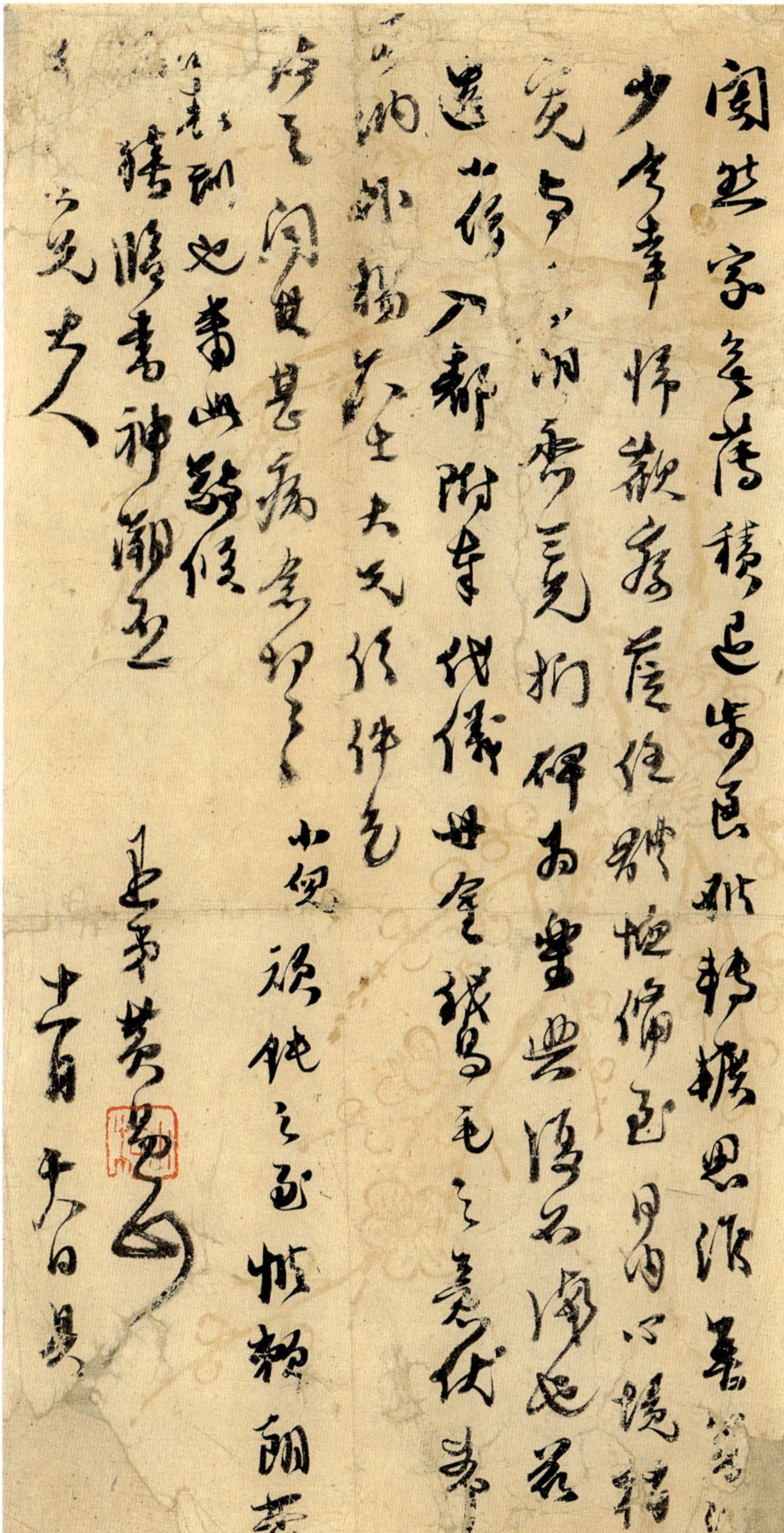

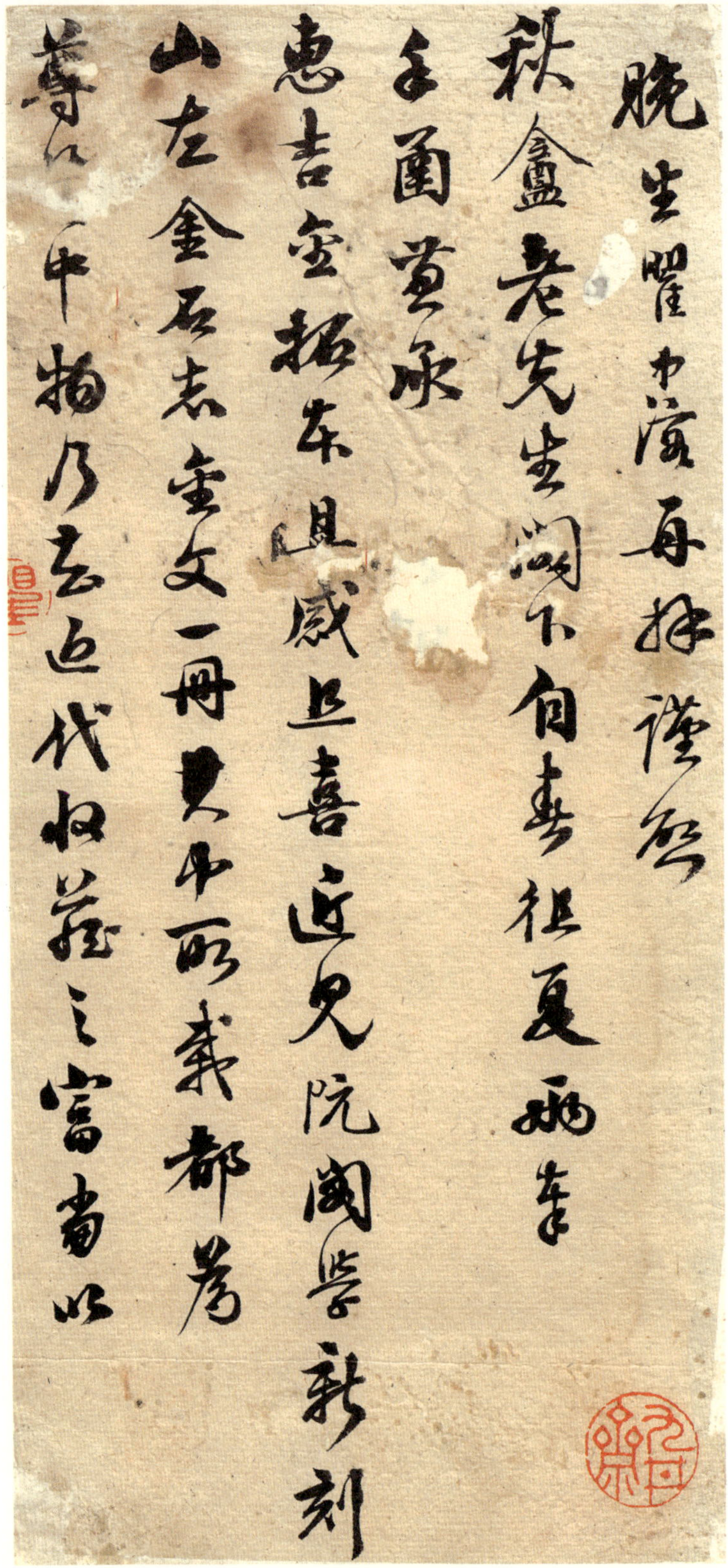

曉生瞿中溶再拜謹啟
秋盦老先生閣下自春徂夏兩奉
手函并承
惠吉金拓本且感且喜近見阮閣學新刻
山左金石志金文一冊其中所載都爲
尊處中物乃知近代收藏之富當以

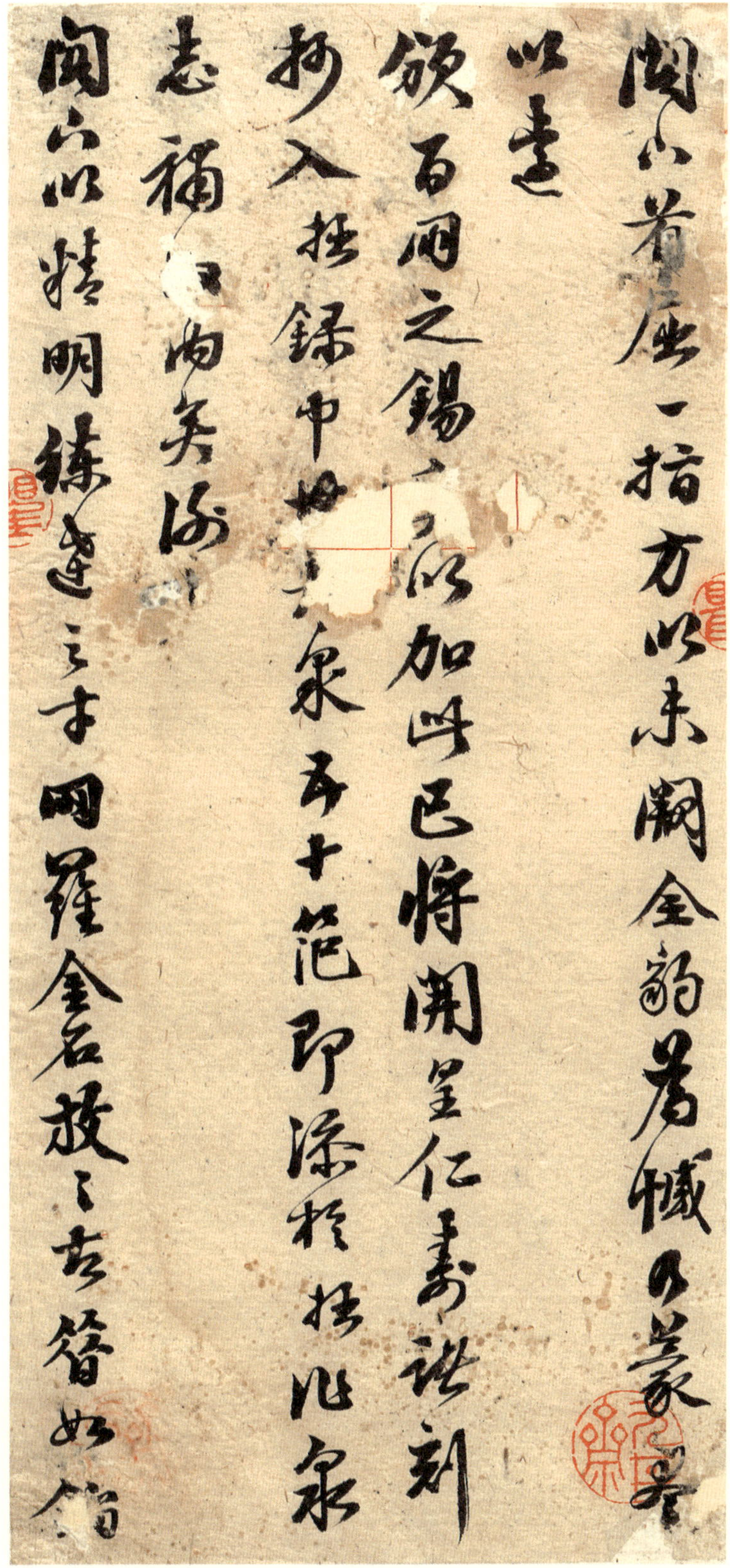

閣下著座一指方以未闕全韻著錄乃蒙是
以遠
頒百朋之錫，又加此臣將開呈仁壽諸刻
拜入插錄中，毋亦采五十種，即添插此采
志稱且尚矣論
閣下以精明練達之才，周羅金石，搜之古籀如館

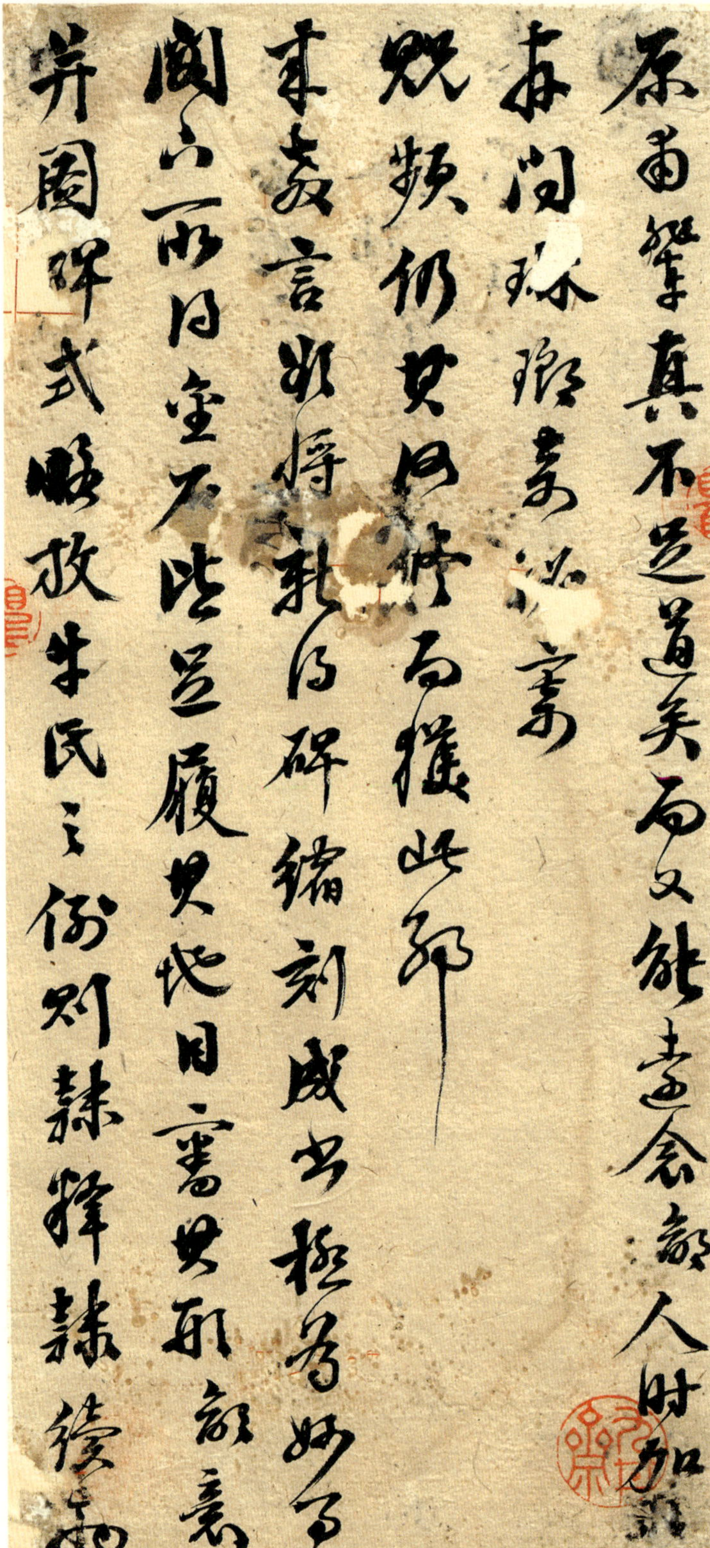

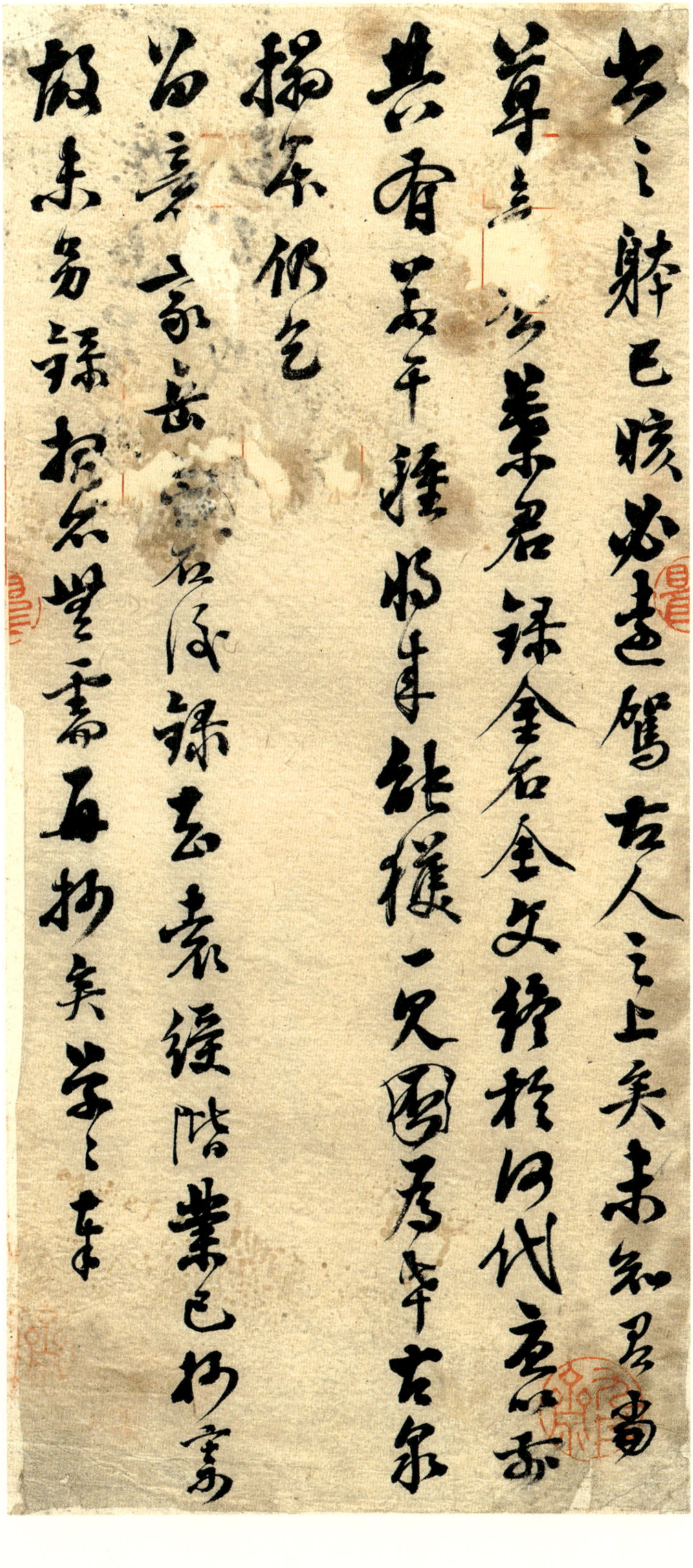

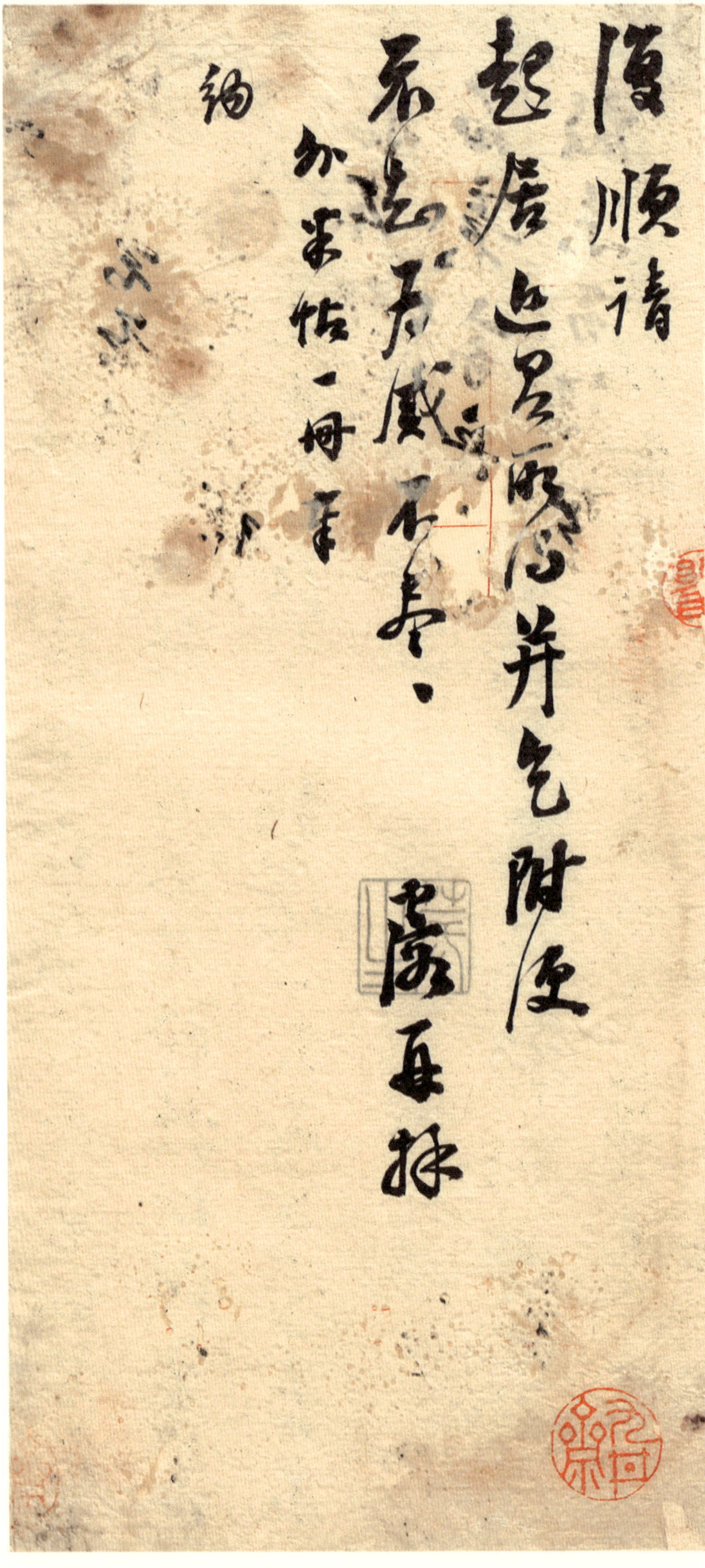

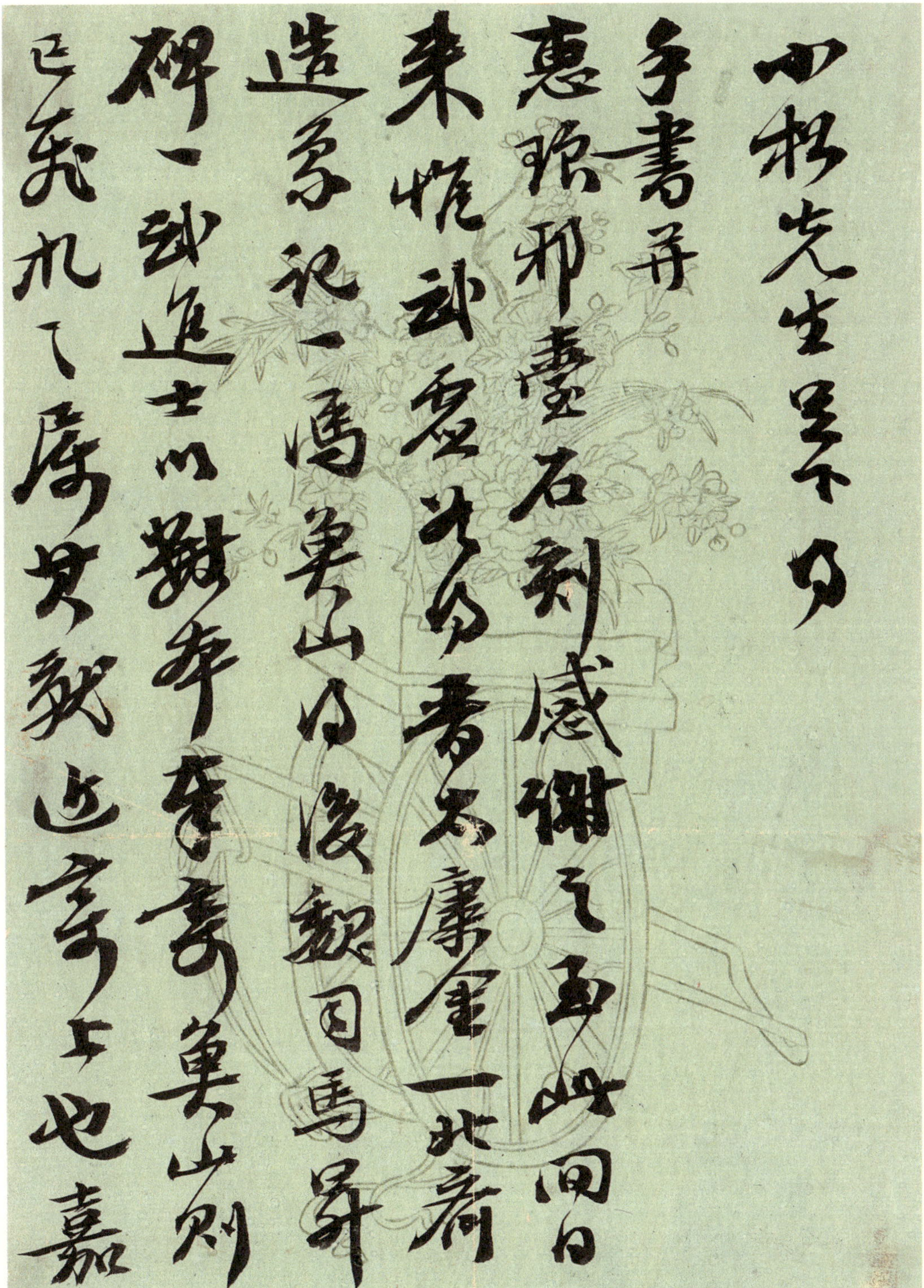

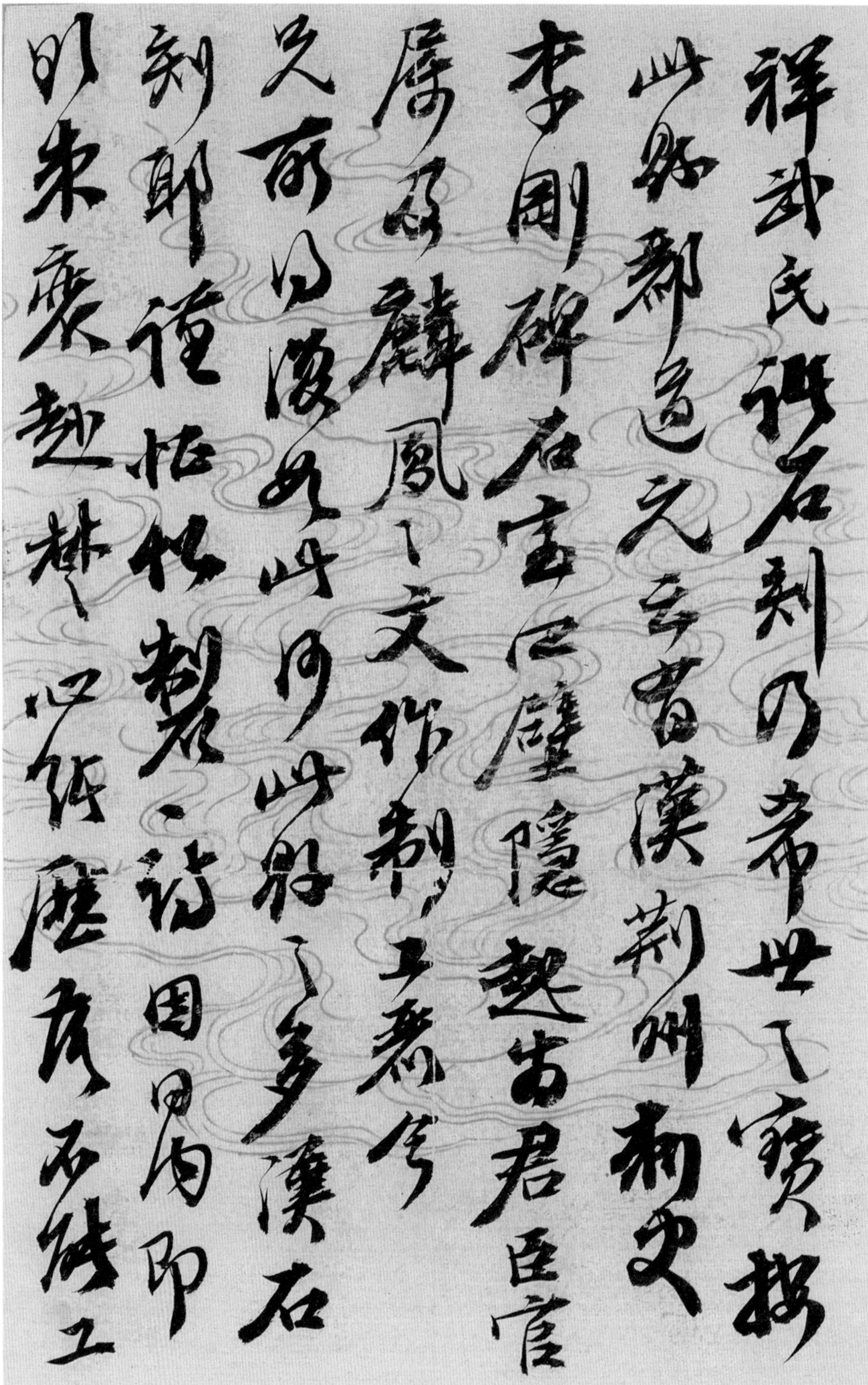

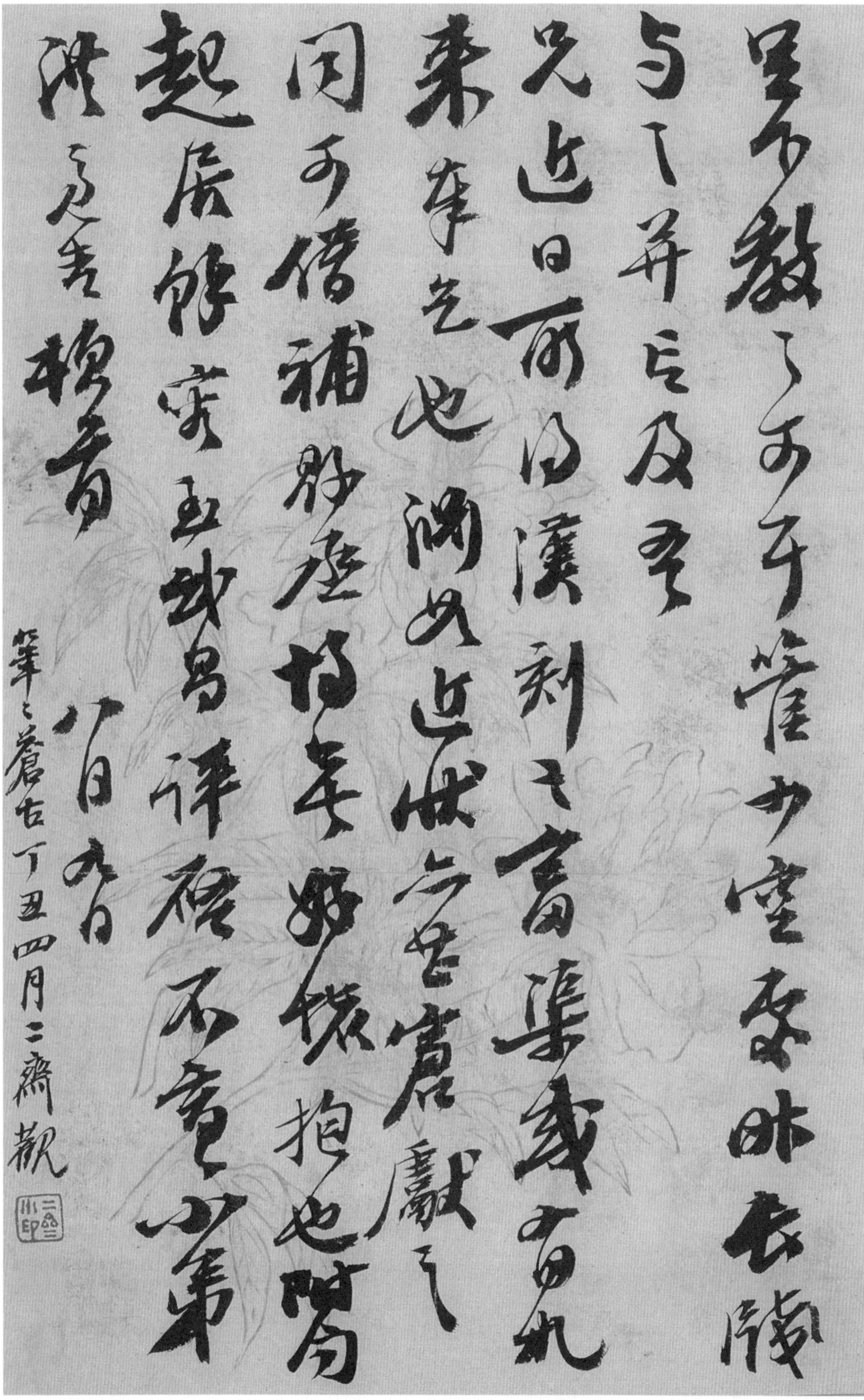

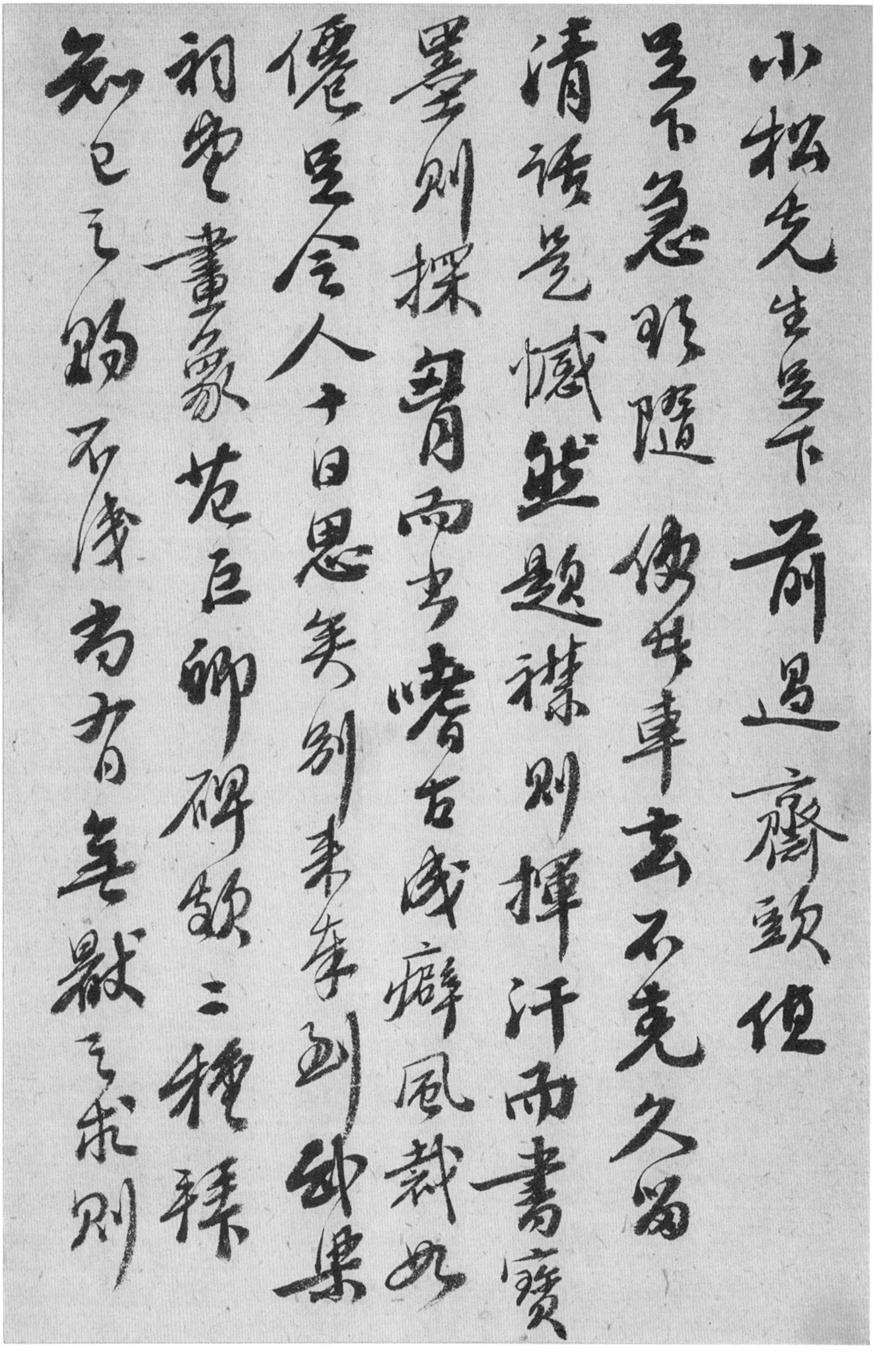

小松先生足下前過齋頭值
足下急於趨使車去不克久留
清談並憾然題襟則揮汗而書竟
墨則探穹而出嗜古成癖風裁如
僕足令人十日思矣別來年多劉鉅集
祠堂畫象范巨卿碑額二種釋
知己之賜不啻為奇寶哉之求則

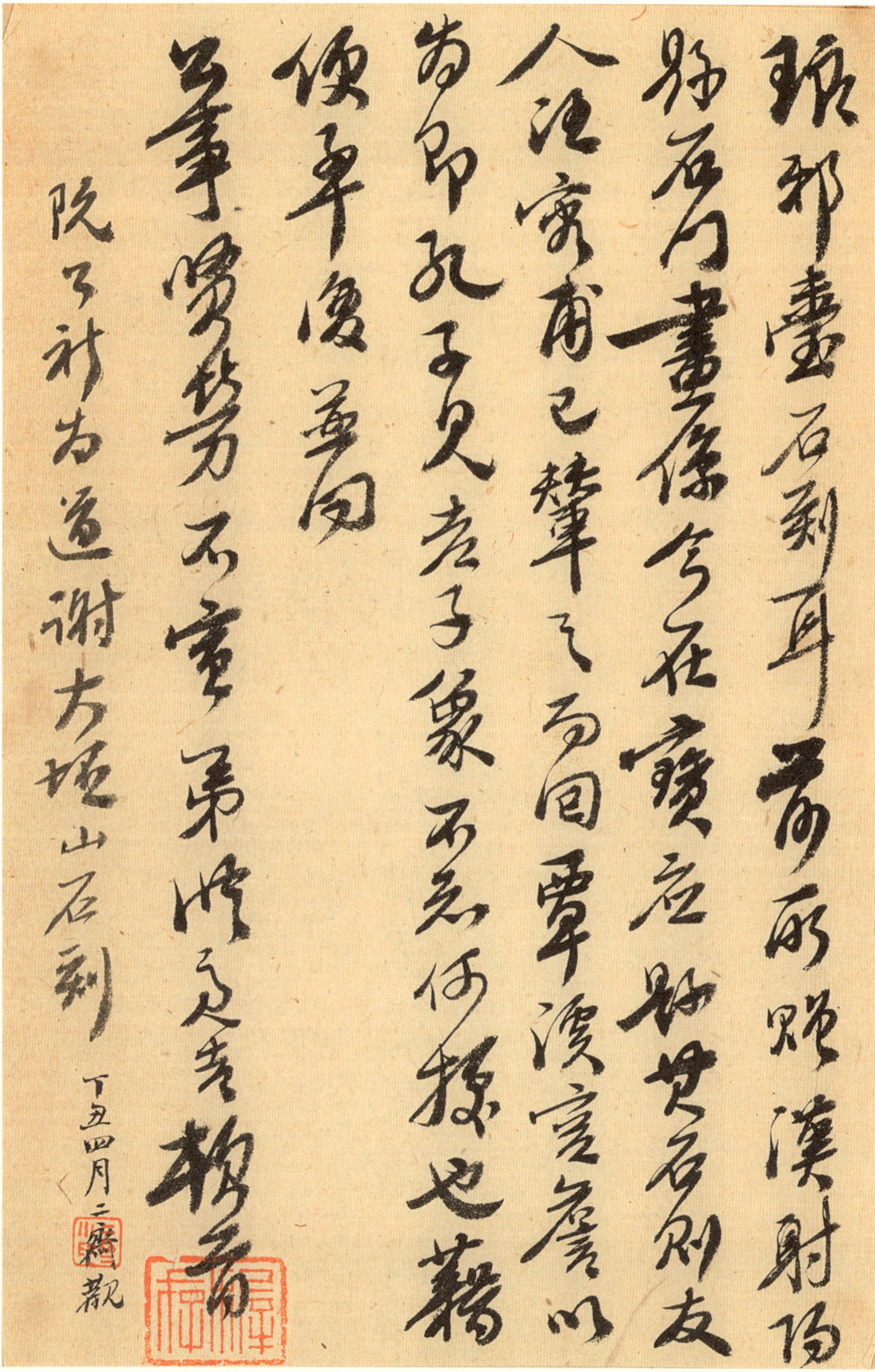

琅邪臺石刻耳。前所贈漢射陽
石門畫像今在寶應縣學署前，友
人汪容甫已摹之，而同年濮宣眉以
爲即孔子見老子像，不知何據也。藉
便草復，並問
筆墨荒劣不宣，弟洪亮吉頓首。
阮公祈爲道謝大埂山石刻。
丁丑四月二　款

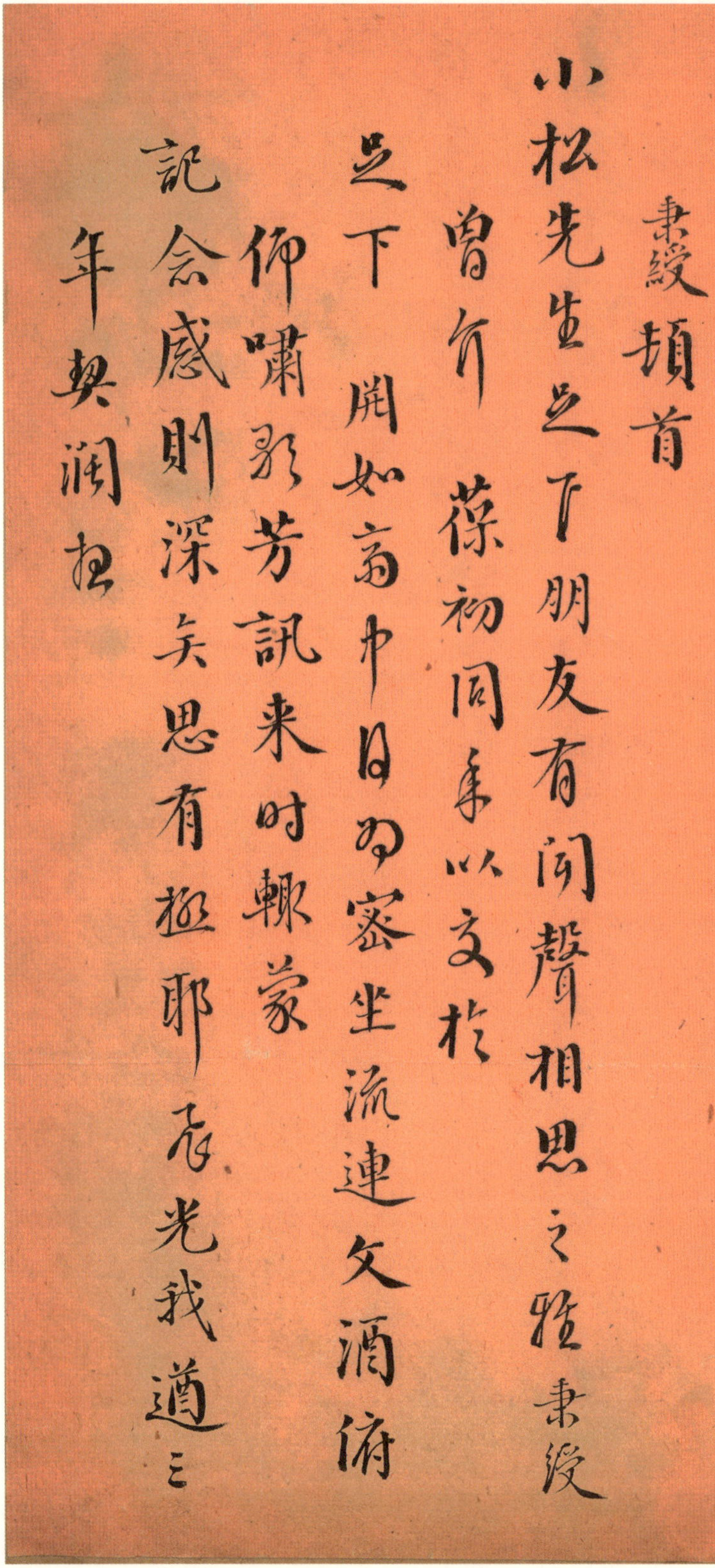

秉綬頓首
小松先生足下朋友有聞聲相思之雅秉綬
曾于蓀初同年以文於
足下開如畫中日爲密坐流連文酒俯
仰嘯歌芳訊來時輒蒙
記念感則深矣思有極耶辰光我道〻
年契潤拄

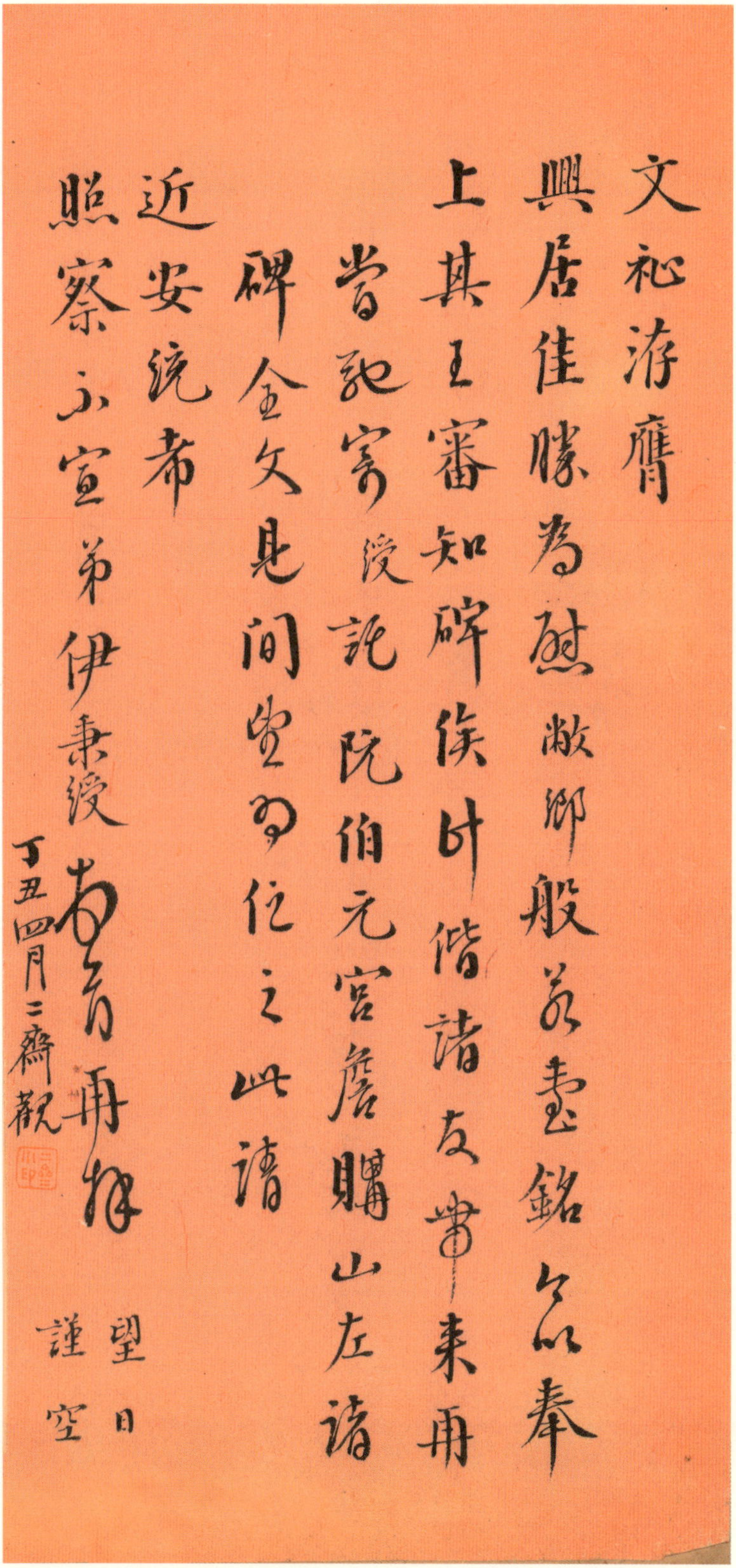

文祉游膺
興居佳勝為慰。敝鄉般若臺銘乞奉
上。其王審知碑，俟叶偕諸友帶來再
當馳寄。綬託阮伯元宮詹購山左諸
碑全文，是間當可位之。此請
近安，統希
照察。不宣。弟伊秉綬頓首再拜
望日
謹空

丁丑四月二齋觀

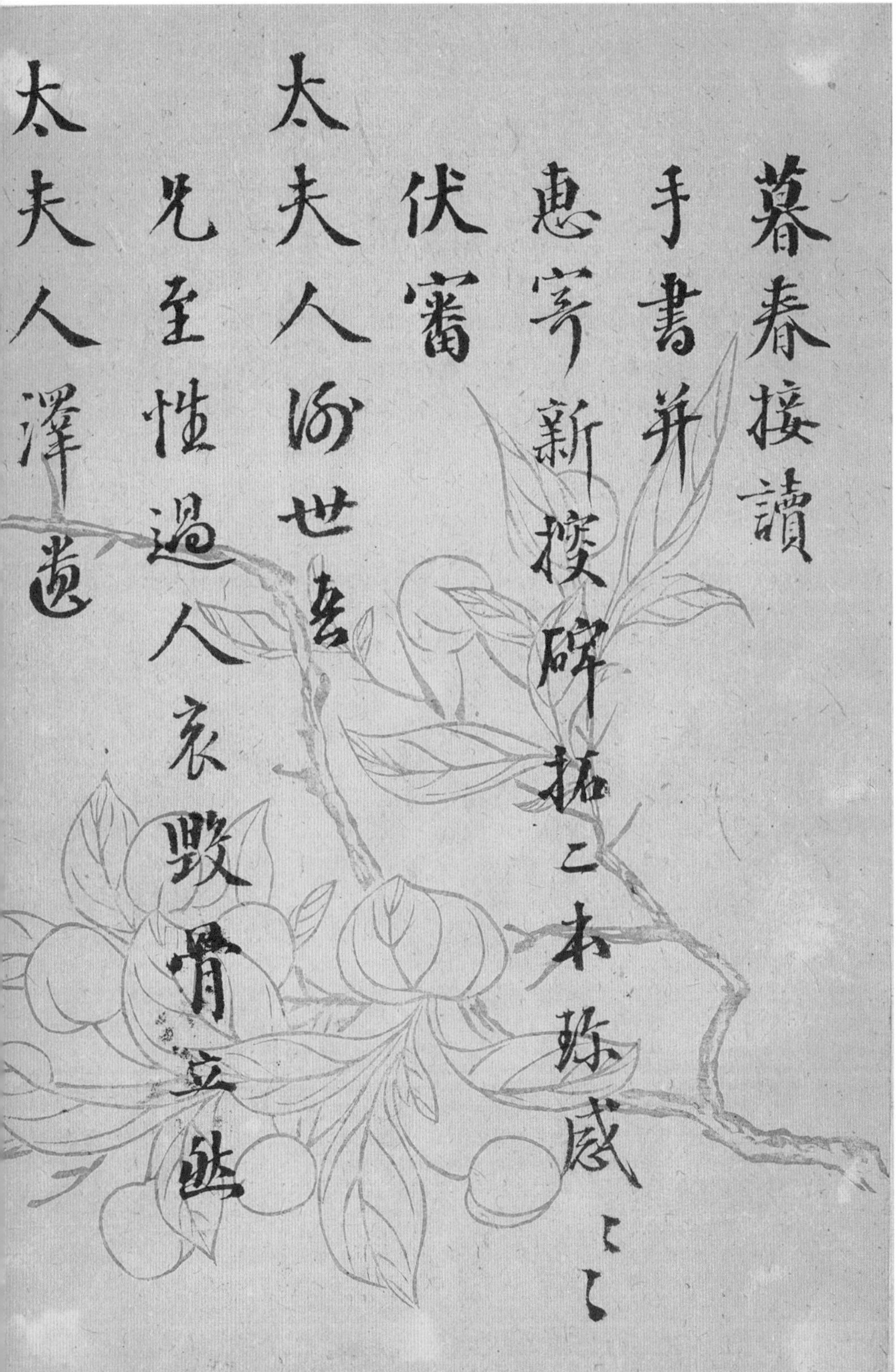

暮春接讀
手書并
惠寄新搜碑拓之本珍感々々
伏審
太夫人謝世矣
先生性過人哀毁骨立然
太夫人澤遺

賢嗣使百世以下作
先生如歐趙，即百世以下仰
太夫人如歐趙之母，孝孰大焉。
福滿壽隆，然後自憾，少扶
柩南旋，緜緜遠道，還里
節哀自愛。弟羈棲日下，未由
一致生芻，歉仄實甚。淵如新

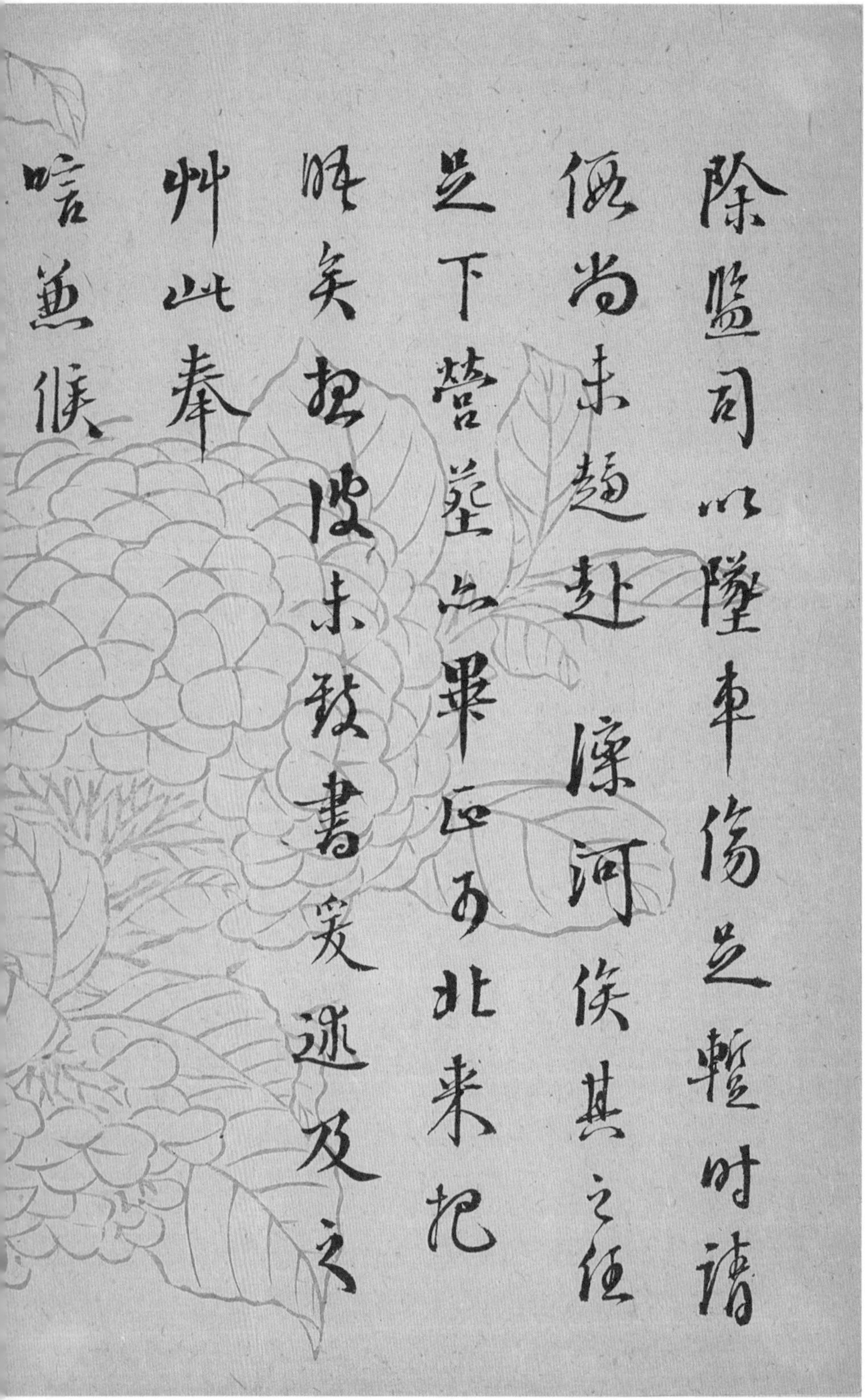

除監司以墜車傷足，暫时請假，尚未趨赴。滦河侯其之任足下。營壘亦畢，正可北来把晤矣。想彼未致書，爰述及之。草此奉諗，兼候。

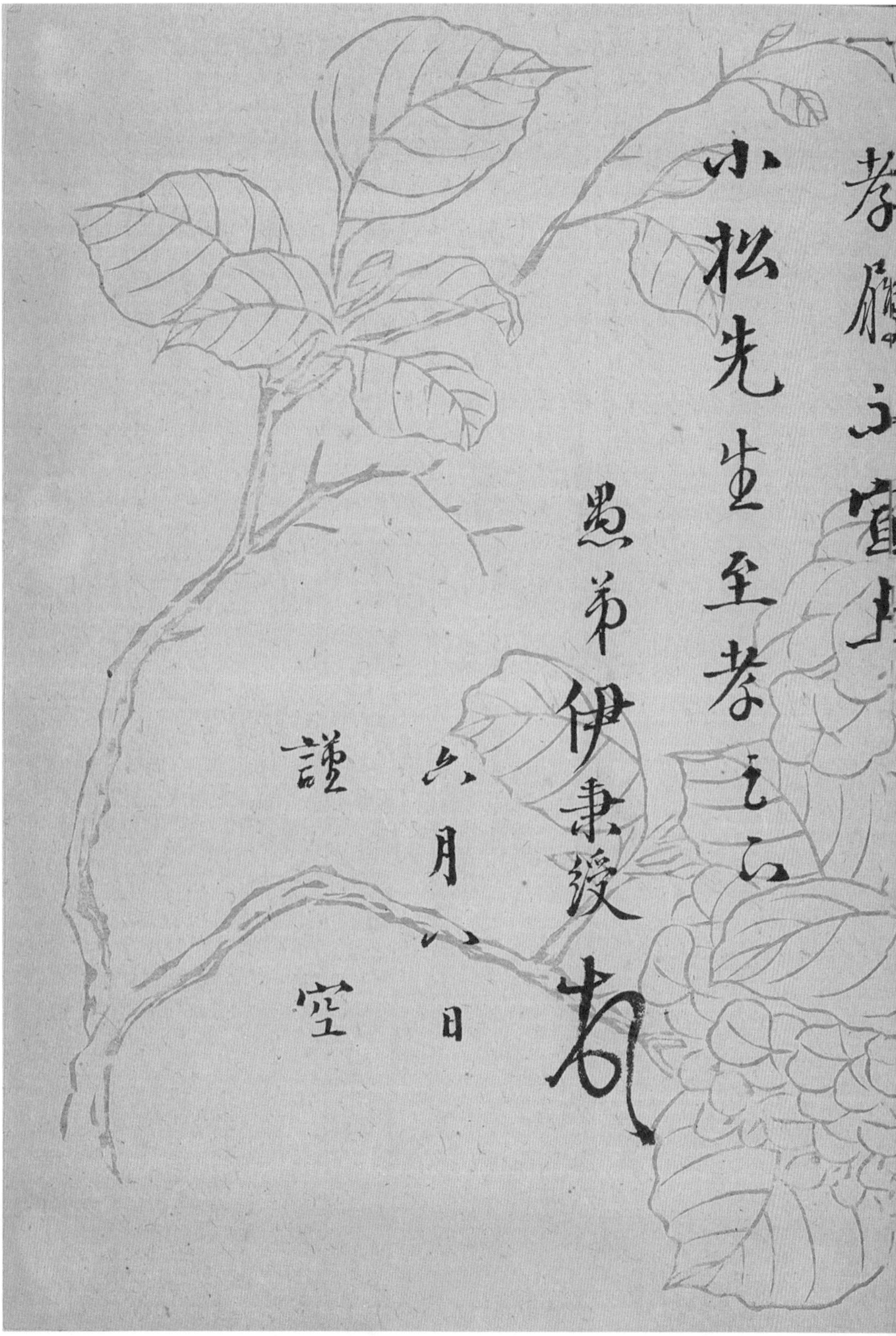
孝履不宣上
小松先生至孝苫次
愚弟伊秉綬頓首
六月八日
謹空

秉綬頓首

定軒先生侍御大人閣下伏聞

世老先生少年館選芸香三代掞

藻玉堂善博者鄰長蓋

宗丞公之遺澤深矣欣幸不可名狀秉綬忝

郡極繁冗，幸荅親徒善操尺寸之柄，以求少益於民，不敢言苦也。謹此陳賀，以

大君子謙沖，未用手啟，必蒙優容許也。到

眷，正值沍寒，伏惟

珍攝。餘不宜。肅復啟

九日

謹空

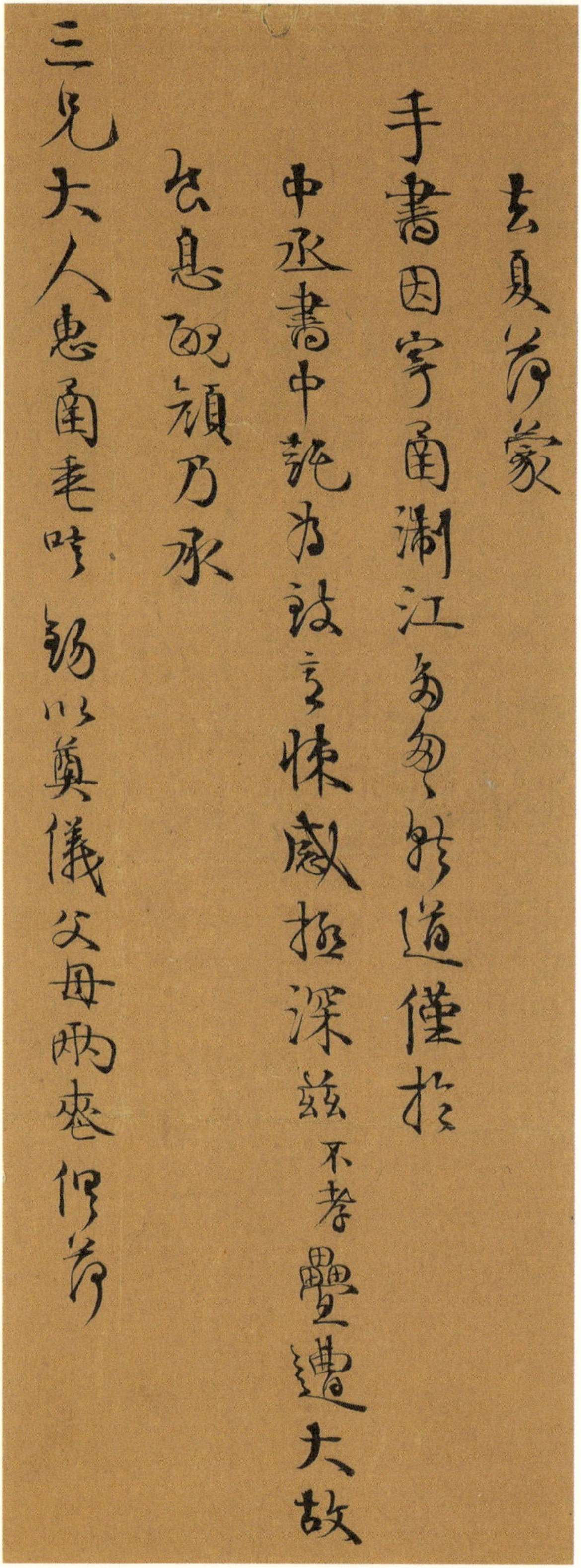
去夏荷蒙
手書因寄南潮江匆匆就道僅於
中丞書中託為致意悚感極深茲不孝疊遭大故
台息殷頌乃承
三兄大人惠函垂唁錫以奠儀父母兩喪仰荷

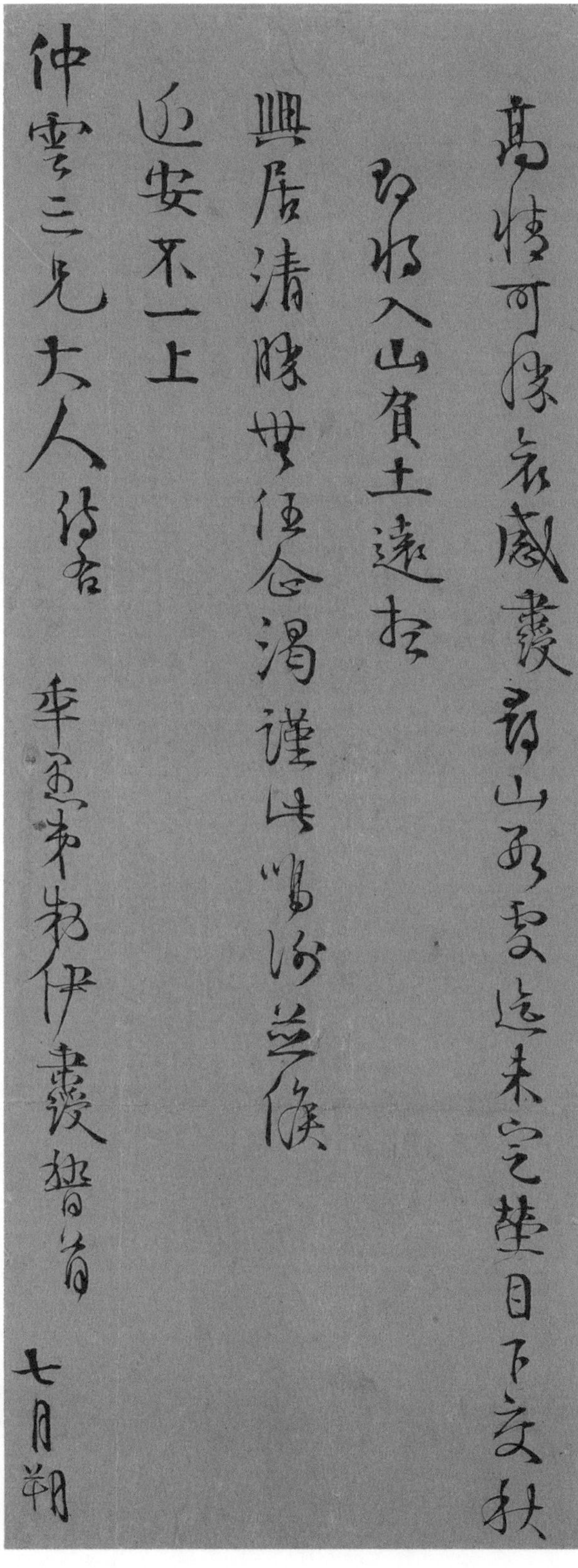
高情可掾衣感秉綬舊山葬處遠未定楚目下交秋
即將入山負土遠赴
興居清勝世任念渴謹此鳴謝並候
近安不一上
仲雲三兄大人侍右
年愚弟制伊秉綬頓首
七月朔

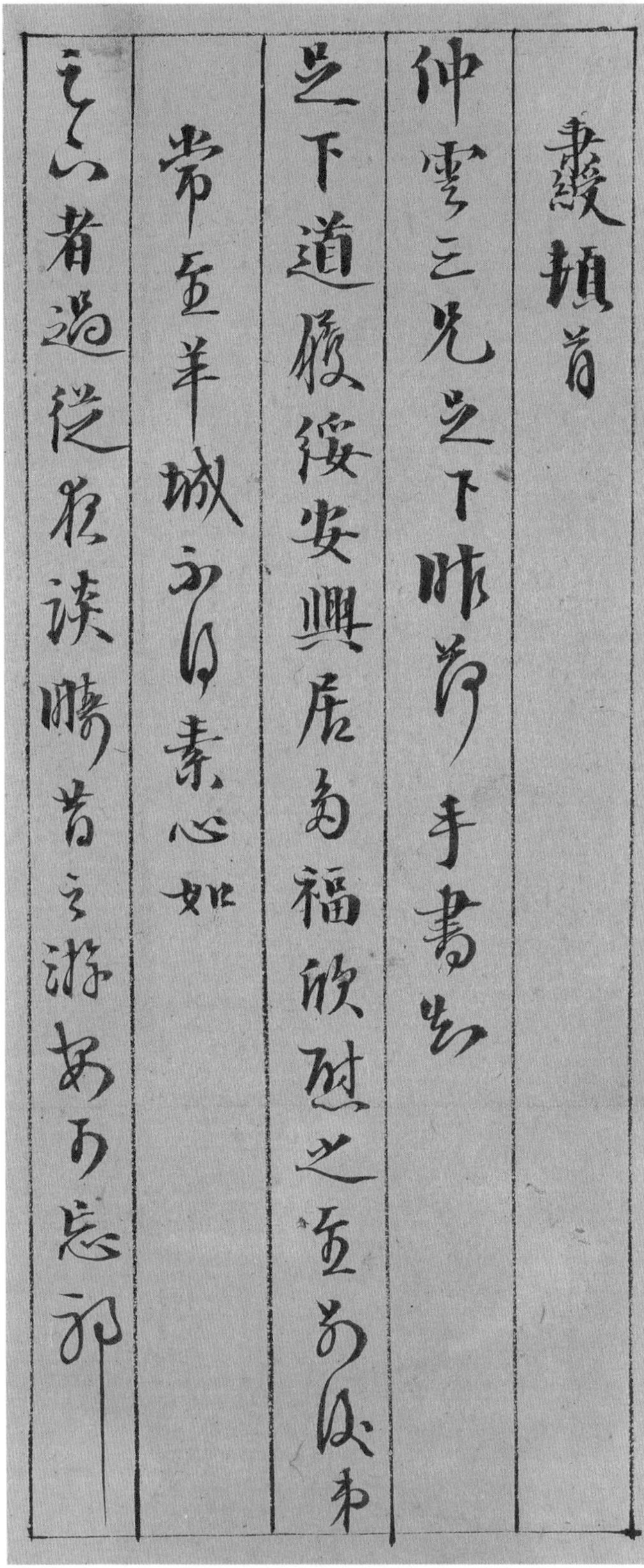

秉綬頓首

仲雲三兄足下：昨荷手書，知

足下道履綏安，興居多福，欣慰之至。弟從未

常至羊城，示及素心如

之之心者，過從雅談，勝昔之游，安可忘耶——

惟諸兄簡褻，友承　道及，彌增愧悚。焉港
匠氏招至署中爲家君刻志，極妥善。書
原每過古藥洲，輒想念也。黄魏諸園承一一
寄到，甚謝之。諸希
保愛不一一。弟秉綬再拜
展堂易
謹去

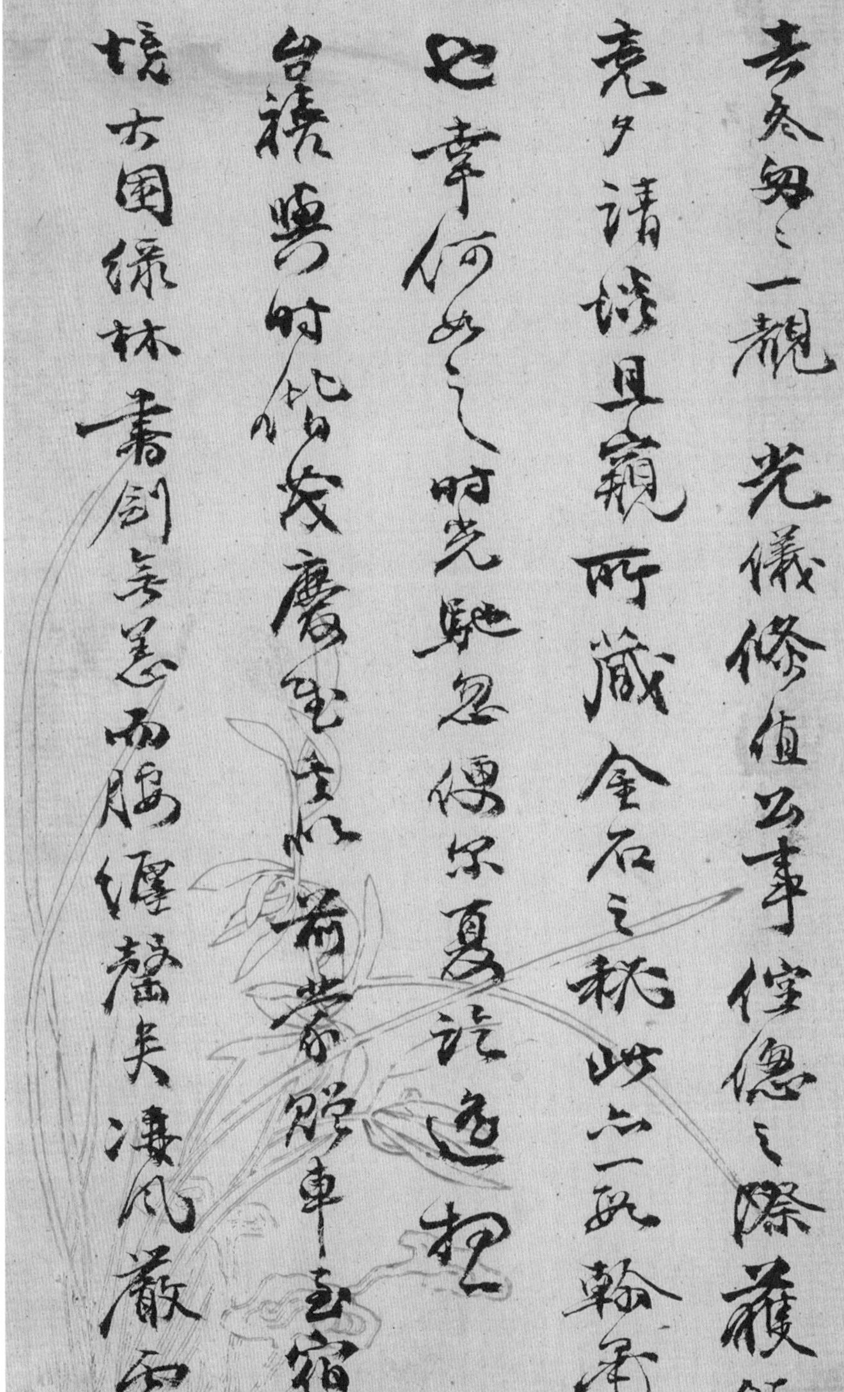
去冬匆匆一覩光儀倏值公事倥偬之際獲領
竟夕清談且窺所藏金石之秘此亦一段翰墨緣
也幸何如之時光馳忽倏尔夏訖遥想
台祺[illegible]時[illegible]發慶[illegible][illegible]前[illegible][illegible]車[illegible]宿過
境古圓綠林書劍無恙而腸[illegible]盤矣淒風蔽[illegible]

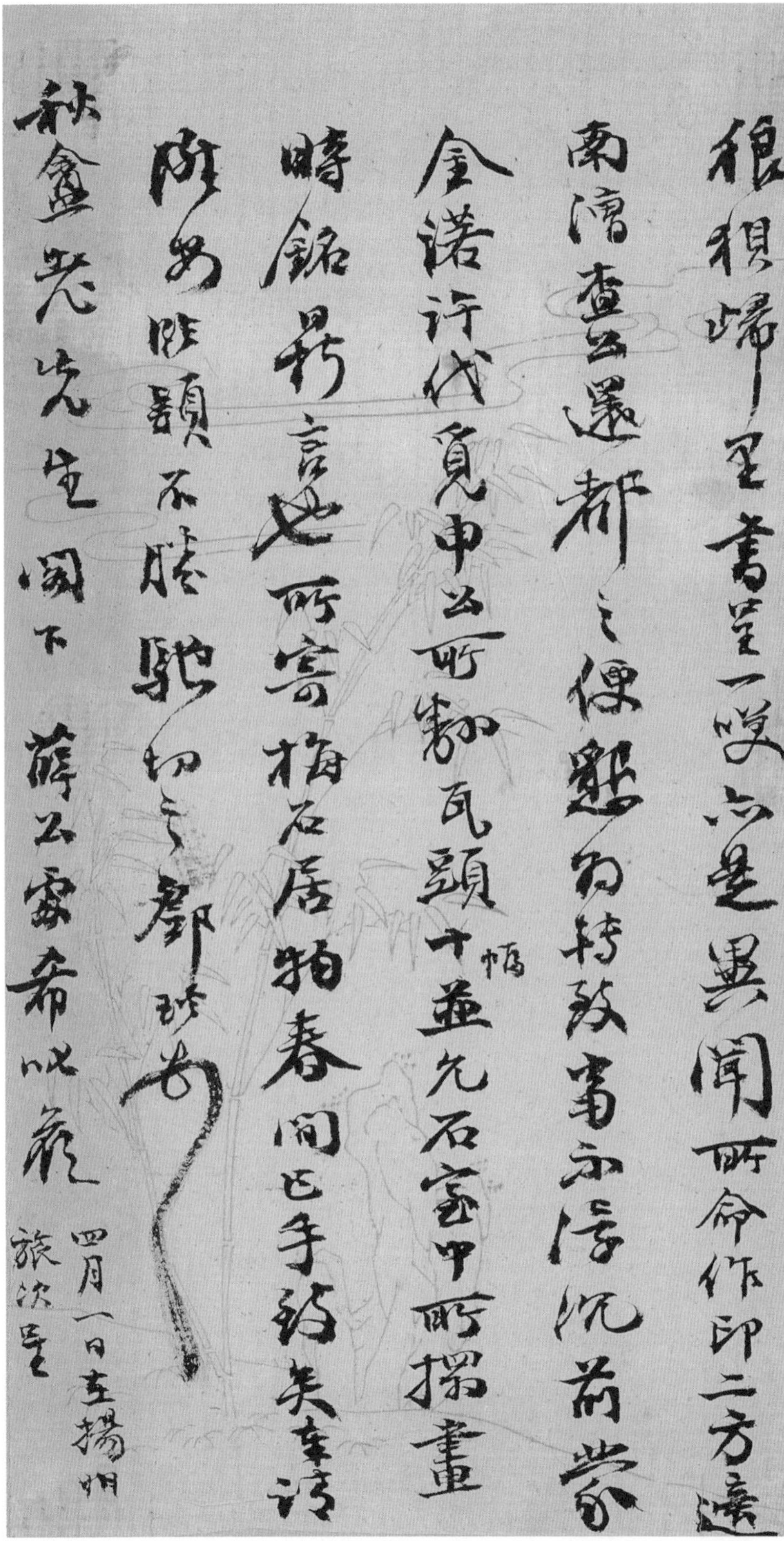
很想歸里，書呈一晤，亦是異聞。所命作印二方，遠
南濟查出還都，便題句持致，當示儕沉前賞
金諾許代覓中丞所摺瓦頭十幅，並允石室中所摺畫
時銘，想言之。所寄梅石居柏春間已手錄朱韋詩
所要，非頭不勝馳切切。鄧琰頓首
秋盦先生閣下　薛公處希以叱名
四月一日在揚州旅次呈

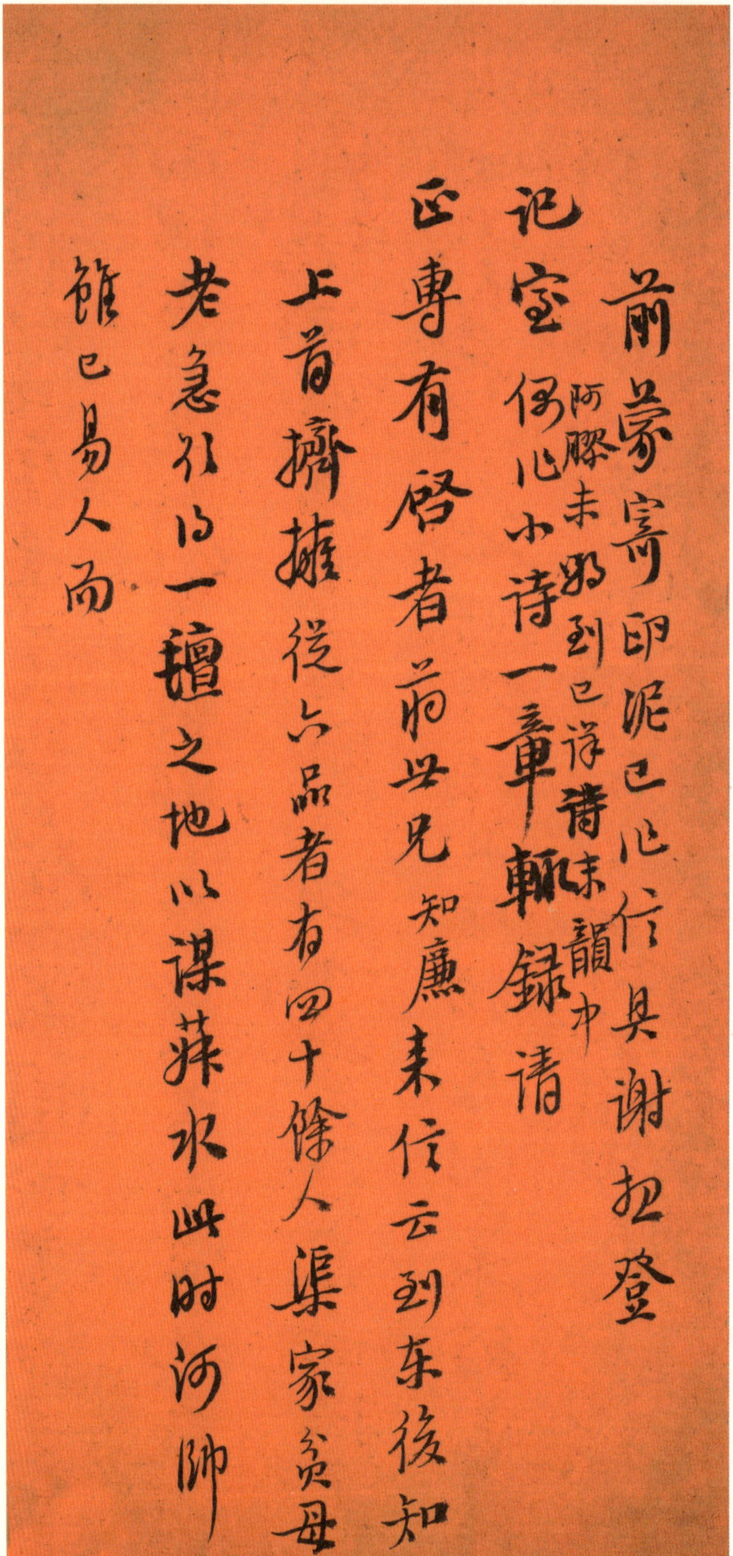

前蒙寄印泥已収信具謝拉登
記室阿膠未収到已詳詩末韻中倂収小詩一章輙録請
正專有啓者前毋兄知廳來信云到東後知
上首擠擁從六品者有四十餘人渠家貧母
老急於得一擅之地以謀菽水此時河帥
館已易人而

大兄聲望非他人可比，即煩書此一字與青齋之，其可就河工，實為家幸。此等事須求

大兄彈力破格為之，乃可成就；若因循成例，無不設遽辭者。辱以

知愛，故敢干瀆。又憐故人之子之才，實難得此才品俱好者也。千萬。垂鑒不宣。

小松大兄大人

愚弟塤頓首

三月廿三日

嘉平廿日孔户部書中郵到
瑤圃且疑且行急啓讀之且感且
愧
先生以仕宦之身公務旁午乃於
千里外之新知應答如響何
氣誼之篤如是哉真鄙之大
幸矣又蒙漢碑及金石史
之賜拜謝〻〻

諭及吳山夫金石存向惟于友人帖
上抄一二跋語久覓其全書不
得一見使其見之對于天璽碑
之刻矣江太守宋搨校官碑
亦未得閱故前與鄭不如先
生臆測可見時尤
相知恨晚者也讀小蓬萊閣帖
目經

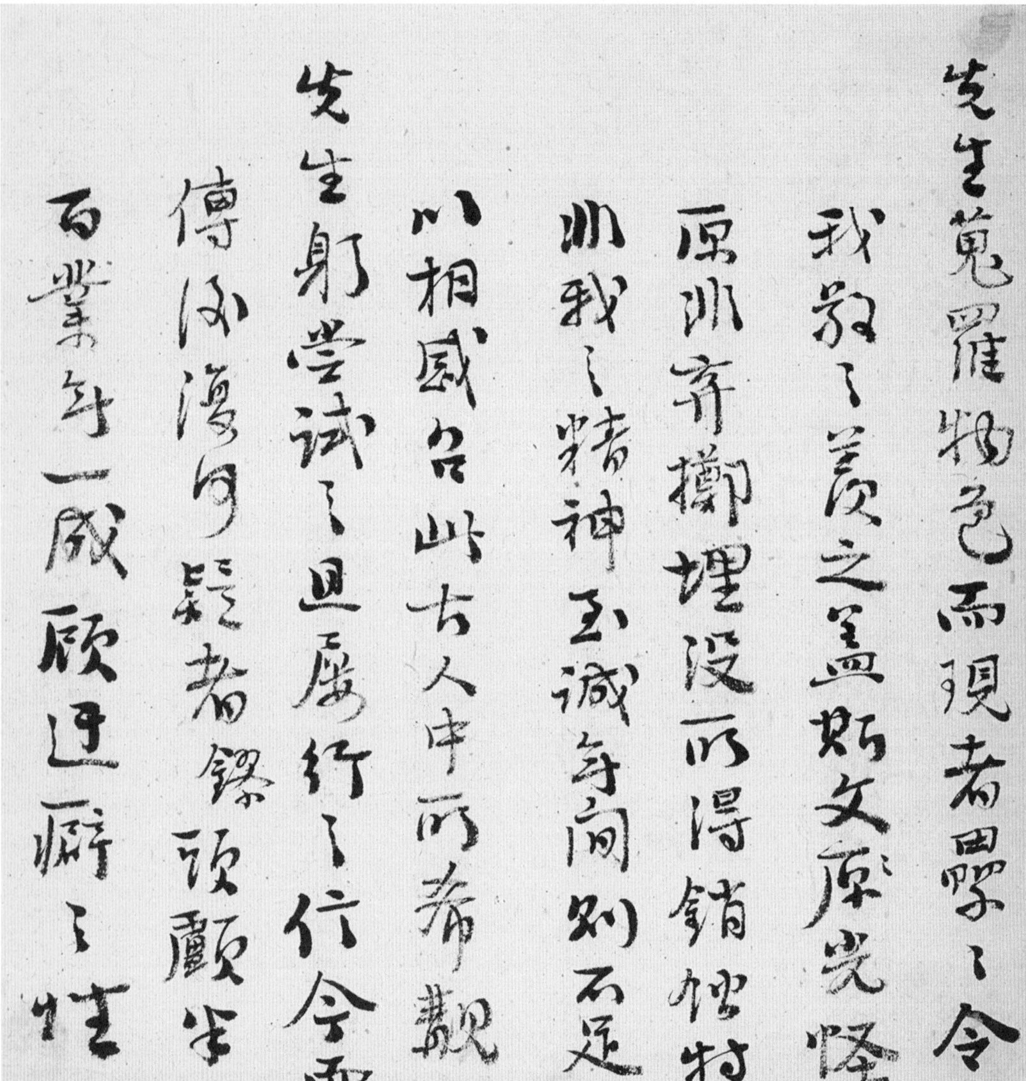
先生蒐羅物色而現者因哭之令
我敬之羨之盡斯文原光怪
原以齊擲埋沒所得銷燬村
以我之精神互識每向別不足
以相感召此古人中所希覯
先生射嘗試之且屢行之何今而
傳以復有疑者鏐頭顱半
百業無一成顧匡廦之性

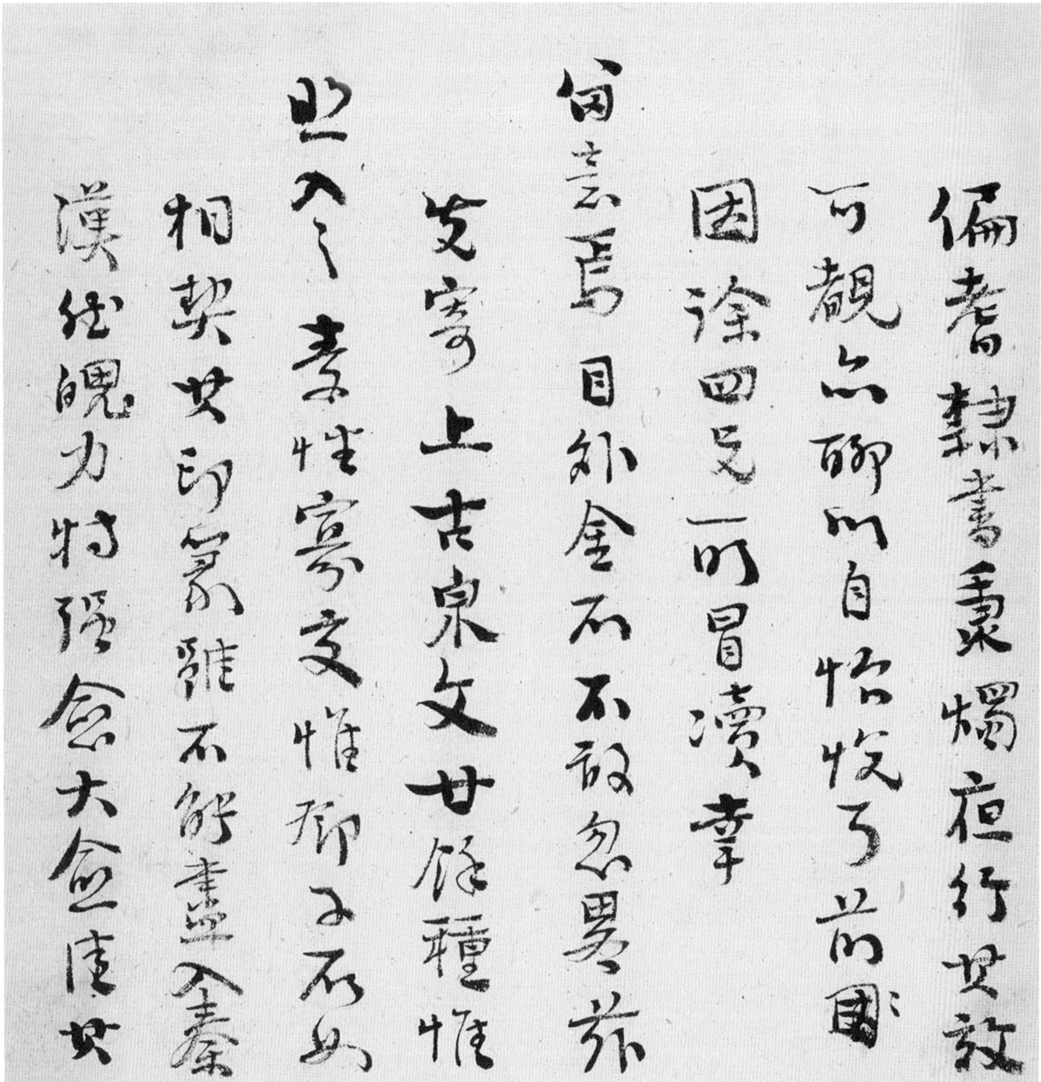

偏者隸書篆獨擅行其敘
可觀亦聊以自怡收乃前國
因除四足一所冒瀆章
句云焉目外全不敢忽略
其實上古泉文廿餘種惟
此入之秦性寡文惟邪子不如
相契其印篆雖不能盡入秦
漢然愧力特強念大令使其

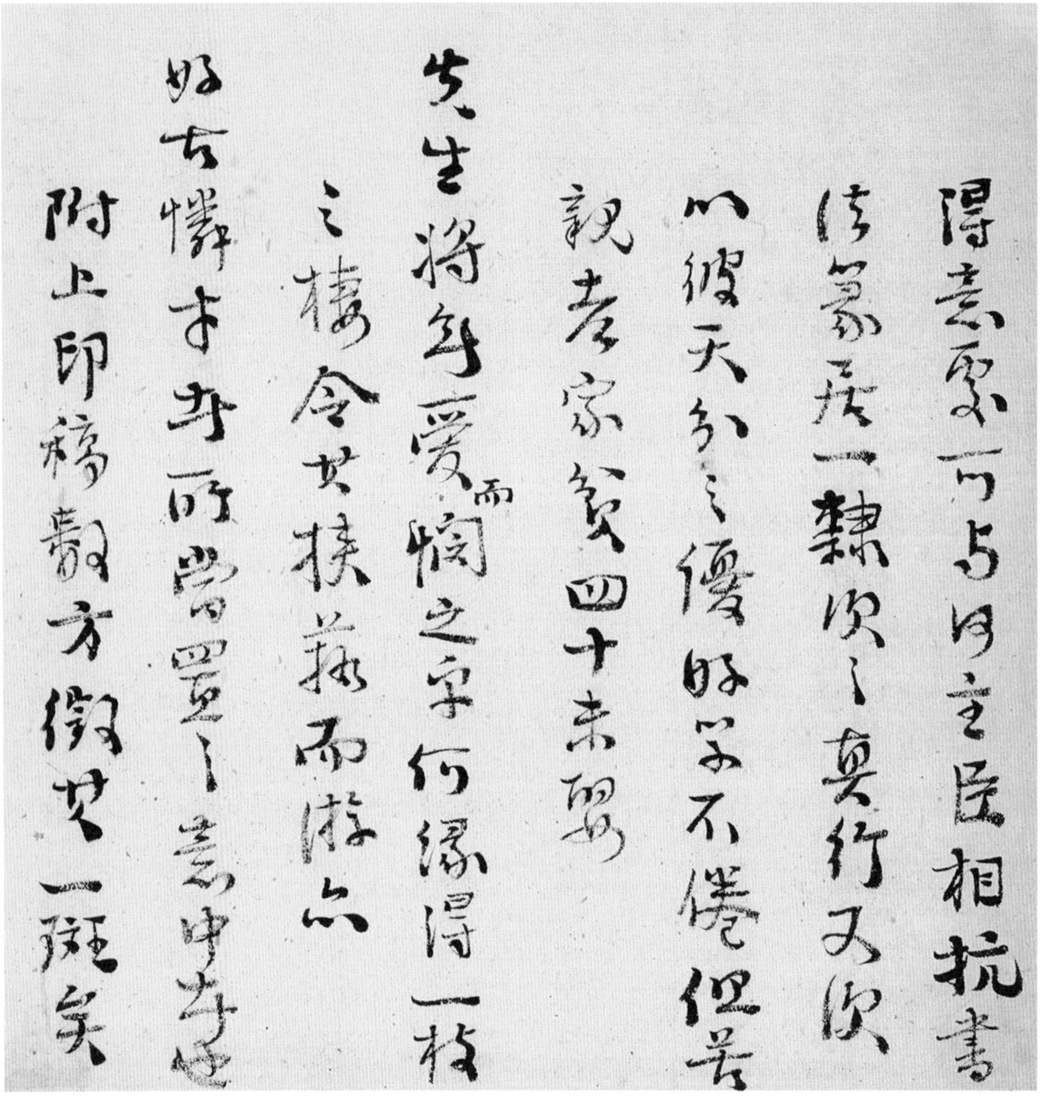

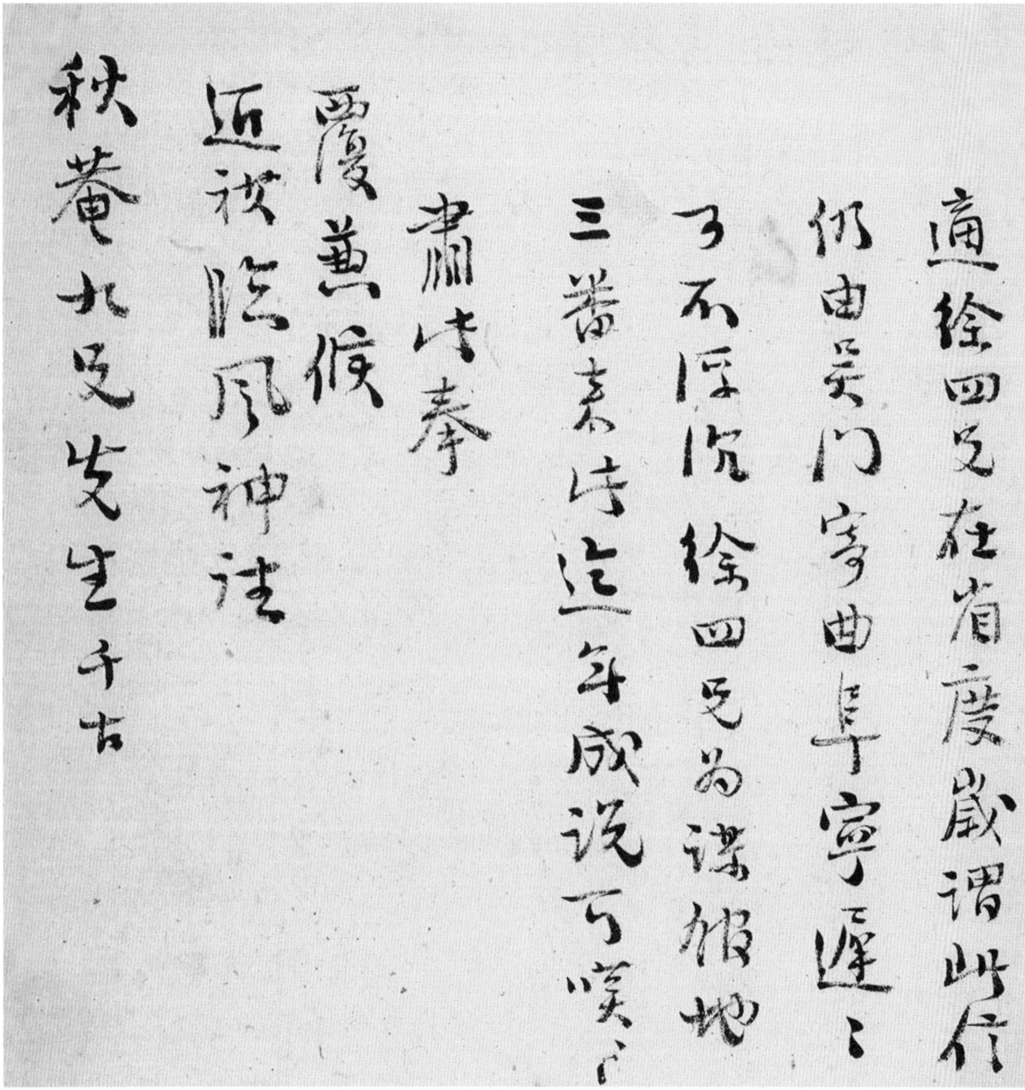
適徐四兄在省度歲，謂此行
仍由吳門寄曲阜，寧遲遲
了不得，況徐四兄為謀館地
三晉素待，近年咸說下嘆嘆。
肅此奉
覆，並候
近祉。臨風神注。
秋盦九兄先生　千古

昨接

手札備悉

福履綏和起居納吉爲慰並聞教以刀布若干

漢印苐乎不知可一一拓以

見賜否其泉範二枚不知是何泉文與

莽篆之大泉範同否務懇便中拓數紙也其泉範

須連底拓之爲妙（底雖無字亦不妨拓之使一見了然也）恐其底或有款也

教得之[illegible]要桃金瓦甚少尤乞

惠一拓本為幸。培藏瓦除長生無極、長樂未央、上林

尊藏已有外瓦或止一枚，僅億年無疆、永年無疆二瓦有

副本，可以奉贈。今謹以億年一瓦先行奉上。因

郵筒不便多寄，容改日再致。冬間來京再

當面聆

雅訓也。因家叔封書信催促甚急，先具此復，并乞

陛安。餘詳具別幅紙

樹培頓首

小松先生大人　四月廿八日

頗有覃翁筆思　丁丑四月二日□□觀

去夏家兄路過任城，荷
九兄大人多方照應，感佩殊深。
穉以魯秦間阻，未得修椷伸
謝，尤為歉仄，然如弟之沈滯于
尊諒
知己亦不見責也夫前有人從青

邇來頗述

足下好古不倦，日坐貞珉翠墨

之中，惟不勝艷羨。而弟則因舊

業多未收拾，辟述左、馮兩載于茲，

所有焉遷史記、漢氏地里志皆已

脫稿，凡駁證前人啟發萬餘

條，自問即不能爲班、馬功臣，亦不

致如張守節顏〻揭等之徒作之
议示乾賊也矛于地里之學向所致
詳今則皆遵
本朝州縣爲準山經水道今古变遷
無不備考所惜者漢時侯國尚
有幾處未能查悉如今青州府諸城
縣有故侯國數十今則僅得其七八或

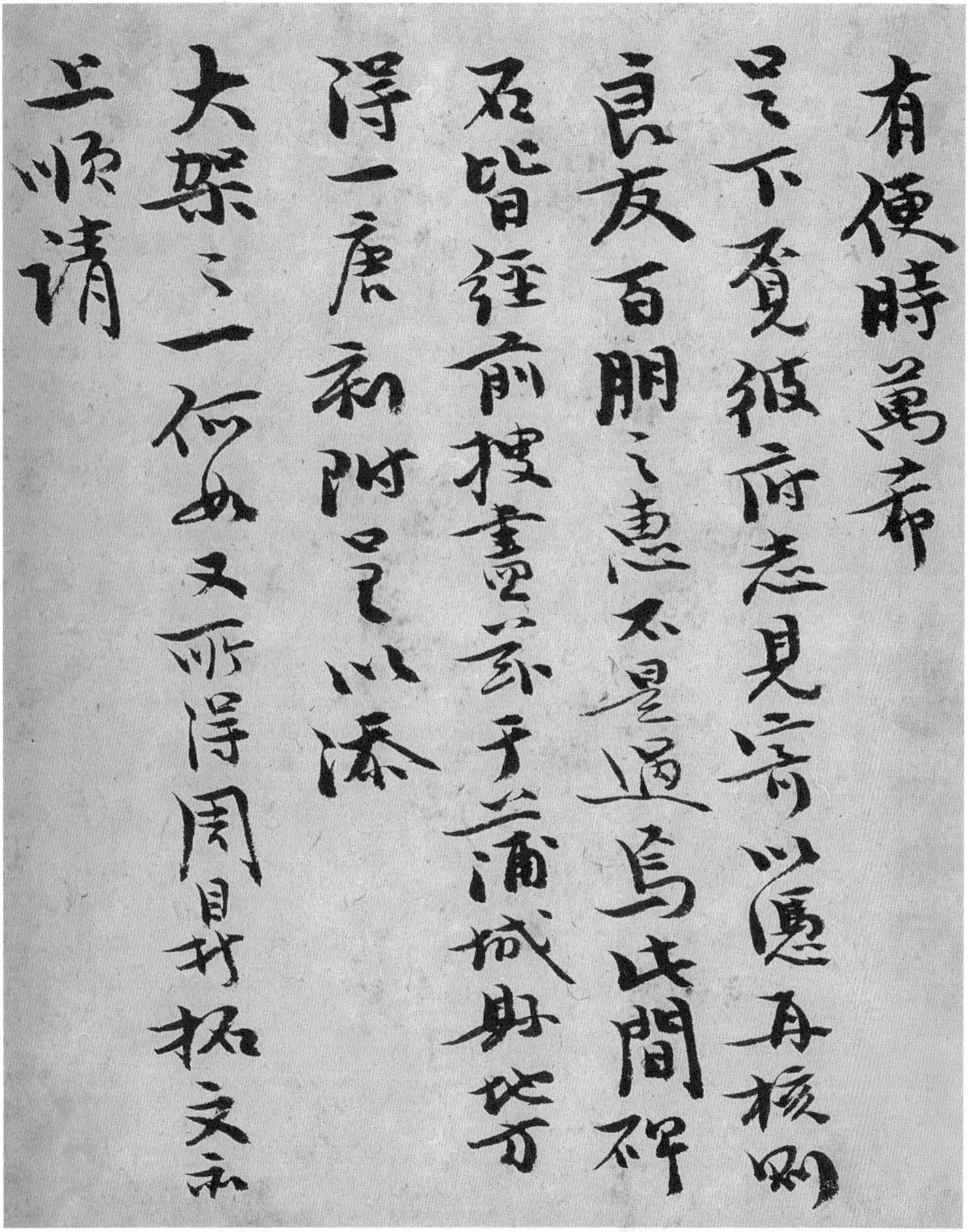

有便時萬希

足下覓彼府志見寄以憑再核刊

良友百朋之惠不是過焉此間碑

石皆經前搜盡蒙于蒲城邨坊

得一唐刻附呈以添

大架之一何如又所得周曰戈拓文亦

上順請

迴禧萱蔭請
伯母大人福安。至弟坫上
小松九兄足下
二月十五日

涇渭洛三水經流批成附送，其江四
東西二漢徐廣亦已脫稿，尚未刻出

王齋再觀

別後忽忽三載無日不念及
足下想彼此同之耳然我生未識再閱幾
多三載亦再作幾回會面聚散之故亦有
數定耶前歲定武李君來頗得
足下消息後
尊使至一接

手書稍慰遠懷　祥以付周二千五來亦云

與

足下相識及讀李君詩稿乃知李奉

足下為圭臬者

足下本僕之畏友而為李君之友李君

為

足下之文亦即僕之文矣李曾自云平生
所見三絶謂
足下分隸周二十五印章及僕小篆僕自
愧不倫也僕年四十有一與
足下同歲生而月在
足下之先肌肉漸退書力漸衰視身世

茫茫如也。吾時雖為邑中之黔，而奔走勞苦
無時或息。我輩不過為衣食起見，知之
而又行之，行之而又悔之，未免為行路所
笑矣。去冬秋塍來，吾時相聚甚樂。茲
有石門漢碑一、魏碑一、華岳廟漢唐宋
殘碑共一束附

上初

檢收之。周二十五令弟歸汴，特泐附候

近好。千里之思，楮幅難罄。幸惟

珍攝，并

惠遠音，至望至望。愚兄錢坫頓首頓首

小松二弟大人　　上巳後十日

道〻百里兀坐万峰〻中知有
佳文不得仲氏一讀俗吏可爲耶　近又購古碑
版否作晤笥河學士殊企
足音不知
在都曾走會居文有嘉定錢公子係曉徵先生猶子
之癖於古王廷尉極稱〻
先兄〻否奉到舊青田一方柳求

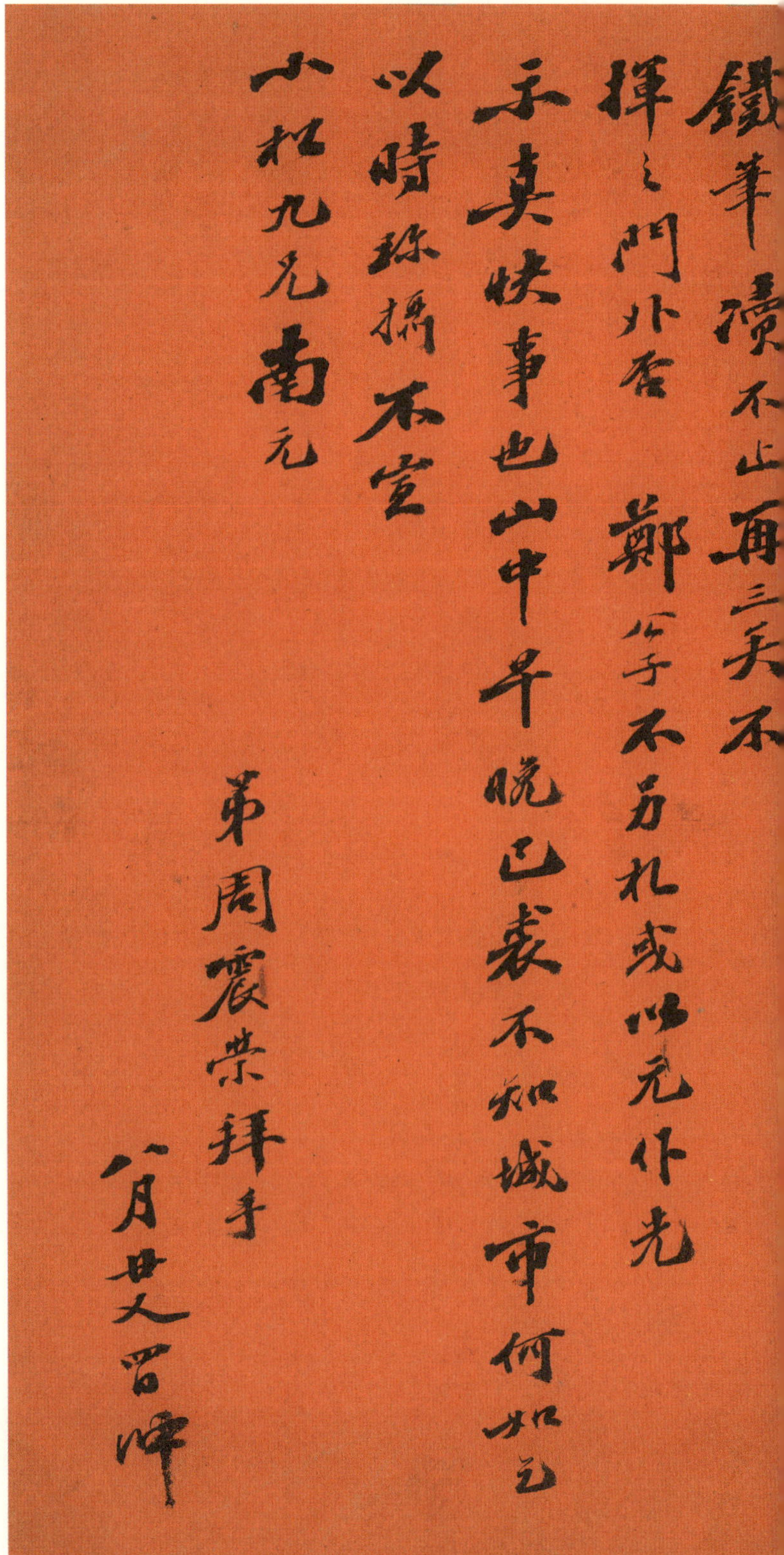

鐵筆讀不止再三矣不
揮〻門外香 鄭公子不另札或以兄作先
示真快事也山中早晚已袁不知城市何如乞
以時珠攜不宣
小松九兄 南元
弟周震榮拜手
八月廿又四日

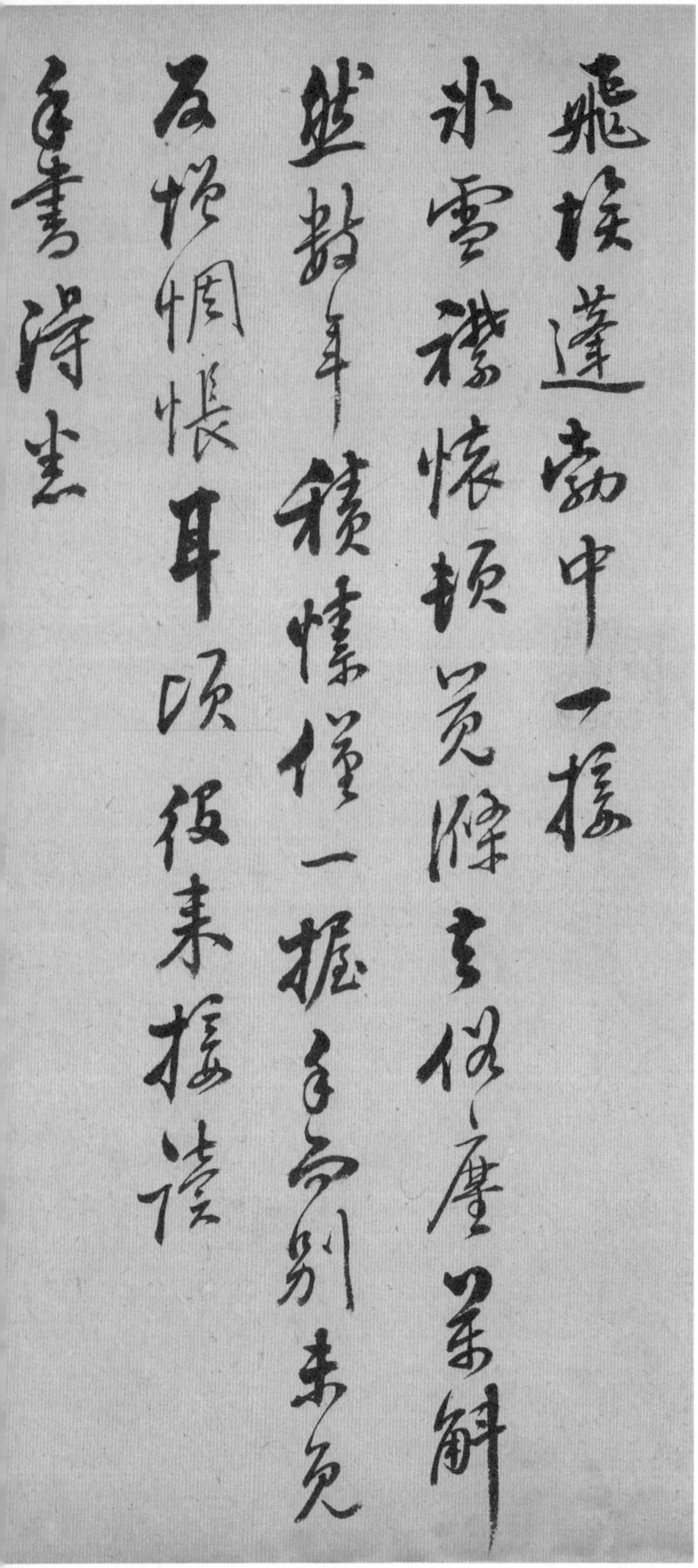
飛埃蓬勃中一接冰雲襟懷，頓覺滌去俗塵萬斛。然數年積愫，僅一握手而別，未免反增惆悵耳。頃役來，接讀手書、詩出

起居無恙，深為忻慰。自吾
哥去後，廷尉常在話之，及不一而道
及
大名，深為傾倒。今寄來冊頁書帖三
種，已為面致。廷尉之圖極精，雅詞亦
正宗，碑帖極好，豐心渠自有札致謝

國家圖書館藏清代名家書札　王鐸 袁枚 黃易等卷　·　王復書札

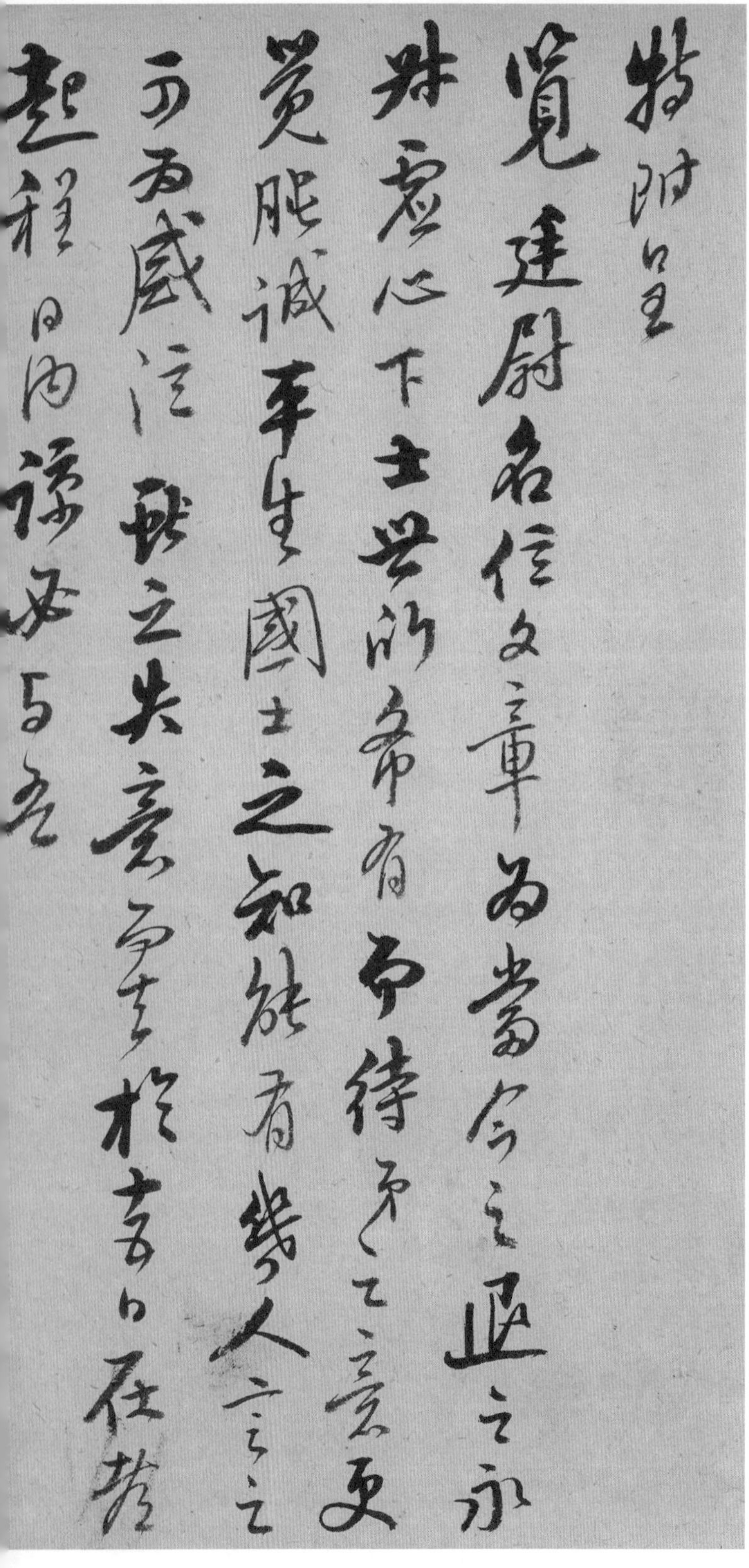

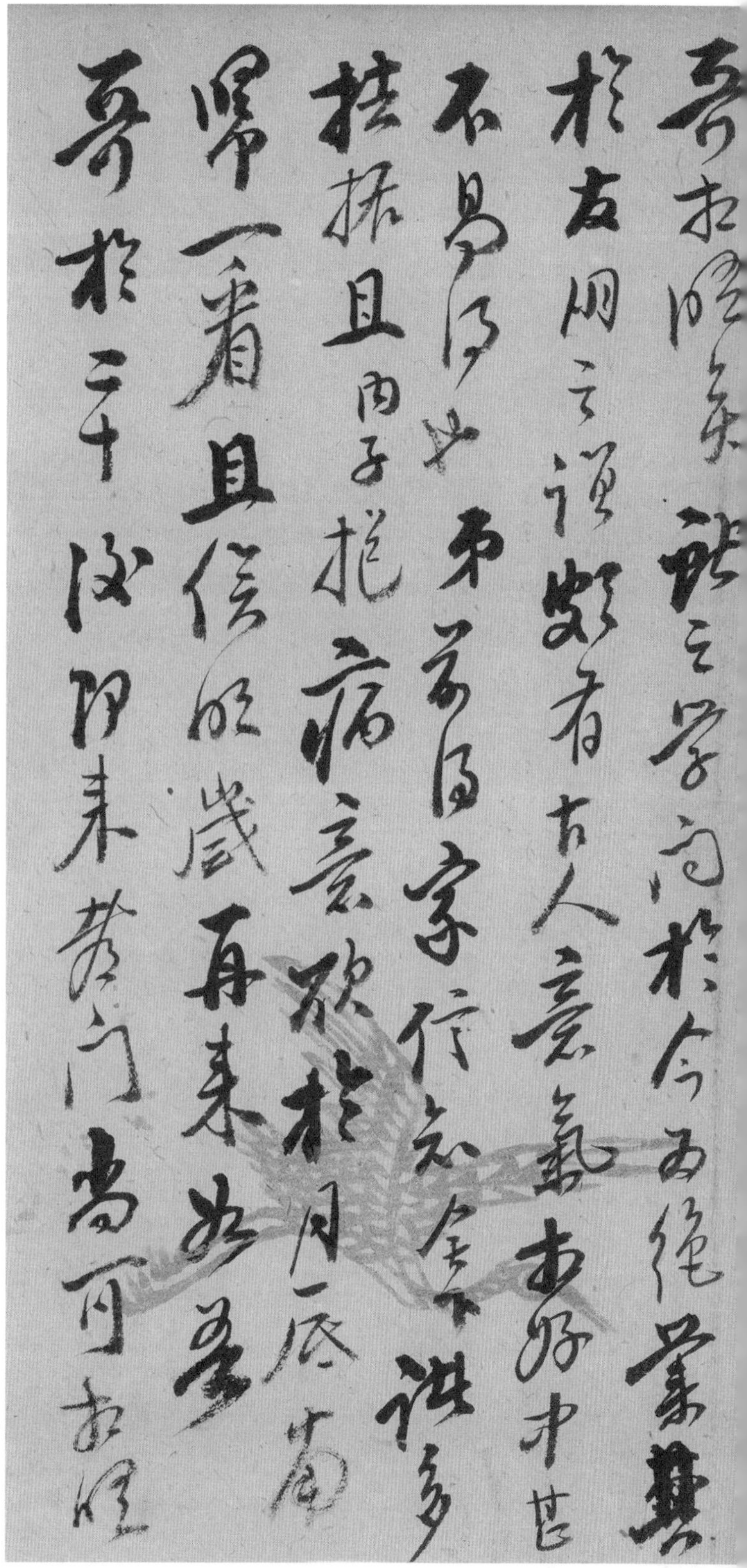

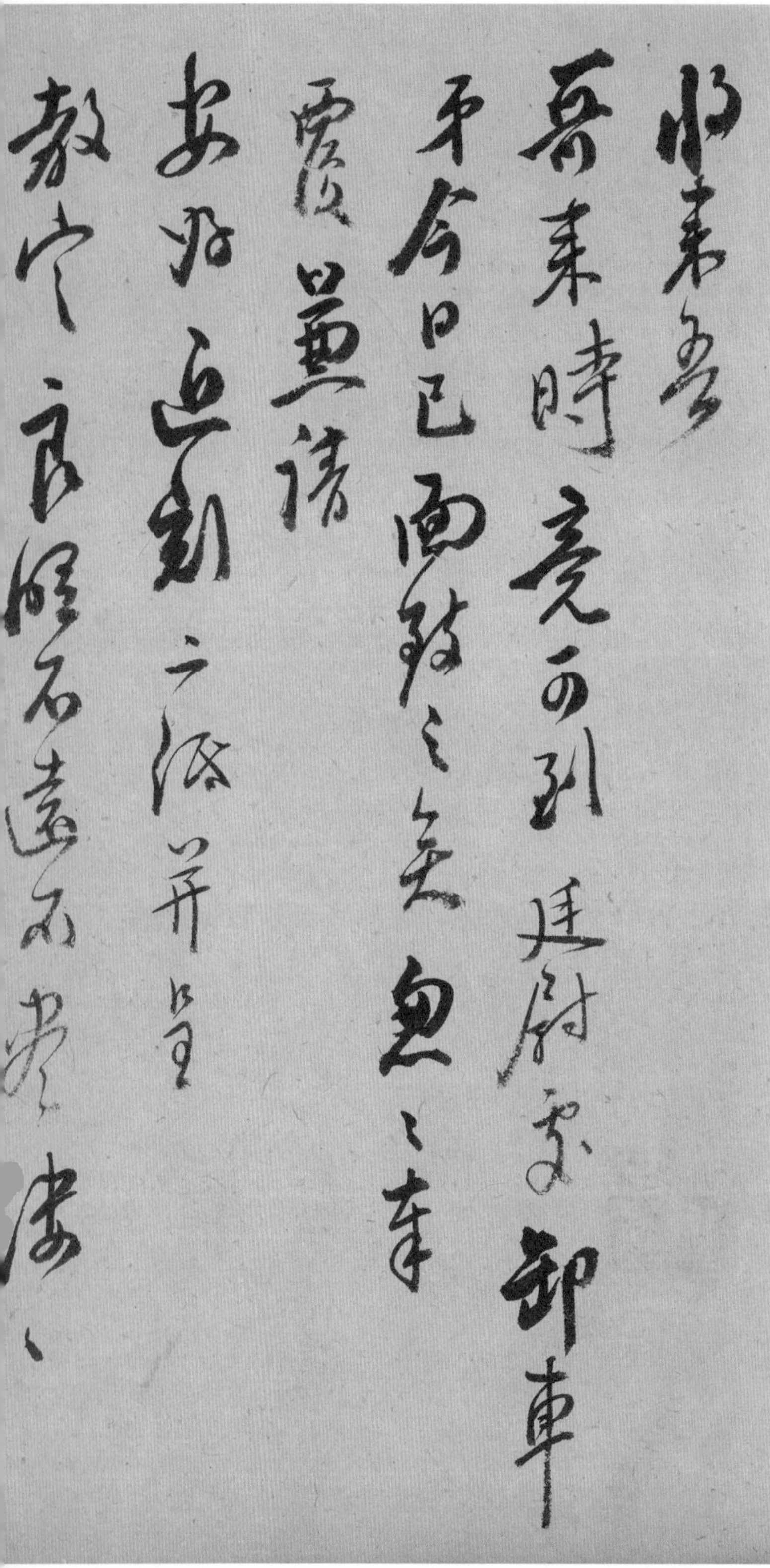

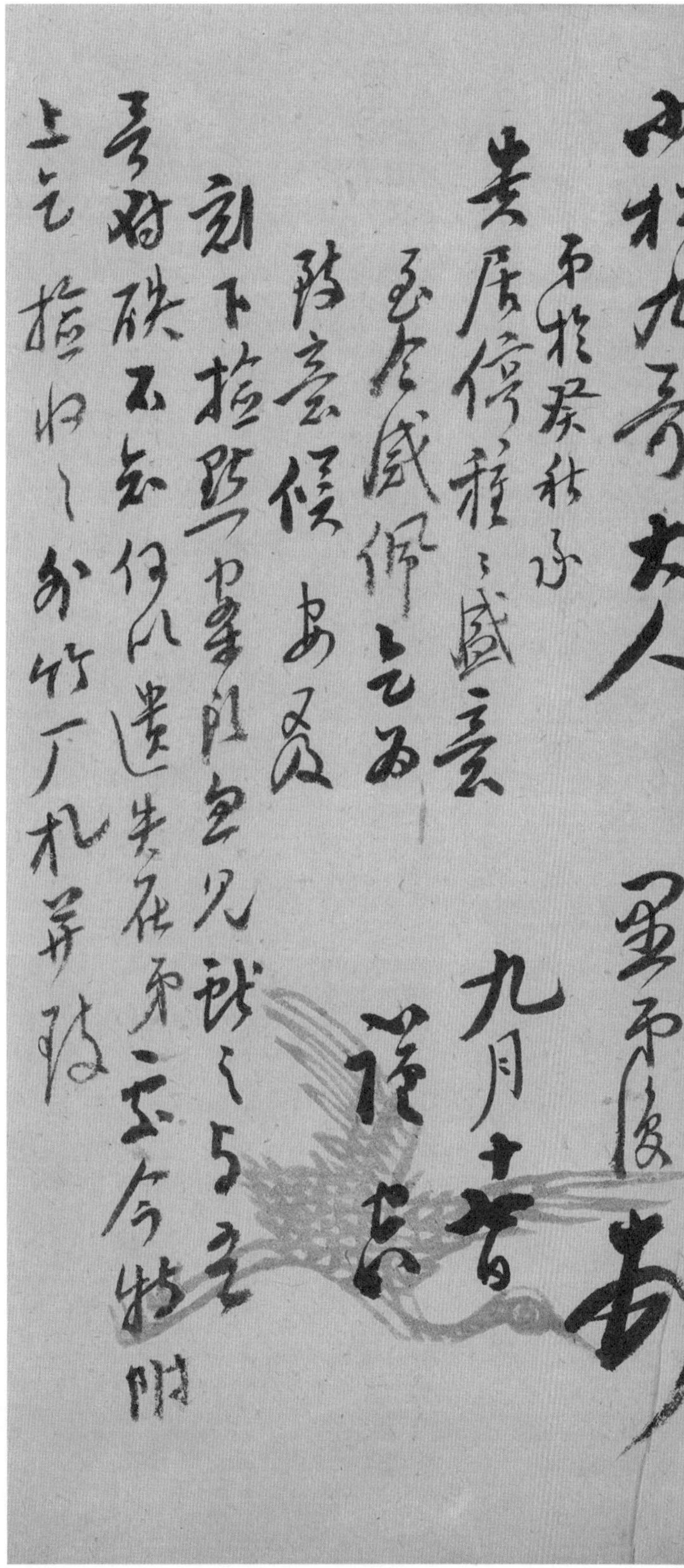

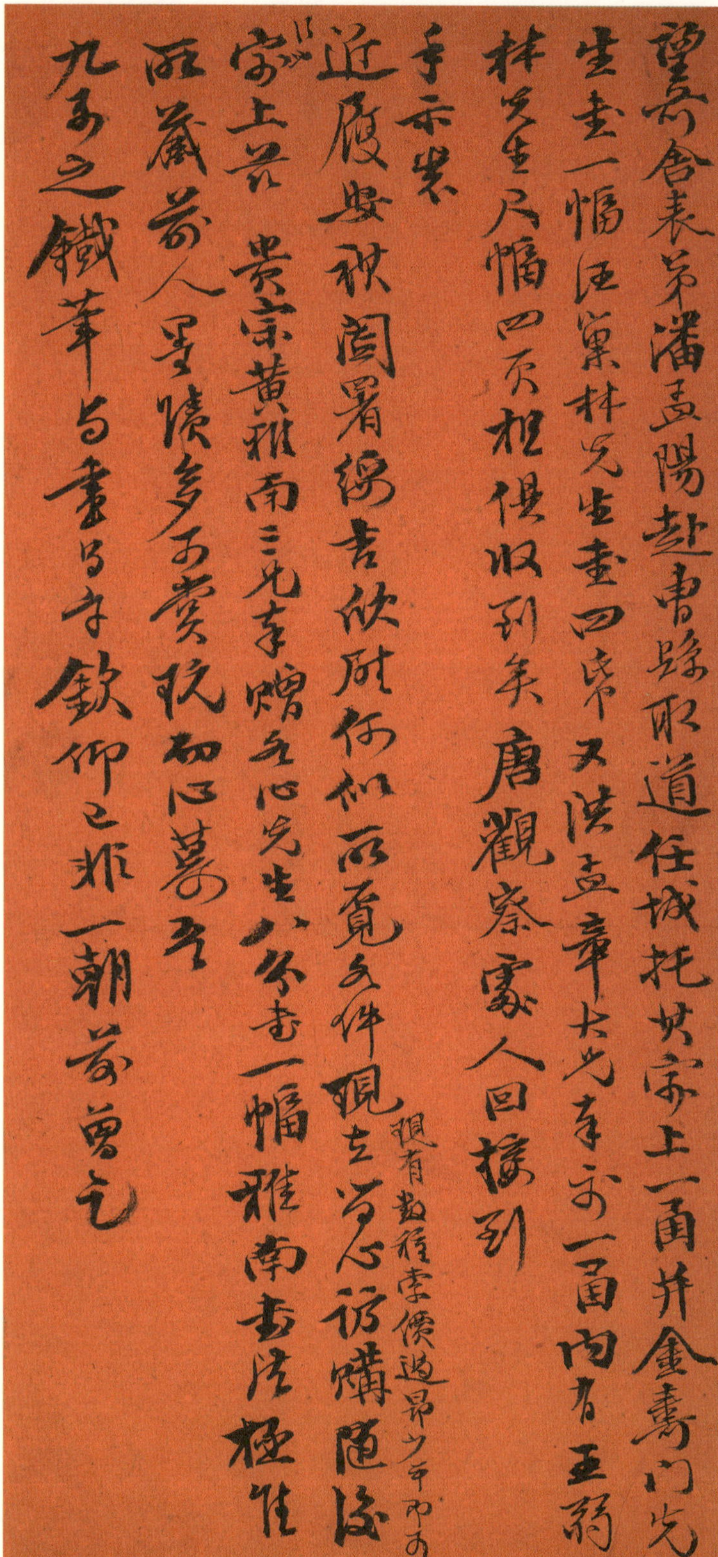

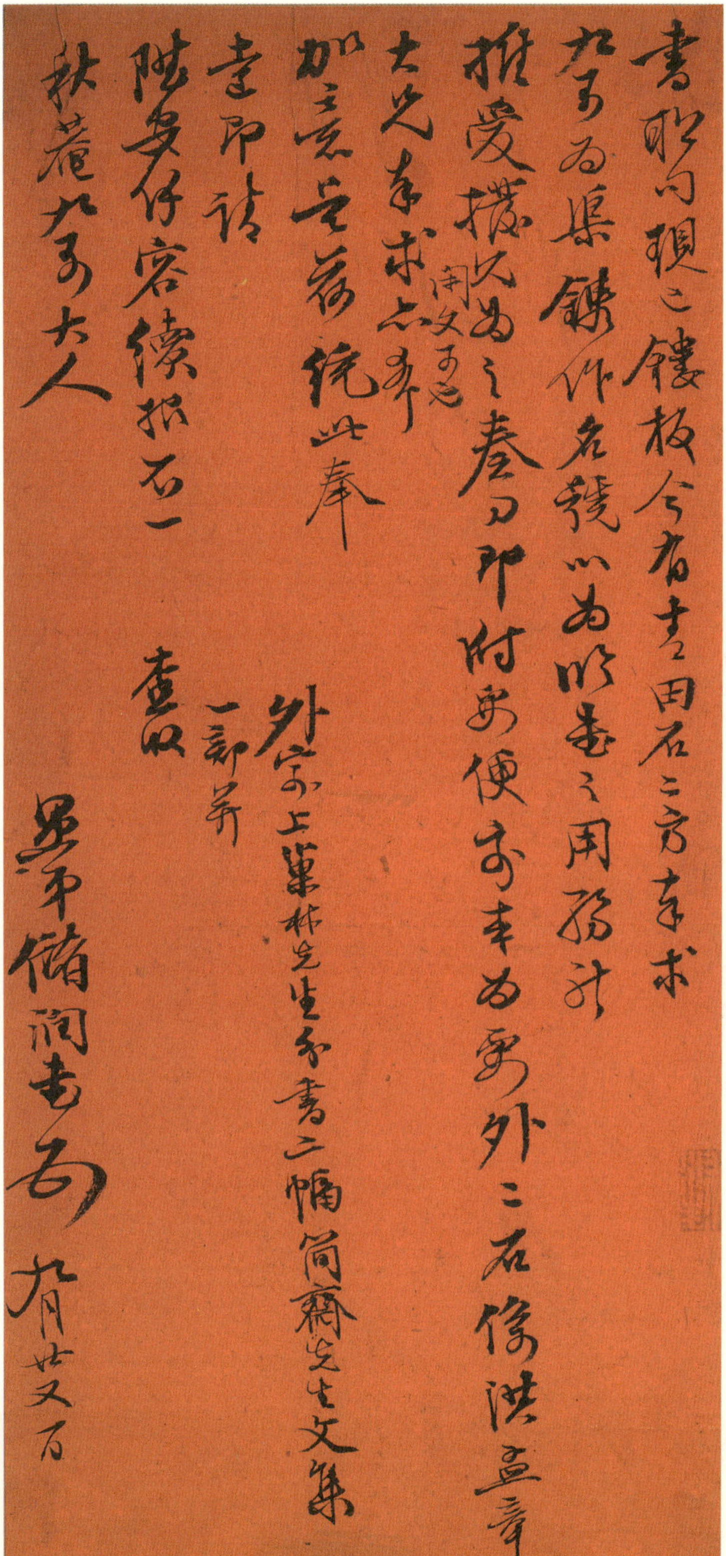

半歲不奉
德音飢渴無已兹接
手教不自覺眉舞色飛也聞
寶眷來濟
太夫人精神康健
足下烏私克遂昔人捧檄而喜於吾
子期之日手加額頌祝當何如也比
萱闈穀穀高即諒增喜色念之承遠寄武古

堂帖是最所渴欲一見者，得之百忙中翻閱不去
手，跡重可知。麻姑壇帖此拓亦可寶之至。古泉十
三枚，北宋之景陸天聖不足貴，餘俱精美絕倫，
內一種兩字模滅不可辨。其九府圜法亦為撰泉
譜未成，得此不殊嘉跡，謹謝謝。東土搜尋甫畢，乞
留意，倘續有
後命。大跡錢且跋，切不已。來札述
尊藏古錢拓本十二冊在孔葒谷農部處向予

歟一見否是何異示飢人而故阻之以粒食也其係怍慙如者特摧劇耶幸設法於京寓信箋致禱

番禺相國手書蠅頭楷此潭府所珍也承命爲譔其尾句日躊躇苦於豐校紛煩深恐不得如息精力疲困慙目幾眩眷矣又值天氣滯寒筆硯俱凍不能孟浪請姑留小齋俟春融勉力完此舉何如素稔紙是粵省城無此物想

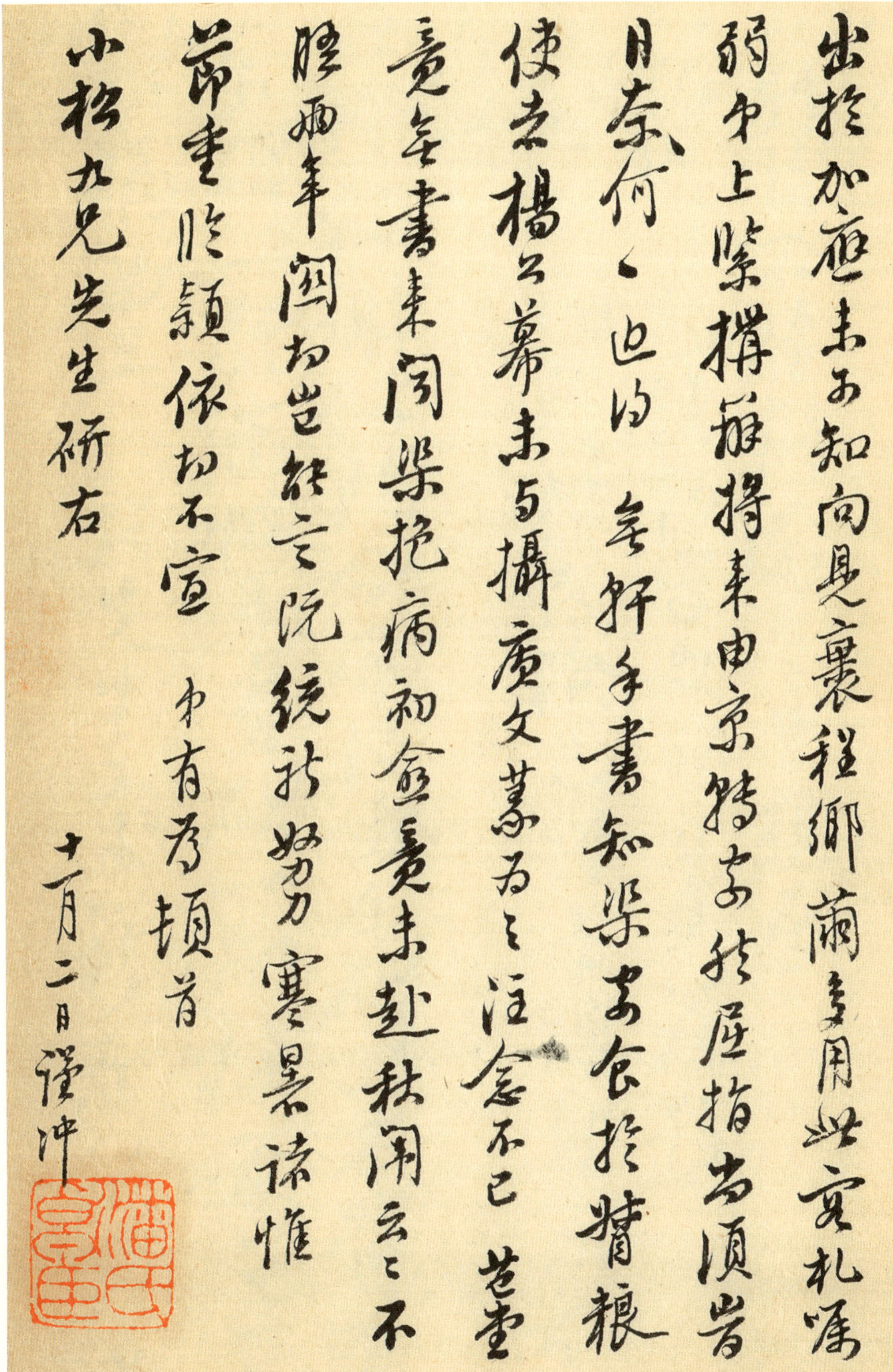
出於加意未知向是襄程鄉藺多用此宜札煩
弱中上緊撰辭將來由京轉寄於歷指尚須岂
目奈何々近的 無軒手書知渠安食於背粮
使者楊公幕來与攝廣文慕為之注念不已 芝堂
竟無書來詢渠抱病初愈竟未赴秋闈云々不
勝為年闓切豈能之院繞於努力寒暑讀惟
節重勝頌依切不宣 弟有為頓首
小松九兄先生研右 十一月二日 謹沖

今晨捧接
手翰遠承
閣愛惓惓不忘於懷而金石之緣屢叨
嘉貺目睫若不暇給
先生厚我則報稱愈難可知也謝謝
付到各札朝餔即分致訖此時俱未奉有

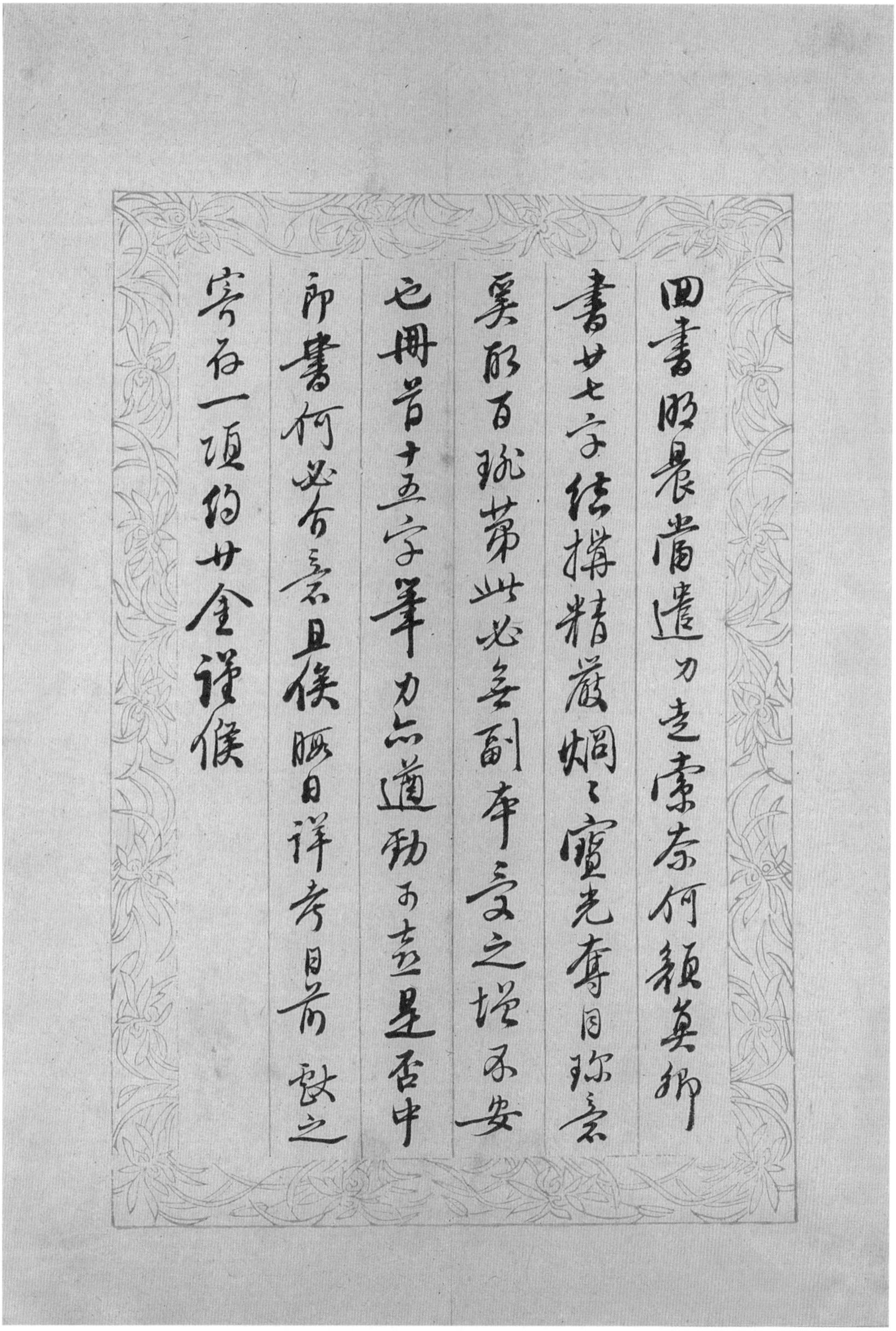

四書明晨當遣力走索，奈何顏真卿書廿七字結構精嚴，燗燗寶光奪目，琛意奚取百琥萬些，必無副本，受之增承安也。冊首十五字筆力亦遒勁，不知是否中郎書？何必合意，且俟暇日詳考。日前啟之寄存一頂，約廿金。謹候

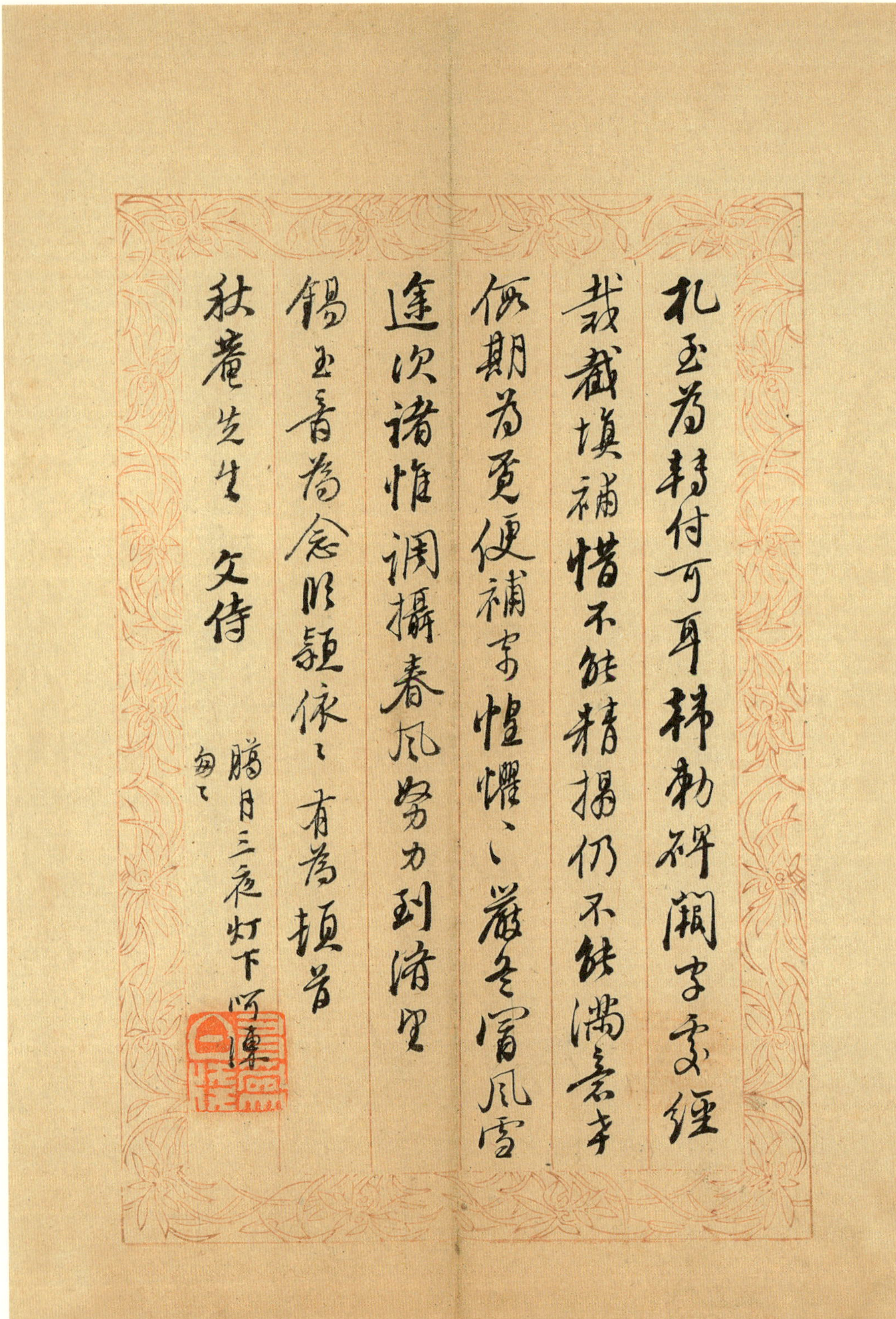
札至爲轉付可耳拜勅碑闌字處經
裁截填補惜不能精搨仍不能滿意本
俟期爲覓便補寄惶懼惶懼嚴冬冒風雪
遙次諸惟調攝春風努力到濟望
錫玉音爲念明題依依　有爲頓首
秋菴先生　文侍
臘月三夜灯下阿連
匆匆

敬奉家　蘭公前輩有札來道及

渠處已告盡了可知金石亦時尚也呵呵

足下亟須校官碑囑爲爲特致并將陰

額全副寄上望

家收藏囑　令弟　庚筆問

安　述堂令人均此致意又助

蘭泉前輩

覃溪夫子　均有札乞　檢收　冒飯後又及

蘭公前輩公是遣人索得四書并呈　閲　余朱俱無札也

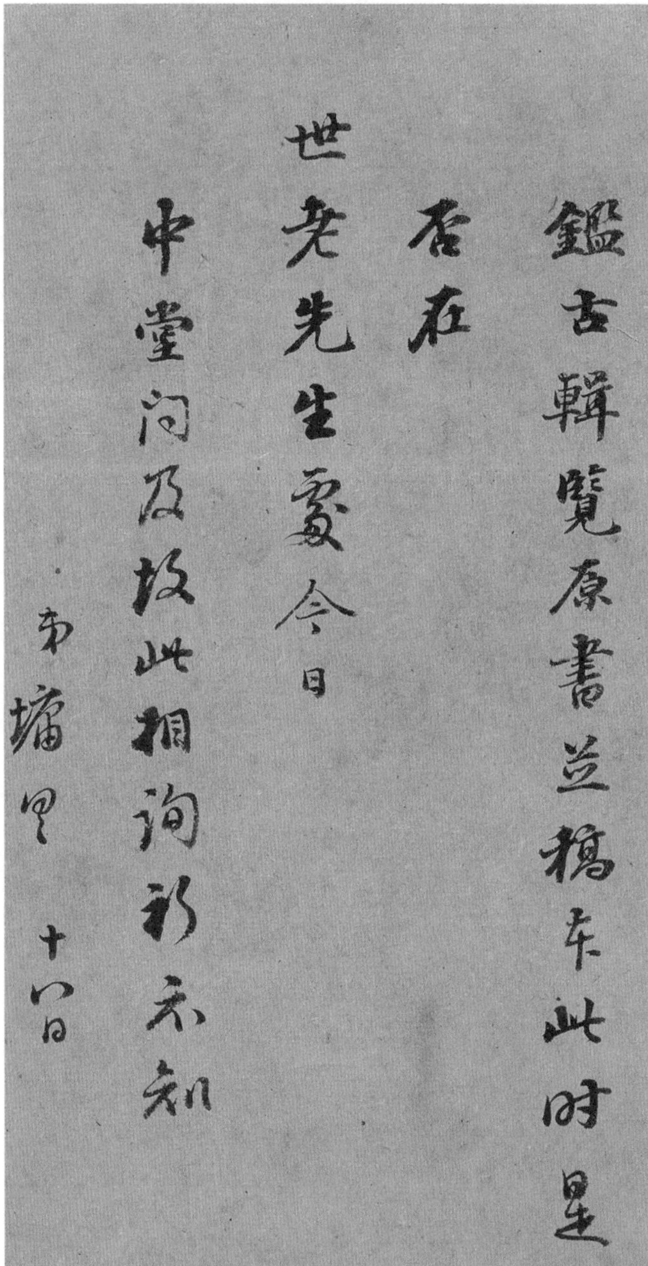
鑒古輯覽原書並稿本此時是
否在
世老先生處今日
中堂問及故此相詢祈示知
弟
墉頓　十四日

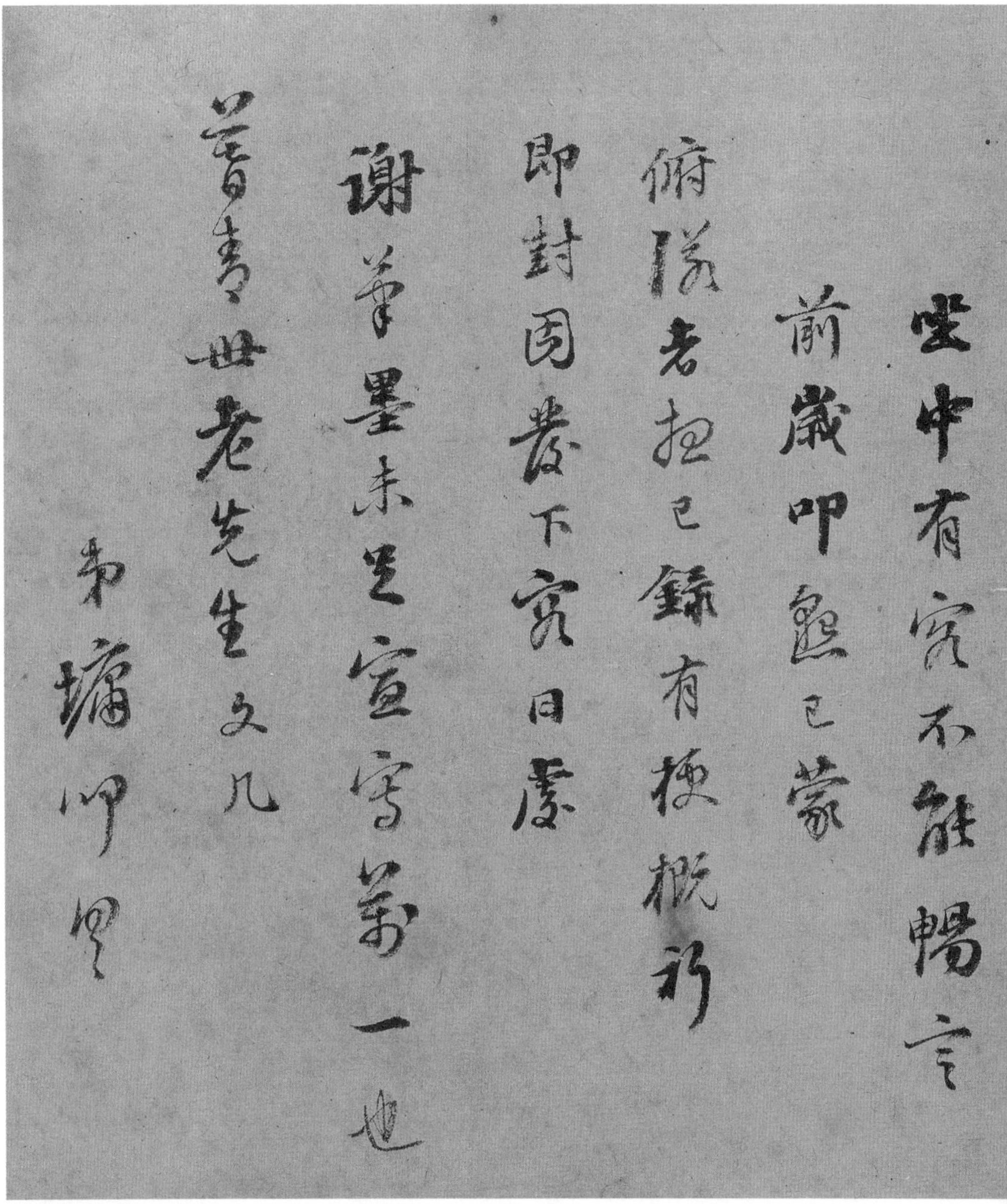
坐中有客不能暢言
前歲叩懇已蒙
俯從者想已錄有梗概祈
即封固發下實日處
謝筆墨未呈宣寫第一也
晉齋世老先生文几
弟墉叩恩

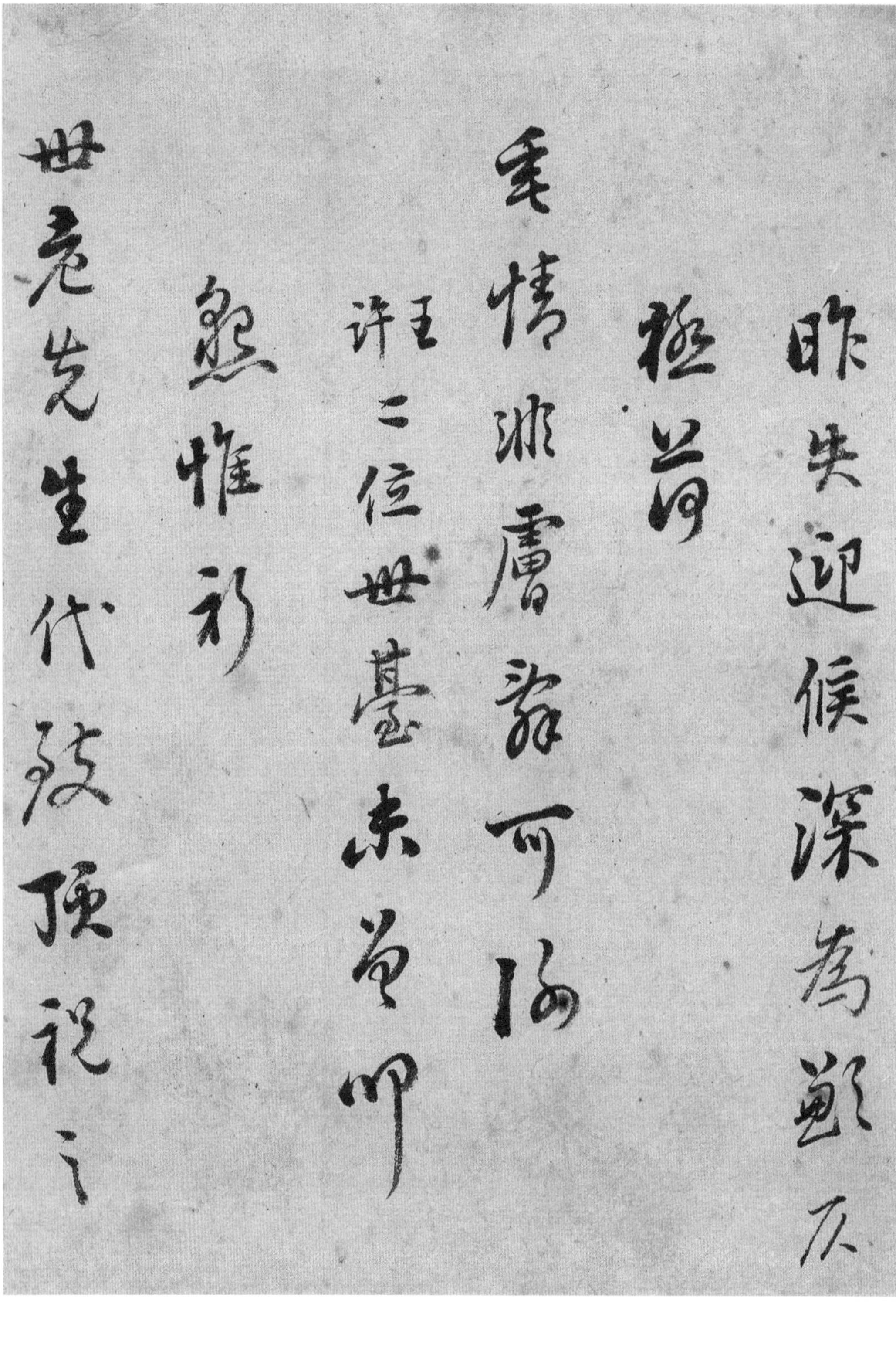
昨失迎候，深為歉仄，極荷
垂情渥厚，豈可謝。
王許二位世臺來前即
怱。惟祈
世老先生代致頂祝之

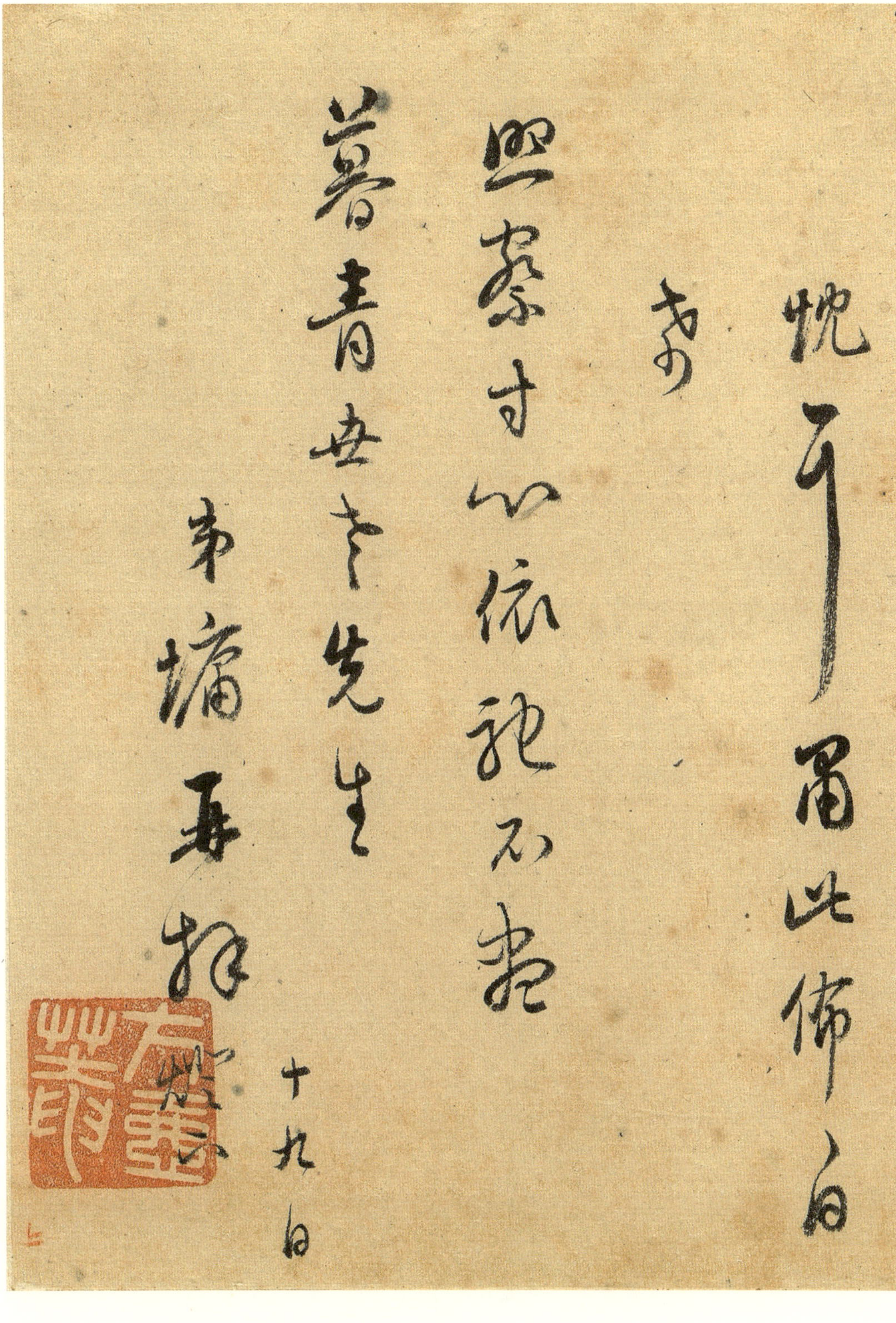

忱千萬此佈，白事。

照察寸心，依馳不盡。

暮青世老先生

弟墉再拜

十九日

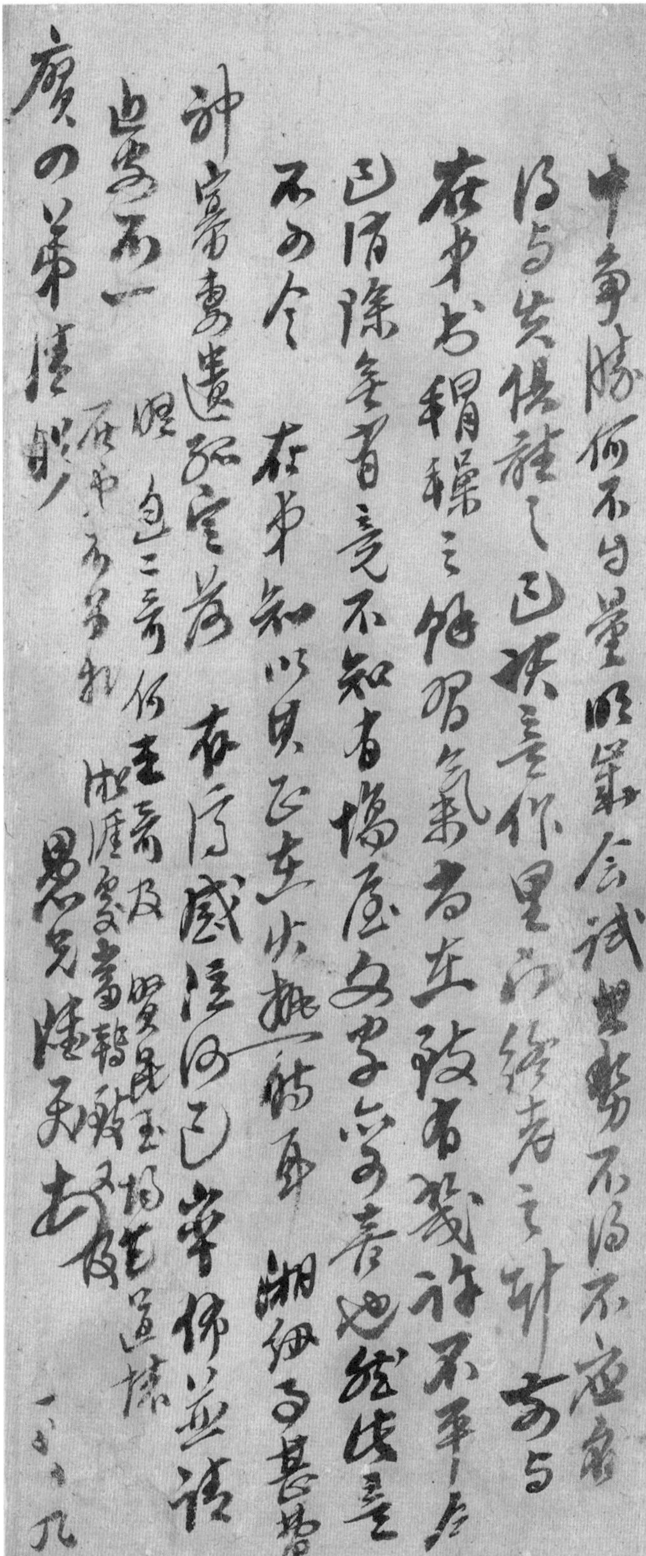

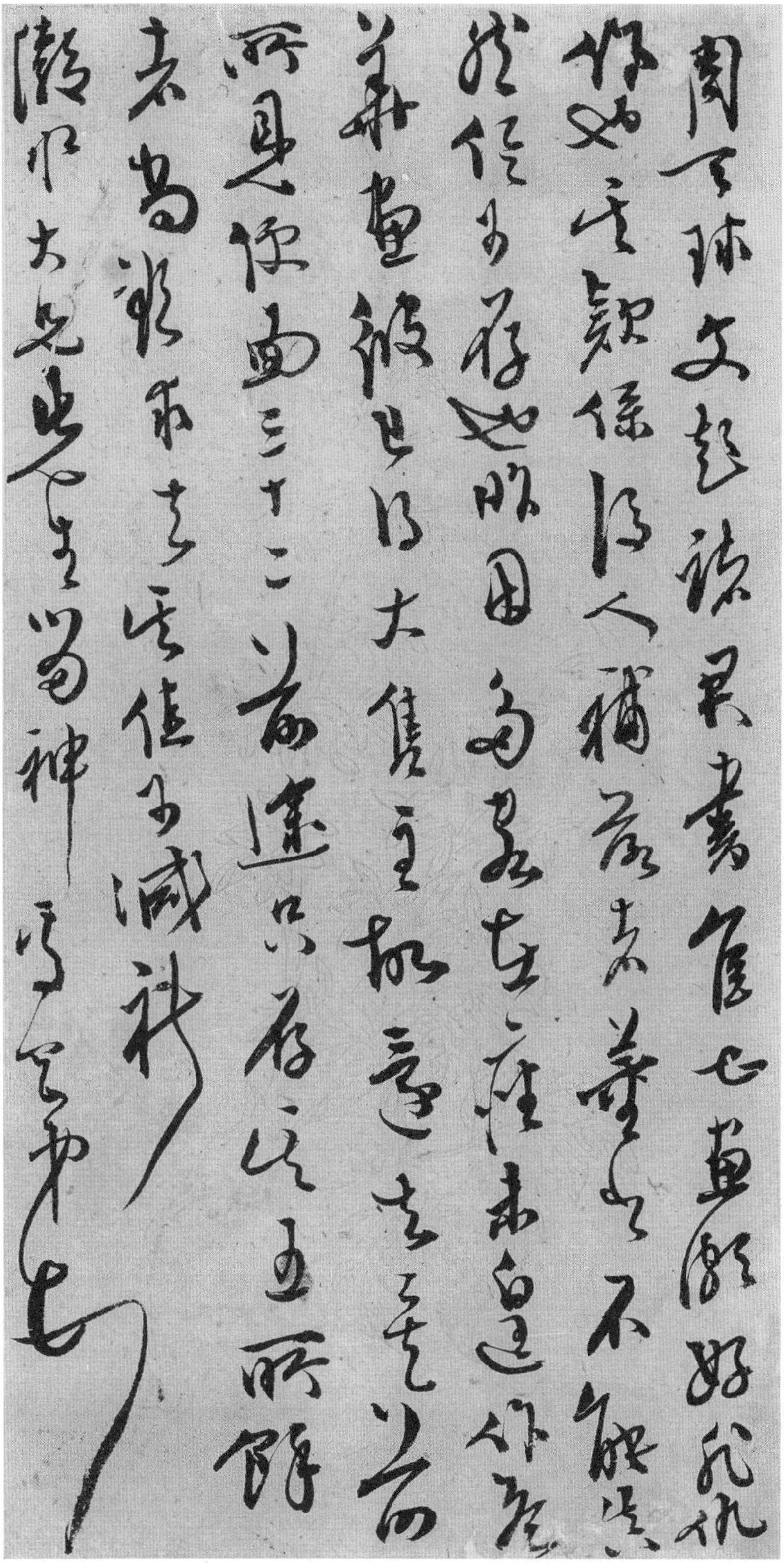

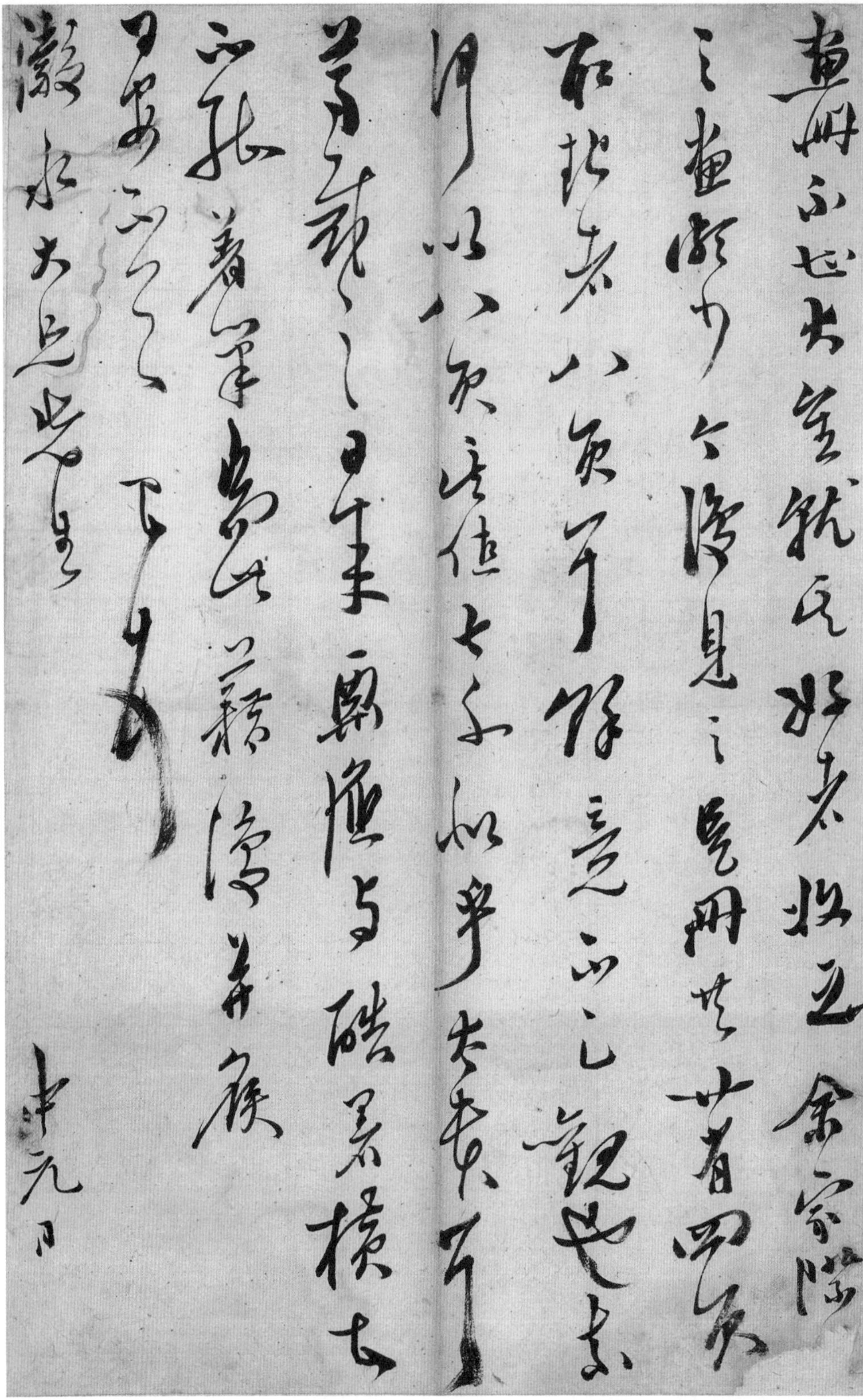

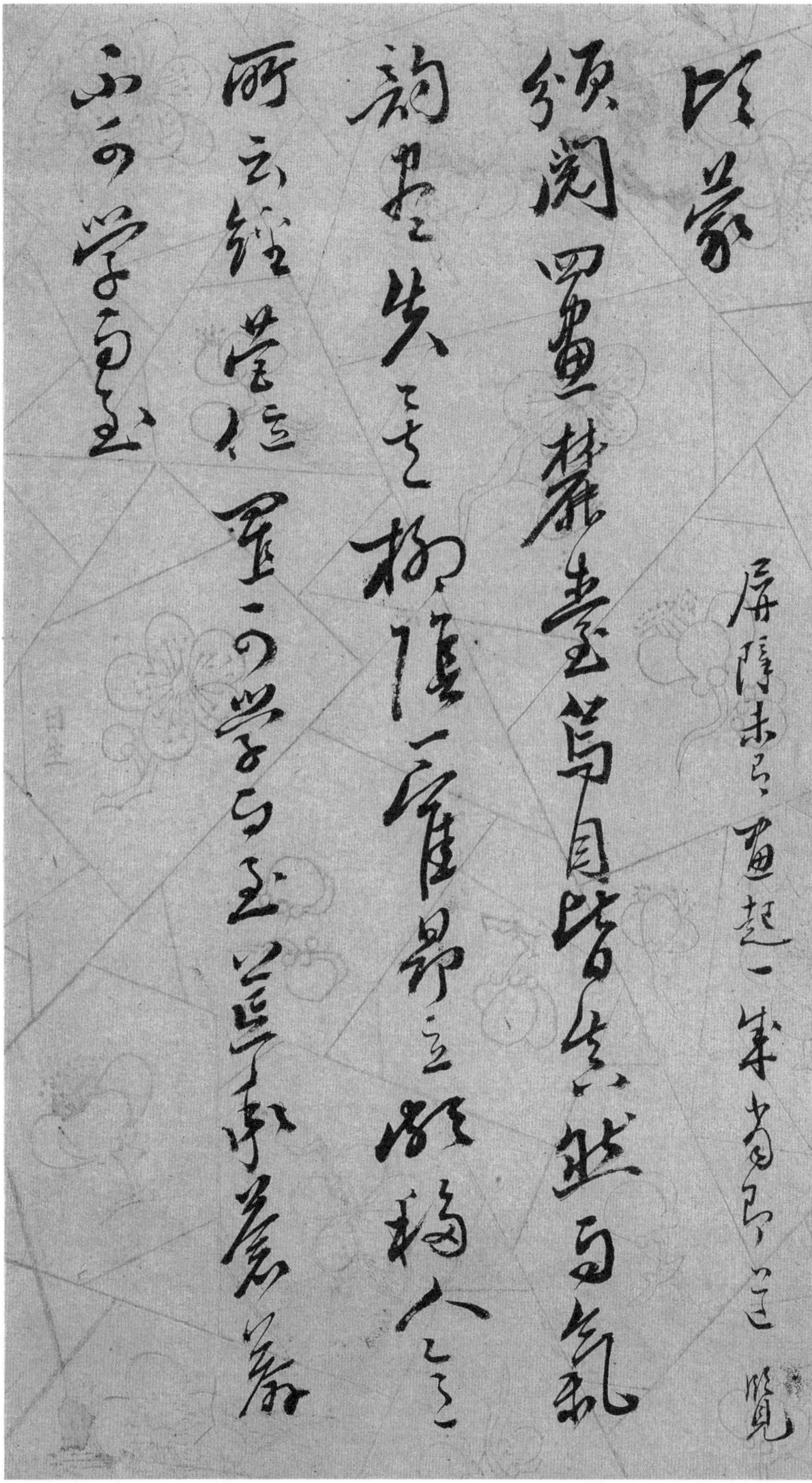

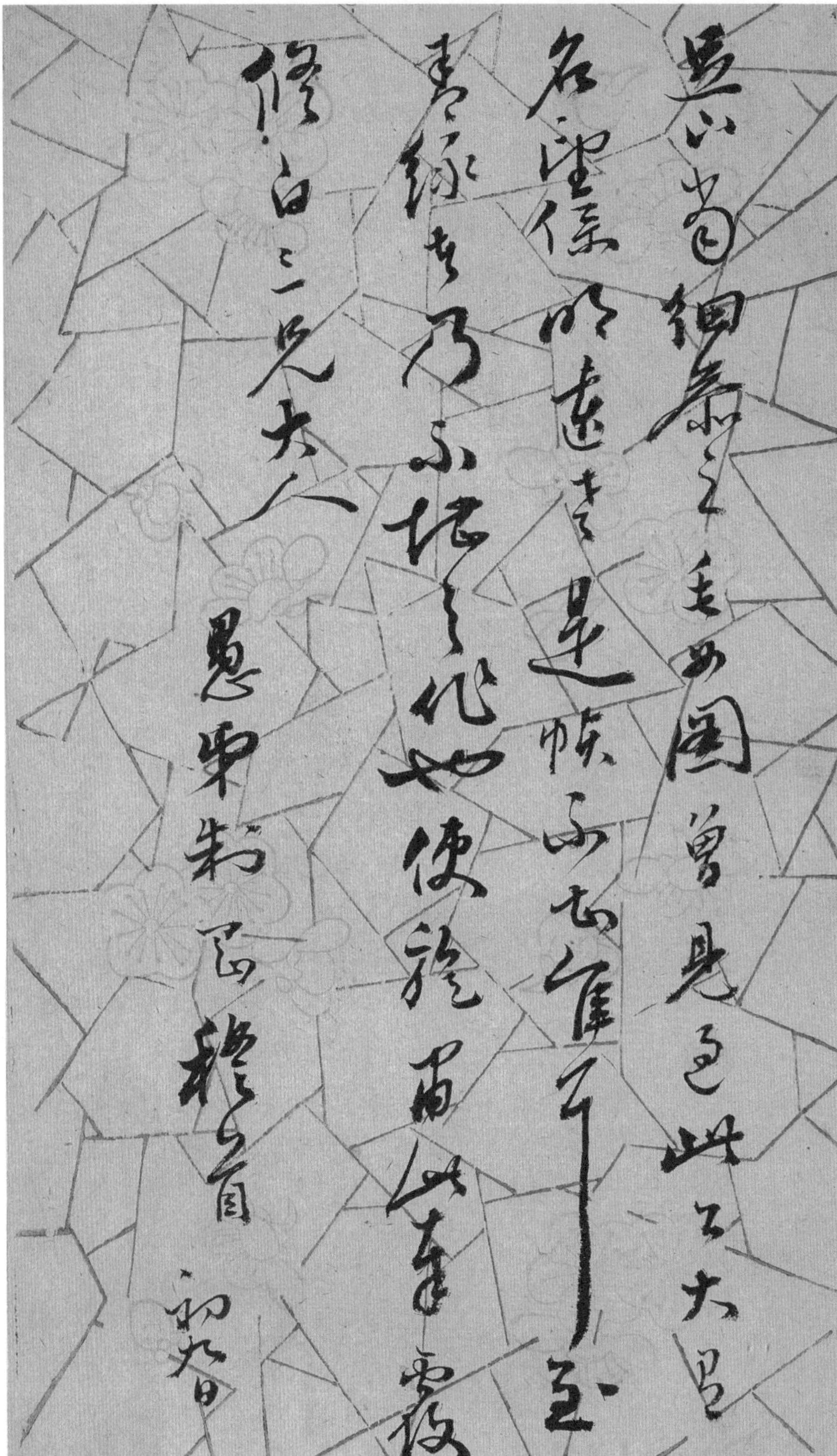

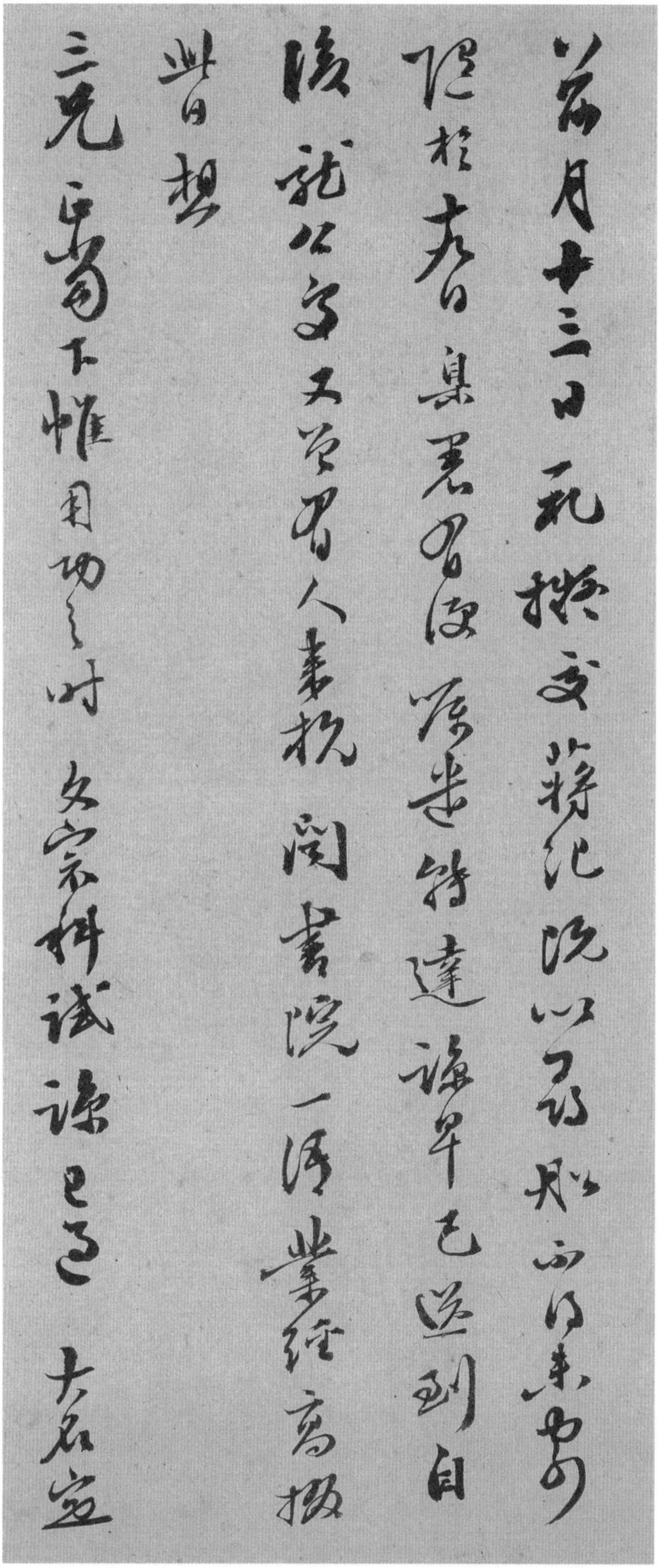

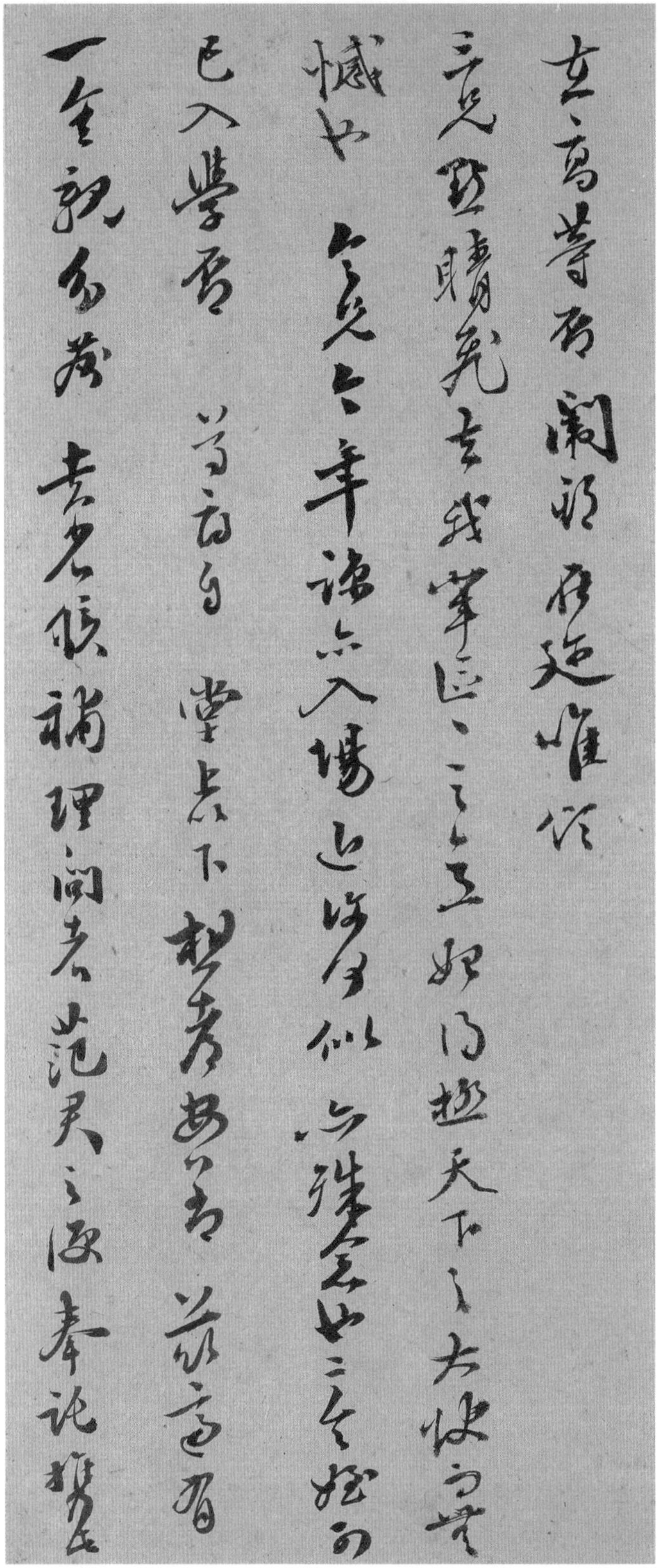

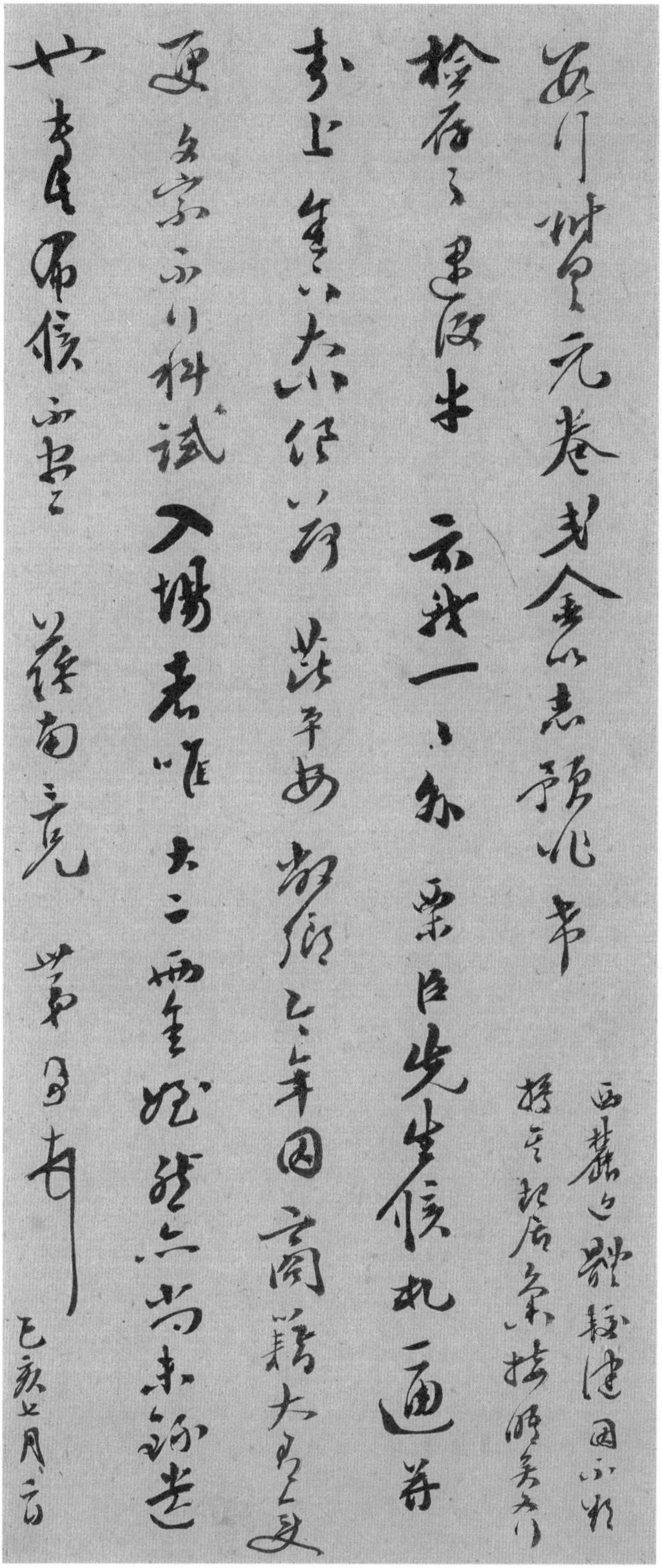

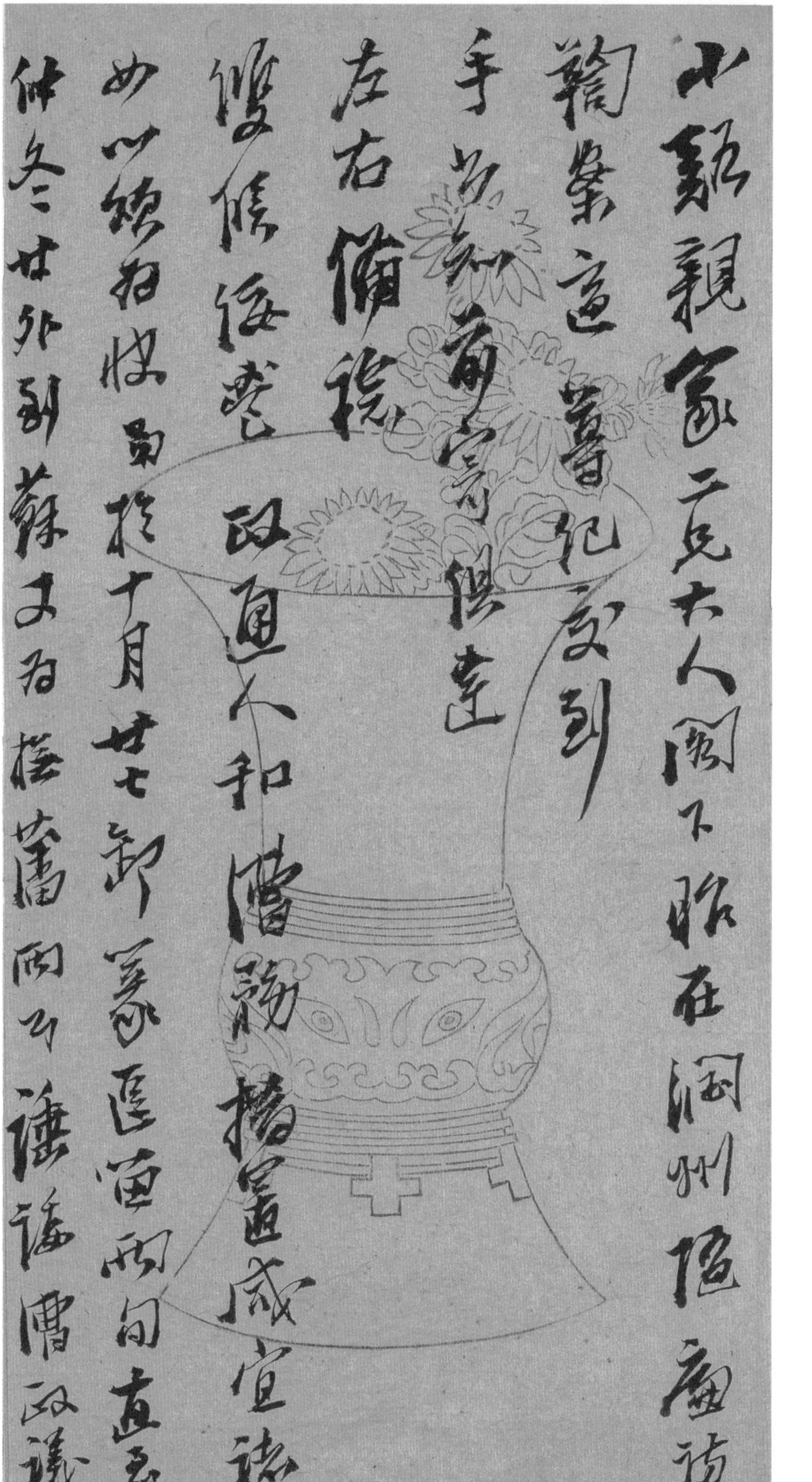

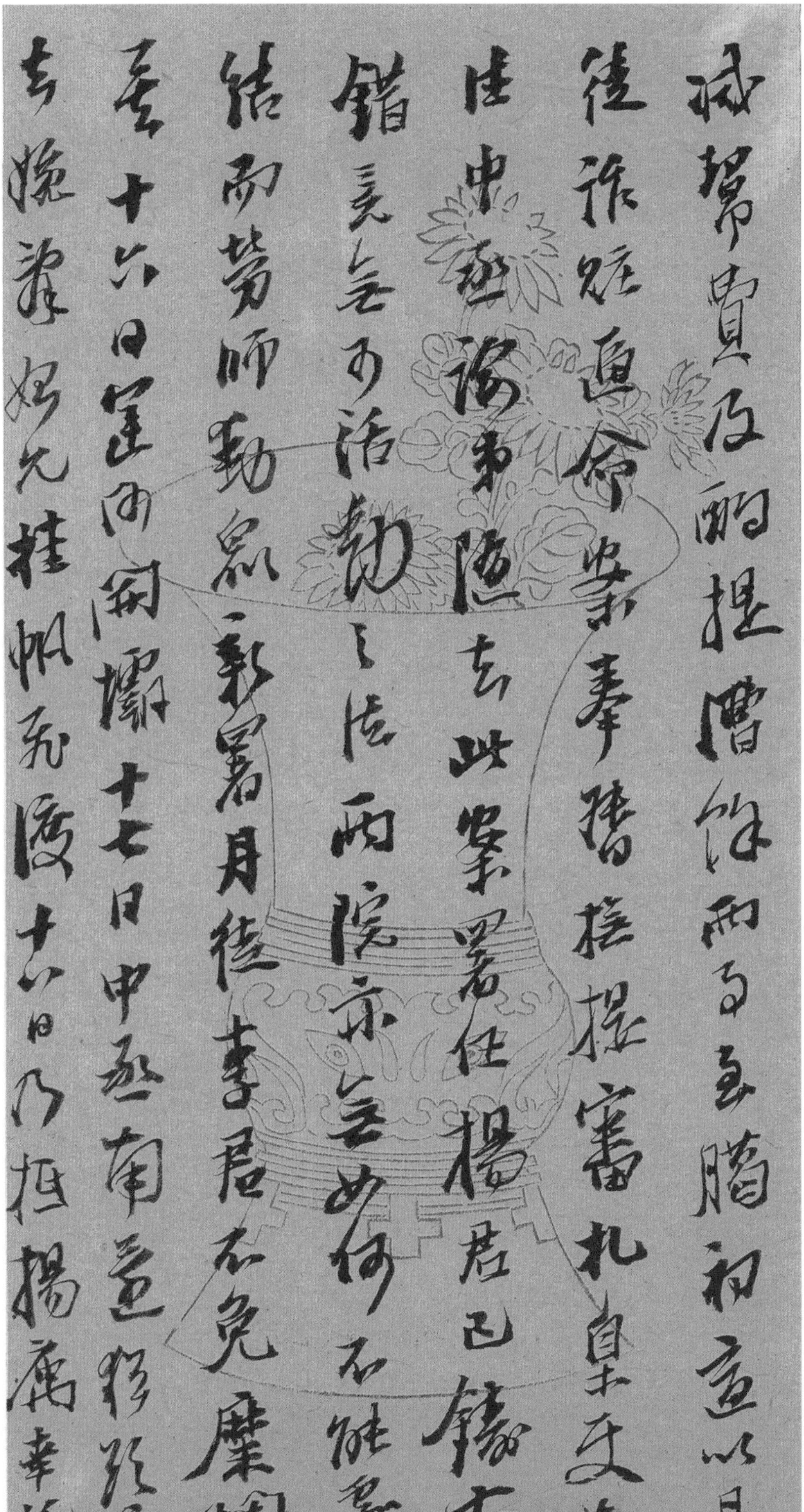

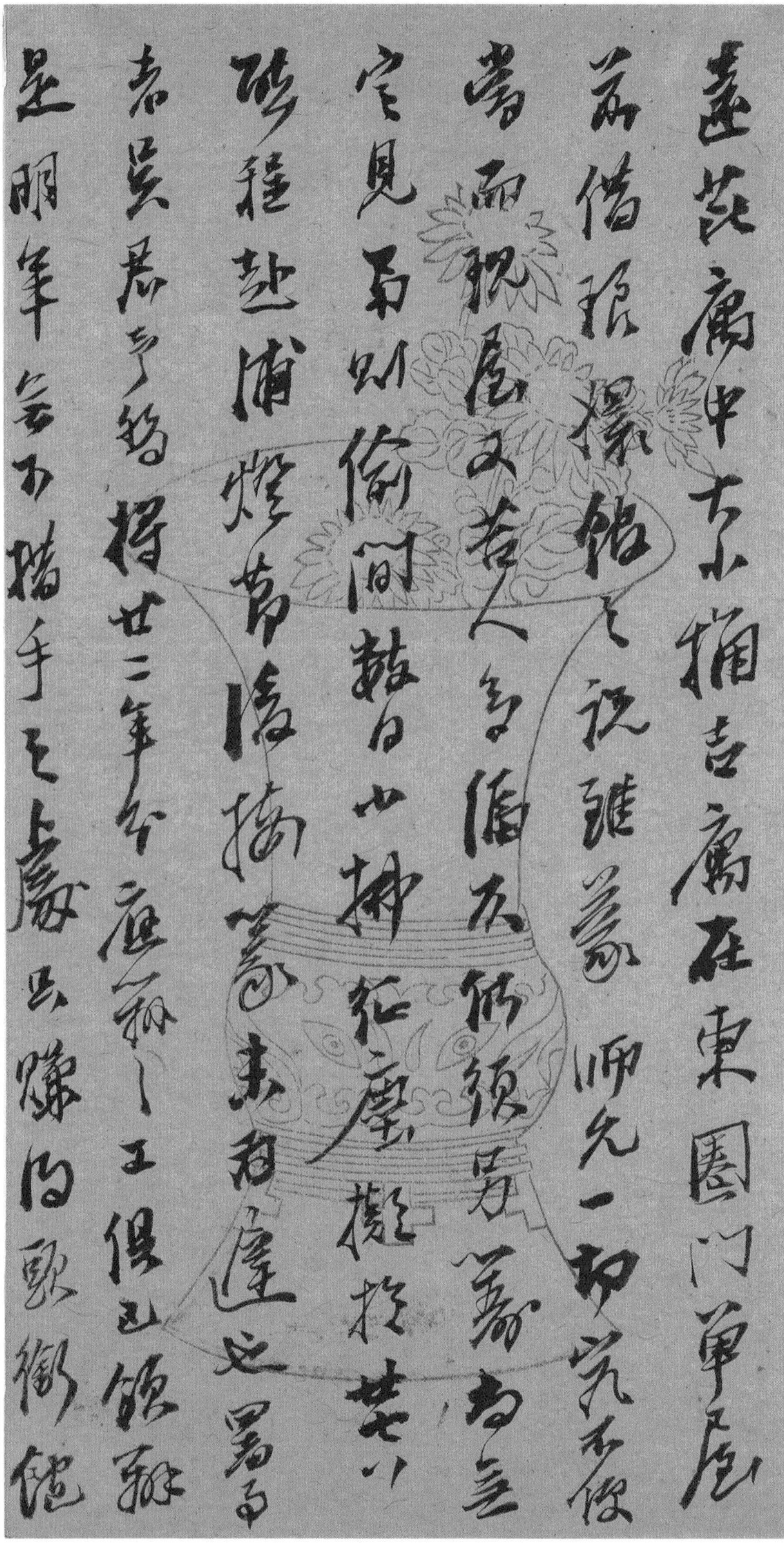

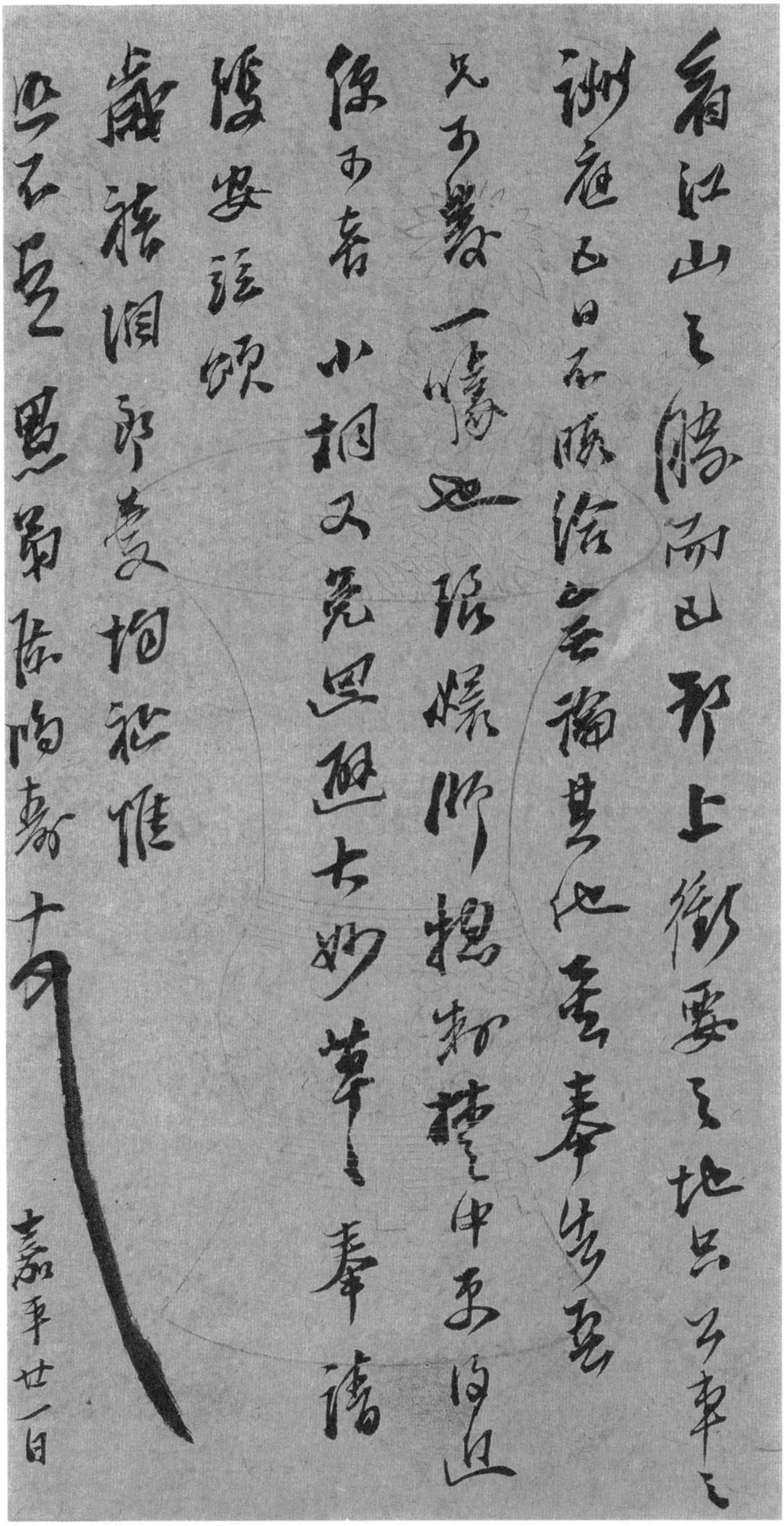

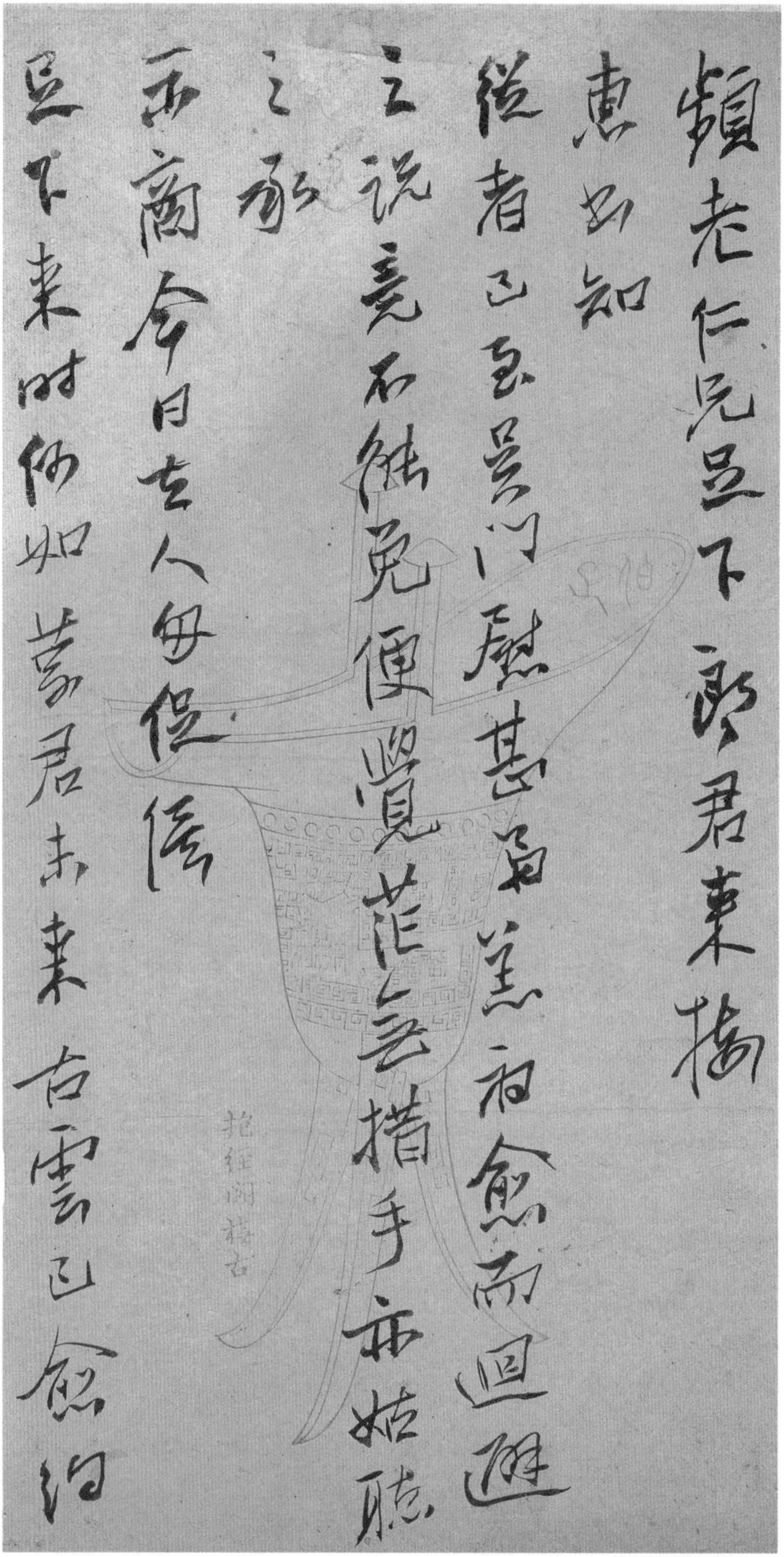

頓老仁兄足下：頃君來揚，惠書知從者已至吳門，慰甚。弟恙有愈，而回避之說竟不能免，便覺茫無措手，亦姑聽之耳。示商令日古人每假借，足下來時何如？黃君未來，古雲已愈，約

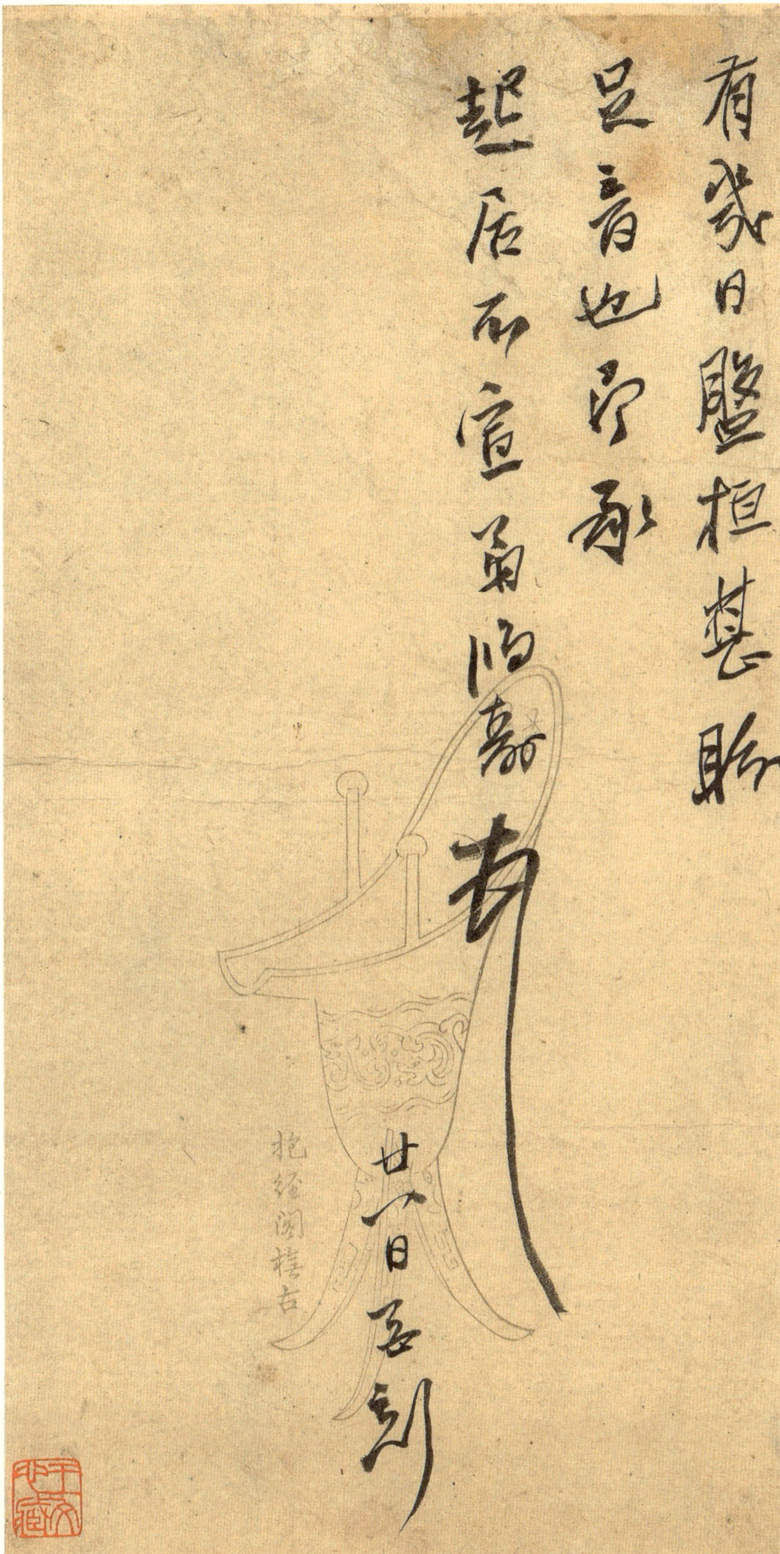

有幾日盤桓甚盼
足音也可耶
起居不宣弟鴻壽頓首
廿八日吾鈞

《國家圖書館藏清代名家書札》總目